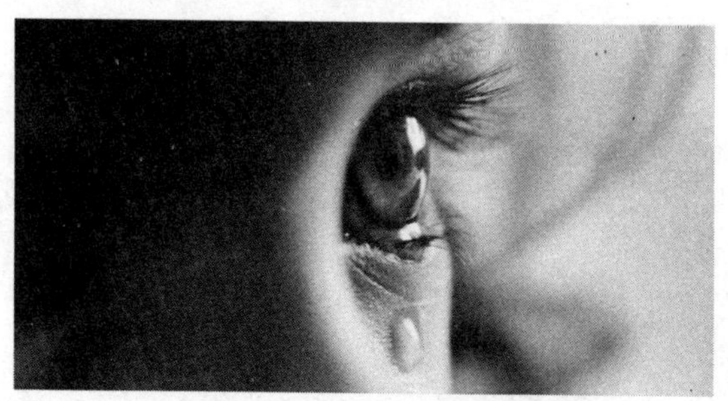

极暗之室

[瑞典]约翰·希欧林 著

刘勇军 译

The Darkest Room

Johan Theorin

湖南文艺出版社
HUNAN LITERATURE AND ART PUBLISHING HOUSE
博集天卷
CS-BOOKY

目录　CONTENTS

“每年冬天，那些亡灵都会聚在一起庆祝圣诞节。不过有一次，他们的庆祝仪式却被一位老处女搞砸了。平安夜那天，那位老妇人的钟停摆了，她半夜就起床去了教堂，听到里面传来一阵窃窃私语，像是有人在举行礼拜仪式，教堂里全是人。老妇人突然看到了她年轻时的未婚夫。早在几十年前他就淹死了，但现在他却跟其他人一起坐在教堂的长凳上。”

——19世纪瑞典民间故事

楔子

1846年冬

卡特琳，我的故事是从“鳗鱼角”庄园建造那年开始的。对我来说，那座庄园不只是我和母亲居住的地方，它更见证了我的成长。

捕鳗鱼的拉格纳·戴维松曾经告诉过我，建造庄园用的材料大部分是从一艘运输木材的失事德国船上打捞来的。我对他的话深信不疑。畜棚上面有个干草棚，干草棚远端墙上的一块木板上刻着“**纪念克里斯蒂安·路德维希**”。

我曾听到墙里传来死人的窃窃私语。他们肯定有数不完的悲苦要向世人倾诉。

瓦尔特·布隆梅森正端坐在“鳗鱼角”庄园的一间小石屋里，双手合拢向上帝祷告。他在祈祷今晚的大风和海浪不会摧毁他的两座灯塔。

他以前也不是没经历过糟糕的天气，但这样的暴风雪他还是头一次碰上。东北风呼啸而至，周围都成了粉妆玉砌的世界，所有施工作业都停了。

上帝啊，求你让我们顺利地建好这两座灯塔……

布隆梅森是灯塔的建造者，不过，他也是第一次在波罗的海建造棱镜灯塔。他是去年三月来到厄兰岛的，刚一到就马不停蹄地开始工作：请工人，订购黏土和石灰岩，租来强壮的役马。

春天空气清新，夏日气候温暖，秋季阳光明媚，工程进展得非常顺利，两座灯塔眼看就要竣工了。

可接下来，太阳不见了踪迹，冬天说来就来，气温下降，令人们如坠噩梦的暴风雪终于如期而至。半夜，暴风雪就像一头发狂的野兽，不断肆虐海岸。

直到黎明将至大风才逐渐平息下来。

正在这时，海上突然传来一阵哭声，声音是从“鳗鱼角”方向传来的，有人用外国话呼喊求救，声音撕心裂肺。

布隆梅森被这求救的声音陡然惊醒，他随即叫醒疲惫不堪的建筑工人。

“沉船了，”他说，“我们得去看看。”

可那些人全都困倦不堪，哪里想去？但他还是将他们一个个叫了起来，走到冰天雪地的屋外。

他们弓着背，迎着刺骨的寒风，拖着沉重的脚步朝海岸走去。布隆梅森一转头，看到了还未完工的石塔仍屹立在岛上。

而他对面的西边什么也看不到。平坦的海岛白雪皑皑。

一行人在海岸停了下来，朝海中望去。

他们在黑暗中望向沙洲，眼前只是灰蒙蒙的一片，但他们仍能听见咆哮的海浪声中夹杂着微弱的哭喊声，以及时不时传来的木材断裂和钉子迸出的声响。

一艘大船在沙洲上搁浅，正在下沉。

船上嘈杂声四起，求救声呼天抢地，可那些建筑工人什么都做不了，只能呆呆地站在那里听着。他们曾三次试图驾驶小船出海，但每次都无功而返。能见度太低了，海面波涛汹涌，而且，水中全是一根根又粗又大的木头。

那艘搁浅船的甲板上一定装有大量木材。船下沉的时候，被海浪冲散的木头从船上滚入水中。那些如破城槌一般长的横梁被冲到浅滩上，最后全堆在海角入口处，相互碰撞，发出“咚咚”的声音。

当太阳从一片死气沉沉的云雾中升起的时候，第一具尸体被发现了。死者是一名年轻男子，尸体离陆地十几码远，双臂张开随海浪上下颠簸，似乎直到最后一刻，他仍然试图抓住身边的一根木材。

两个灯塔建筑工人蹚过浅滩，牢牢地抓住死者穿的粗羊毛衫，将尸体从沙洲往岸上拖。

快上岸的时候，两人抓住死者冰冷的手腕，用力将他拖出水面，但这名死者个头儿很高，肩宽体阔，背起来可不轻松。建筑工人只得将他拖过大雪覆盖的海岸，在尸体拖拽的过程中，衣服里不断有水汩汩流出。

建筑工人聚在尸体旁，一句话也没说，也没敢碰他。

最后，布隆梅森弯腰将尸体翻转过来。

淹死的是个水手，一头浓密的黑发，半张着嘴，好像是正在呼吸的时候骤然停止心跳的，眼睛死死地望着灰色的天空。

工头猜想这名水手也就二十来岁，希望他还没有娶妻生子，但他也许有家庭需要赡养。现在，他就这样死在异国他乡的海滩上，也许，他甚至不知道自己的船是在哪座海岛遇难的。

“我们必须尽快叫牧师来。”布隆梅森说着合上死者的眼睛，这样，他也不用睁大双眼徒劳地望着天空了。

三小时后，共有五具尸体浮上“鳗鱼角”周围的海岸。一个破损的铭牌也被冲上了岸，上面写着：**克里斯蒂安·路德维希——汉堡市**[①]。

当然还有木头，不计其数的木头。

遇难船漂来的货物可都是宝贝，这些东西是可以用来换钱的，在“鳗

① 汉堡市，德国西北部一城市。

鱼角”建造灯塔恰好需要钱。那些建筑工人一下子就获得了这么多上好的松木，得值好几百里克斯[①]。

“我们必须将这些木头全搬上岸，”布隆梅森说，“将它们堆起来，免得被海浪冲走。”

他自顾自地点点头，抬头望了望大雪覆盖的平原。这座岛上没多少树木，只有一座座为“鳗鱼角”的灯塔守护者和他们的家人建造的小石屋，现在他可以建造一间很大的木房子了。

布隆梅森想建造一栋有围墙的大庄园，房子要宽敞、通风。他要给在世界尽头守护灯塔的人提供一个安全的港湾。

但是，用失事船的木头建造房子恐怕会招致厄运。所以，必须进行祭祀以冲走霉运。也许还得设个祭堂，以祭奠那些在“鳗鱼角”死去的人，让那些客死异乡的亡灵得以安息。

布隆梅森心里盘算着要建造一栋大房子，说干就干，他当天就迈开大步，开始测量土地。

但暴风雪过后，当瑟瑟发抖的建筑工人将木头从水里拖上岸，堆在草地上的时候，许多人仍能听见溺水者发出的求救声在空旷之地回响。

我相信灯塔建筑工人绝对忘不了溺水者的呼救声。而且我还相信，他们中许多迷信的人一定会质疑布隆梅森用沉船的木头建造大房子的决定。

当初，那些濒死的水手在被海浪卷走的一刹那绝望地想抓住那些木头，而这栋房子正是用那些木头建造而成的——我和我的母亲是在20世纪50年代末搬进去的，当时我们是不是应该多了解点情况，不如此匆忙呢？35年后，你和你的家人真的也搬到那里去了吗，卡特琳？

——米拉·兰博

① 里克斯：原瑞典银币。

乡村生活——改变你的人生！

物业：“鳗鱼角”房产，地处厄兰岛东北部。

商品描述：这座宏伟的大庄园建于19世纪中叶，当初是为灯塔守护者建造的，环境清雅，独享天成，可欣赏波罗的海的美景，离海岸不足三百码，真可谓海天一线。

建在海岸之上的大花园有平坦的草地，特别适合小孩在上面玩耍，草地的北边由稀松的落叶林包围，西边是一个鸟类保护区（名为奥菲莫森），南边的草地和平原与大海相连。

建筑物：这栋漂亮的庄园共有两层（无地窖），总面积大约为280平方码，需要重新装修和安装现代化设备。构架、托梁和房屋的正面均为木质结构。瓦屋顶。玻璃阳台朝东。五个贴瓷壁炉保存完好。所有房间都为松木地板。有公共供水系统和独立的排污系统。

一层附属建筑物（石灰岩材料建造的外屋），大约80平方码，水电齐全，修缮后可作理想的租赁场所。

外屋（以石灰岩和木头建造的畜棚），大约450平方码，不过条件相对较差。

出售情况：已售。

Chapter 1
10月　意外

“可这是利维亚啊，”他看着蒂尔达说，“卡特琳呢？我妻子呢……卡特琳在哪儿？”

一声尖叫响彻黑暗的房间。

“妈——妈？”

他“腾”地从床上坐了起来。睡眠犹如温暖而幽暗的洞穴，他感觉自己置身其中，里面回音缭绕，匆忙醒来是种痛苦。一时间，他的潜意识里怎么也想不起是谁在呼喊，也不清楚声音来自何处，脑海里仅剩下一片模糊的思想和记忆。是埃塞尔吗？不，不是埃塞尔，难道是……卡特琳？是卡特琳吗？他眨了眨眼，茫然无措地在黑暗中寻找亮光。

刹那间，自己的名字跃然于脑海——乔金·威斯汀。此刻，他正躺在北厄兰岛“鳗鱼角”庄园的双人床上。

乔金是在自己家中。他的妻子卡特琳和他们的一双儿女已经在这里住了两个月，而他则是昨天刚到。

一点二十三分。收音机闹钟上的红色数字是这间四面无窗的房间唯一的光源。

可这会儿，那个唤醒乔金的声音消失了，他知道自己不是在做梦，刚才那个声音他听得真真切切。另一个房间有人辗转不眠，他刚才分明听见那边传来低沉、压抑的呜咽声。

双人床上，卡特琳一动不动地躺在他旁边酣睡。她面对床沿，把被子都卷在身上。尽管她背对着他，但他仍然能够看到她纤细的轮廓，感受得到她的体温。她独自一人在这张床上睡了近两个月了——乔金这段时间一直在斯德哥尔摩生活和工作，每隔一个星期来这里一次。两人都觉得这样的生活实在不容易。

他将一只手伸向卡特琳的后背，就在这时，他又听见了那声喊叫。

“妈——妈？”

这次，他听出是利维亚的声音。于是他掀开被子，下了床。

卧室一角的瓷壁炉还冒着热气，但是，当他光脚踩到木地板上时却感觉上面冰凉刺骨。厨房和孩子们的房间的地板都换成隔热地板了，他们卧室的地板也得换，不过要等到新年的时候才能动工。看来他们还必须多准备些地毯过冬，当然，还有木柴。他们得找些便宜的柴火生炉子，因为房子的周围并没有树木供他们砍伐。

在寒冬来临之前他和卡特琳还得为这房子置办许多东西，明天他们就得将单子列出来。

乔金屏住呼吸听了听。现在又没声了。

他轻轻地将挂在椅子上的便袍披在身上，越过两个还没打开的盒子，蹑手蹑脚地走了出去。

屋子里漆黑一片，匆忙中，他竟然走错了方向，因为他们住在斯德哥尔摩的时候，孩子们的卧室是在右手边，而现在他们的卧室却在左手边。

乔金和卡特琳的卧室在这个洞穴式的大庄园中显得很小。外面的走廊上靠墙堆着一些纸箱，走廊的尽头是一个大厅，大厅里倒有几扇窗户，窗户对着铺有瓷砖的内庭，而内庭两侧各有一间房子。

“鳗鱼角”庄园面朝大海。乔金走到大厅的窗户那儿，由栅栏往远处的海岸望去。

一盏红色的灯在远端闪烁，那闪烁的灯光来自岛上的双子灯塔。南塔的光掠过岸边一堆茂密的海藻，远远射入波罗的海，北塔却漆黑一片。卡特琳曾跟他提过，北塔的灯从来都没亮过。

他听见房子周围大风呼啸，看见灯塔投下的影子鬼魅般舞动着。海浪。海浪总会让他想起埃塞尔，尽管当初是严寒而不是海浪让她送命的。

惨剧仅仅发生在十个月前。

乔金身后那低沉的声音再次响起，但声音不再呜咽，听起来像是利维亚在自言自语。

乔金转身回到走廊。他小心地跨过宽宽的木门槛，走进利维亚的卧室，那里只有一扇窗户，里面漆黑一片。窗上挂着一块绿色的窗帘，上面五只粉红的小猪正围着窗口欢快地跳舞。

“走开……”黑暗中传来一个女孩的声音，“走开。”

乔金踩到床边地板上一个可爱的小玩具。他捡了起来。

“妈妈？”

“不是的，”乔金说，“是爸爸。”

他听见黑暗中微弱的呼吸声，摸索着找到了大花被下扭动身体的女儿。他俯身到床前。

“你睡着了吗？”

利维亚抬起头。

“什么？”

乔金将那可爱的玩具挨着她放到床上。

“福尔曼不小心掉到床底下去了。”

“他摔疼了吗？”

“噢，那倒没有……我想他连醒都没醒。”

她抱着她最喜欢的布玩具，那是一只两条腿的动物，是去年夏天他们在哥特兰岛游玩的时候买的。这是一个半人半羊的玩具。几年前一个叫福尔曼的拳手竟然在四十五岁的时候成功复出，乔金便将这个奇怪的小家伙取名叫福尔曼。

他温柔地抚摸着利维亚的头。她的额头有点儿冰凉，过了一会儿，她终于放松下来，小脑袋慢慢靠在枕头上，抬头看着他。

“你来了很久了吗，爸爸？”

“没呢。”乔金说。

“那刚才这儿还有别人。”她说。

“你刚才做梦了。”

利维亚点点头，闭上眼睛，很快进入了梦乡。

乔金坐了起来，转过头，透过窗帘看见南塔闪烁着微弱的光。他朝窗户走了一步，稍稍掀开帘子。那扇窗户面朝西边，两个灯塔从这个地方看得不是很清楚，但红色的闪光却能扫过房子后面的空旷田野。

身后再次传来利维亚均匀的鼻息，她睡熟了。明天早上，她并不会记得他曾来过这里。

他瞥了一眼另一间新装修的卧室。装修房子和置办家具都是卡特琳一手操办的，而他这段时间则在斯德哥尔摩清理最后那点儿家当，打扫房子。

房间里一片寂静，两岁半的加布里埃尔正一动不动地蜷缩在靠墙的小床上。在过去一年的时间里，加布里埃尔每晚八点左右的时候就会上床，差不多睡上十小时，中间不会醒来。没有哪个父母不希望摊上这么乖巧的小孩。

乔金悄悄转身，蹑手蹑脚地回到走廊上。房子嘎吱作响，他似乎听到周围有轻轻的敲门声，而那嘎吱嘎吱的声音就像是有人在地板上来回走动。

他回到自己床上的时候卡特琳仍在熟睡。

第二天早上，有人前来拜访这一家人，那人约莫五十岁，脸上挂着浅浅的笑。他来的时候敲了北侧厨房的门。乔金想到来人可能是邻居，便很快开了门。

“你好，”那人说，“我叫班尼特·尼贝里，是本地报纸《厄兰岛邮报》的记者。”

尼贝里站在门前的台阶上，照相机贴在肥嘟嘟的肚皮上，手里拿着一个笔记本。乔金跟这名记者握手的时候多少有点迟疑。

“我听说最近几周有大型搬家车到‘鳗鱼角’，”尼贝里说，“我想碰碰运气，看能不能在家里见到你。”

“我刚到不久，”乔金说，“不过，我的家人倒是在这里住了一段时间了。”

“你们不是一起搬过来的？”

“我是个老师，”乔金说，“刚放假。”

记者点点头。

“我们必须报道这件事，”他说，“相信你会理解。我记得我们是去年春天接到的通知，说‘鳗鱼角’庄园已经卖了，现在，人们很想知道到底是谁买了这个庄园……”

“我们只是普通人家，”乔金很快说，“你不妨把这个写上。”

“你们是哪里人？”

“斯德哥尔摩。”

“看来你们是想学那些皇家贵族，”尼贝里看着乔金说，“你们会像国王那样，只在天气暖和、阳光明媚的时候才到这儿度假吗？”

“不是的，我们一年四季都会待在这里。”

这时卡特琳已经进了大厅，挨着乔金站在那儿。那名记者瞥了她一眼，她礼貌性地点了点头，接着，两人邀请记者进了屋。尼贝里小心翼翼地跨过门槛。

他们邀请他在厨房就座，因为那里刚刚添置了新家具，还铺了抛光的木地板。

八月份，卡特琳和铺地板的工人在装修的时候发现了一件奇怪的事：地板下面有一个隐蔽之所，里面有一个以扁平的石灰岩制成的盒子，盒子里面有一把银匙和一只发霉的童鞋。装修工人告诉她，这两样东西是祭品，意在保佑这个大庄园的居住者多子多福、五谷丰登。

乔金泡了咖啡，尼贝里在一张长方形的橡木桌旁坐下后再次打开笔记本。

“你们当初怎么会想到买下这栋房子？”

“呃……我们喜欢木房子。”乔金说。

“是的。”卡特琳说。

“可是，买下‘鳗鱼角’庄园从斯德哥尔摩搬到这里……对你们来说，是不是下了很大的决心？”

“倒也不是，”卡特琳说，“我们在布罗马有房子，不过，我们早就想在这里置办房产，去年就开始留意了。”

“为什么选择北厄兰岛？”

这次回答的是乔金：

“卡特琳是厄兰岛人，她家人……以前在这儿住过。”

卡特琳瞥了他一眼，他知道她在想什么——如果要谈论她的身世，那也得由她来说。不过，她一般不愿意讲述这段往事。

“噢，是吗，他们以前在哪儿住过？”

“很多地方都待过。”卡特琳并没有看记者，只是回答道，“他们经常搬家。”

乔金本来想说，他妻子是米拉·兰博的女儿，托伦·兰博的孙女，但这么说的话，尼贝里可有得写了，于是他什么也没说。卡特琳和她母亲当初也甚少交流。

“我打小就在城里生活，”他说，“我是在雅各布斯贝里八层楼的公寓楼长大的，那样的环境令人生厌，柏油路上车来车往。所以我很想搬到乡下来住。”

开始，利维亚安静地坐在乔金的膝盖上，但她很快觉得这样的谈话一点儿意思也没有，便跑到自己的房间去了。坐在卡特琳身边的加布里埃尔也跳下来跟着姐姐去了。

乔金听着小塑料拖鞋“啪嗒啪嗒”走过地板的声音，他又重复了一遍这几个月来对斯德哥尔摩的朋友和邻居说的话：

“我们知道这里堪称孩子们的乐园。青山绿水、空气新鲜、气候宜人，没有冒烟的汽车……我们全家人都喜欢这样的地方。”

班尼特·尼贝里将这些“优美词句”全都写在自己的笔记本里。接下来，他们围着一楼走了一圈，有的房间已经装修好了，而有的地方仍然贴着破烂的墙纸，天花板破旧不堪，地板也是脏兮兮的。

“那些瓷壁炉真是不错。”乔金指着壁炉说，“而且，所有的木地板都保存得极为完好……我们只需定时擦洗一下就可以了。”

尼贝里也许被他所说的感染了，对这栋庄园也来了兴趣，因为过了一会儿，他不再采访乔金了，而是饶有兴致地到处看那房子。他坚持要去看房子其余的部分，但乔金一再强调他们自己都没有怎么去过。

“真的没什么可看的了，”乔金说，“都是些空房子。”

“我就看一眼。”尼贝里说。

最后，乔金实在拗不过，只得点点头，打开那扇通往二楼的门。

卡特琳和那位记者跟着他，从一个变了形的木楼梯爬上二楼的走廊。尽管上面有一排面朝大海的窗户，有几缕阳光穿过纸板，从窗格射了进来，但仍然感觉有点阴暗。

风的咆哮声在黑暗的房间里清晰可闻。

“这上面一定很通风，”乔金自嘲地说，“倒也有个好处——房间很干爽，东西很少受潮。”

“这是好事……”尼贝里看着变形的软木地板，破旧、肮脏的墙纸和檐口下挂着的蜘蛛网，“不过，看来你们有得忙了。”

“可不是。”

“我们只想早点开工。”乔金说。

“装修完成后，这个大庄园一定会非常漂亮……”尼贝里说，然后他又问道，“你们对这栋房子到底了解多少？”

“你说它的历史？”乔金说，“我们也不是很清楚，不过那个房地产商倒是跟我们说过一些。他说这栋大宅建于19世纪中叶，跟两座灯塔建成的时间一致。但房子改造过多次……前面的那个玻璃阳台看起来像是1910年左右新建的。”

然后，他迟疑地看着卡特琳，看她是否有什么要补充——也许她会说她母亲和外婆在此居住时房子的情况，但她并没有正视他的眼睛。

“我们知道灯塔主人和守护者以及他们的家人和用人曾一起住在这栋庄园里，”她仅是这样说道，“当时许多人都在这里住过。”

尼贝里看了看脏兮兮的楼面，点点头。

“我觉得这里应该有二十年没人住过了，”他说，“四五年前，这里曾经住过一些难民，他们举家来到这里以躲避巴尔干的战乱。但是他们并没有在此住多久。这里空着的话还真有点儿可惜……房子太漂亮了。”

他们往楼梯下面看了看，然后突然觉得，跟楼上的房间相比，楼下即使最脏的房间也比上面的亮堂、暖和。

“这个宅子有名字吗？”卡特琳突然看着记者问道，“房子有名字吗？”

“什么？”尼贝里说。

“这栋宅子，”卡特琳说，“所有人都叫它‘鳗鱼角’，我知道这个地方叫‘鳗鱼角’，但房子可不叫这个名字。”

“是的，这个地方叫‘鳗鱼滩’，‘鳗鱼角’也是因此得名，夏天，鳗鱼都会游到这里来……”尼贝里说这话的时候像是在背诗，“我认为这宅子并没有名字。”

“房子通常都会有别名，”乔金说，“我们将自己布罗马的房子称为‘苹果屋’。”

“可这房子没名字，至少我没听说过。”尼贝里从最后一级楼梯往下走的时候又说，“不过，这个地方发生的故事还真不少。”

“故事？”

“我听说过一些故事……据说有人在庄园里打喷嚏的话，‘鳗鱼角’就会起大风。”

卡特琳和乔金都笑出了声。

“看来，我们得经常打扫房子。”卡特琳说。

“当然还有一些古老的鬼故事。”尼贝里说。

这下没人出声了。

“鬼故事？”乔金说，“那个房地产商应该跟我们说的。”

他正要微笑摇头。但这次卡特琳先开口了：

“我去邻居卡森家喝咖啡的时候倒是听说过几个故事，但是他们要我别信这些。”

“我们才没时间理会那些鬼呢。”乔金说。

尼贝里点点头，朝大厅走了几步。

“只不过，如果房子长期无人居住，人们谈论这些也在所难免，”他说，“趁还没天黑，我们去外面拍几张照片好吗？”

班尼特·尼贝里结束了这次采访，他走过内庭的草地和石子铺就的小路，瞥了一眼房子的两翼，其中一边还有一个大畜棚，底层的墙以石灰岩砌成，而上层则是漆成红色的木墙，穿过庭院是一间刷成白色、相对较小的外屋。

“我想你们也会装修这间房子吧？”尼贝里透过积满灰尘的窗户看了一眼外屋后说。

“当然，”乔金说，“得一间间来。”

“然后你们再将房间出租给游客！”

“也许吧。我们打算在几年内开间简易旅馆。”

“岛上很多人都曾有过同样的想法。”尼贝里说。

最后，这位记者在房子下面泛黄的草坡下给威斯汀一家拍了十几张照片。

卡特琳和乔金相互依靠站在那里，寒风瑟瑟，两人眯着眼睛看着海上的两座灯塔。照相机咔嚓响的时候乔金伸直了腰，想起斯德哥尔摩邻居家的房子在《美好家园》月刊上足足登了三页。而他们的新家却只能在当地的报纸上露下脸。

加布里埃尔坐在乔金的肩膀上，他身上那件绿色的棉袄有点大。利维亚则站在父母中间，她那顶白色的钩针帽拉得很低，盖住了额头，她一脸狐疑地看着镜头。

身后的"鳗鱼角"大庄园就像一个用木头和石头砌成的城堡，静静地注视着他们。

尼贝里走后，他们一家走到海滨。风又清冷了许多，太阳也快下山了，就挂在他们身后的屋顶上。许多海藻被冲上了岸，空气中因而弥漫着一股海藻的味道。

他们一路走进"鳗鱼角"的浅滩中，仿佛到了世界的尽头，各种世俗都被抛诸脑后。乔金喜欢这样的感觉。

厄兰岛东北方向一小块棕黄色的陆地似乎跟广袤的天空连在了一起。那些小岛就像水面伸出的覆盖了青草的礁石。平坦的海岸线上不时出现一个个深深的水湾和浅浅的海角，不细心观察的话还真难发现，这些和大海相连的水湾、海角慢慢变成了浅滩，甚至变成了满是沙粒、泥土的海床，海床越到中间越深，一直延伸到远处的波罗的海。

离他们几百码的地方，白色的灯塔高耸入深蓝色的天空中。

那是"鳗鱼角"的双子塔。乔金觉得他们站立的地方看起来就像人工建造的，像是有人将两堆碎石倒入水中，然后用更大块的石头和混凝土将它们浇筑而成。往北五十码是一个防浪堤，那是一个稍微弯曲的码头，用大块的石头砌成，建造该码头的目的显然是为了保护那两座灯塔免受暴风雪等灾害。

利维亚将福尔曼夹在胳膊下，突然朝连接灯塔的大码头走去。“我也要去！我也要去！”加布里埃尔大叫，但是乔金紧紧拽着他的手。

“我们一起去。”他说。

防浪堤呈“Y”字形，向水面伸出了二十几码，两条分岔一直通往灯塔矗立的小岛。卡特琳大叫：

“别跑，利维亚！小心别掉到海里去了！”

利维亚停了下来，指着南塔，高声尖叫，声音差点淹没在风中：

“它是我的！”

“也是我的！”身后的加布里埃尔不甘示弱。

“就这样了！”利维亚大声说。

这句话是今年秋天她在幼儿园学来的口头禅，她时不时来上这么一句。卡特琳赶紧跑到她面前，朝北塔点点头。

“要这样的话，那这个就是我的！”

“好吧，那我来照看房子，”乔金说，“如果你们都能帮上一点儿忙，这事就容易了。”

“我们会帮忙的，”利维亚说，“就这样！”

利维亚笑着点点头，当然，乔金可并不认为他是在开玩笑。他盼着冬天有更多事情等着他做。他和卡特琳都希望能在岛上找份教书的工作，在晚上和周末就一起装修大庄园。卡特琳都已经开始动工了。

他在海滨的草地上停下，久久地看着他们身后的建筑物。

环境清雅，独享天成。就像广告中写的那样。

乔金还是没怎么习惯这么大的正屋：房子建在长满草的坡顶，漆成白色的三角墙，木墙则为红色。瓦屋顶上有两个漂亮的烟囱，如双塔般矗立在那儿，黑如墨斗。房子以黑色调为主，只有厨房的窗户和阳台闪着暖黄色的光。

这里曾住过很多人，墙面已经斑驳，门厅和地板也有些年头了，灯塔主人、守护者和他们的家眷都在这栋大庄园里留下了曾经的印迹。

记住，当你接管一所老房子的时候，这栋房子同时也将你接管。乔金曾在一本谈论如何装修木屋的书上看到过这么一句话。对他和卡特琳来说情况并非如此，他们当初离开布罗马的房子时就并无不舍，不过，这么多年以来，他们确实见过许多将房子照料得很好，跟房子心气相通的家庭。

“我们要去灯塔那边吗？”卡特琳问。

“好啊！”利维亚大叫，“就这样！”

“那边的石头可能很滑。”乔金说。

他不希望利维亚和加布里埃尔对大海一点儿畏惧感都没有，不希望他们单独下海。利维亚是会游一点儿，加布里埃尔完全不会游泳。

卡特琳和利维亚已经手牵着手沿着石砌的防浪堤走了。乔金抱起加布里埃尔，将他放在右手臂弯中，迟疑地跟着她们走在坑坑洼洼的石板上。

粗糙不平的石头并没有他想象中那么滑。有些地方，石块已经被海浪冲蚀掉了，石头间的混凝土也已脱落。今天只是起了点微风，但乔金仍能感受到大自然的力量。每年冬天，浮冰、海浪和凛冽的暴风都会肆虐“鳗鱼角”，但灯塔仍然坚不可摧地耸立在那儿。

“它们有多高？”卡特琳仰头看着两座灯塔的时候惊叹道。

“我没带尺子，但我想它们差不多有60英尺高吧？”乔金说。

利维亚仰头看着塔顶。

“为什么没有灯呢？”

“我想天黑的时候会有吧。”卡特琳说。

“那座灯塔是不是从来没亮过？”乔金退后一步，仰头看着北塔问。

“我怀疑没有，”卡特琳说，“我们来了这么久也没亮过。”

他们走到防浪堤分岔的地方，利维亚朝她妈妈指向的左侧的灯塔走去。

“小心点，利维亚。”乔金看着石头缝下的黑水说。

其实离水面也不过五六英尺高，但下面一团漆黑，冰冷的海水让他觉得一点儿都不自在。他水性很好，但并不怎么喜欢游泳，即使是在夏天，甚至三伏天，他也没有一头跳进海里游个痛快的欲望。

卡特琳曾经到过这座岛上，在岸边驻足过。她沿海岸线两头望去。北边，只有空荡荡的海滩和几片树林，南边是一片草地，远处有几个小船库。

“连个人影也没有，”她说，“我以为我们至少能在附近看到几栋房子呢。”

“那边有很多小岛和海岬。”乔金说，另一只手指着北岸，“看那儿。看到了吗？”

那是一艘船的残骸，搁在半里开外满是石头的海岸上，船有些年头了，现在仅剩下船身，上面的木板已被太阳晒得泛白。这艘船是很久以前被大风吹上岸而搁浅的。船的右舷搁在石头堆里，乔金觉得那凸出的船身活像一个巨人的胸腔。

“遇难船，我看到了。”卡特琳说。

“他们难道没看到灯塔发出的光吗？”乔金说。

“我觉得灯塔有时候根本没什么用……它们在暴风雪的时候并不能派上用场。”卡特琳说，“我和利维亚前几个星期去过遇难船那儿。希望能找到几块好一点的木材，但早被搬走了。”

灯塔的入口是一个石头拱道，深约三英尺，拱道连着坚固的钢门，但是门上已经锈迹斑斑，只有几个地方还残留着原来的白色。门上没有锁眼，但有一条门闩，上面挂着一把同样锈迹斑斑的锁，乔金抓住门的侧边推了推，门却纹丝不动。

“我在其中一间厨房的碗柜里见过一串旧钥匙，”他说，“我们下次就用它们试试。”

“我们也可以联系海事会。”卡特琳说。

乔金点点头，往后退了一步。毕竟，灯塔跟他们没多大关系。

“灯塔不是我们的吗，妈妈？”一家人往岸上走的时候利维亚问道。

她的声音听起来颇为失望。

“噢，是我们的，”卡特琳说，“也算是我们的吧。但我们不必照顾它们，对吗，乔金？”

她对乔金笑了笑，他点点头。

“房子就足够我们折腾的了。”

乔金去看利维亚的时候，睡在双人床上的卡特琳并没有醒。她翻了个身，在睡梦中，她给乔金拉了拉被子，他顺势钻了进去，闻着她的体香，闭上了眼睛。

他们别无所求。

感觉自己跟城市的生活划清了界限。对斯德哥尔摩的记忆早已变成斑斑灰色，消失于地平线上，而寻找埃塞尔的记忆也逐渐消失。

他们只愿永享这份宁静。

然后他又听见利维亚的房间传来轻轻的呜咽声，他屏住呼吸。

“妈——妈？”

声音拉得很长，回荡在房间的声音也更大了。倦意袭来，乔金打了一个哈欠。

睡在身旁的卡特琳抬起头，听了听。

“什么声音？”她睡眼蒙眬地说。

“妈——妈？”利维亚又喊了一声。

卡特琳坐了起来。跟乔金不同，她能够瞬间从熟睡的状态中完全醒来。

“好累，”乔金轻轻地说，“我以为她睡着了，可……”

“我去看看。”

卡特琳毫不犹豫地下了床，穿上拖鞋，披上便袍。

“妈妈？”

“我来了，宝贝。”她咕哝了一声。

这可不好，乔金心想。利维亚每天晚上都想跟妈妈睡可不行。这个习惯是她去年养成的，有几个晚上她总是闹个不停，也许是因为埃塞尔的原因。那段时间利维亚很难入眠，只有卡特琳陪着她的时候，她才能睡得安稳。到现在为止，他们还是没办法让利维亚整晚一个人睡。

“我就不陪你了，亲爱的。”卡特琳说着走出卧室。

这就是为人父母的责任，乔金躺在床上想。现在，利维亚的房间里再也没传出什么声音了。卡特琳过去照顾她了，他放松下来，闭上了眼睛。睡意再次袭来。

现在，大庄园如死一般的沉寂。

他的乡村生活开始了。

在亨里克看来，瓶中的船是一件小艺术品，这艘用白布做帆的三桅船长约六英寸，船用整块巴尔杉木雕刻而成。每张帆都用黑色的绳子打结固定在小墩上。制作者将桅杆放了下来，和船一起，用钢丝和镊子小心地塞进旧瓶子里，然后将瓶子摁入一桶蓝色的油灰中。接下来，再用弯曲的袜针将桅杆竖起来，这样，帆就张开了。最后再以软木塞住瓶子。

瓶中的小船一定花了好几个星期才完成，但塞瑞留斯兄弟眨眼工夫就将它毁了。

汤米・塞瑞留斯将瓶子从书架上扫了下来，玻璃瓶在那间小屋新铺就的镶花地板上摔得粉碎。尽管经此一摔，但那艘船竟然没事，只在地板上弹开了几码远，最后，弟弟弗雷迪一脚踩了上去。他打着手电筒，好奇地看了看，然后抬起脚，“啪啪啪”又踩了三下，船被他踩得粉碎。

“合作愉快！”弗雷迪欢呼道。

“老子最烦的就是这些手工艺品。”汤米说着挠了挠自己的面颊，一脚将船的残骸踢到房间另一头。

小屋中除他们两人以外还有那个叫亨里克的，他刚才在卧室的壁橱里找值钱的东西，这会儿，他从里面走了出来，看见支离破碎的船，摇了摇头。

“希望你们对其他的东西高抬贵手，好吗？”他轻轻地说。

汤米和弗雷迪喜欢瓶瓶罐罐破碎的声音，亨里克在他们第一晚合作的时候就发现了，当时他们一起在比克瑟尔克鲁克南部的六间度假屋行窃，那两兄弟简直就是破坏大王。当时他们驾车往北行驶，一只眼睛亮着光的黑白相间的花猫站在路边，只听见右边轮胎传来“噗”的一声，汤米驾驶的货车从那只猫身上碾过，紧跟着，兄弟俩一通狂笑。

亨里克从来不搞破坏，他小心翼翼地拆除窗户进入度假屋。可是，那两兄弟爬进去后就大肆破坏。他们将陈列鸡尾酒的柜子翻转过来，将玻璃和瓷器全扔到地上。他们还将镜子全都敲碎，不过，那些产于斯莫兰省的手工吹制瓶倒是幸免于难，因为它们可以卖钱。

至少住在岛上的人并不是他们的目标。从一开始，亨里克就决定只对来此游玩的瑞典本土居民的度假屋下手。

亨里克并不喜欢塞瑞留斯兄弟，他只是无法摆脱他们，就像那种晚上来打扰之后死皮赖脸地不肯离去的亲戚。

但是，汤米和弗雷迪并不是从岛上来的，也并非跟他沾亲带故。他们只是摩根・贝里隆德的朋友。

九月末的一天，他们按响了亨里克位于博里霍尔姆小公寓的门，当时是十点左右，他正想上床睡觉。开门的时候发现两个跟他年龄相仿的人站在屋外，两人宽宽的肩膀，留着短得不能再短的寸头。他们朝他点了点头，没经允许就直接走进了门厅。两人身上散发着汗臭味，整间公寓都能闻到一股子油味和肮脏的汽车坐椅的味道。

“亨里克老弟。”其中一人说。

他戴着大墨镜。这副打扮本来挺滑稽的，但你还真不能笑话这种人。他的面颊和下巴上有好几道血印，像是被人挠的。

“还好吗？”

“还行吧，”亨里克慢慢地说，“你们是……”

“塞瑞留斯兄弟，汤米和弗雷迪。该死的，亨里克……你竟然连我们兄弟什么来头都不知道？”

汤米调整了一下墨镜，又伸手在自己的面颊抓了几道长长的印子。亨里克意识到他脸上的血印并不是跟别人打架的时候留下的，是他自己弄的。

两兄弟快速扫了一眼他那间单身公寓，然后一屁股坐在电视机前面的沙发上。

“有薯条吗？”弗雷迪说。

他将穿着靴子的双脚放在亨里克的玻璃桌上。接着，他解开棉袄，一件浅蓝色T恤套在隆起的啤酒肚上，T恤上印着：**人为财死，鸟为食亡**。

“你兄弟摩根向你问好。”哥哥汤米说着取掉了墨镜。他比弗雷迪要消瘦一些，手里拿着一个黑色的皮包，盯着亨里克，嘴角抽动了一下，算是对他笑了笑：“是摩根让我们来这儿的。”

“是他要我们来这鸟不拉屎的地方的。”弗雷迪一边说，一边将亨里克端到他面前的一碗薯条拉了过来。

“摩根？摩根·贝里隆德？”

“可不就是他，”汤米一边说，一边挨着他弟弟坐在沙发上，“你们是朋友，对吗？”

“那是过去的事了，”亨里克说，“摩根搬走了。”

“我们知道，他在丹麦。现在在哥本哈根的一家地下赌场混。”

“干些见不得人的勾当。”弗雷迪说。

“我们去过欧洲很多地方，”汤米说，“待了差不多一年的时间。那时候我们才意识到瑞典真小。”

“这里就是个穷乡僻壤。”

“我们首先去了德国，在汉堡市和杜塞尔多夫待过，那地方真漂亮。然后我们去了哥本哈根，那地方也带劲。”汤米又看了看四周说，“接着我们就到这儿来了。”

他点点头，将一支烟叼在嘴角处。

“这里不许抽烟。”亨里克说。

他在想，如果塞瑞留斯兄弟在欧洲那些大城市真混得那么好的话，为什么还会离开，千里迢迢到瑞典这个与世隔绝的小镇来。他们是不是得罪了什么人了？有这种可能。

“你们不能留在这里。”亨里克说着环顾了一眼自己的这间单身公寓，“我这里庙太小。你们也看到了。”

汤米将烟拿开。他似乎都没听亨里克说话。

“我们是撒旦崇拜者，”他说，“我们跟你说过这事吗？”

“撒旦崇拜者？”亨里克不明就里。

汤米和弗雷迪点点头。

“你是说崇拜魔鬼的人？”亨里克笑着说。

这次汤米没笑了。

“我们谁都不崇拜，”他说，“撒旦象征人们内心的力量，我们对此深信不疑。”

“对，力量。”弗雷迪说，他已将薯条消灭光了。

“没错，”汤米说，“我们的座右铭就是胜者为王，谁都不能阻止我们拿走自己想要的东西。你听说过阿莱斯特·克劳利吗？”

“没有。”

“他是一个伟大的哲学家，”汤米说，“在克劳利看来，生活是强者和弱者、智者和蠢人之间无休止的战争。在这个世界上，胜利者通常是那些最强大和最聪明的人。”

“是这个理儿。”亨里克说，他从来都不信宗教，现在也没打算信这个。

汤米继续打量这间公寓。

“她什么时候走的？”他问。

“谁？”

“你马子。就是帮你拉窗帘、插干花、干家务那女的。你一个老爷们不会干这事吧？”

“她是去年搬出去的。”亨里克说。

他不由自主地想起了卡米拉，她曾喜欢躺在塞瑞留斯兄弟现在坐的沙发上看书。现在他意识到汤米比他看上去要聪明——他连细节都注意到了。

“她叫什么名字？”

“卡米拉。”

“你想她吗？”

“女人算什么，”他很快说，“不过，你们真不能留在这里……”

“冷静点，我们住在卡尔马，”汤米说，“都安排好了，但我们想在厄兰岛办点儿事，需要你帮点小忙。”

“帮什么忙？”

“摩根告诉我们说你跟他在冬天的时候一起干过。他跟我们说过度假小屋的事。”

“明白了。”

“他说你肯定乐意重操旧业。”

摩根，还真得谢谢你对我的“提携”，亨里克想。摩根走之前，他们因为分钱的事发生过争执，也许他这是在报复。

“那是很久以前的事了，”他说，“已经过去四年了……我们只干过两个冬天，真的。”

“然后呢？摩根说事情进展得挺顺利。”

“这倒没错。”亨里克说。

实际上，他们进屋偷盗的时候确实没出过什么事，但有几次，他和摩根被邻居发现，于是，他们只得翻石头墙跑了，那情形就像偷苹果的孩子一样。他们事先会研究出两条逃跑线路：一条是靠自己的两条腿，一条是开车。

他继续说：

“有时候我们根本找不到一丁点儿有价值的东西……不过，有一次我们找到一个十分古老的橱柜，是17世纪的德国货，结果我们在卡尔马卖了35 000克朗。”

亨里克开始绘声绘色地讲起了往事。他确实很有本事，能够在不打破上锁的阳台门和窗户的前提下轻而易举地进入屋内。他爷爷曾在马奈斯做过木匠，就连他那样的老木匠对他的技术都赞不绝口。

但是他也记得，干这勾当，每天晚上都得驱车围着北厄兰岛转，感觉特别紧张。那里的冬天又冷得要命，不管是在大风呼啸的户外，还是在紧闭房门的屋内。那里的度假村特别安静，一个人影都没有。

“那些老房子里有宝贝，而且还没人要，”汤米说，“你干不干？我们要你带我们去那儿。”

亨里克什么也没说。只不过，他确实不想过那种惨淡不堪或索然无味的生活。

“看来我们达成交易了，”汤米说，“你同意了吗？”

“也许吧。”亨里克说。

“这么说你算是同意了。”

“也许吧。”

“好兄弟。”汤米说。

亨里克犹豫地点点头。

他想过那种刺激的生活。现在卡米拉搬走了，晚上寂寞难耐，但他还真有点儿拿不定主意。倒不是担心被抓，他以前入室偷盗的时候确实是担心过这个，但现在却担心别的。

“乡下很黑。”他说。

“那正好。”汤米说。

“那里真黑，”亨里克说，“村里没有路灯，那些小屋里连电都没有。几乎什么都看不见。”

“这个没问题，”汤米说，“我们昨天在加油站搞了几支手电筒。”

亨里克慢慢点点头。有了手电筒当然就不怕黑了，但手电筒照明的范围有限。

“我有间船库，”他说，“在找到买主之前我们可以把东西存放在那儿。”

“太好了，”汤米说，“那我们现在只要找到下手的地方就行了。摩根说你知道一些地方。”

“我倒是知道一些地方。”亨里克说。

“给我们地址，我们检查下那地方是否安全。”

“你说什么？”

“我们问阿莱斯特。”

“什么？”

“我们经常会和阿莱斯特·克劳利聊天，”汤米说着将他的包放在桌上，他打开包，拿出一个用黑木制成的扁平盒子，“我们就用这个跟他联系。”

亨里克没有说话，看着汤米将盒子打开，放到桌子上。盒子内侧烙着些字母、单词和数字。字母倒是齐全，数字只是从0到10，单词也就两个：“YES”和“NO”。接着，汤米从他的袋子里又拿出一小块玻璃。

“我小时候也玩过这个，”亨里克说，“玻璃里面有鬼魂，是吗？”

“瞎扯什么，我可没空跟你开玩笑。”汤米将玻璃放在打开的盒子里，“这叫显灵板。”

“显灵板？”

“没错，”汤米说，“这块木头是从旧棺材盖上弄下来的。你能将灯再开小点儿吗？”

亨里克偷偷笑了笑，但还是走到电灯开关那边。

三人围坐在桌旁。汤米将自己的小指放在玻璃上，闭上眼睛。

房间里顿时安静下来。他慢慢地挠了挠自己的喉咙，像是在听什么人讲话。

“谁？”他问，“阿莱斯特在吗？”

但接下来好几秒并没有出现异常情况。过了一会儿，玻璃开始在汤米的手指下移动。

第二天黄昏的这个时候，亨里克去他爷爷的船库作准备。

那是一间被漆成红色的小木屋，建在草地上，离海岸十几码远，挨着两间度假屋，八月中旬的时候没人会到小屋附近来，这里不会有人打扰。

这个船库是他从爷爷艾尔格特那里继承来的。爷爷在世的时候，他们每年夏天都会出海几趟，撒网之后就在船库过夜，早上五点钟的时候就起床收网。

他怀念在波罗的海岸边生活的那段岁月，现在，想起爷爷不在了，他不禁悲从中来。艾尔格特在退休之后还做着木匠的活计，帮人修补房子什么的，在心脏病发作去世之前他很少离开这座小岛，他似乎对自己当初在波罗的海岸边的生活也相当满意。

亨里克打开挂锁，往黑黢黢的屋子看去，里面的摆设跟六年前爷爷去世的时候相差无几。墙上挂着渔网，那个工作台仍然保存完好，房间的其中一个角落还有一个锈迹斑斑的铁炉子。卡米拉曾打算将里面好好收拾一番，将内墙漆成白色，但亨里克觉得还是应该保持原来的样子。

他将木地板上的油壶、工具箱和其他东西都收拾好，又将一块帆布铺在地上，将来那些赃物就放在这上面。接着，他走到海角的防浪堤，呼吸着夹杂海藻和咸水味的空气。往北望去，“鳗鱼角”的双子灯塔矗立海中。

亨里克的摩托艇就在防浪堤下，他看了看下面，发现摩托艇里积了雨水。他爬到船上，开始往外舀水，他一边舀水一边想起了昨晚他和塞瑞留斯兄弟坐在厨房时那两兄弟举行降神会的事。

玻璃在桌面不停移动，对所有的问题都是有问必答——不过，这肯定是汤米自己搞的鬼。尽管他闭着眼睛，但他一定偷看了，这样，玻璃总会移到他想要的位置。

不消说，阿莱斯特的灵魂肯定会支持他们偷盗度假屋的计划。亨里克之前向兄弟两人推荐了斯滕维克村，当汤米询问能不能去偷窃这个村子时，玻璃移到了“YES”的位置，而当他问小屋里是否有值钱的东西时，玻璃同样作了肯定回答。

最后汤米问道：

“阿莱斯特，你觉得……我们三个人能够互相信任吗？”

那块小玻璃开始并没有动，然后慢慢移到“NO”的位置。

汤米随即发出一声沙哑的笑。

“没事，”他看着亨里克说，“老子谁都不信。”

四天后，亨里克和塞瑞留斯兄弟就打算干第一票了，他们起程往北来到一片度假屋，那些上了锁的小屋都是亨里克选定并经阿莱斯特“同意”的，在夜色下显得格外幽深。

亨里克和那两兄弟打开窗户进入小屋后并没有去找那些昂贵的小物件，因为他们知道没有哪个游客会蠢到将现金、名牌手表或者金项链留在小屋里过冬。不过，有些东西在他们度完假后却很难带走，比如电视机、音响设备、酒、香烟或者高尔夫球杆什么的。也许外屋里还有电锯、煤气罐和电钻。

看到汤米和弗雷迪毁掉瓶中的小船，亨里克抱怨了几声，然后他们就分头继续去寻找值钱的东西了。

亨里克走进一间更小的房间，房间正对着堆满岩石的海岸线和海峡，透过一个大落地窗，他看到半轮苍月挂在水上。而斯滕维克只不过是此岛西岸一个无人居住的小渔村。

尽管亨里克进去的每个房间一点儿声响都没有，但他仍然觉得墙后面有什么人正盯着他看一样。所以，他走得格外小心，尽量不将房间弄乱。

“喂？亨里克？”

是汤米在喊他，亨里克随即回了一声：

“你在哪儿？”

“在这儿，就在厨房后面……这个房间像个办公室。”

亨里克循着汤米的声音从那间窄窄的厨房里穿了过去，发现他正靠墙站在一个没有窗户的房间里，用戴着手套的右手指着一个东西。

“看看这是什么？”

他没有笑——这小子几乎从来不笑，他抬头望着墙壁，表情似有几分得意，看来他有重大发现。墙上挂着一个大挂钟，钟的外框是黑木做的，玻璃门下是一圈罗马数字。

亨里克点点头。

“是的……这玩意儿可能很值钱，是古董吗？”

“我想是吧，”汤米打开玻璃门的时候说，“如果哥儿几个走运，这玩意儿或许还是个古董呢。可能是德国货或者法国货。”

“但这钟已经不走了。”

“可能要上发条。”他关上门大叫，“弗雷迪。”

没过一会儿，他的弟弟也啪嗒啪嗒进了厨房。

“什么东西？”

“帮把手。”汤米说。

三个人中，属弗雷迪的胳膊最长。他将挂钟取了下来。然后亨里克帮忙抬到地上。

“我们赶紧把它弄到外面去。”汤米说。

他们的货车就停在房子后面的阴暗处。

车身写着“卡尔马管道焊接公司”。那是汤米用自己买来的橡胶活字贴上去的。卡尔马根本没有这样的焊接公司，但也不能大晚上还开着连名字都没有的老式货车惹人怀疑。

“下个星期马奈斯就会设立警察局了。”亨里克将挂钟从阳台的窗户抬出去的时候说。

今天晚上几乎没有风，但仍然寒意逼人。

“你怎么知道？”汤米说。

“今天的晨报有报道。”

黑暗中传来弗雷迪沙哑的笑声。

“噢，那是好事啊，”汤米说，“你可以给他们打个电话，把咱兄弟给告发了，或许你还能少蹲几天班房呢。”

他的下唇微微下垂，露出牙齿，你笑的时候就是这副尊容。

亨里克在黑暗中回之一笑。整座岛上有几千间度假屋，警方哪里忙得过来，而且，他们一般只会在白天的时候出来巡逻。

他们将挂钟放在货车后面，车上还有一辆健身脚踏车，两个抛光的石灰岩制成的花瓶、一个录像机、一个小马达，一台带打印机的电脑和一台立体声电视机。

亨里克很快又回去将窗户关上。他还从地上捡了几块小石子，塞在木框的缝隙中，这样，窗户就不会被风吹开了。

“快点儿。”汤米在他身后大声叫道。

两兄弟觉得偷盗一个地方还将它关得严严实实的是浪费时间。但亨里克知道，还得有几个月才会有人到小屋来，如果窗户开着的话，雨雪会把里面的装饰品全给毁了。

亨里克刚一上车汤米便发动了引擎。然后，他将车门上的一块东西扯开，手伸向里面，拿出一团卫生纸，纸里包的一小块东西是冰毒。

“来点儿吗？”汤米说。

“不了，今天够了。”

这两兄弟的冰毒是从欧洲大陆弄来的，出售的同时他们自己也会吸食。亨里克知道，嗑上一颗冰毒确实能提振他的精神，可是，他一天只能来一颗，如果吸食多了，他就会像触电一样，全身颤抖，很难正常地思考问题，脑袋还会嗡嗡直响，根本睡不着觉。

他不是什么瘾君子，但要是一点儿也不碰这玩意儿的话又会太无聊。一粒刚刚好。

汤米和弗雷迪似乎没有这样的困扰，要不然他们在回卡尔马之前都不用睡觉了。他们将冰毒连同卫生纸统统塞进嘴里，再从车后座拿出一瓶水，将嘴里的东西全都鼓捣进肚里。完事后，汤米猛踩油门，围着房子兜了个圈，然后开着车行驶在空无一人的乡村小路上。

亨里克看了看表——差不多十二点半了。

“好了，我们去船库。”他说。

车上主干道的时候，尽管路上并无其他车辆，汤米还是顺从地在一个

“停车路标”前把车停下，然后拐向南边。

“在这儿转弯。”十分钟后亨里克看到恩斯伦达的路标时说。

一路并没看到其他车辆或行人。他们沿着沙砾小道一直开到船库，然后汤米往后倒车，尽可能挨着船库。

船库建在海边，犹如洞穴一般漆黑，但“鳗鱼角”北边的灯塔仍在闪光。

亨里克打开车门，看着如墨般漆黑的大海，听到海浪拍岸的声音，他不自觉地想起了爷爷。六年前，爷爷正是在这个地方亡故的。当年，艾尔格特已经八十五岁高龄了，还患有心脏病。那是一个冬天，尽管寒风凛冽，但他还是从床上爬了起来，叫了一辆出租车来到这里。司机在路边将他放了下来，无疑，刚下车艾尔格特就心脏病发作了。但他还是挣扎着走到船库那儿，最后被人发现死在门边。

“我有个主意。”他们借着手电筒的光卸赃物的时候，汤米说，“我有个建议。你们听听，然后再说说你们的想法。”

“什么主意？”

汤米没有回答。他钻进货车，从里面拿出一个黑糊糊的东西，看上去像是一顶毛线帽。

“这是我们在哥本哈根找到的。”他说。

然后他用手电筒照着这顶黑色的“帽子”，亨里克很快发现这并非什么毛线帽，而是一顶盗窃用的巴拉克拉瓦帽，眼睛和嘴巴留有三个洞。

“我建议下次我们戴上这个，”汤米说，“不去度假屋了。”

“不去度假屋，那去哪儿？”

“去找那些有人住的房子。”

三人站在海岸边的阴暗处沉默了一阵儿。

“好主意。”弗雷迪说。

亨里克看了看那个头套，没有出声。他陷入了沉思。

“我知道……这样风险更大，”汤米说，“但收益也会增加。我们从来没在那些度假屋中找到过现金和首饰……只有一年四季都有人住的房子里才会存放现金和首饰。”他将头套扔到车里继续说：“当然，我们还得问问阿莱斯特，看能不能干。为安全起见，我们还是找那些稍微偏僻又没装报警器的房子下手。”

“还得没有狗。”弗雷迪说。

“对。得没有狗。而且，我们要戴头套，不能让人认出来，”汤米看了一眼亨里克说，“你觉得这主意怎么样？”

“我不知道。”

亨里克干这事并不是为了钱，最近他手头还算宽裕，他是在寻找刺激，用来打发每天无聊的日子。

“那我和弗雷迪单独行动了，”汤米说，“我们将来肯定会赚到更多的钱。”

亨里克很快摇摇头。他倒不是很想跟汤米和弗雷迪去混，他只是觉得什么时候金盆洗手得由自己说了算。

他想起了傍晚那艘在石头地板上被踩得粉碎的小船，然后说：

“我干……不过我们得悠着点，不能伤人。”

“伤什么人？”汤米说。

“屋主。”

“靠，那些人都在睡觉呢……如果有人醒来的话我们就说英语，这样他们就会误以为我们是外国人了。”

亨里克并没有完全被说服，但他还是点点头。他用帆布将赃物盖了起来，然后再锁好船库。

他们跳进车里，穿过海岛往南边的博里霍尔姆驶去。

二十分钟后他们就到了镇里，一排排的街灯点亮了十月的夜空。但人行道上也跟乡村小道上一样空无一人。汤米放缓车速，将车停在亨里克所住的公寓旁。

“很好，”他说，“那就下周见了？是下周二晚上吧？”

“没错……但之前我可能会出去探风。”

“你喜欢住在这种偏僻的地方？”

亨里克点点头。

“那好，”汤米说，“但是你不要一个人去卖这些东西，我们会在卡尔马找买家。”

“好。”亨里克说着关上了车门。

他走向一团漆黑的门厅，看了看手表，一点半了。不过对他来说现在还很早，他会一个人躺在床上睡上五个钟头，然后，闹钟会提醒他该开始工作了。

他想了想岛上那些有人居住的房子。暗暗下了决心。

一有事发生他就跑。如果他们进去的时候吵醒了屋主，他也只管逃跑就行了，才不会理会那两兄弟和玻璃中那个该死的鬼魂，管他呢。

马奈斯一家老人院里，蒂尔达·戴维松坐在她叔公耶尔洛夫·戴维松屋外的走廊里，装有录音机的双肩包放在一旁，她并非一个人在此，走廊远端的沙发上还坐着两个头发花白的妇人，她们或许是在等下午的咖啡。

两个女人在那儿唠家常，蒂尔达发现自己竟然不由自主听起了她们的悄悄话。

两人似乎在发牢骚，一阵长吁短叹。

“他们总是不停地奔波，从一个地方飞到另一个地方，”离蒂尔达稍近的女人说，“他们老出国，多远的地方都去过。”

“可不是，他们亏待不了自己。”另一个女人说。

“他们给自己买东西……可舍得花钱了，”第一个女人说，“我昨天给我们家老幺打电话，她告诉我她和她老公又买了一辆新车。我说‘你那辆车不是还挺好的吗’，‘是啊，但今年镇里其他人都换新车了’，她是这么回答我的。”

“他们都这副德行，就知道不停地买东西。”

“没错。而且，他们现在很少跟我们联系了。”

“是啊……我儿子从来都不给我打电话，连生日的时候也等不到他一个电话。都是我主动给他打，即使电话打通了也聊不上几句。他总是说正赶往什么地方，不然就说在看什么不能错过的电视节目。”

“对了，他们总是不停地买电视机，说什么电视机要配得上房子的大小……”

“还有冰箱。”

“炉子。”

蒂尔达没再听下去了，因为耶尔洛夫房间的门开了。

耶尔洛夫个子很高，不过，现在他的背稍微有点驼了，双腿也颤颤巍巍的，但他的笑容让蒂尔达觉得他过得很悠闲，身体也比去年冬天好些了。

耶尔洛夫出生于1915年，刚在斯滕维克的度假屋庆祝完了自己的八十岁生日。当时他的两个女儿都在，大女儿莱娜带着她的丈夫和孩子，小女儿朱莉娅则带去了她的新婚丈夫和他的三个孩子。那天耶尔洛夫风湿病犯了，整个下午都必须坐在扶手椅上。但现在他却能拄着拐杖站在门口，今天，他穿着一件马甲和一条深灰色的华达呢裤。

“好了，天气预报播完了。”他轻轻地说。

“太好了。”

蒂尔达站了起来。在进耶尔洛夫的房间之前她必须耐心等待，因为他要收听天气预报。蒂尔达不明白这事为什么这么重要，因为这样的冷天他几乎都不出去，不过，也许他想了解风向和天气状况，这是他多年来养成的习惯，年轻的时候，他可是波罗的海一艘货船的船长。

“请进，请进。”

他站在屋里跟她握了握手，耶尔洛夫并不喜欢跟人拥抱。蒂尔达从来没见过他拍别人的肩膀。

他用力地握着她的手。耶尔洛夫十几岁就出海了，尽管他早在二十五年前就退休了，但是长年累月地拉绳子、搬货物，锁链把他的手指都磨破了，有些老趼至今还在。

“这几天的天气怎么样？”她问。

“别提了。”耶尔洛夫叹了一口气，迈着僵硬的双腿坐在小咖啡桌旁的一把椅子上。“广播电台将天气预报的时间改了，所以我没收听到本地的天气情况。不过，北方这几天会降温，所以我想，这里应该也会降温。”他怀疑地看了一眼书架旁的气压计，然后从窗户望向屋外光秃秃的树林，接着又说：“看来今年冬天难熬了，不仅气温低，而且来得早。你看那些星星都特别亮，尤其是北斗七星。从今年夏天的情况也能看出来。

“夏天能说明什么？”

“夏天潮湿的话通常意味着冬天会很冷，”耶尔洛夫说，“所有人都知道。”

“我就不知道，”蒂尔达说，“但对我们有什么影响吗？”

“肯定有影响，漫长、寒冷的冬天对谁没影响？比如，那些在波罗的海航行的船就会受其影响。海面一结冰，船就不能按时到达港口，他们的收益也会随之下降。”

蒂尔达走进房间，满眼都是耶尔洛夫当年出海的“证据”——墙上挂着许多船的黑白照片、漆过的铭牌、用相框装好的航船证书，还有他已故的父母和妻子的小照片，看来他过去的记忆全都在这些照片里了。

时间仍定格在过去，蒂尔达想。

她在耶尔洛夫对面的桌子上坐了下来，将录音机放在他们中间，然后插上一个扁平的台式麦克风。

耶尔洛夫看着录音机，眼神跟看那个气压计时并无二致。那台录音机并不是特别大，但蒂尔达发现他的视线老是在录音机和她身上来回移动。

“现在开始……”他说，“说我哥哥的事吗？”

“其他事情也都可以谈，”蒂尔达说，“要是那样的话就太直接了，对吗？”

“我只是不明白为什么要谈论这些话题？”

“我不希望过去的事永远尘封在记忆里，”蒂尔达说，但她很快又说，“当然，您的身子骨还很硬朗，我不是这意思，只是想将这些记忆好好保存起来。我父亲在世的时候并没有过多地跟我提起爷爷的事。”

耶尔洛夫点点头。

“我们可以开始了，不过，既然是在录音，我们说话的时候可得注意点儿。”

“这个没问题，”蒂尔达说，“录音带可以反复录音。”

八月，她给耶尔洛夫打了个电话，说她搬到马奈斯来的时候想对他进行录音采访，他当时想都没想就答应了，现在真录音了，他却有点儿紧张。

“录上了吗？”他轻轻地问，“磁带转了吗？”

“没呢，”蒂尔达说，“好了我会告诉你。”

她按下录音机的按钮，看到磁带转动，便向耶尔洛夫点点头，鼓励他可以开始了。

“好了……我们开始了。”蒂尔达坐直了，她的声音听起来比平常紧张，也更正式，“我是蒂尔达·戴维松，我现在在马奈斯，旁边坐着的这位是我祖父拉格纳的弟弟耶尔洛夫，现在我们要谈谈我们家族的过去……谈谈我祖父在马奈斯的生活。”

耶尔洛夫挪了挪有点僵硬的身子，朝麦克风探身过去，用清脆的声音纠正她说：

“我哥哥拉格纳并不是生活在马奈斯，而是居住在马奈斯以南的罗比村，挨着那里的海滨。”

“谢谢提醒，耶尔洛夫……你记忆中的拉格纳是什么样的？”

耶尔洛夫犹豫了一阵儿。

“我们之间有过许多美好的回忆，”他终于开口道，“我们一起在斯滕维克长大，不过，二十多岁的时候我们选择了完全不同的职业……他买了一间度假屋，成了农场主，有时还会去打打鱼；我搬到博里霍尔姆，并在那里结婚生子，还买了我的第一艘货船。”

“你们平常见面的机会多吗？”

“我每年会出海几次，每次回来的时候我们都会见面，圣诞节或夏天的时候，拉格纳总会来镇里看我们。”

“你们会庆祝吗？”

“会啊，特别是圣诞节的时候。”

“你们是怎么庆祝的呢？”

“满屋子人，但也很有意思。很多很多吃的，鲱鱼、土豆、火腿、猪蹄、饺子。当然，拉格纳每次都会带很多鳗鱼来。有熏的也有腌的，还有许多用碱液浸泡的鳕鱼……”

随着谈话的深入，耶尔洛夫越来越放松。蒂尔达同样如此。

他们又谈论了约半小时。最后讲到了斯滕维克那起风车火灾事故，这个故事有点长，讲完这件事之后，耶尔洛夫轻轻摆了摆手。蒂尔达意识到他累了，随即关掉了录音机。

“太精彩了，”她说，“你记得这么多往事真是奇迹，耶尔洛夫。”

“这些家族史我听过无数遍了，现在仍能记得。再说了，像这样多讲几次，就不会忘了。”他看着录音机说，“你觉得这玩意儿能一字不落地录下来吗？”

“当然。”

她把磁带倒好，按下播放键。耶尔洛夫声音不大，有时候还会发牢骚，甚至还会重复，但声音还算清晰。

“很好，”他说，“关注普通人生活的研究者可以听听这个。”

“主要是我想听，”蒂尔达说，“爷爷去世的时候我都还没出生，父亲又不大讲我们家族的故事。所以我很好奇。”

“人老了就喜欢回忆过去，”耶尔洛夫说，“就会对自己的身世感兴趣，我女儿也是这样……你多大了？”

“二十七。”

“你要在厄兰岛工作吗？”

“是的。训练工作已经结束了。”

“要工作多长时间？”

“得看情况。至少要到明年夏天。”

“很好。年轻人来这里找工作是好事。你也住在马奈斯？”

“我在广场有间单身公寓。往南可以看到海岸线……还能看到爷爷的屋子。”

“现在那间小屋已经易主了，”耶尔洛夫说，“但我们还是可以去那边看看。当然，也可以看看我在斯滕维克的屋子。”

四点半刚过，蒂尔达将录音机放进自己的帆布包，离开了老人院。

她扣紧外套，往马奈斯镇中心走去，路上，一个小孩骑着浅蓝色摩托车从她身旁迎面驶过，摩托车发出“突突”的声音。她冲他摇摇头，示意他开得太快，但他并没有理会。二十秒钟后，他已骑车走远。

过去，蒂尔达会觉得十几岁的小孩骑摩托车特带劲。而现在她觉得这些小孩就跟小蚊子一样，十分惹人讨厌。

她调整了一下自己的帆布背包，继续朝马奈斯走去。她本打算给单位打个电话，尽管她要到明天才正式上班。接下来，她会回自己的公寓继续整理行李。最后再给马丁打电话。

她身后又传来摩托车的“突突”声，声音越来越大。那个骑摩托车的小孩在教堂那头转了个弯，看来他也要回镇里。

这次，小男孩必须骑车经过在人行道上行走的蒂尔达。他稍稍放低车速，当车到近前的时候他突然发动引擎，试图从她身旁飞驰而过。她直视着他的眼睛，挡住他的去路。摩托车停了下来。

“你想干什么？”男孩在发动机的嘈杂声中大声说道。

“摩托车不能上人行道，”蒂尔达毫不示弱地说，“这是违法的。”

“倒也没错，”男孩点点头，“不过在人行道上骑得更快。”

“但也有可能撞到别人。”

“管他呢，”男孩不耐烦地说，“你要报警吗？”

蒂尔达摇摇头。

“不，我没打算报警，因为……”

“这儿根本就没警察。”男孩转动摩托车手柄上的加速器，“他们两年前就把这里的警局撤了。北厄兰岛根本就没警察。”

蒂尔达懒得再跟摩托车引擎比谁的声音大，她很快俯身过去一把扯掉打火装置的线。摩托车立即熄了火。

“现在有了，”她冷静地说，“我就是这里的警察。”

“你是警察？”

“我今天开始执勤。”

男孩盯着她。蒂尔达从外套的口袋中掏出钱包打开，向他出示了自己的证件。他盯着看了好一阵儿，然后毕恭毕敬地看着她。

警察的身份总会改变人的看法。蒂尔达穿上警服的时候，她看自己的眼光也会不同。

“叫什么名字？”

“斯特芬。”

“姓什么？”

“艾克斯特姆。”

蒂尔达拿出笔记本，记下他的名字。

“这次算警告，下次再犯就会罚款，”她说，“你的摩托车改装过。你不喜欢汽缸？”

斯特芬点点头。

“那你最好下来，推车回家，”蒂尔达说，“回去将引擎改回来。”

斯特芬翻身下车。

他们一路无语，肩并肩朝马奈斯广场走去。

“告诉你的朋友，马奈斯又有警察了，”蒂尔达说，“下次如果再让我看到改装的摩托车，我就会将它没收，还会罚你们的款。”

斯特芬再次点点头。他觉得这次被抓完全是因为自己不走运。

“你有枪吗？”到镇里的时候他问道。

“有。”蒂尔达说，“放在一个安全的地方。”

“什么样的枪？”

“西格–绍尔。”

“你开枪打过人吗？”

“没有，”蒂尔达说，“我也不想在这里用它。”

“哦。”

斯特芬看来有点儿失望。

她早就跟马丁说好，在他六点钟下班之前给他打电话。现在还有时间，她打算去自己的警局看看。

马奈斯新成立的警局设在街边，离广场几个街区，门上的警徽仍然用白色的塑料纸包着。

蒂尔达从口袋里拿出警局的钥匙，这是她昨天在博里霍尔姆警局拿来的。她走到前门，发现门没锁，里面还传出男人说话的声音。

警局只有一个房间，没有接待区。蒂尔达隐约记得小时候她来马奈斯玩的时候这里是家糖果店。墙上光秃秃的，没有窗帘，木地板上也没铺地毯。

两个身体壮硕的中年男子站在里面，他们身穿夹克，脚上穿着户外鞋。其中一人穿着深蓝色的警服，另一个穿着一件绿色的棉袄。一见蒂尔达进门，他们就不再说话了，扭头看着她，看来她来得不合时宜，好像打断了他们的笑话。

蒂尔达认识那个穿便服的，他叫戈特·霍尔姆布拉德，是名警督，掌管当地警局。此人留着一头短发，但头发已经花白，嘴角一直挂着笑。他似乎也认出了她。

“你好，”他说，“欢迎来新警局。”

“谢谢，”她握着上司的手，然后转头看着另一个人。那人一头稀疏的黑发，眉毛浓密，约莫五十岁，“我是蒂尔达·戴维松。”

“我叫汉斯·马勒。”他用力地握了握她的手，动作非常干练，“看来我们两个将来得在这儿合作了。”

听起来，他对他们的合作不那么乐观，蒂尔达心想。她本想说几句客套话，但马勒继续说道：

“当然，一开始我可能不会经常在警局，只会偶尔过来看看，我的工作基本上都在博里霍尔姆。不过，我的办公桌还是设在这儿。”

他面带微笑，看着警督。

“了解。”蒂尔达说，她突然意识到在北厄兰岛做警察比自己想象的还要孤单，“你在处理具体的案件吗？”

“差不多吧，”马勒说着看了看窗外的街道，好像那里有可疑的情况发生一样，“案子跟毒品有关。这玩意儿真是无孔不入，现在已经渗透到岛上来了。”

“这是你的办公桌，蒂尔达，”靠窗站着的霍尔姆布拉德说，“我们还会配电脑，当然，还有传真机……警局的无线电设备会装在这里。现在，你们暂时用电话联络吧。”

“没问题。”

“总之，你不能经常坐在办公室里，要经常出去，”霍尔姆布拉德说，“本地警署都在改革，警员必须上街巡逻。主要是处理一些交通违章、刑事损害、小偷小摸和入室盗窃之类的案件，当然，还有青少年犯罪，不过这些案件都不会很复杂。”

“我就适合干这事，”蒂尔达说，“刚才在路上我还截住了一辆改装的摩托车。”“很好，”她的上司点头道，“你等于已经告诉市民，现在镇里又有警察了。下个星期，警署正式挂牌成立。我们会邀请新闻媒体前来，包括报社，还有本地的电台……你到时有空吗？”

“当然。”

“很好，希望你在这里的工作……顺利，我知道你刚从韦克舍来，如果到这座岛上来工作，多数时候只能靠自己。不管怎样，你在这里工作会有更多自由，不过也意味着更多责任……我是说，从博里霍尔姆到这里要半小时，局里人手也不够。如果有案子发生，你一时半会儿找不到人帮忙。”

蒂尔达点点头。

“在警察学院的时候，我们针对后援不及作过多次训练，我的导师很喜欢……”

坐在办公桌旁的马勒扑哧一笑。

“警察学院的导师并不了解具体情况，”他说，“他们已经很久没处理过具体的案件了。”

“可他们都挺厉害的。”蒂尔达马上回道。

蒂尔达感觉自己就像坐在警车后座里的新进警员，讨论事情的时候那些小警员往往得闭嘴，让前辈先说。蒂尔达讨厌这样的局面。

霍尔姆布拉德看着她说：

“我想说的是，你初来乍到，现在你还不用那么快单独处理一些事情。”

她点点头。

“我希望自己什么问题都能应付。”

局长还想继续给她上课，正在这时，墙上的电话响了。

“我去接，”他一边说，一边大步走向办公桌，“可能是卡尔马警局打来的。”

他拿起电话。

“马奈斯警局，我是霍尔姆布拉德。”

然后对方开腔了。

“哪里？”他问。

他又安静地听着。

“好的，”他最后说，“我们很快到。”

然后他放下电话。

“是博里霍尔姆打来的。有人报警说北厄兰岛发生意外死亡事件。”

马勒很快从他空荡荡的办公桌旁起身。

“出事地点？”

“在‘鳗鱼角’灯塔旁，”霍尔姆布拉德说，“有人知道地方吗？”

“‘鳗鱼角’在南边，”马勒说，“离这儿四五里路吧。”

“好，我们开车去，”局长说，“救护车已经在路上了……听来应该是一起溺水事件。”

1868年冬

两座灯塔一建造完成，“鳗鱼角”周围行驶的船和附近的居民就觉得安全多了。至少，那些建造者是这么认为的，他们相信它们会给沿岸的人带来安全感。但那些女人知道事实并非如此。

那年，死神甚至光顾了这里。

旧畜棚那个干草棚的墙上潦草地刻着：**亲爱的卡罗丽娜，1868年**。卡罗丽娜已经死了120年了，但她却透过这面墙，向我哭诉当年“鳗鱼角”发生的事，并向我回忆了当年的美好时光。

——米拉·兰博

克莉丝汀在偌大的庄园房间挨个儿寻找卡罗丽娜，但是要找的地方实在太多。“鳗鱼角”本就不小，庄园的房间又很多。

暴风雪就要来了，紧张得让人透不过气来，克莉丝汀知道时间所剩无几。

庄园倒也坚固，暴风雪奈何不了它，但问题是，住在房子里面的人可不这么想。暴风雪来临的时候，他们都会像迷途的鸟儿一样聚在火炉边，等着暴风雪过去。

在这座岛上，如果夏天收成不好，那冬天就难熬了。现在还是二月的第一个星期，岸边的天气异常寒冷，不到万不得已，没人愿意到外面去。但灯塔的主人和建筑工人仍然必须在灯塔轮班，今天，除了灯塔主人卡尔松以外，所有身体无恙的都去海角守护灯塔了，准备迎接暴风雪的到来。

女人们都留在家中，可这会儿卡罗丽娜不见了。克莉丝汀搜遍了两层楼所有房间，连阁楼的横梁也没落下。她不能将这事告诉别的女佣或者灯塔主人的妻子，因为她们对卡罗丽娜的情况并不知晓。她们可能怀疑过，但并不确定。

卡罗丽娜十八岁，比克莉丝汀小两岁。两人都是灯塔的主人西文·卡尔松的女佣。克莉丝汀觉得自己考虑事情还算全面，做事也很细心。卡罗丽娜更活泼，也更容易相信别人，从某种角度上看，她有点儿像克莉丝汀去年远赴美国的姐姐菲娜，她们两人胆子都很大，胆大通常意味着有时候会出问题。最近，卡罗丽娜更是惹上了大麻烦，她只对克莉丝汀说起过这事。

如果卡罗丽娜离开庄园进入林中，或者去了沼泽地，那么克莉丝汀是找不到她的。卡罗丽娜明明知道暴风雪要来了——她现在仍然这么绝望吗？

克莉丝汀走到外面。白雪覆盖的内庭大风呼啸，无处可逃，凛冽的寒风在建筑物之间盘旋。这是暴风雪即将到来的前兆。

她突然听到一声尖叫，但是很快就消失了。那不是风的呼啸声。

是女人的尖叫声。

风无情地撕扯着她的头巾和围裙，令她的身子微微前倾。克莉丝汀用力打开畜棚的门，走了进去。

她在一群奶牛中寻找卡罗丽娜，这下，奶牛全都“哞哞”地叫起来，不安地移动着。可她并没有发现卡罗丽娜的影子。接着，她爬上通往干草棚的陡峭楼梯。上面寒冷刺骨。

墙那边有堆干草，干草下面似乎有什么东西。定睛一看，克莉丝汀发现积满灰尘的阴暗之处确实有什么东西在缓缓挪动。

是卡罗丽娜。她躺在铺着干草的地板上，身上盖着一条脏兮兮的毯子，腿一动不动。克莉丝汀走到近前，发现她气息微弱，脸上却透着一丝羞怯。

“克莉丝汀……刚才……”她说，“出来了。”

克莉丝汀走到毯子边上，一种不祥之感袭上心头，她随即跪倒在她朋友面前。

“除了血之外还有什么？”卡罗丽娜小声问，“只有血吗？”

卡罗丽娜膝盖上的毯子又湿又黏。克莉丝汀抬起毯子的一角，点点头。

“是的，”她说，“出来了。”

“活着吗？”

“不……她……已经死了。”

克莉丝汀弯腰下去，将自己的面颊贴在她朋友苍白的脸上。

“你现在怎么样了？”

卡罗丽娜扫了一眼四周。

“她没接受洗礼就死了，”她喃喃地说道，“我们必须……必须将她埋在圣地，这样她就会长眠了……如若不埋，她会变成孤魂野鬼。”

“现在不行，”克莉丝汀说，“暴风雪来了……如果我们现在到外面去会连命都没了。”

“我们必须将她藏起来，”卡罗丽娜用力透着气，小声说，“他们会认为我行为不检点……我必须将她处理掉。”

“别人怎么说不重要，”克莉丝汀将手放在卡罗丽娜滚烫的额头上轻轻地说，“我又收到我姐姐的信了。她要我去美国，到芝加哥去。”

卡罗丽娜似乎没有再听下去了，她已气若游丝，但克莉丝汀继续说道：

“我要横跨大西洋到纽约去，然后从那里去芝加哥。她在哥德堡给我存了去美国的盘缠。”她俯身过去说，“你可以跟我一起去，卡罗丽娜，你愿意跟我一起走吗？”

卡罗丽娜没有回答，也不再努力呼吸，只是微微出气，似乎什么都听不见了。

最后，她一动不动地躺在干草堆里，睁大双眼。畜棚里顿时一片寂静。

“我马上回来。”克莉丝汀小声说，眼里满含泪花。

她用干草包着死婴，卷进毯子里，然后又包了几层，盖住上面的血迹和羊水留下的痕迹。然后她站了起来，将那堆东西抱在怀里。

她走到庭院，风刮得更猛了，她只得紧贴着畜棚的石墙艰难地往回走。克莉丝汀径直走进自己的小屋，拿了几件她和卡罗丽娜的物品，然后将自己裹得严严实实的。外面天寒地冻，她准备等暴风雪减弱的时候再出去。

接着，克莉丝汀毫不犹豫地走进大会客室，那里点着油灯，烧着火炉，温暖的炉火和油灯的亮光驱散着严寒和黑暗。会客室中央有张桌子，桌旁扶手椅上坐着的便是灯塔主人西文·卡尔松，他腆着个大肚子，身上那件黑色的工作服绷得紧紧的。

作为领班，卡尔松在教区享有特权。庄园一半的财产都归他所有，而且，他在罗比教堂还有自己的专用厢席。他的妻子安娜坐在他身旁一张做工精致的椅子上。几名女佣在帘子后面走来走去，等着暴风雪过去。黑暗角落里坐着奥尔德·萨拉，她现在住在罗比的一家救济院中，灯塔主人以最低的价格拍下了她的赡养权。

“你死哪儿去了？”安娜看到克莉丝汀的时候厉声问道。

她的嗓门向来很大，但外面大风呼啸，让她的声音比往常还要刺耳。

克莉丝汀鞠了一躬，并没有出声，只是定定地站在桌前，直到所有人都盯着她。她想起了自己远在美国的姐姐。

接着，她将抱在手里的那包东西正对西文·卡尔松放在桌上。

“晚上好，先生，”克莉丝汀一边大声说，一边打开毯子，“我有东西给你看……这好像是你掉的。”

这是乔金到“鳗鱼角”庄园的第三个早上，也许许多年后，当他回忆往事的时候，也不会料到自己的幸福生活竟然在这天画上了句号。

可惜，由于太紧张，他甚至都忘记当时的感觉了。

他和卡特琳昨晚睡得很晚。孩子们一睡觉，他们就走到一楼那几间坐北朝南的房间，研究要刷成什么颜色。一楼的主色调肯定要选白色，墙和天花板得刷成白色，而那些木质结构如檐口和门框则可选用其他颜色。

他们十一点半以后才睡觉。当时房子里已经静悄悄的了，但几小时后，利维亚又喊了。卡特琳什么都没说，只是叹了口气便下了床。

全家人六点刚过就起床了。东边的地平线仍是漆黑一片。

乔金意识到寒冬越来越近。离圣诞节只有两个月了。

六点半，全家人都聚在厨房里。乔金要赶紧去一趟斯德哥尔摩，等卡特琳和孩子们落座的时候他的茶都快喝完了。他把茶杯放进洗碗机里的时候发现藏在海中的太阳射出一缕橘黄色的光，远处的天空，一群排成人字形的鸟儿轻摇翅膀，掠过波罗的海的上空。

那是大雁还是飞鹤？天还没亮，看得不甚清楚，而且他本来就不擅长分辨飞鸟。

“你们看到那边的鸟儿了吗？”他回头问他们，“它们跟我们一样……正往南迁徙。”

没人回答他。卡特琳和利维亚大口吃着三明治，加布里埃尔正喝着瓶中的米粉。

海边两座灯塔就像童话故事中的两座城堡，直指苍穹，南塔跟往常一样闪着红色的光。从窗格望向北塔顶，上面亮着微弱的白光，但并没有闪烁。

这种情况有点异常，因为北塔以前从来不亮。白色的闪光有可能是太阳的反射光，但那光似乎是从塔中射出的。

“是不是越来越多的小鸟往南搬家了，爸爸？”身后的利维亚问他。

“那倒不是。”

乔金不再看那灯塔，而是回到餐桌旁开始收拾东西。

迁徙的鸟儿还有很长的路要走，乔金也是，他今天得驱车二百七十英里，回布罗马的房子拿他们最后一点家当。他会去母亲英格丽在雅各布斯贝里的家中过夜，第二天再驾车回厄兰岛。

这是他最后一次回首都，至少今年不会再回去了。

加布里埃尔看起来很高兴，不过利维亚却显得忧心忡忡。卡特琳叫了她几次，她才起床，现在仍然睡意蒙眬，一声不吭。她一只手拿三明治，双肘撑着桌面，盯着杯中的牛奶愣神。

“赶紧吃，利维亚。”

“嗯。”

利维亚的确不喜欢早起，但是每天早上去上幼儿园的时候她又会很开心。上星期她已经开始转到大班了，她在那里似乎过得挺开心的。

“今天你在幼儿园里会学些什么呀？”

“我上的不是幼儿园，爸爸，”她抬起头，不高兴地看着他说，“加布里埃尔上的是幼儿园，我上学了。”

“你是上学前班，对吗？”乔金说。

“是上学。”利维亚说。

“好吧……那你今天在学校会干什么呀？”

“我不知道。”利维亚说着又低头看着桌子。

“你今天要跟新朋友一起玩儿吗？”

“我不知道。”

“好了，赶紧把牛奶喝了。我们赶紧去马奈斯……上学。”

“嗯。”

七点二十分，地平线上仍然看不到太阳，只有几缕黄色的光洒在平静的海面上，却没有半点暖意。虽然今天会出太阳，但依旧会是一个大冷天，墙上的温度计显示仅有三度。

乔金在院中擦他那辆沃尔沃车窗上的霜。然后，他为孩子们打开车后门。

利维亚抱着福尔曼坐在儿童专用坐椅上。乔金将加布里埃尔抱到她旁边更小的坐椅上，帮他系好安全带。然后，他自己钻进驾驶员位置。

“妈妈不出来跟我们道别吗？”他问。

“她去洗手间了，”利维亚说，“她去上大号了。平常她都会在里面待很久的。”

吃过早餐后，利维亚的心情有所好转，也变得健谈。一旦到幼儿园，她又会变得生龙活虎。

乔金靠在车座上看着庭院中利维亚那辆红色的两轮车和加布里埃尔的三轮车，意识到两辆自行车都没上锁。不过，这里只是乡下，应该没事。

几分钟后，卡特琳出来了，她将门厅的灯熄了，然后又将身后的门锁好。她今天穿着一件亮红色的连帽棉夹克和一条蓝色的长运动裤。在斯德哥尔摩的时候她通常都一身黑衣，但在厄兰岛她喜欢穿那种更宽松，颜色更艳的衣服。

她朝他们挥了挥手，在靠门那堵漆成红色的木墙上轻轻地拍了拍。由于睡眠不足，她眼睛下面都有黑眼圈了，但她仍然朝车那边微笑。

乔金也对着庄园的方向，冲卡特琳挥了挥手。

“好了，我们出发。”坐在车后座的利维亚说。

“出发喽！出发喽！”加布里埃尔一边叫道，一边朝房子挥了挥手。

乔金发动了引擎，打开车头灯，照亮了房子。内庭华霜铺地，发出微微的亮光，预示着冬天就快到了。很快他就得给车换上防滑钉轮胎。

利维亚戴上耳机，开始听她的《巴姆斯熊历险记》。她有自己的录音机，她一拿到手就学会了如何摆弄那些按钮。她打开录音机，让加布里埃尔跟她一起听歌。

通往海滨主干线的是一条碎石铺成的小道，小道的一边是一座长着茂密落叶林的小山，另一边是一条沟渠，沟渠紧挨着一座古老的石墙根。这条小道又弯又窄，乔金放慢车速，紧紧地抓住方向盘。现在，他对这条弯曲的小道还不是很熟悉。

一出主干道，乔金就发现了路边一根柱子上挂着他们家新装的金属邮筒。乔金放缓车速，想看看有没有别的汽车射出灯光。但一路上漆黑一片，两边都没有听到车声。马路对面也是一片荒地，只是远端还有一个棕黄色的泥塘。

他们是经罗比村去马奈斯的，但路上并没有看见其他车辆，直到开车进入镇里的时候也没发现多少行人。这时，有辆运鱼车从他们旁边经过，还有一群大约十岁的学生背着书包，飞快跑向学校。

乔金拐入主街，朝空旷的广场驶去。车开了几百码就到了他们要去的马奈斯学校，学校隔壁是一个封闭的院子，里面有滑梯、沙坑和树木，那里就是利维亚和加布里埃尔入读的幼儿园。那是一栋矮矮的木楼，大窗户里射出暖暖的黄色灯光。

有几个父母已经让孩子在学校前面的人行道下了车，乔金将车停在一排车的尽头，但并没有熄掉引擎。

有几个父母对他微笑着点点头，昨天，《厄兰岛邮报》将那篇采访他们的文章登了出来，马奈斯许多人都认识他了。

“小心车，”乔金说，“要走人行道。”

“再见！”利维亚一边说，一边解开儿童坐椅上的安全带，打开车门。他们匆匆告别，父亲经常不在身边，她早就习惯了。

加布里埃尔什么也没说，乔金将他从坐椅里抱了出来，他一溜烟走了。

“再见！”乔金在后面喊道，“明天见！”

等他关上车门，利维亚已经走出好几步远了，加布里埃尔紧紧跟在她后面。乔金挂上挡，将车驶回车道，又往“鳗鱼角”方向开去。

乔金将车挨着卡特琳的车停在房子前面，他打算下车去拿自己的旅行袋，跟妻子道个别就上路。

“亲爱的？”他拿着手电筒喊着，“卡特琳？”

没有回应。房子里一片寂静。

他走进卧室，拿起自己的行李箱，然后又走到外面。

在外面的碎石路上他又停了下来：

“卡特琳？”

还是没有声音，接着，从内庭传来轻轻的关门声。

乔金转过头。畜棚那扇黑色的大木门被打开了。卡特琳从暗处走了出来并朝他挥了挥手。

“在这儿呢！”

他也挥了挥手，她朝他走了过来。

“你在干什么？”他问。

“没什么，”她说，“你要走了吗？”

乔金点点头。

“小心开车。”

卡特琳靠了过来，飞快地给了他一个吻，尽管天气寒冷，妻子的这一吻却暖在他的心头。可哪曾料想，这竟是他最后一次闻到她的体香和头发的香味。

“替我向斯德哥尔摩的那些朋友问好，”她久久地看着他说，“回家的时候我再告诉你阁楼的事。”

“什么阁楼？”乔金问。

“畜棚堆放干草的阁楼。”卡特琳说。

“那里怎么啦？”

“明天再让你看。”她说。

他一头雾水地看着她。

“那好吧……我今晚到妈那儿再给你打电话，”他打开车门说，“别忘了去接孩子。”

八点二十分，他将车驶入加油站，在那里转弯去博里霍尔姆拿租来的拖车。拖车是早已预订并付过款的，他只需将拖车挂在车上就可以出发了。

离开博里霍尔姆后，交通越发拥挤，乔金在一条长长的车龙中间开着车，那些驾车的人大多数住在岛上，但每天都要去位于大陆的卡尔马上班，所以导致这条路上交通拥堵。

路弯弯曲曲往西延伸，行驶了一会儿，路面消失了，乔金驾车经过一座海峡大桥。他喜欢开车通过这座连接海岛和大陆的桥。不过，今天早上的天气状况很难看清桥下的水，现在，天仍然很黑。等到他下了桥，沿着通往斯德哥尔摩的沿海公路行驶的时候，波罗的海上的太阳终于探出头来，乔金感觉到侧窗有了一丝暖意。

他打开收音机，调到摇滚频道，猛踩油门，开足马力朝北驶去，将沿岸一个个小社区抛在身后。这是一条蜿蜒的公路，即使在这样一个乌云密布的冬日，路旁依旧风光无限。这条公路穿过一片片茂密的松林和整齐的落叶林，通过几条连接大海的狭长水道和小溪，然后在远端消失了。

乔金沿着这条弯弯曲曲的公路向西行驶，将通往北雪平市的那条海岸线抛在身后。一出城，乔金就在一家空荡荡的餐馆里对付了几块三明治。冷柜里有七种瓶装矿泉水供他选择，有本国产的，还有挪威、意大利和法国的。他意识到自己又回到了“文明社会”，但他还是就着水龙头喝了几口水。

吃完饭，他继续上路，先是驱车前往南泰利耶，然后继续往斯德哥尔摩开去。大约一点半的时候，乔金来到城郊西南一座高耸的公寓大楼前，他开着那辆挂有拖车的沃尔沃加入熙熙攘攘的车流中，沿着一条条车道朝市中心驶去，沿途经过一排长长的仓库、几幢公寓大楼和一个供市郊往返列车停靠的火车站。

从远端望去，斯德哥尔摩非常漂亮，这座大城市建在波罗的海的大小岛屿上。可是，乔金回到自己长大的城市并没有感到开心。他印象中的这座城市拥挤不堪，做什么都得争先恐后。这里向来缺少空间，在此生活实属不易，要找个停车的地方、给小孩找个幼儿园都难，甚至要找块墓地都要挤破脑袋。乔金在报上看过一篇文章说政府现在鼓励火葬，这样就会少占墓地了。

他现在就已经开始怀念“鳗鱼角”了。

高速公路不停地分岔，桥梁和道路交叉点犹如迷宫。乔金将车驶出其中一个出口，拐入道路交错的城市，车行驶在交通灯不停闪烁、喧闹不止的街上。当车行到一个交叉路口的时候，他被夹在一辆巴士和一辆垃圾车中间，看着一个女人用童车推着一个小孩过街。那个小孩似乎在问什么问题，而那个女人却只顾盯着前方，面露愠色。

乔金在斯德哥尔摩有几件事要做。首先是给东城一家小画廊打电话，他要去拿一幅山水画，这幅画是他妻子祖上留下来的东西，其实他并不很想花钱“继承”这笔遗产。

店主不在，但他上了年纪的母亲在画廊里，她认出了乔金。他将收据交给了她，她接过收据，打开防盗门，拿出一个用螺丝固定的扁平木盒，托伦的画就装在里面。

“我们昨天包装之前已经看过了，”那女人说，“这画简直是无价之宝。”

“是的，我们也很怀念它。”乔金说，虽然他心里并不是这么想的。

“厄兰岛还有别的藏品吗？”

“我不知道。不过那里的皇室家族好像有件宝贝。不过，他们的那件藏品肯定不会挂在随便出入的会客室中。”

乔金将画小心翼翼地放到后备厢中，驱车往西，朝布罗马驶去。现在是两点半，还没到交通高峰时间。他仅用了十五分钟就出城了，然后拐了个弯，朝“苹果屋”方向驶去。

看到自家的老房子燃起了他的思乡情绪，尽管之前在斯德哥尔摩的时候他并没有这么想家。房子离海边仅有几百码，坐落于一个栅栏和厚厚的紫丁香篱笆环绕的大花园里。这条街上还有五户人家，但透过茂密的树木却只能看到一栋房子。

“苹果屋”是一栋高高的木房子，通风良好，是20世纪初为一位银行董事建造的。不过，在乔金和卡特琳购买这栋房子之前，屋主将房子租给了他的亲戚——一群信奉新世纪运动的人。看得出来，屋主平常也很少去粉刷房子或者对房子进行日常维护，他的心思全都花在冥想上了。

那些人一点儿也不爱惜房子，周围的邻居也是怨声载道。当乔金和卡特琳最终买下房子的时候，这里差不多已经荒废了，花园野草丛生，对“苹果屋”进行改造费了两人不少力气。在此之前，他们还曾在罗斯特兰兹加坦街合伙购买了一套公寓，而那套公寓之前由一个八十二岁的老太太带着她的七只猫住在那里，他们当初装修那栋房子的时候同样没少折腾。

乔金一直在学校教手工课，晚上和周末的时候他会全身心投入到房子的装修中，卡特琳一直都在兼职做美术老师，她的业余时间也全都耗在房子的装修上了。

他们当初跟埃塞尔和英格丽一起庆祝利维亚两岁生日时房子还在装修中，里面乱糟糟的，堆满了地板、油漆罐、一卷卷的墙纸和各种各样的电动工具，而且，里面只有冷水，因为热水供应系统在开始动工的那个周末就坏了。

不过，到利维亚三岁的时候，他们终于能在家中给她办一个像样的传统生日派对。此时，房子刚刚铺好条纹木地板，墙也刷得光亮，贴上了墙纸，楼梯和楼梯扶手也进行了修葺并重新涂了油。到加布里埃尔一岁生日的时候，房子已经装修得差不多了。

那时候，除了花园里的树叶没有清理，草坪需要修剪之外，房子已经焕然一新，可以体面地将房子卖给斯滕贝里斯一家了，这对夫妻三十多岁，没有小孩，两人都在市中心上班，却想在郊区居住。

乔金将车掉头，让拖车正对车库停在那条碎石路上，然后下车看了看周围。

房子四周静悄悄的。唯一能见着的邻居是赫斯林一家，丽萨·赫斯林和迈克尔·赫斯林跟卡特琳和乔金是好友。但今天下午，他们的车道上并没有停车。夏天，他们一家将房子重新粉刷了，变成了现在的黄色。《美好家园》杂志两年前还为这栋房子做了个专题，当时那房子还是白色的。

乔金转过头，望着那条木门和通往“苹果屋”的碎石小道。

他不由自主地想起了埃塞尔。差不多一年过去了，她大声喊叫的声音还在耳边萦绕。

栅栏附近有一条穿过小树林的小径。那天晚上，没人看见埃塞尔从小径下去，要命的是，那条小径是通往海边最近的路。

他正对着房子走过去，抬头看着白色的墙面。两年前的夏天，他曾用亚麻油涂料粉刷过房子，现在看上去仍不失光泽。

他开门走了进去，关上身后的门再次停了下来。

过去几个星期他们一直都在为搬家作准备，他已经将房子上下都打扫过一遍了，现在地板看上去仍是一尘不染。所有的家具、地毯，以及门厅和房间挂着的画都拿走了，但老房子的记忆却不曾带走。他们在这里留下太多回忆。他和卡特琳在这里住了三年多，将自己的心血都倾注在这栋房子里了。

乔金站在屋内，周围静得连一根针掉到地上的声音都能听见，当初装修时敲敲打打的声音还清晰地在脑中回响。他脱了鞋，走进门厅，现在仍能闻到淡淡的清洗液的味道。

他在所有的房间里都走了一遍，这可能是他最后一次在这些房间溜达了。他走到楼上，在其中一间客房的门口停了几秒。房间很小，只有一扇窗户。素白色的墙纸，地板上空空如也。埃塞尔活着的时候这里曾是她的卧室。

当初搬家车放不下的东西仍存放在地下室里。乔金从一条狭窄、陡峭的楼梯走了下去，开始将那些东西拿到一块儿，包括一把扶手椅、几把椅子、几张床垫、一架小梯子和一个布满尘埃的鸟笼——里面曾经住过一只叫做威廉的虎皮鹦鹉，它死了好几年了。他们当初并没怎么打扫地下室，但里面还留有一个吸尘器。他插上电，很快将刷了漆的水泥地板打扫了一遍，然后又将碗柜和壁架自上而下擦干净。

现在，房子里空荡荡的，也干干净净的。

然后他开始收拾吸尘器、水桶、清洗液和抹布，将它们全都放在地下室的楼梯下面。

木工房的左边仍然挂着许多工具。乔金用一个纸箱将它们装了起来。有锤子、架子、钳子、三角尺、螺丝刀。新螺丝刀的用途可能更多，却不如老式的坚固，乔金想。

还有刷子、手锯、水平仪、折尺……

乔金手里拿着一个刨子，这时他突然听到一楼的前门开了。他立马站直腰听了听。

“喂？”传来一个女人的声音，“乔金？”

是卡特琳，她的声音听起来十分焦虑。他听见她关上身后的前门，朝门厅走来。

“我在下面！”他大声说，“在地窖里！”

他侧着耳朵听了听，但上面没有回应。

他朝地窖的楼梯走了一步，又听了听。上面死一般的寂静，他很快上楼，意识到卡特琳这会儿几乎不可能出现在门厅里。

她当然不在那儿。门厅就如同他半个钟头前进屋时一样，什么也没有。前门是关着的。

他走到门边，试了试门把。门并没有锁。

“喂？”他回头冲房子里面叫了一声。

没人回应。

在接下来的十分钟里，尽管他知道自己不可能在房子里找到卡特琳，但乔金还是搜遍了整个房间。她不可能在这儿，这个时候她应该在厄兰岛。

她有什么理由在事先没有给他打电话的情况下驾着她的车一路跟他到斯德哥尔摩？

他听错了，一定是听错了。

乔金看了看钟，四点过十分。窗外差不多黑了。

他拿出手机按下“鳗鱼角”庄园的电话号码。这个时候卡特琳应该已经接利维亚和加布里埃尔回家了。

电话铃响了六次、七次、八次。无人接听。

他打了她的手机，依旧无人接听。

乔金收拾最后一点工具，将它们跟家具一起放在拖车里，尽量平复自己的情绪。最后，他将东西收拾停当，将所有的灯都熄了，锁上门，他再次拿出手机拨下一个当地的号码。

“威斯汀吗？”

母亲英格丽接电话的时候声音听起来总是那么焦虑，乔金想。

“你好，妈妈，是我。”

“你好，乔金。你现在在斯德哥尔摩吗？”

“是的，只不过……”

“你什么时候来这儿？”

他听出来了，当母亲知道电话那头是他的时候很是高兴，但当他说今晚不能过去看她时，她也没能掩饰自己的失望。

“为什么？出什么事了吗？”

“没，没有，”他很快说，“我只是觉得今天开车回厄兰岛安全些。我将托伦的画放在后备厢了，后面还有一拖车工具。我不想将这些东西留在外面过夜。”

“我明白。”英格丽轻轻地说。

“妈妈……卡特琳今天给你打电话了吗？”

“今天？没有啊。”

“那好，”他很快说，“我只是随便问问。”

“你什么时候来看我？”

“我不知道，”他说，“我们现在住在厄兰岛了，妈妈。”

一挂掉电话他又再次拨打了“鳗鱼角”的电话。

可还是没人接听。现在已经四点半了。他发动引擎，将车开到街上。

在回家之前，乔金将“苹果屋”的钥匙放到房地产经纪商的办公室里。现在，他和卡特琳已经不再是斯德哥尔摩这栋房子的主人了。

当他行驶到高速公路的时候，开往郊区的公路上车满为患，他花了四十五分钟才出城。道路畅通的时候，已经五点四十五分了，乔金将车停在南泰利耶的一个停车场里，再次拨打了卡特琳的电话。

电话响了四次，这次有人接了。

“我是蒂尔达·戴维松。”

是一个女人的声音，但他并不认识此人。

“你好？”乔金说。

他想一定是自己拨错了号码。

“请问你是谁？”女人说。

“我是乔金·威斯汀，”他慢慢地说，“我住在‘鳗鱼角’庄园。”

“我知道了。”

她没再说什么。

“我妻子在吗，我的孩子们呢？”乔金问。

电话那头并没有及时回答。

“他们不在。”

“请问你是……”

“我是警察，”女人说，“我想……”

“我妻子在哪儿？”乔金很快说。

又是一阵儿停顿。

“你在哪儿，乔金？在岛上吗？”

听来，那名女警官很年轻，声音听起来有点紧张，不是很自信。

“我在斯德哥尔摩，”他说，“正要出城……现在在南泰利耶郊外。”

“你正赶回厄兰岛吗？”

“是的，”他说，“我今天到斯德哥尔摩的房子拿最后一点东西。”他一字一顿地说，希望这位女警会回答他的问题，“你能告诉我发生什么事了吗？是不是……”

“不能，”她打断他说，“我现在什么都不能说，但你最好赶紧回来。”

“是不是……”

“小心开车。”那名警察说着挂断了电话。

乔金坐在那里，手里还拿着那个没了声音的手机，盯着空荡荡的停车场。高速路上，偶尔有司机驾着亮着车头灯的车在他身边呼啸而去。

他挂上挡，将车驶回公路上，继续往南行驶，现在，他的车速比限速快了十二英里。但是，这个时候，妻子卡特琳突然在他脑海里浮现，他还仿佛看到孩子们站在“鳗鱼角”庄园的外面向他挥手，他将车开到路边，再次停了下来。

这次，电话铃仅响了三次。

“我是戴维松。”

乔金这次并没有问好，也没有介绍自己。

“我家里出事了吗？”

那名女警并没有说话。

“你必须告诉我。”乔金继续说。

“你在开车吗？”女人说。

“现在没有。”

电话那头沉默了几秒，然后她回答说：

“是出事了。有人溺水。”

“溺……溺水……死人了？”乔金说。

这名女警察又沉默了几秒。然后她又回答了他的提问，她说话的语调像是在默记某个公式。

“我们不允许在电话里透露这样的信息。”

乔金握在手里的手机似有千斤重，他举电话的右手开始战栗。

“不管怎样，你必须告诉我，”他慢慢地说，“我想知道名字，如果我家人有谁溺水了，你得将名字告诉我，否则我这电话会一直打下去。”

电话那头再次沉默。

“稍等。”

女人离开了电话，乔金感觉过了好几分钟。他在车上不停颤抖，不一会儿，电话里传来刮擦的声音。

“名字拿到手了。”女人轻轻地说。

“谁？”

电话那头传来女警机械般的声音，听起来像是在背书。

“受害者叫利维亚·威斯汀。”

乔金屏住呼吸，低着头。一听到这个名字，他脑海里一片空白。

受害者？

“喂？”女警在电话那头喊道。

乔金闭上眼睛。他想捂住自己的耳朵，什么都不想听。

“乔金？”

“在，”他说，“名字我听到了。”

“那好，我们……”

“我还有一个问题，”他打断她的话说，“卡特琳和加布里埃尔呢？”

“他们跟邻居在一起，在农场那边。”

“好，我马上回，我现在就出发。请你……告诉卡特琳我马上回来。”

“我们整个晚上都会待在这儿。”女警说，“有人会来接你。”

“好。”

“你要我们找牧师吗？我可以……”

“不用了，”他说，“我们自己想办法。”

乔金挂断电话，发动汽车，很快再次将车驶回到公路上。

他现在不想跟警察或者牧师多说一句话，只想回到卡特琳身边。

那名女警说她跟邻居在一起。一定是“鳗鱼角”西南方那个大农场的邻居，他们在岸边的草地上饲养奶牛，但他并没有那里的电话号码，现在，他甚至不记得那家人姓什么了。很显然，卡特琳一定想办法跟他们联系上了。可是，她为什么不给自己打电话呢？她吓傻了吗？

乔金突然意识到自己坐在车里，心中所想竟不是逝者。

他眼里一片模糊，眼泪顺着面颊滚落，他不得不再次将车停到路边，打开危险警告灯，将头埋在方向盘上。

他闭着眼睛。

利维亚死了。早上她还坐在车后座听音乐，现在他们竟然阴阳两隔。

他啜泣着，通过风挡玻璃往外看去，路上已是漆黑一片。

乔金想到了“鳗鱼角”，想到了那些水井。

她一定是掉到井里去了。内庭不是有个井盖吗？

古井上面的井盖都裂开了，自己为什么不去检查房子周围还有没有其他水井？利维亚和加布里埃尔喜欢在庄园里到处乱跑，他应该提醒卡特琳这样很危险。

现在已然太迟。

他咳嗽了几声，发动沃尔沃。现在他再也不会停车了。

卡特琳正在家中焦虑地等他。

车驶回公路，卡特琳的面容再次在他脑海里浮现。当年他们同时看中了一套公寓，他们也就是那时候开始交往的。后来还有了利维亚。

留下利维亚时，他们下了很大的决心，他回忆着。他们两个都想要孩子，但当时时机并不成熟。卡特琳做什么都希望按部就班。他们打算卖了市中心的那套房子，再在郊区买一栋，这样，他们就有大把时间等待第一个孩子降生了。

他记得当初他和卡特琳坐在厨房的桌旁，就利维亚的问题悄悄讨论过几小时。

“我们现在该怎么办？”卡特琳说。

“我很愿意去照顾她，”乔金当时是这么说的，“不过，我也不知道现在合不合适。”

“不合适，”卡特琳生气地说，“而且很不合适，但我们会挺过去的。”

最后，他们同意接纳利维亚，也下定决心买下那栋房子，三年后，卡特琳怀孕了，但加布里埃尔的出生跟利维亚不同，这个孩子是他们计划好的。

但是正如乔金自己所预料的，他喜欢看着自己的宝贝女儿茁壮成长，喜欢她天籁般的声音，喜欢她活蹦乱跳的样子，还喜欢她充满好奇的性格。

卡特琳。

她现在怎么样了？之前他竟然听见她在呼唤他，声音如此真切。

乔金换了挡，猛踩油门。有拖车挂在车后，他不能以最快的速度开回厄兰岛，但现在车速也绝对不慢。

现在最要紧的就是尽快回到庄园，回到妻儿身边。他们需要他。

车前一片漆黑，但卡特琳灿烂的笑容不断在他眼前浮现。

晚上八点，“鳗鱼角”灯塔附近又恢复了往日的平静。此刻，蒂尔达·戴维松正站在庄园的厨房里。

整栋房子一片死寂。甚至连海那边也不再吹来阵阵微风。

蒂尔达看了看四周，竟然有种时光交错的感觉。除了厨房里那些现代化的家具，她感觉自己仿佛穿越到了19世纪末的一户殷实的人家：橡树做成的餐桌大而厚重；厨房的架子上放着铜制的平底锅，瓷器是东印度群岛的，还有手工吹制的玻璃瓶；墙和天花板刷得雪白，橱柜和砧板则是浅蓝色的。

像这样的早晨，蒂尔达喜欢走进卡尔·拉森[①]式的厨房，而不是自己位于马奈斯广场那间公寓那样的狭小厨房。

现在，她独自一人留在房中。从博里霍尔姆来的汉斯·马勒和另外两个同事之前查看了事故现场，不过他们七点左右就离开了“鳗鱼角”。她的上司戈特·霍尔姆布拉德也是跟他们一起到现场的，可他来去匆匆，五点便离开了，几乎是跟救护车同时走的。

按时间推算，房子的男主人乔金·威斯汀驱车从斯德哥尔摩到这里应该很晚了，当时只有蒂尔达自告奋勇地说在这里等他，而且她的同事也没什么异议。她就这样留了下来。

蒂尔达之所以希望留下来，不是因为自己是个女人，而是因为她是警局最年轻、工作时间最短的警察。

加个小夜班没什么大不了的。况且她除了接听无线电和电话之外，整个下午都只是在跟一个背着相机的记者不停周旋，那人来自《厄兰岛邮报》，死皮赖脸想进事故现场。她建议他去卡尔马找负责此事的新闻发布官。

之前，她跟着救护人员抬着担架走到海滨，接着，她站在防浪堤上，看着尸体慢慢地被从防浪堤和北塔之间的水域捞起。受害者的胳膊死气沉沉地垂在那儿，衣服里不断有水溢出。这是蒂尔达当警察以来第五次见到死人，虽然如此，但她仍然不忍看到那些从水里或是从支离破碎的车里拉出来的尸体。

乔金打来电话的时候是蒂尔达接的。其实，在电话里将死者的相关信

---

① 卡尔·拉森，瑞典19世纪最著名的画家和室内设计师，是瑞典美术史上对世界贡献最大的艺术家之一。

息通知家属已是违纪，幸好上头没有责怪这事。将这样的消息通知家属本可能产生严重的后果，但在整个谈话中威斯汀的声音听起来还算冷静。一般说来，受害者家属越早听到坏消息越好。

尽快将最准确的消息通知受害者家属。她在警察学院就读的时候，马丁是这样跟她说的。

她离开厨房走进房中，里面有一股淡淡的油漆味儿。离厨房最近的房间贴了新墙纸，地板也是新打磨的，给人一种温暖、舒适的感觉，但是当她经过走廊的时候却发现那边的房间并无家具，又冷又黑。这让她想起了她刚做警察时看到的阴森的死囚室，住在里面的人跟老鼠无异。

“鳗鱼角”庄园并不是蒂尔达心仪的住宅，冬天她就更不想住在这儿了。房子太大。当然，太阳出来的时候，漫长的海岸线确实迷人，但晚上则完全不同，待在这样的地方让人心感凄凉。虽说马奈斯只有一条购物街，但跟“鳗鱼角”的孤寂相比，那里简直就是一个豪华的大都市。

她将灯开着，走到四周镶嵌玻璃的阳台，打开外面的门。

海那边一股湿润的寒风扑面而来。外面仅亮着一盏灯，灯上面的玻璃罩裂开了缝，黄色的灯光投在内庭一堆鹅卵石和乱蓬蓬的草上。

蒂尔达站在大畜棚石墙的遮蔽处，旁边是一堆湿漉漉的树叶，她拿出手机。此刻，她真希望有人给她打电话，但之前她甚至都没能抽出时间给马丁打个电话，现在打又太晚了，他应该下班回家了。蒂尔达想了想，拨通了邻居卡森家的电话，女主人在响了两声铃后拿起了电话。

“他们怎么样？”蒂尔达问。

“我刚看过，他们现在已经在我们家的客房里睡着了。”玛利亚·卡森轻轻地说。

“那好，”蒂尔达说，“你今晚打算什么时候睡觉？我跟乔金·威斯汀等会过来，他现在正从斯德哥尔摩往回赶，要三四个钟头才能回来。”

“只管过来，我和罗杰会尽可能晚睡。”

蒂尔达一挂掉电话，孤独再次袭来。

现在是八点半。她本打算去马奈斯休息个把钟头，但这样做有点冒险，威斯汀或者其他人可能会将电话打到这里来。

于是，她经阳台又走回屋内。

这次，她再次经过那条短短的走廊，在其中一间卧室的门口停了下来。房间很小，很温馨，就像黑暗城堡中一个明亮的小礼拜堂。黄色的墙纸上面撒满了红色的星星，靠墙的小木椅上放着十几个可爱的玩具。

这一定是他们女儿的房间。

蒂尔达小心翼翼地走了进去，站在房子中间柔软的地毯上。她想，做父母的一定是先装修孩子的房间，这样，他们的一双儿女就能很快在庄园里感受到家的温暖。这让她想起了自己童年的房间。小时候，她住在卡尔马一家租来的公寓里，跟自己的弟弟共住一间卧室。当时，她做梦都想拥有属于自己的房间。

房间里的这张床虽然不长，但很宽敞，上面有一床淡黄色的被子，好几个毛绒靠枕，上面印有可爱的卡通动物：大象和狮子戴着睡帽躺在它们自己的小床上。

蒂尔达坐到床上。柔软的小床轻轻地嘎吱作响。

这个时候，房子周围仍旧一片静谧。

她往后舒服地躺在一个靠枕上，凝视着头顶的天花板。如果任由自己的思绪翻飞，那白色的天花板就会如同电影银幕一般，将她的记忆全写在上面。

蒂尔达看到天花板上映有马丁的影像，他还像上次一样躺在自己身边。那是一个月前的事了，当时他们还在她位于韦克舍的那套旧公寓中，现在，她多么希望他能马上过来看自己。

孩子的房间永远都是天底下最温暖、最安逸的地方。

她慢慢地呼吸，闭上了眼睛。

如果你不来找我，那我就去找你……

蒂尔达突然惊恐地坐了起来，一时不知身在何处。她发现父亲竟然在自己身边，她听到他的声音了。

她睁开眼睛。

不对，父亲已经去世，他十一年前就出车祸死了。

蒂尔达眨了眨眼睛，看看四周，意识到自己刚才竟然睡着了。

她闻到了新装修的抛光地板的芳香，看着头顶新粉刷的天花板，终于意识到自己是躺在“鳗鱼角”庄园的一间小卧室里。很快，不安的记忆重新在脑海里浮现——岸边那具尸体的衣服里不断涌出海水。

她竟然在这间小卧室里睡着了。

蒂尔达眨了眨眼，清醒过来，很快瞥了一眼钟，发现已经十一点十分了。她睡了两个多小时，还做了几个奇怪的梦，睡梦中，父亲竟然跟自己一起待在这间小卧室里。

忽然，她听见有人说话，于是，她抬起头。

房子不再沉寂，她隐隐约约听见有人说话的声音，而且似乎不止一个人。

声音很小。

甚至有点含糊。像是一群人正在屋外某个地方唧唧喳喳地说着什么。

蒂尔达悄悄起了床，感觉自己像是在偷听。

她屏住呼吸，这样就会听得更清楚了，接着，她又蹑手蹑脚地朝门边走了几步，走出卧室，再次侧耳倾听。

或许只是风在作怪？

她再次走上阳台——等她觉得刚好可以通过玻璃清楚地听见那声音时，它却突然消失了。

漆黑的庄园里又是一片静寂。

接着，一道明亮的灯光掠过庄园——是汽车的车头灯。

她听见微弱的引擎声渐近，意识到乔金·威斯汀回“鳗鱼角”了。

蒂尔达最后看了一眼房子，希望不会出什么纰漏。她想了想之前听到的那个声音，总觉得自己做错什么事了——尽管在暖和的房子里等屋主似乎名正言顺。接着，她穿上靴子，再次走到黑黢黢的屋外。

刚走到外面，她就看到一辆挂着拖车的沃尔沃在转弯处停了下来。

司机熄掉引擎走了出来。是乔金·威斯汀，他高高的个子，身材偏瘦，大约三十五岁，下身穿着一条牛仔裤，上身则穿着一件棉夹克。黑暗中，蒂尔达几乎无法看清楚他的脸，但她感觉他正用冰冷的目光看着她。他下车的一系列动作显得十分急促。

他关上车门，径直朝她走来。

“你好。”他说。

他只是点点头，并没伸出手来。

“你好。”她也点了一下头，“我叫蒂尔达·戴维松，是本地警局的……之前我们通过电话。”

她希望自己穿的是警服而不是便服。在这样一个黑黢黢的夜晚穿制服似乎更合适。

“这里就剩你一个人了？”威斯汀问。

“是的。我的同事都走了。”蒂尔达说，“救护车也走了。”

接下来是一阵沉默。威斯汀犹豫不决地站在那儿，而她竟然也不知如何开口。

“利维亚，”威斯汀瞥了一眼亮灯的窗户，鼓起勇气说，“她……她不在这儿了吗？”

“有人在处理，”蒂尔达说，“他们把她的尸体带到卡尔马去了。”

“怎么回事？”威斯汀看着她说，“到底发生什么事了？”

“事故……是在灯塔附近的岸边发生的。”

“她到灯塔那边去了吗？”

“没有吧，我是说……我们还不清楚。”

威斯汀看看蒂尔达，又不时看着那房子。

“卡特琳和加布里埃尔呢？他们还在邻居家吗？”

蒂尔达点点头。

“他们睡觉了。我之前打电话去问过。”

“是在那边吗？”威斯汀看着西南边的亮光说，“是那个农场吗？”

“是的。”

“我马上过去。”

“我开车送你去，”蒂尔达说，“我们可以……”

“不了，谢谢，我想走路过去。”

他经过她身旁，从一堵石墙翻了过去，快步走进夜色中。

不能让死者家属独处。这是蒂尔达在警察学院学来的，想到这个她很快追了上去。现在问他这次斯德哥尔摩之行如何，或者随便聊点什么，这些话题似乎都不太适合此时的环境，所以，她只是默默地跟在他后面，穿过田野，朝远处的亮光走去。

他们应该带个手电筒或者灯笼。外面伸手不见五指，但威斯汀似乎认识路。

蒂尔达想，他可能忘记了他身后还跟了个人，不过，走了一段路后他突然回头轻轻地说：

“小心……这里有铁丝网。”

他带着她翻过篱笆，朝路边走去。蒂尔达听到海浪轻轻地拍打着东岸，听起来像是有人在呜咽，她突然想起了之前在屋内听到的那些声音。海浪的声音竟能穿墙而过，她十分诧异。

“庄园附近还住有人家吗？”她问。

“没了。”威斯汀回答得很干脆。

他没有问她这话是什么意思，蒂尔达也不再说什么了。

走了几百码之后，他们来到一条直接通往农场的碎石小道。两人走过一个储料堆和一排拖拉机。蒂尔达闻到一股粪肥的气味，听见农场对面黑黢黢的畜棚里传来轻轻的牛叫声。

他们来到卡森的房前。一只黑猫从台阶上冲下来，消失在拐角处，威斯汀轻声问道：

“谁找到她的……是卡特琳吗？”

“不是，”蒂尔达说，“好像是幼儿园的老师找到她的。”

乔金转过头，久久地看着她，好像根本不知道她在说什么。

蒂尔达随后意识到她应该在台阶上停下来，跟他多聊几句。不过，她还是往上走了两步，来到一扇门前，然后，她轻轻地敲了敲玻璃门。

大约过了一分钟，一个穿裙子和毛线衣的金发女人出来开了门，是玛利亚·卡森。

“请进，”她说，“我去叫醒他们。”

“不用叫醒加布里埃尔了。”乔金说。

玛利亚·卡森点点头，转身过去，两人慢慢跟着她走过门厅。接着，他们在一个门口停了下来，这是一个兼做餐厅和娱乐室的房间。窗台上点着蜡烛，立体声收音机里传来悠悠笛声。

空气中弥漫着一丝肃穆的气氛，蒂尔达想，好像不是“鳗鱼角”的灯塔附近而是这栋房子里死了人。

玛利亚·卡森走进黑暗的房间里。一两分钟后，一个小女孩走了出来，站在灯光下。

她穿着长裤、毛线衣，胳膊底下牢牢地夹着一个可爱的玩具，女孩一脸睡意，面无表情地盯着他们。但是，当他一发现房间另一头站着的人时，她很快开心地笑了。

“爸爸！”她一边大声喊道，一边蹦蹦跳跳地走过房间。

他女儿什么都不知道，蒂尔达想。没人告诉她母亲淹死了。

而更觉惊讶的是她的父亲乔金·威斯汀，他目瞪口呆地站在门口，并没朝女儿挪动半步。

蒂尔达看着他，发现他神情不再紧张，取而代之的是害怕、困惑，甚至恐惧。

乔金·威斯汀的声音变得十分惶恐。

“可这是利维亚啊，”他看着蒂尔达说，“卡特琳呢？我妻子呢……卡特琳在哪儿？”

Chapter 2
11月　悼亡书

他背靠在墙上，听着妻子的声音。

乔金坐在卡尔马地区医院一栋低矮建筑外面的木凳上，尽管有太阳，但驱散不了冬日的严寒。旁边坐着的是医院的牧师，穿一件蓝色的棉夹克，手里拿着《圣经》。两人都没说话。

卡特琳躺在这栋建筑物里面的一个房间里。入口旁边的门牌上写着“停尸房”。

乔金不愿进去。

“我很想你去看看她。”那个年轻的医生见到乔金的时候说，“如果你受得了的话。”

乔金摇摇头。

“我可以将里面的情形告诉你，”年轻的医生说，“气氛十分庄重，灯光较暗，点着蜡烛。死者躺在棺材里，上面盖着一块布……”

“……上面盖着一块布，只将头露了出来，”乔金说，“我知道。”

他的确知道。去年，他在这样的房间见过埃塞尔。但此刻，他不忍看到卡特琳这样躺在里面。他垂下眼睛，一个劲儿地摇头。

最终，那位年轻的医生只得点点头。

“那你在这儿等吧，没这么快。”

她说着走了进去。乔金则在屋外等候，十月苍白的阳光照在他身上，他抬头痴痴地望着蔚蓝的天空。那个穿着厚厚的夹克，坐在他旁边的牧师不安地扭动身体，似乎很想打破这尴尬的沉默。

“你们结婚很久了吗？”他终于问道。

“七年零三个月。”乔金说。

“有孩子吗？”

“有两个。一男一女。”

“让孩子们来这里道个别吧。”牧师轻轻地说，“对他们并无坏处……能帮助他们走出来。”

乔金再次摇头。

“他们没办法看到这一幕。”

坐在长凳上的两人又陷入了沉默。几分钟后，医生手里拿着几张拍立得相机拍下的照片和一个棕色的大包裹出来了。

“找相机耽搁了一点儿时间。”她说。

接着，她将照片递给乔金。

他接过照片，仔细看着卡特琳的脸。两张照片是从正面拍摄的，还有两张是从侧面拍的。卡特琳闭着眼睛，但乔金却傻傻地认为她只是在睡觉。她皮肤苍白，毫无血色，额头和一侧面颊上有几道黑色的疤痕。

“她受伤了。”他轻轻地说。

“是摔的，”医生说，“在落水之前她踩着防浪堤的石头滑了一下，脸也刮伤了。”

“可她……不是淹死的吗？”

“是冻死的，冷水冲击造成的体温过低。这样的月份，波罗的海的温度低于零下十度[①]，”医生说，“她一没入水中，冰冷的海水便很快进入了她的肺部。”

“他们说她是跌落水中的，”乔金说，“可她为什么会跌落呢？”

医生没有回答他的问题。

“这些都是她的衣服，”医生将包裹递给他说，“你不想去看看她吗？”

“不。”

---

① 本文中所有温度单位均为华氏度。

“去道个别吧？”

“不了。”

卡特琳死后的一个星期里，两个孩子每晚都在自己的卧室睡觉。可在睡觉之前，他们总是不停地问问题，问妈妈为什么还不回家。不过，不管怎样，他们最后还是都睡着了。

但是乔金只能躺在自己的双人床上，神情呆滞地盯着天花板，久久不能入睡。即使睡着了，也得不到片刻安宁。每晚，他都会做同一个梦。

他梦见自己回到了“鳗鱼角”。梦中的他已离开那里多年，现在他又回来了。

他站在灯塔旁荒芜的岸边，头顶一片灰色的天空，然后他开始朝房子走去。那栋房子看上去衰败不堪。房子正面的红漆已被雨雪冲落，只剩下浅灰色的一片。

阳台的窗户也已破旧，门是虚掩着的。里面一片漆黑。

椭圆形石子砌成的通往阳台的台阶东倒西歪，上面布满了裂缝。乔金慢慢地走上去，走进黑暗的房中。

他不停地颤抖，走廊周围黑糊糊的一片，里面的情形跟外面并无区别，早已破旧不堪。墙纸已经脱落，木地板上全是碎石和尘埃，家具一件不剩，根本看不出他和卡特琳曾装修过这里。

他听到好几个房间传来嘈杂的声音。

厨房里传来碎碎的说话声和刮擦声。

乔金沿走廊往下，在一个门口停了下来。

利维亚和加布里埃尔坐在厨房的桌子上，低头在那儿玩牌。他的孩子们还没长大，但嘴角和眼角竟然有了细纹。

“**妈妈回家了吗？**”乔金问。

利维亚点点头。

“她在畜棚里。”

“她住在畜棚的干草棚里。”加布里埃尔补充道。

乔金点点头，倒退着慢慢离开厨房。两个孩子仍旧默不做声地待在原处。

他走到外面，穿过长满草的内庭，推开畜棚的门。

“有人吗？”

没人回应，但他还是走了进去。

他在那个通往干草棚的木梯前停了一会儿，然后开始沿着又冷又湿的梯子往上爬。

爬到上面的时候他没看到任何干草，只见木地板上有一摊摊清水。

卡特琳背对着他，靠墙站在那儿。她穿着一件白色的睡衣，但已浑身湿透。

“你冷吗？”他问。

她摇摇头，并未转身。

“那天在岸边到底出了什么事？”

“别问。”她说，然后慢慢地从木地板中的缝隙往下掉。

乔金冲了过去。

“妈——妈？”远处一个声音喊道。

卡特琳再次一动不动地站在墙边。

“利维亚醒了，”她说，“你得去照顾她，乔金。”

乔金陡然惊醒。

唤醒他的声音却不是梦。是利维亚在喊。

“妈——妈？”

黑暗中，他睁开眼睛，但并未起身。床上只他一人。

一切再次归于平静。

床边的钟显示现在已经三点十五分了。乔金确定自己只是刚刚睡去，但关于卡特琳的梦却好像做了很久。

他闭着眼睛。如果自己躺在床上什么都不做的话，也许利维亚自会睡着。

像是对他刚才的想法作出回应，喊声再次回荡在房间里：

“妈——妈？”

听到这声喊叫，他知道再也不能待在床上了。利维亚醒了，除非她妈妈去陪她，否则她会一直喊下去。

乔金慢慢地坐了起来，打开床头柜上的灯。房内很冷，一种从未有过的孤独袭上心头。

“妈——妈？”

他必须照顾两个孩子。现在他没这个心思，也没精力，但现在已经没有谁能和他一起承担这个责任了。

他离开温暖的被窝，轻轻地走出卧室，来到利维亚的房间。

乔金俯下身，她抬起头。他一句话也没说，只是摸着她的额头。

“妈妈？”她喃喃地问道。

“是爸爸。”他说，“睡吧，利维亚。”

她没有回答，只是慢慢地将小脑袋靠在枕头上。

乔金站在黑暗的房间中，直到再次听到她均匀的呼吸声。

他一步一步，轻轻地往屋外退去，然后转身要往门外走。

“别走，爸爸。”

听到这声清脆的喊声，他不由自主地在冰冷的地板上站定。

尽管她正一动不动地躺在床上，可她的这声喊叫听起来像是完全醒了。他慢慢转身看着她。

“为什么？”他轻轻问道。

“陪我。”利维亚说。

乔金没有回答。只是屏住呼吸听着。她说话的时候像是醒了，但他仍然觉得她已经睡过去了。

他静静地站在那儿，没有挪动半步，大约过了一分钟，他开始觉得自己就像一个正站在黑暗房间中的盲人。

“利维亚？”他小声喊道。

她没有回答，但她的呼吸不仅急促，而且还很紊乱。他知道她很快又会喊他。

这时，他突然想到一个主意。开始的时候他还觉得有点儿不安，但最后还是决定试一试。

他偷偷地溜了出去，走进漆黑的洗手间。他摸索着朝前走去，撞上了一个洗手盆，然后摸到了浴缸旁边的木洗衣篮。篮子里面全是衣服，差不多一个星期了，衣服都没人洗。乔金实在打不起精神。

然后，不出所料，他又听到利维亚在房间里喊道：

“妈——妈？”

乔金知道她会不停地喊卡特琳。

“妈——妈？”

她每晚都这么叫，夜夜如此，没有结束的时候。

“不要吵。”他站在洗衣篮旁边嘟囔着说。

他打开盖子，开始在衣服里面翻找。

衣服堆里散发出各种香味。大部分衣服都是妻子的。那些毛衣、裤子和内衣都是她出事之前穿的。乔金拿出一条牛仔裤，一件红色的羊毛衫和一条白色的棉布裙。

他忍不住将衣服贴到脸上。

卡特琳。

有关卡特琳的记忆鲜活地在他脑海浮现，悲伤和喜悦交织在一起，他不愿离去——但利维亚痛苦的呼喊在催促他赶紧过去。

“妈——妈？”

乔金拿上那件红色的羊毛衫，经加布里埃尔的房间回到利维亚的卧室。

她把被子踢开了，人也醒了。乔金进来的时候她没有说话，只是迷迷糊糊地盯着他。

“睡吧，利维亚，”乔金说，“妈妈来了。”

他用卡特琳那件厚厚的毛衣贴着利维亚的脸，将被子拉过来盖在她身上，只让她露出一张脸来。他将她包得严严实实的。

“睡吧。”这次他说得更小声了。

“嗯。”

她睡觉的时候还在嘟囔着什么，然后逐渐放松下来，鼻息也再次均匀了。她抱着妈妈的毛衣，将脸埋在厚厚的羊绒里。福尔曼靠在枕头的另一侧，可她并不在意。

利维亚再次进入了梦乡。

乔金悬着的心落下来了，他知道，第二天早上她甚至都不会记得自己醒过。

他松了一口气，低头坐在床边。

窗户的卷帘是拉下来的，黑暗中的房间仿佛就剩下一张床了。

他想睡觉，跟利维亚一样沉沉地睡去，忘记自己的存在。他不愿再想起任何事情，现在，他已经筋疲力尽。

可他怎么也睡不着。

他想起了那个洗衣篮，想起了卡特琳的衣服，几分钟后，他起身朝洗手间的洗衣篮走去。

乔金要找的是卡特琳那件前面印有红心的白色睡衣，一阵翻找之后，他将那件睡衣从洗衣篮的最底下拿了出来。

他在走廊停了下来，在两个孩子的卧室外面听了听，房间里静悄悄的。

乔金走进自己的卧室，开了灯，重新整理了一下双人床，又整了整床单，然后将鼓鼓的枕头塞进被子里。接着，他钻进被窝，闭上眼睛，闻着卡特琳身上的气味儿。

他伸出手，摸着柔软的睡衣。

早晨又至，闹钟叫了好久，乔金才睡眼惺忪地醒来，这意味着他肯定是睡着了。

卡特琳已不在人世，他自言自语道。

他听见加布里埃尔和利维亚的房间里传来响声，然后又听到其中一人光着脚丫走过木地板去洗手间的声音，他意识到自己闻到了妻子身上的体香，手里正摸着一个薄而柔软的东西。

是妻子的睡衣。

黑暗中，他痴痴地盯着那件睡衣，感觉有点尴尬。他记起昨晚自己在洗手间所做的事了，然后迅速拉过被子将衣服藏在里面。

乔金起了床，洗了个澡，穿戴完毕，然后帮孩子们穿上衣服，让他们在餐桌旁坐好。他瞥了一眼两个孩子，想看看他们是否也在看他，但他们只顾着吃早餐。

早晨的黑暗和寒冷似乎让利维亚更活泼了。加布里埃尔离开厨房去卧室之后，她眼巴巴地望着爸爸。

“妈妈什么时候回来？”

乔金闭着眼睛，背对着她站在桌旁，手捧着咖啡杯取暖。

乔金没有回答女儿提出的问题，他实在没办法回答。可自从卡特琳死后，利维亚每天早上和晚上都会问同样的问题。

“我不知道，”他慢慢地回答说，“我不知道妈妈什么时候回来。”

“到底什么时候呀？”利维亚问得更大声了。

她似乎非等爸爸回答不可。

乔金没有说话，但还是扭过头来。是时候告诉她妈妈永远都不会回来了。他看着利维亚。

“实际上……我想……妈妈不会回来了，”他说，“她走了，利维亚。”

利维亚盯着他。

“不，”她斩钉截铁地说，“才没有呢。”

“利维亚，妈妈不会回……”

“她会回来！”利维亚坐在桌子那头尖叫道，“她会回来！就这样！”

说完这话，利维亚只管继续吃她的三明治。乔金垂下眼睛，喝了一口咖啡。他已心力交瘁。

八点左右，乔金开车送孩子们去了马奈斯，离开了死气沉沉的“鳗鱼角”。

他们走进加布里埃尔的幼儿园，尽管里面传来孩子们的欢歌笑语，可乔金一点儿精神都没有，道别时，他心不在焉地拥抱了儿子。加布里埃尔很快转身朝游乐室走去，他的朋友们正在那里玩得兴起。

孩子长大后就不会像这般精力充沛了，乔金想，没人能经得起岁月的摧残，每张漂亮的皮囊下都藏着一个白色的骷髅头。

他摇摇头，决意不再去想这么无聊的问题。

“再见，爸爸，”父女两人在幼儿园衣帽间分开的时候利维亚又问，“妈妈今晚会回来吗？”

她似乎已将她爸爸今天早上在餐桌旁说的话忘到九霄云外去了。

“今晚不会回来，”他说，“但我今天会来接你们。”

“你会来得很早吗？”

利维亚总希望自己能够很早回家，但每次乔金真的提前来接她的时候，她又不愿离开自己的玩伴先走。

“会的，”他说，“我会早来的。”

他点点头，然后利维亚跑到孩子们中间去了。此时，一个头发花白的女人从衣帽间往这边看过来。

“你好，乔金。”她一脸同情地问候他。

“你好。”

他认出了她，她叫玛丽安，是这家幼儿园的园长。

“还好吗？”

“不太好。”乔金说。

他必须在二十分钟内去博里霍尔姆丧葬承办人办公室，想到这个，他只顾朝门口走去。但玛丽安迎前一步朝他走来。

“我理解，”她说，“我们都理解。”

“她怎么样？”乔金朝利维亚所在的房间点点头问。

“你说利维亚？她还好……”

“我是说，她会提到她妈妈吗？”

“说得不多。我们也很少谈及。我的意思是说……”玛丽安稍稍停顿了一下，然后继续说：“如果你没什么意见的话，老师们还会像以前一样对待利维亚。不会有什么特例。”

乔金点点头。

“对了，你知道吗……那天是我发现的她。”玛丽安说。

“我知道。”

乔金不想问什么了，可玛丽安好像有什么情况要跟他透露一样：

“那天，所有的孩子都走了，只剩下利维亚和加布里埃尔……五点多了，还没人来接他们。我打电话也没人接。于是，我开车送他们去了‘鳗鱼角’。当时门没锁，孩子们进了屋……里面静悄悄的，一个人也没有。于是我走到外面找了找，看到灯塔旁边的海里有一堆红色的东西。后来发现是件红夹克。”

乔金一边听一边想，不知玛丽安皮囊下面藏着的头颅是什么样的。她的头盖骨肯定很窄，白色的颧骨一定高高凸起，他想。

她继续说道：

“我先是看见那件夹克，然后是裤子……我这才意识到里面浮着一个人。于是我赶紧报警，接着，我很快跑到海边。但我知道，已经……太迟了。天有不测风云……我是说，我前一天还跟她聊过天。”

玛丽安垂下眼睛，不说话了。

“当时没其他人在场吧？”乔金说。

“你什么意思？”

“孩子们没去吧？他们没有看到卡特琳吧？”

“没有，他们还在屋里待着。后来我就带他们去邻居那儿了。他们什么也没看到。”

“很好。”

“孩子们会适应的，”玛丽安说，“他们……他们会忘记的。”

乔金往车上走的时候想，自己绝不希望利维亚忘记卡特琳。

他自己也不会忘记她。怎么可以忘记卡特琳呢？

1884年冬

今年，“鳗鱼角”北塔的灯熄了。据我所知，此后北塔的灯就再也没有亮过了。

但拉格纳·戴维松告诉我说，有时候仍能看到灯塔的光亮——如果今晚看到光亮，就意味着第二天会有人丧命。

也许有时候，灯塔中燃烧的是一团古老的火——它在缅怀过去一个可怕的事故。

“鳗鱼角”北塔的灯是在日落两小时后熄灭的。

1884年12月16日。肆虐整座小岛的风暴在下午达到了顶峰。大风呼啸，电闪雷鸣，灯塔附近掠起惊涛骇浪。

灯塔的守护者马茨·本格特森正顶着暴风雪前往南塔。因为这个时候他恰好在外面，他透过漫天大雪望向海滨，隐约觉得出事了。南塔的灯跟往常一样，仍在不停闪烁，可北塔的灯不知为何没了，像是有人吹灭了一支蜡烛。

本格特森大惊失色。他飞快跑了回来，穿过内庭，沿着梯子爬上庄园，推开游廊的门。

“灯灭了！”他朝屋内的人大喊，“北塔的灯灭了！”

本格特森听见厨房里有人回答，这声回答可能来自他的妻子丽萨，但他丝毫不敢留恋温暖的房间，很快又迎着暴风雪出去了。

在风雪肆虐中，他终于步履蹒跚地走到岸边的草地上，似乎北极风正迎面鞭打着他。

本格特森的助手简·克拉克曼正独自在塔上守护，他是四点钟换班的。克拉克曼是本格特森最好的朋友。本格特森知道，不管刚才那里出了什么事，他的助手都可能需要人帮忙才能让北塔的灯重新亮起来。

初冬的时候，他们会将一条绳子绑在灯塔的铁链上，来指引从庄园到灯塔的方向，本格特森双手紧紧抓住这根绳子，简直把它当成了救生索。他迎着凛冽的寒风，步履艰难地朝岸边那个连接灯塔的防浪堤走去。虽然他可以抓住那根绳子稍作支撑，但冰雪覆盖的石面非常光滑，让他每走一步都十分艰难。

他终于到达北塔所在的小岛，抬头望了望漆黑的灯塔。尽管灯灭了，但他仍然能够看到塔顶的玻璃灯罩中发出的微弱黄光。

分明是有什么东西在燃烧或是在发光。

是石蜡。现在人们用这种新型燃料取代了煤，一定是石蜡着火了。

本格特森打开北塔外面的钢门走了进去。身后的门“砰”的一声关了。尽管外面风暴仍在肆虐，但里面一片死寂。

他很快沿着墙侧的石砌螺旋梯往上爬去。

本格特森开始气喘吁吁。还有一百六十四步——他在灯塔上爬上爬下无数次，对楼梯的级数早已烂熟于心。往上爬的时候，他甚至能感觉风暴正在摇晃厚厚的墙壁。灯塔似乎在暴风雪中飘摇。

爬到一半的时候，一股恶臭扑鼻而来。

是肉烧焦的气味。

“简？”本格特森喊道，“简！”

他又往上爬了二十步，终于发现身上冒火的简，他头朝下挂在陡峭的梯子上，活像梯子上挂着的一块碎布，黑色的工作服还在燃烧。

想必是正在守护灯塔的克拉克曼不小心失去平衡，最后被燃着的石蜡烧到了衣服。

本格特森最后又往上走了几步，拿出自己的外套，开始灭火。

有人跟在他后面爬了上来，本格特森没有回头，只是大声喊道：

“他着火了！”

一番努力之后他终于将克拉克曼身上燃烧的石蜡扑灭了。

“这儿！”

本格特森感觉有只手攀着他的肩膀。回头一看，来人是他的另一个助手韦斯特贝里，他手上拿着一条绳子，很快拴住克拉克曼的胳膊。

“现在我们可以将他背下去了！”

韦斯特贝里和本格特森背上还在冒烟的克拉克曼，急忙沿着螺旋梯往下走。

走下塔底，两人几乎都透不过气来了。克拉克曼还有呼吸吗？韦斯特贝里之前拿来一个灯笼，现在正放在灯塔下面的地板上，本格特森借着灯光发现他的朋友已被烧得面目全非。几根手指都烧焦了，脸和头发也都烧坏了。

“我们必须把他弄到外面去。”本格特森说。

两人抬着克拉克曼，推开灯塔的门，踉踉跄跄地走到风暴中。本格特森深呼吸了一口清新、冰冷的空气。现在，雪没之前下得大了，但风势却一点儿也没减弱。

到达岸边的时候，两人皆已筋疲力尽。韦斯特贝里放开克拉克曼的腿，一下跪倒在雪地里，大口喘着气。本格特森也放开克拉克曼的手，俯身在他面前。

“简？你能听见我说话吗？简？”

现在做什么都晚了。克拉克曼烧得很严重，一动不动地躺在雪地里，他已经死了。

嘈杂的声音越来越近，哭喊声中夹杂着焦急的说话声，本格特森抬头一看，发现灯塔主人荣松和其他四个灯塔守护者正顶着大风赶了过来。后面还跟着一群女人。本格特森看到其中就有克拉克曼的妻子安妮·玛丽。

必须安慰她几句，但发生这样的惨剧，他实在不知道该怎么开口。

“不要！”

一个女人跑了过来。她悲痛欲绝，猛地扑倒在克拉克曼身上，绝望地摇着尸体。

但这个女人竟不是安妮·玛丽·克拉克曼，而是本格特森的妻子丽萨，她伏在尸体上号啕大哭。

马茨·本格特森一脸愕然地站在那里。

妻子起身的时候，他看着她的眼睛。丽萨恢复了理智，也意识到了自己刚才的所为，但本格特森只是点点头。

“他是我朋友。”他只说了这么一句，然后别过头去，凝视着黑黢黢的灯塔。

“你认为过去的一切都比现在好，是这样的吗，耶尔洛夫？”马哈·尼曼说。

耶尔洛夫将杯子放在马奈斯老人院的咖啡桌上，想了想该怎么回答——这是他的老习惯了。

“倒不是所有的东西都比现在好。但很多事情……都比现在计划得更周详，”他最终说道，“过去我们做什么都会三思而行，但现在的年轻人却不会。”

“计划得更周详？”马哈说，“是吗……你不记得斯滕维克的那个鞋匠了吗？小时候他来过我们村子。”

“你是说鞋匠保尔森？”

“是的，他叫艾恩·保尔森，”马哈说，“他应该是世界上最差劲的鞋匠，连左右脚都分不清，或许是他觉得没有必要分那么清楚。所以，他做的鞋子永远都不分左右脚。”

“没错，”耶尔洛夫轻轻地说，“我记得。”

“当时那个痛啊，我想你绝不会忘记的，”马哈笑着说，“保尔森的木底鞋尽管有点大，但还是夹得脚很痛。一跑鞋就掉了，现在至少不会出现这样的情况了吧？”

蒂尔达坐在老人院的餐桌旁，听得入了迷，几乎将工作中的烦恼也忘了。

这样的回忆应该保存下来，她想，但是录音机还在耶尔洛夫的抽屉里放着。

“我不是这个意思，”耶尔洛夫拿起咖啡杯说，“也许在过去，人们不会从长远的角度去考虑问题，但至少会去考虑。”

二十分钟后，蒂尔达和耶尔洛夫回到房间，她再次打开录音机。墙上的挂钟滴答作响，耶尔洛夫打开了话匣子，开始谈论自己年轻时在波罗的海做船长的往事。

蒂尔达发现老人院的生活也不是那么索然无味，更多的是一种恬静。她感觉自己越来越喜欢耶尔洛夫的小房间了，因为在这里，她几乎能忘记过去几天发生的事。那天在“鳗鱼角”的错误实在太离谱。

她弄错了死者的名字、身份。当初就不应该在电话里向死者家属透露有关信息——死者的丈夫悲痛欲绝，甚至拒绝跟她说话，才当警察没几天，就给同事留下了数不尽的话柄。

可是，犯错的并非只有她一个人。

她突然发现耶尔洛夫不说话了，正看着她。

“是啊，”他说，“时代不同了。”

桌上录音机里的磁带不停转动。

“是的，什么都现代化了，”蒂尔达大声说，“回想过去的时候……你最怀念什么？”

“呃……当然是航船，”耶尔洛夫怀疑地看了一下录音机说，“漂亮的货船在博里霍尔姆港进进出出。一走上甲板……就能闻到一股子松焦油、油漆和燃油味……还有船舱里的污水味和厨房里油炸食品的味道。”

“对你来说，过去最美好的东西是什么？”蒂尔达问。

“平静，安宁。凡事自有定数。当然，我开货船那会儿，船上大多都装着小引擎。碰上无风的夜晚，那些没有动力的帆船可就什么也做不了了。你只有抛了锚，等第二天起风。在接收到电话或是无线短波信号之前，没人知道船在哪里。不过，船终归会满载货物，离开海岸，返回出发港。”

蒂尔达点点头。她又想起了上个星期自己给出的错误信息，于是问道：

“你对‘鳗鱼角’庄园了解多少，耶尔洛夫？”

“‘鳗鱼角’？我也不是很熟悉。那座庄园地处偏僻，离斯滕维克村不远，不过你爷爷以前住在那附近。”

“是吗？”

“差不多吧，他的小屋在庄园的北边，离那里也就一英里远吧。拉格纳以前常在那里捕鳗鱼，还看守过灯塔。”

“那个地方有什么特别的故事吗？”

“那座庄园确实有点来头，”耶尔洛夫说，“据说它的地基是花岗岩，材料取自一座废弃的小教堂，而那些木头则是来自一座搁浅的失事船。他们在那个时候就知道循环利用了。”

“为什么只有一座灯塔亮灯？”蒂尔达问道。

“听说出过一次事故，好像是火灾……在‘鳗鱼角’建造双子塔就是为了突出其位置在厄兰岛的与众不同，但到最后，我想是因为每天晚上亮两盏灯太浪费，一盏就够了。”耶尔洛夫想了一会儿，继续说：“现在，人们都用卫星导航了，所以，亮一盏都显得多余了。”

“现在什么都是现代化了。”蒂尔达说。

“是啊，再也没有两只同边鞋了。”

接下来，两人沉默了一会儿。

“你去过‘鳗鱼角’？”耶尔洛夫问。

蒂尔达点点头。有关戴维松家族的采访结束了，她关掉录音机。

“我上周去过那栋庄园，”她说，“有人溺水了。”

“哦，我在《厄兰岛邮报》上看过新闻，死者是一个年轻的女人，我想应该是那栋庄园的女主人吧？”

“是的。”

“是谁发现她的？”

蒂尔达犹豫了一阵儿。

“我不方便透露太多信息。”

“对，你毕竟是警察。不过，发生这样的事真是不幸。”

“是的，特别是对于她丈夫和孩子而言。”

最后，蒂尔达将整件事大致跟他说了一遍：当初她是如何到事故现场的，尸体又是如何从灯塔附近的水域打捞上来的。

“那个叫卡特琳·威斯汀的女人是一个人去那儿的。她吃了午饭，打开洗碗机。然后，沿着防浪堤往海那边去了。结果脚底一滑掉进海里。”

“就这样淹死了。”耶尔洛夫说。

“是的，她很快沉了下去，尽管那里的水并不深。”

“也有水深的地方，防浪堤附近的水就很深。我曾见过那个地方还停靠过帆船。对了，有目击者吗？”

蒂尔达摇摇头。

“至少现在还没有目击者站出来。那里很少有人去。”

“冬天厄兰岛沿岸可以说是人迹罕至，”耶尔洛夫说，“‘鳗鱼角’附近也没其他人吗？会不会是有人推她落水？”

“不会，她是一个人去的防浪堤。要穿过海岸才能上防浪堤，沙滩上并没发现脚印。”蒂尔达看了一眼录音机说，“我们再谈谈拉格纳可以吗？”

耶尔洛夫似乎没听她说话。他颤颤巍巍地站了起来，走到桌旁，从抽屉里拿出一个黑色的笔记本。

“我将每天的天气情况都记下来了。”他说着翻到他要找的那一页，“那天几乎没风。风速在三到六英尺每秒。”

“嗯，差不多吧。那天‘鳗鱼角’算得上风平浪静。”

“所以，如果海滨留有印记，也不会被海浪吞没。”耶尔洛夫说。

“是的。沙滩上有她的鞋印，是我亲眼见到的。”

“她受伤了吗？”

蒂尔达在回答之前犹豫了一阵儿。那些她不想回忆的镜头浮现在脑海里。

“我只是随便看了一眼尸体，发现额头上有些小伤。”

“是刮伤吗？”

“是的……很可能是她跌倒的时候头撞到防浪堤上面造成的。”

耶尔洛夫又慢腾腾地坐了回去。

“她有仇家吗？”

“什么？”

“那个淹死的女人……她有仇家吗？”

蒂尔达叹了口气。

“我怎会知道，耶尔洛夫？难不成一个带着孩子来岛上定居的母亲还会跟这里的人结下宿怨？”

“我只是在想……”

“我们不能再谈论这个话题了。”蒂尔达严肃地看着他，“我知道你喜欢研究问题，但我不应该跟你谈论这种事情。”

“当然，毕竟你是警察。”耶尔洛夫说。

“是警察没错，可我并不是刑警，”她很快补充道，“警方并没有将这起事故当成谋杀案来调查。也没有证据表明这是一起刑事犯罪，因为没有动机。不过，她丈夫似乎并不相信那是一起意外事故，但就连他也想不出会有人要杀他妻子。”

“没错，我只是想分析一番，”耶尔洛夫说，“你也知道我喜欢分析这样的事情。”

“好吧。我们现在准备录音了。”

耶尔洛夫不说话了。

“我现在打开录音机，可以吗？”蒂尔达说。

“要是从海里来的呢？”耶尔洛夫说。

“什么？”

“如果有人开船沿海岸线到的那里，然后将船停在‘鳗鱼角’防浪堤那边，”耶尔洛夫说，“就不会在沙滩上留下脚印了。”

蒂尔达叹了口气。

“好了，看来我得去调查一下，看有没有这样一艘船。”蒂尔达看着他说，“耶尔洛夫，你是不是不喜欢谈论家族史？”

耶尔洛夫犹豫了一会儿。

“我不喜欢谈论那些已故的亲戚，”他说，“我老觉得他们会坐在墙里听我们说话。”

“我觉得我们的谈话只会让他们感到自豪。”

“这可说不准，”耶尔洛夫说，“得看我们怎么说他们的。”

“我最想听我爷爷的事。”蒂尔达说。

“我知道，”耶尔洛夫严肃地点点头，“但他也有可能在听我们说话。”

“作为兄长，拉格纳工作努力吗？”

耶尔洛夫沉默了一会儿。

“他有过风光的时候，不过，他这人挺记仇的。如果他觉得有人欺骗他，那么他再也不会跟那个人做生意了……如果有人对他不公，他是绝不会忘记的。”

“我不记得他了，”蒂尔达说，“爸爸也是。总之，他很少谈及自己的父亲。”

接下来又是一阵沉默。

“拉格纳当年是冻死在暴风雪里的，”耶尔洛夫继续说，“尸体是在他小屋附近的南岸发现的。你爸爸跟你说过这事吗？”

“哦，这个说过，是他找到爷爷的。他当时打算出海捕鱼，对吗？爸爸当初是这么跟我说的。”

“那天，你爷爷要去收网，”耶尔洛夫说，“起风的时候，他去了‘鳗鱼角’海岸。因为他还兼做灯塔看守人，那天曾有人在灯塔附近看到过他。他的船肯定被海浪打坏了，因为拉格纳是沿着海岸步行回家的……接着暴风雪来了，最后，他被人发现冻死在雪地里。”

“只有等身体恢复温度之后，才知道是不是真的死了，”蒂尔达说，“有些人即使在冰天雪地中冻得僵硬、没了脉搏，可一旦身体变暖，他们又会活过来。”

“谁跟你说的？”

“马丁。”

“马丁是谁？”

“是我……男朋友。”蒂尔达说。

一说出这话她就后悔了，因为马丁可从来没当她是女朋友。

“你有男朋友了？”

“是的……算是吧。”

“交个男朋友挺好的，他姓什么？”

“艾尔奎斯特。”

“很好，”耶尔洛夫说，“你的马丁也住在岛上吗？”

我的马丁，蒂尔达想。

“他是一名老师，住在韦克舍。”

“也许他将来会来这里看你。”

“希望吧，他倒是说过。”

“这样挺好的，”耶尔洛夫笑着说，“你看上去像坠入爱河了。”

“是吗？”

“我们谈论马丁的时候你满面桃花。”

他坐在桌子那头笑了笑，蒂尔达也回之一笑。

当她坐在这儿跟耶尔洛夫谈论马丁的时候似乎一切又变得非常简单了。

利维亚每天晚上都会挨着卡特琳那件红色的羊毛衫睡觉，而乔金每天晚上只有枕着那件睡衣才能入眠。只有它才能平复他的内心。

“鳗鱼角”的生活让他感觉度日如年。除去周末，他每天都要接送两个孩子去马奈斯上学。这之间的七小时，他都一个人待在庄园里，完全没办法静下心来。丧葬承办人在葬礼之前给他打了几个电话，问了他几个问题，他还得联系银行以及一些公司为卡特琳销户。他和卡特琳的亲戚也都联系上了，他们在斯德哥尔摩的朋友还送来了花。有些人还会过来参加葬礼。

但乔金却只想一个人关掉所有的电话，将自己锁在家中，不愿任何人打扰。

没错，装修房子确实需要花大力气，花园和屋外也需花时间整修，但他只想躺在床上，闻着卡特琳衣服上的味道，直愣愣地盯着雪白的天花板。

他还要接受警方的调查。要是他还有一点气力，他会要求他们弄清楚到底是谁在负责内部调查——如果真有人负责的话，可他实在打不起精神。

他唯一主动联系的警察就是那个来自马奈斯的年轻女警蒂尔达·戴维松。

“对不起，”她说，“真的对不起。”

她没有问他心情如何，只是一个劲儿地为自己弄错名字的事道歉，“纸条上的名字写错了，”她说，“那只是个误会。”

误会？乔金当初急赶着回家是想安慰自己的妻子，哪曾料到丧命的却是她。

他一声不吭地听戴维松在电话那头道歉，惜字如金地回答了她的问题，并没再问她别的问题，谈话也很快结束了。

接着他在电脑上给《厄兰岛邮报》写了一封信，在信中，乔金简单地描述了卡特琳死后所发生的事。他在信的结尾处写道：

那时候，我真以为淹死的是我女儿而不是我妻子，但老天却跟我开了一个玩笑。警方怎能连遇难者是谁都分不清，我这样的要求很过分吗？

我觉得一点儿也不过分，毕竟，家属有权利了解情况。

——乔金·威斯汀于“鳗鱼角”

信发出去之后，乔金并没有期望警局有人为此负责，所以他也没觉得失望。

两天后，他见到了来自马奈斯的阿克·赫格斯特伦牧师，卡特琳的葬礼将由他主持。

他们最后一次检查了葬礼准备事宜，喝咖啡的时候牧师问道：“你最近睡得好吗？”

“还好。”乔金回答道。

他努力想了想这几天所做的准备工作，他们先是打电话给领唱人，选了几首赞美诗，这个他倒记得，但具体选了哪几首他已经忘了。

那名从马奈斯来的教区牧师约莫五十岁，脸上挂着浅浅的笑，留了点小胡子，穿一件黑色的夹克和一件灰色的高领毛衣。牧师书房的墙上全是书架，上面摆满了各种各样的书，办公桌上放着一张照片：牧师冲着镜头举着一根闪闪发光的杆子。

“灯塔的灯不会影响你吗？”他问。

“什么意思？”乔金说。

“‘鳗鱼角’灯塔的灯每晚还会不停闪烁吗？”

乔金摇摇头。

“我想你应该习惯了，”赫格斯特伦说，“可能就像窗外的汽车噪声一样。你来此之前住在斯德哥尔摩市中心，对吗？”

“倒不是市中心。”乔金说。

牧师只是和他随便聊聊，活跃活跃气氛，可乔金仍然不知道如何开口。

“我们用289号赞美诗开头，祷告后唱256号，最后以297号结尾，”赫格斯特伦说，“这样安排可以吗？”

“没有问题。”

葬礼前夜，从斯德哥尔摩来了十几个宾客：乔金的母亲，叔叔，两个表亲，还有几个他和卡特琳共同的好友。他们小心地参观着庄园，彼此交谈着。看到这么多客人，利维亚和加布里埃尔特别高兴，但并没有问这些人为什么来这儿。

葬礼是星期四上午十一点钟在马奈斯教堂举行的。孩子们没去——跟往常一样，乔金七点钟就送他们去了学校，而且什么都没说。对两个孩子来说，今天跟平常没什么两样，但乔金开车回家后就换上了一件黑色的西装，然后再次躺在那张双人床上。

走廊里传来挂钟滴答的声音，乔金记起来了，当初还是妻子上的发条。现在妻子都已经不在了，挂钟应该不会转动了，可它仍在滴答作响。

他盯着卧室的天花板，想着卡特琳在庄园里里外外留下的回忆。那天妻子呼喊他的声音仍在他脑际萦绕。

一小时后，乔金坐在一张不舒服的教堂长凳上，迷茫地盯着里面的一张大壁画。画中人跟他年龄相仿，被钉在罗马人的十字架上。

马奈斯的教堂很高，为石砌的圆拱顶，轻轻的抽泣声萦绕其中。

乔金挨着他妈妈坐在前面，她戴着黑纱，低着头，小声地抽泣着。乔金知道自己不会哭，就像去年在埃塞尔的葬礼上一样，他没掉一滴眼泪。但夜深人静的时候，他总会一个人默默流泪。

离十一点还差两分钟，教堂的门突然开了，一个肩膀宽宽的高个子女人走了进来。她身穿一件黑色的外套，以黑纱蒙面，但唇上却涂着鲜红的口红，她穿着高跟鞋，走过石头地板时脚步声响彻教堂，众人皆回头望去。女人大步走到前面，挨着卡特琳四个同母异父的兄弟姐妹坐在长凳上。

来人是乔金的岳母，卡特琳的母亲米拉·兰博，她是一位画家，同时还是一位歌手。乔金还是七年前在他的婚礼上见过米拉。和那天不同，她今天看上去特别严肃。

米拉刚一坐下，教堂钟楼的钟就响了。

葬礼不到四十五分钟就结束了，乔金几乎不记得赫格斯特伦牧师说了什么，也不记得唱了什么，脑海里全是波涛翻滚的画面和流水声。

仪式结束后，宾客们穿过冰冷的墓地，聚在社区的会堂，许多人走过来安慰乔金。

“节哀顺变，乔金。”一个留着胡须的男人拍着他的肩膀说，“我们都爱她。”

乔金凝视着该男子，猛地意识到他是自己住在斯德哥尔摩的叔叔。

“谢谢……有心了。”

然后他再不知道说什么了。

还有几个人走过来想拍拍他的肩膀，或者拥抱他。乔金只是站在那里被动地接受着大家的安慰。

“怎么会这样……我几天前还跟她说过话。”一个二十五岁左右的女孩抽泣着说。

女孩正以手帕抹泪，乔金认出她是卡特琳的妹妹。他想起来了，她叫索洛丝，是“日出”的意思。米拉给她的五个孩子每人另外取了一个意义奇特的名字，卡特琳叫曼斯特拉，也就是“月光”的意思，可卡特琳一点儿也不喜欢。

“最近她比以前开心多了。”索洛丝说。

“我知道……我们搬到这里来她很高兴。”

“是啊，最近她还知道自己的父亲是谁了，这也让她非常高兴。”

乔金愕然地看着她。

“她父亲？”他说，“可卡特琳从来都没跟她父亲联系过。”

“我知道，”索洛丝说，“妈妈写了本书，里面提到了卡特琳的父亲是谁。”

索洛丝再次哭了，她拥抱了乔金，然后回到那些兄弟姐妹中去了。

乔金待在原地，看到他从斯德哥尔摩市中心来的朋友马尔姆夫妇跟他在布罗马的邻居赫斯林夫妇一起坐在桌旁。

他还看见他妈妈独自一人端着咖啡坐在另一张桌子旁，但他并没有走过去。

他转身的时候发现赫格斯特伦正站在房间的另一头跟一个头发花白的小个子女人聊天，他随即走了过去。

赫格斯特伦转过身来，往他这边投来友善的目光。

“乔金，”他说，“现在感觉怎么样了？”

乔金没有回答，只是点了点头。这样的反应比较适当，也让人猜不透他在想什么。那位身材矮小的老妪有所期待地冲他笑了笑，也对他点点头，但似乎也不知道该说什么话。接着，她犹豫地退了两步，走了。

死者家属能闻到死亡的气息，因而他们通常能够跟死神擦肩而过，乔金想。

“有件事我一直不明白。”他认真地对赫格斯特伦说。

“哦，说来听听？”

“一个人在离岛几百里远的大陆为什么还能听到岛上有人呼唤救命，这是为什么？”

牧师一脸茫然地看着他。

“几百里远……你怎能听见？”

乔金摇摇头。

“但这事的确发生了，”他说，“我听见我的妻子……卡特琳死的时候在喊我。我当时在斯德哥尔摩，但她溺水的时候我听见她大声呼喊我的名字。”

牧师低头看着他的咖啡杯。

“也许你听错了，喊你的另有其人。”

他声音降低了些许，好像他们正在谈论某种禁忌话题。

“不会的，”乔金说，“我肯定是卡特琳的声音。”

“我明白。”

“我确定听到她喊我了，”乔金说，“可这到底是什么意思？”

“谁知道呢，谁知道呢，”赫格斯特伦语无伦次地说，一边轻轻地拍了拍他的肩膀，“好好休息一下，乔金。我们过几天再谈论这个话题。”

然后牧师走了。

乔金站在那里，盯着墙上一张为切尔诺贝利核辐射受害者募捐的广告。现在，这起灾难已经过去十年了。

“请每天节约一儿点面包，为饱受煎熬的核辐射受害者出一份力。”海报的标题这样写道。

我每天都在饱受煎熬，乔金心想。

夜幕终于再次降临，他回到了“鳗鱼角”。痛苦的一天总算结束了。

乔金的妈妈已经将利维亚和加布里埃尔哄去睡觉了。屋外，丽萨·赫斯林和迈克尔·赫斯林站在屋前的车旁。天已经不早了，从这里回斯德哥尔摩还有很长的路要走，可他们仍然陪乔金回到家中。

“谢谢你们今天能来。”乔金说。

“不客气。”迈克尔说，一边将那个放有自己西服的塑料封套放在车后座上。

气氛有点儿紧张。

“尽快来斯德哥尔摩看我们，”丽萨说，“或者带孩子们来哥特兰，到我们的度假屋来玩儿。”

“看情况吧。”

“保持联系，乔金。”迈克尔说。

乔金点点头。去哥特兰总好过去斯德哥尔摩。他一辈子都不想回那儿了。

丽萨和迈克尔上了车，乔金退后一步，目送着他们开车离去。

车拐入公路，乔金看到车灯消失，才转过身，随即朝远端的灯塔望去。

矗立在小岛上的南塔闪着红光，这座卡特琳“认领”的北塔却一团漆黑。他只见过里面的灯亮过一次。

几番尝试之后，他终于找到了那条通往海岸的小路，秋天的时候，他曾带卡特琳和孩子们在海岸漫步，这次他正沿着这条海岸线往前走去。

黑暗中，他听见大海在咆哮，海风冰冷刺骨。他小心地蹚进水里，踩过一丛海草和一片沙地，爬到防浪堤上。

今晚，海浪像是在夜色中慢慢喘气，乔金想。就像他们做爱时卡特琳的呻吟一样，她喜欢他趴在自己身上，死死地抓住他，在他耳旁微微气喘。

她比他更有主见。就连搬到“鳗鱼角”也是她的主意。

乔金记得他们第一次来这里的时候就被美丽的海岸折服了。那是五月初的一天，天高气爽，风和日丽，那座木头建成的庄园宛如波光粼粼海面上矗立着的一座宫殿。

看完房子，两人手牵着手，沿着一条狭窄的小道往海岸走去，身旁满是盛开的银莲花。

广袤的天空下，往北延伸的海岛十分平坦，上面绿草如茵，宛如仙境。鸟儿随处可见：成群的斑姬鹟、蛎鹬、云雀，有些在空中遨游，有些在海里潜水。一小群黑白相间的凤头潜鸭在灯塔那边的海域嬉戏，一群野鸭和水鸟往海岸游来。

乔金依旧记得，那天阳光灿烂，卡特琳笑靥如花。

我很想留在这里，她是这样说的。

他打了个冷战，小心翼翼地爬上防浪堤最远端的那块石墩，望着脚下如墨般漆黑的海水。

这里就是那天卡特琳站立之处。

沙滩上的脚印显示卡特琳是一个人走上防浪堤的。然后她滑了下去，也许是自己跳进了水里，并且很快就沉下水面。

可这说不通啊？

乔金不知道答案。他只知道卡特琳是什么时候落水的，当时他正站在斯德哥尔摩那栋房子的地下室里，听到她从前门进来了。

乔金听到她的呼唤了。他十分肯定，现在他百思不得其解。

寒意袭人，半小时后，他又回到了庄园。

葬礼后，所有亲戚中只有母亲英格丽留了下来。她坐在餐桌旁，乔金进来的时候她转过头，吓了一跳，一脸焦虑地望着他。随着年岁的增长，母亲额头上的皱纹越来越深，这些年，她经历过太多痛苦，首先是丈夫的病，接着埃塞尔又出事了，接二连三的打击让她的皱纹里刻满了哀愁。

“他们都走了，”乔金说，“两个孩子睡觉了吗？”

“应该睡了。加布里埃尔喝完了牛奶很快就睡了。不过利维亚睡得一点儿也不安稳……我见她睡着了，本想偷偷地溜出去，她却抬头叫住了我。”

乔金点点头，走到餐桌那边泡了一壶茶。

“她有时候会装睡，”他说，“假装睡着了来捉弄我们。”

“她提到了卡特琳。”

“我知道她会。喝茶吗？”

“不了。谢谢。她会经常问起卡特琳吗，乔金？”

“睡觉的时候不怎么问。”

“你是怎么跟她说的。”

“你是说跟她谈论卡特琳的事？”乔金说，“也没怎么说，我只是告诉她……妈妈走了。”

“走了？”

“说她要离开一阵儿……当初我在斯德哥尔摩的时候，就只有卡特琳带着孩子们在这里，情况跟这差不多。现在我没办法将实情告诉她。”他看着英格丽，突然变得不安起来。“你今天晚上跟她说了什么？”

“我什么也没说。这事应该由你跟她说，乔金。”

“我会告诉她的，”他说，“你回去后……我会单独跟他们说。”

妈妈死了，利维亚，她淹死了。

他什么时候才能鼓起勇气。这无异于要他不分青红皂白地给利维亚一个耳光，他做不到。

“你会搬回去吗？”英格丽问。

乔金盯着母亲，知道她一直都希望他放弃这边的生活，但他还是假装有点惊讶。

“回去？你是说回斯德哥尔摩？”

要我离开卡特琳？他想。

“是的……我是说，毕竟我在那边。”英格丽说。

“我在斯德哥尔摩什么也没有了。”乔金说。

“但你可以将布罗马的房子重新买回来，不行吗？”

“我什么都买不了，”他说，“即使我想买房子，现在也没钱了，妈妈。我所有的钱都用来买这栋庄园了。”

“但是你可以卖掉它啊……”

英格丽不说话了，环顾了一眼厨房。

“卖掉‘鳗鱼角’？”乔金说，“可现在谁还会买它？房子还要修葺……前段时间我和卡特琳一直都在忙着装修。”

母亲面带愁容地凝视窗外，什么也没说。过了一会儿，她又问道：

“那个很晚才赶来参加葬礼的女人……是卡特琳的母亲，那个画家吗？”

乔金点点头。

“她就是米拉·兰博。”

“你们结婚的时候我见过她，今天竟然没能认出来。”

“我之前并不确定她会不会来。”

“她当然会来，”英格丽说，“卡特琳毕竟是她的亲生女儿。”

“但她们很少联系。自婚礼后我就再也没见过她。”

“她们吵过架？”

“没有……不过我觉得她们之间的关系一般。有时候，两人倒也会通个电话什么的，但卡特琳几乎从来不跟我说她母亲的事。”

“她住在这儿吗？”

“没有。她应该住在卡尔马。”

“你难道不打算跟她联系吗？”英格丽说，“我觉得你应该联系她。”

“还是算了，”乔金说，“不过，我们说不定还会碰上。毕竟，厄兰岛也不算很大。”

他望向窗外，看着黑黢黢的内庭。现在，他什么人都不想见，只想将自己锁在屋里，再也不想出去。他不想去重新找一份教书的工作了，也不想继续装修房子了。

他只想一辈子安睡在卡特琳身旁。

9

十一月的夜晚干燥而寒冷，外面夜雾弥漫。宛如薄纱的云层里探出半轮残月，洒下一点光亮。

这样的夜晚最适合入室盗窃了。

堆满石头的西北岸有道山梁，梁上那栋房子也就是这几年建的。房子是由某个建筑师设计的，主体部分由木头和玻璃构成。那房子的主人肯定是有钱的游客，亨里克想。他记得爷爷曾将大陆来的有钱人统统称为“斯德哥尔摩人”。

“好兄弟，”汤米挠了挠脖子说，“出发。”

弗雷迪和亨里克跟着他往房子下面的碎石坡走去。三人都穿着牛仔裤，黑色的夹克，汤米和亨里克还各自背了一个黑色的帆布背包。

此处在博里霍尔姆北面，出发前，塞瑞留斯兄弟又拿着那块显灵板在亨里克的厨房举行了一场降神会。十点半的时候，他们点了三支蜡烛，汤米在餐桌上放了块玻璃，将“显灵板”放在上面。

房间里一片寂静，气氛有点凝重。

“有人吗？”汤米将手指放在玻璃上问道。

过了十到十五秒钟，那块玻璃猛地动了一下，移向一侧。在“YES”的位置上停了下来。

“是阿莱斯特吗？”

玻璃没有动。

“今晚适合行动吗？”汤米问道。

玻璃还是留在“YES”的位置上没动。

过了一会儿，它开始往字母的方向移动。

“写下来！”汤米冲亨里克嘶声叫道。

亨里克心有不爽，但还是开始记录那些字母。

E–E–L–P–O–I（鳗鱼角……）

最后，玻璃又停在中间不动了。他看着自己在纸上写下的那些字母，连在一起成了：

“鳗鱼角 鳗鱼角有艺术品 独自去鳗鱼角。”他将这几个词连着读了出来。

“鳗鱼角？”汤米说，“什么鸟地方？”

亨里克看着木板。

“我去过那儿……那里有个灯塔。”

“有许多艺术品吗？”

“这个倒没看到。”

午夜，亨里克和塞瑞留斯兄弟将车停在离船库五百码远的地方，然后三个人藏在岸边的岩石堆里，二楼落地窗最后一盏灯熄了之后他们又等了半小时，其间，三人都吸了点冰毒，最后，他们将黑色的头套罩在头上，朝房子走去。

亨里克感觉有点儿冷，但是，因为吸了冰毒，现在他的脉搏跳得很快。越冒险越刺激。这样的夜晚，他很少会再去想卡米拉。

波浪有节奏地拍打着他们身后的碎石海滩，这样，他们沿着陡峭的山坡往上爬的时候，脚步声几乎淹没在海浪声中了。

花园的外面围有铁栅栏，但亨里克知道临海那道门没有锁。三人很快沿着墙侧来到一片阴暗处。

一楼是扇玻璃拉门，上面只有一个简易的闩扣，亨里克从背包里拿出锤子和凿子，轻轻一凿闩扣便开了。

汤米将门沿着钢导轨托往一旁推过去，轮子发出轻轻的嘎吱声，但是，这点儿声音很快就被风声淹没了。

黑暗中也没有响起警报声。

进门的时候汤米戴上面罩，转身朝亨里克点点头。

弗雷迪站在门口警戒，其余两人偷偷潜入温暖的度假屋。风声渐弱，房子里黑黢黢的一片。

他们悄悄走过刷了漆的水泥地板，来到一间很大的地窖，地窖的中央有一张桌子和一张台球桌，里面堆满了东西。

汤米向同伴发出“作战指令”，示意他们分头行动，亨里克点点头，往左边去了。房间里沿墙放着一个小柜台，里面摆了十几瓶酒。其中有五瓶还未启封，他小心地把这些酒逐一塞进背包里。然后，他背着酒，经一条木楼梯上到一楼。

接着，他来到一个放有电视机和真皮沙发的房间。沙发对着一台小电视机和录像机，他将这些东西都搬到门外，交给了弗雷迪。然后他又走了回来，往沙发底下瞧去。

里面好像有一堆亮光的东西，是一套高尔夫球杆吗？

他弯腰拉出一张折叠的防水布。防水布上面是一整套潜水设备，有橡胶脚蹼，黄色的氧气罐，压力表和一件黑色的潜水服。这套装备看上去像是全新的。亨里克想，也许去年夏天屋主家十几岁的小孩闲得无聊，想去学潜水，于是父母给他买了这套装备，但后来他又不想去了。

防水布上还有一把老式猎枪。

那把步枪看上去保养得极好，磨得光亮的木枪托，上过油的真皮肩带。旁边一个红色的纸盒里还装有子弹。

亨里克决定一次拿一样东西，最先拿的是氧气罐，其间正好碰上汤米，他正抱着一台电脑显示器往门外走。

汤米看到亨里克手里的氧气罐，示意他干得不错。“里面还有。”亨里克小声说，然后又走回房中。

他将那盒子弹放进背包，一只胳膊底下夹着剩下的潜水设备，背着猎枪，走到拉门那儿，汤米正提着一辆全新的健身脚踏车出来，但亨里克摇了摇头。

“没地儿放了。”他小声说。

“能放进去，”汤米说，“把它拆了就行……”

这时，黑暗中传来“砰”的一声。

一通脚步声传来，有人下楼了。

接着，楼梯的灯亮了。

“什么人？”一个男人喊道。

“别管什么健身脚踏车了！”亨里克嘶声叫道。

三人撒腿就跑。他们从玻璃门跑了出去，穿过草坪，冲出大门，来到岸边。三个人都背着赃物，幸亏他们的车离此不远，走过一堆鹅卵石就到了。

亨里克放下自己的东西，长长地吁了一口气，环顾了一下四周。现在，度假屋所有房间的灯都亮了，但似乎并没人追来。

“放到车上去！”汤米大叫，一边将头套取下，一边钻进驾驶室中。

他发动引擎，但并没有开车头灯。

亨里克和弗雷迪很快将所有东西塞进后面的车厢里：背包、电视机、潜水设备……除了那辆健身脚踏车，他们将度假屋里拿出来的东西全都装进去了。不过，那把猎枪仍然背在亨里克的肩膀上。

汤米一踩油门，车飞驰而去。很快，他们一路往南开车上到沿海公路，直到看不到度假屋汤米才将车灯打开。

“往东走。”亨里克说。

“你怕什么啊？”汤米说，“怕有路障吗？”

亨里克摇摇头。

“只管往东走就行了。”

现在已经一点半了，但亨里克的脑子还很清醒，心怦怦直跳。他们在岸边度假屋里还真找到了值钱的东西，就像以前他和摩根一样。

“还得继续干。”车驶入主干道的时候汤米说，“这也太容易了！”

“是很容易，”旁边的亨里克不无讽刺地说，“可我们将他们吵醒了。”

“那又怎样？”汤米说，“他也奈何不了我们。我们比他快，还不照样来去自如。”

他们一路往东，来到一条岔道的指示牌前，汤米猛踩刹车，忙打方向盘。

“你要去哪儿？”

“我们有件简单的事情要办，办完这事就回家。”

车头灯照射向一片树林，路的左边出现一栋高高的白色砖房，在车头灯的照射下显得又长又细。

亨里克意识到这是一个教堂。

马奈斯这栋白色的教堂建于中世纪。他模糊地记得几十年前爷爷的婚礼也是在这里举行的。

“教堂现在还开放吗？”汤米问道，将车往院墙那边靠，接着，他又将车往教堂边上的碎石道开了一小段距离，最后将车停在茂密的树荫下，“大摇大摆地走进去都没事。”

“晚上怎么可能还开着门？”亨里克说。

“那又怎样？我们把门踹开不就行了？”

“我不去。”他说。

“为什么？”

“你们两个人去就行了。”

亨里克没打算跟他们说他爷爷的婚礼就是在这个教堂举行的，他只是盯着汤米，最后点了点头。

“那行，你坐在这儿，帮我们放哨，”他说，“不过，我们丑话说在前头，如果我们兄弟在里面找到什么，那也没你的份儿。”

汤米拿上那个放有工具的背包，“砰”的一声关掉车门，往教堂走去，弗雷迪紧随其后，两人很快消失在夜色中。

亨里克靠在坐椅上，望着树林，那边更是漆黑。他想起了奶奶，她就是在这附近长大的。

也不知道过了多久，车门突然开了，亨里克吓了一跳。

是弗雷迪。他的眼睛闪着光，看来他们这次收获颇丰。

“汤米也出来了，”他激动地说，“瞧瞧这个！我们找到一个橱柜，是在圣……圣……圣什么来着？”

“圣器收藏室。”亨里克说。

“你觉得这些东西值钱吗？”

亨里克看着弗雷迪手里拿着的四个旧烛台。看上去像是银的。这些烛台是不是他爷爷结婚的时候就在这儿了？很有可能。

这时，满头大汗的汤米也回来了，他显得特别兴奋。“你来开车，”他对亨里克说，“我要数钱。”说完他很快钻进乘客座，响起一串叮当声。

他拿着一个塑料袋，将东西全部倒在两腿之间的坐椅上，硬币、纸币哗哗地落了下来。

“这些东西都装在一个木盒子里，”他笑着说，“就在门边，我一脚就踹开了。”

“光纸币就有好几百克朗。”弗雷迪从两个坐椅中探出头来说。

“我得数数。”汤米说着看了一眼亨里克，“记住，这些东西是咱兄弟的。”

“归你们就是。”亨里克轻轻地说。

现在，他心情不是很好。连教堂都偷，简直太过分了，这些钱可能是送去老人院或者送给索马里那些麻风病人的。这样做真没人性。但事已至此，他又能怎么办？

“这是什么？”汤米说。

他弯腰的时候发现了那把放在坐椅下的猎枪。

“我在度假屋找到的。”亨里克说。

“我靠！”汤米拿起枪说，“这是一把老式毛瑟枪。那些收藏家就喜欢这玩意儿，现在还有人用它打猎，说明这种枪的质量确实不赖。”

他好奇地打量了一番枪管，拉了一下枪栓。

“悠着点儿。”亨里克说。

“没事……保险栓都没打开。”

“你对这枪挺在行的？”

“当然，”汤米说，“我以前用它打过麋鹿。老爷子清醒那会儿，我们经常到林子里去打猎。”

“不过还是得悠着点儿好。”亨里克说。

他随即发动车，打开车灯。掉头将车慢慢驶出林子。

“干不了几票了。”亨里克将车驶回公路的时候说。

“什么？”

“我是说我想收手了。”

“还得干几票。再干四次。”

“两次，”亨里克说，“再跟你们干两次。”

“好吧，去哪儿？”

亨里克没有说话，只顾开车。

“我倒知道几个地方，”他说，“有个牧师的家里可能有宝贝。还有就是‘鳗鱼角’庄园。”

“‘鳗鱼角’？”汤米说，“就是阿莱斯特给我们指示的地方。”

亨里克点点头，尽管他相信在显灵板上移动玻璃的人是汤米而不是阿莱斯特。

“我们去那儿瞧瞧，看阿莱斯特有没有骗我们。”汤米说。

“可以……但干完这票我就金盆洗手了。”

亨里克沮丧地盯着空荡荡的公路。妈的，这事完全没了章法，这跟当初他跟摩根一起混的时候完全不同。

他之前应该尽力阻止那两兄弟打教堂的主意。

偷教堂会带来霉运。

10

“我想让北厄兰岛每个人都知道，现在马奈斯又有警察了，我们不会放过任何一起犯罪。”

蒂尔达发现霍尔姆布拉德绝对有演讲的天赋，他似乎希望成为众人的焦点。街上寒风瑟瑟，十几个人站在马奈斯新成立的警局前，有记者、同事，可能还有几个本地居民，霍尔姆布拉德望着观众继续说道：

“在本地设立警局是我们警务工作的新任务，过去，巡警的工作非常辛苦，他们对片区里的每个人都要熟悉，跟他们相比，我们的工作更具针对性。当然，当今社会也更加复杂了，各种关系纷繁复杂，但北厄兰岛的警察已经作好了充分的准备。他们会跟当地的俱乐部、公司一起合作，尤其会关注青少年犯罪问题。”

他停顿了一下：“你们有什么要问的吗？”

“你们打算怎么处理广场周围涂鸦的事？”一名老者说，“这种行为真不光彩。”

“如果警方发现有人涂鸦，会将他们带回警局，”霍尔姆布拉德回答道，“我们有权利对他们进行搜查，并没收喷漆，我们绝不会姑息这种行为。但对于这种无耻的破坏行为，学校和家长也需负相应的责任。”

“那些偷盗行为呢？”另一个男人说，“你们打算怎么对付偷盗教堂和度假屋的犯罪活动？”

“打击入室盗窃是我们警方工作的重点。”霍尔姆布拉德说，“如何打击这类犯罪是我们工作的重中之重，我们一定会将犯罪分子绳之以法。”

蒂尔达像一个木头人一样站在上司的后面，背都僵了，眼睛一动不动地盯着前面。现场就她一位女性，但即使在这样一个特殊的日子里，她宁愿去别的地方，也不想到马奈斯来。她甚至宁愿自己不是警察。厚厚的警服穿在身上，她几乎都要窒息了。

她不想跟自己的新同事汉斯·马勒站得太近。

“鳗鱼角”庄园的主人乔金·威斯汀三天前给《厄兰岛邮报》写了一封抗议信，投诉警方将他妻子和女儿的名字弄错了。尽管他没有指名道姓，但这封信见报后，蒂尔达觉得马奈斯街上的人都以一种异样的眼神看着她，对她满是质疑。昨天晚上，霍尔姆布拉德给她打了个电话，说要带她去“鳗鱼角”当面向人家道歉。

“……最后，我有几件东西要交给新警局的两位同仁，汉斯·马勒和蒂尔达·戴维松。这是警局的钥匙，至于这个嘛……”霍尔姆布拉德局长拿过那个斜靠在办公桌上的长方形棕色包裹。他打开包裹，拿出一幅油画，上面画的是一艘乘风破浪的三桅帆船。“这是博里霍尔姆警局送来的礼物……此画具有象征意义，表示我们应该同舟共济。”

霍尔姆布拉德郑重地将画和钥匙分别交给马勒和蒂尔达。马勒打开警局的门，用夸张的手势招呼众人进去。

蒂尔达站到一边，给其他人让路。

办公室刚打扫不久，地板上一尘不染。墙上挂着厄兰岛和波罗的海地图。霍尔姆布拉德先前订购的鲜虾三明治就放在马勒和蒂尔达的工作台之间的咖啡桌上。

蒂尔达的办公桌上已经放了几堆文件。她拿起一个塑料文件夹走到自己的同事面前。

马勒正站在自己的办公桌旁边大口吃三明治，一边跟两名从博里霍尔姆来的同事说笑，也不知他刚才说了什么，两名同事都被他逗乐了。

“汉斯，能占用你一点儿时间吗？”

“没问题，蒂尔达，”马勒冲两名同事笑了笑，转头看着她，“什么事？”

“有件事我想跟你谈谈，是关于你提供的信息。”

“什么信息？”

“‘鳗鱼角’死亡事件的信息。”蒂尔达走到房间的另一边，马勒跟了过去，“我想你应该认得这个吧？”

她举起一张字条，这是马勒给她的，收到的第二天她将它夹在了文件夹里。这是她的证据。

字条上写着三个名字。分别是利维亚·威斯汀、卡特琳·威斯汀和加布里埃尔·威斯汀。

利维亚名字的旁边是一个“†”标记。

“怎么啦？”马勒点头道，“这是我从急救中心拿来的名单。”

“没错，”蒂尔达说，“我要你将死者的名字标记出来。”

马勒收起了笑容。

“怎么？”

“你将那个十字架标记放在了利维亚·威斯汀名字的前面。”

“是啊？”

“可这是错的。淹死的是她的母亲卡特琳·威斯汀。”

马勒用刀叉叉了几个虾仁塞进嘴里。他似乎对现在的谈话一点儿兴趣也没有。

“好吧，”他一边吃东西一边说，“我弄错了。警察难道就不能犯错？”

“警察是会犯错，但这是你犯的错误，”蒂尔达说，“不是我犯的。”

马勒抬头看着蒂尔达。

“这么说，你是不信任我了？”他说。

“可以这么说，不过……”

“那好，”马勒说，“你只需记住……”

“你们在增进了解吗？”一个声音打断了他们的谈话。

也不知道霍尔姆布拉德什么时候来的。蒂尔达点点头。

“我们正在尝试互相了解。”她说。

“很好。别忘了我们等下要出去，蒂尔达。”

霍尔姆布拉德微笑着点点头，走到一个记者和摄像师那边，那两人都是本地报社的。

马勒拍拍蒂尔达的肩膀。

“我们应该信赖同事，戴维松，”他说，“你不同意我的说法吗？”

她点点头。

“很好，”马勒说，“不管对错，有事发生的时候，我们做警察的必须确定自己不是孤立无援的。”

说完，他转过身，回到自己的同事那边。

蒂尔达呆呆地站在那里，仍旧希望自己没有出现在这样的场合。

“好了，戴维松，”半小时后，没吃完的三明治也收到冰箱里面了，这时戈特·霍尔姆布拉德发话说，“我们走吧，坐我的车去。”

这会儿，这家新成立的警局里就剩下蒂尔达和局长两个人了。汉斯·马勒跟其他人先走了。

冲这一点，蒂尔达已经决定，无须试着去喜欢这个同事了。

她戴上警帽，锁好门，跟霍尔姆布拉德一起走到车旁。

“我们本来没有义务去道歉，”坐在车里的时候霍尔姆布拉德解释说，“但威斯汀给卡尔马警局打了好几个电话，希望跟我或者跟相关负责人谈谈，所以最好还是当面跟他聊聊。”他发动引擎，将车从人行道旁边开到大街上，继续说：“最重要的是不让上头怪罪并派人来调查。我们跟他见面虽然不是上面的意思，但通常能够澄清误会。”

“后来我跟威斯汀也打过几个电话，”蒂尔达说，“但他不愿跟我继续聊下去。”

“这次我劝劝他，”霍尔姆布拉德说，“这样效果可能会好点，我是说，这不是道歉的问题，而是……”

“我没什么可道歉的，”蒂尔达说，“错误的信息并非出自我手。”

“是吗？”

“字条是一个同事给我的，他标记错了。我只是将那名字读了出来。”

“哦？不过，你要知道，我们不应该通过电话将死者的信息告诉家属。我觉得我们都应该承担责任，因为在这件事的处理上，我们并没有完全依照程序来做。”

“我同事也是这么说的。”

他们离开马奈斯，沿着海岸往南边的“鳗鱼角”驶去。在这样的下午，公路上几乎见不到一辆车。

“我一直都想在海岛的东岸买栋房子。”霍尔姆布拉德望着海岸线旁边的草地说。

“哦，是吗？”

“这里真的很漂亮。”

“嗯，”蒂尔达说，“我的家人最先就在马奈斯周围的村子里生活。我是说我父亲那边的家族。”

“明白。这也是你回来这里工作的原因吗？”

“算其中一个原因吧，”蒂尔达说，“警察的工作本身也挺吸引我的。”

“没错，”霍尔姆布拉德说，“今天你的工作就算正式开始了。”

几分钟后，他们来到“鳗鱼角”的路牌前，霍尔姆布拉德拐弯驶入那条弯弯曲曲的碎石小道。

现在他们能够看到灯塔和那栋红色的房子了。尽管灰暗的云层遮住了太阳，蒂尔达总算能够在白天看到灯塔守护者的庄园了。

霍尔姆布拉德将车停在房子前面，熄掉引擎。

“记住，”他说，“如果你不想说话，那就什么也别说。”

蒂尔达点点头。犯错者往往无权说话。就像小时候，她跟两个哥哥一起坐在餐桌旁的时候有时也会一言不发。

白天，“鳗鱼角”庄园似乎更具吸引力，蒂尔达想，但她仍然觉得房子太大，并不适合自己住。

霍尔姆布拉德敲响了厨房的玻璃窗，大约一分钟后，门开了。

“下午好，”霍尔姆布拉德说，“我们来了。”

乔金·威斯汀的脸甚至比今天的天气更阴沉，蒂尔达想。她知道他才三十四岁，但看上去像有五十岁了。黑黑的眼圈，眼里写满了疲惫。他只是木然地朝霍尔姆布拉德点点头，并没跟蒂尔达打招呼，甚至都没看她一眼。

“请进。”

威斯汀走进黑黢黢的屋里，他们跟了进去。房子收拾得干干净净的，蒂尔达环顾了一下四周，总觉得房间里所有的东西都雾蒙蒙的。

“喝咖啡吗？”威斯汀问。

“谢谢，劳烦你了。”霍尔姆布拉德说。

威斯汀走到咖啡机旁。

“现在这里只剩下你……和两个孩子了吗？”霍尔姆布拉德问，“亲戚都回去了吗？”

“我妈妈跟我们待了几天，”威斯汀说，“不过，她已经回斯德哥尔摩了。”

接下来，几个人都没说话。霍尔姆布拉德整了整自己的警服。

“首先，我们表示非常抱歉……这种事情本不应该发生，”他说，“我们向受害者的家属透露相关情况的做法是错误的。”

“你说得没错。”威斯汀说。

“是的。我们对那天发生的事也表示非常遗憾，但是……”

“我以为是我女儿。”威斯汀说。

“什么？”

“我以为淹死的是我女儿。在从斯德哥尔摩回厄兰岛的那几小时里我一直都以为遇难的是我女儿。唯一的安慰……其实也不能算是安慰，唯一让我感到安慰的是，我回去的时候还能看到我妻子，想到她的心情甚至会比我更糟糕。但至少我可以试着去安慰她，我们余生可以有所依靠。”威斯汀停顿了一下，继续轻声说道，“我们至少还有彼此。”

接着，他一言不发地凝视着窗外。

“真的非常抱歉，”霍尔姆布拉德说，“但事情已经发生了……我们需要做的是确保不会再发生类似的事。我是说在通知其他家属的时候。”

威斯汀几乎没有听他说话。霍尔姆布拉德停止说话的时候他正看着自己的手，接着，威斯汀问道：

“调查得怎么样了？”

“什么调查？”

“警方关于我妻子遇难一事的调查。”

“我们没有进行调查，”这名警督迅速回应道，“只有当我们怀疑是犯罪事件的时候才会进行调查，而我们觉得这起事件并无可疑之处。”

先前一直盯着桌面的威斯汀抬起头。

“你是说发生这样的事情很正常？”

“这……当然，这事并不正常，”霍尔姆布拉德说，“只不过……”

威斯汀深吸了一口气，继续说道：

“那天早上，妻子在屋外跟我道了别，接着回屋去擦玻璃。她一个人做了午饭，之后便去到岸边。然后直接走到防浪堤的尽头跳进海里。你觉得这事正常？”

“我们没说这是一起自杀事件，”霍尔姆布拉德说，“但正如我所说的，这起事件中并不存在任何犯罪痕迹。她可能在吃午饭的时候喝了几杯葡萄酒，当她沿着防浪堤走的时候，脚底一滑……”

“你见我家里有酒瓶吗？”威斯汀打断他。

蒂尔达看了看四周。厨房里确实连一个酒瓶都没有。

“卡特琳滴酒不沾，”威斯汀继续说，“你们当初就应该验血的。”

“我知道，不过……”

“我也不喝酒。我家里根本就没酒。”

“你们为什么不喝酒，我可以问下原因吗？”霍尔姆布拉德说，“你们是教徒吗？”

乔金看着他，似乎觉得这个问题很无礼。也许是很无礼，蒂尔达想。

“我们知道酗酒和吸毒的危害，”他回答道，“所以我们家里根本没有这些东西。”

“我明白。”霍尔姆布拉德说。

偌大的厨房里一片沉寂。蒂尔达望向窗外，看着海中的两座灯塔。她想起了耶尔洛夫的那些质疑。

“你妻子有什么仇家吗？”她突然问道。

透过余光，蒂尔达发现霍尔姆布拉德正看着她，那眼神好像在质疑餐桌旁什么时候还坐了个人。

乔金似乎也被这个问题吓到了。但他没有生气，只是感觉意外。

“没有。”他说，“我们两个都没有仇家。”

但是蒂尔达觉得他似乎有所犹豫，像是欲言又止。

“那有没有被岛上的人威胁呢？”

威斯汀摇摇头。

“据我所知，没这回事……过去几个月，卡特琳独自带着两个孩子在这儿。我只是在周末的时候才从斯德哥尔摩到这里来，她从来没跟我说过有这样的事。”

“你是说出事之前她表现得非常正常？”

“差不多吧，”乔金·威斯汀低头看着自己的咖啡杯说，“也许，她会感觉有点累，情绪有些低落……我在斯德哥尔摩工作，没来这里陪她，她会觉得这样的生活很不容易。”

三人再度沉默。

“可以用下你的洗手间吗？”蒂尔达说。

威斯汀点点头。

“穿过门廊，在走廊的右手边。”

蒂尔达离开厨房。很快就找到洗手间在哪儿了，毕竟，她以前在这里待过。

现在，门廊和走廊几乎没什么油漆味了，房子似乎也更像老宅子了。

通往卧室的走廊里有幅油画是最近才挂上去的。那是一幅灰白色的风景画，画中的景象像北厄兰岛的冬天。暴风雪肆虐海岛，整幅画轮廓模糊。蒂尔达总觉得没有哪个画家会以这种格调阴暗的手法描绘海岛，在进洗手间之前，她在画前驻足了一会儿。

洗手间不大，却很温馨，地板和天花板都铺了瓷砖，地板上还有一张厚厚的蓝色地毯，老式浴缸的四个支座像狮爪，用铸铁做成。上完洗手间，她回到走廊，推开那扇通往孩子卧室的门。她发现隔壁卧室的门虚掩着，便在门口停了下来。

进去看一眼吗？

蒂尔达将脑袋探了进去，看着那个小房间里摆着一张大双人床。旁边有个小床头柜，上面放着一张装有相框的照片，照片中的卡特琳正从窗户向外挥手。

接着，蒂尔达看到了那些衣服。

卧室墙上的衣架上挂了十几件女装，有毛衣、裤子、上装，还有衬衫。

那张双人床铺得十分整洁，一件白色的睡衣整齐地叠在一个枕头上——好像正等着主人在夜幕降临时进屋穿上它。

蒂尔达注视着这些奇怪的衣服，过了好久才离开房间。

在回厨房的路上，她听见自己的上司说：

“好了，我们应该回去工作了。”

戈特·霍尔姆布拉德的咖啡也已喝完。他从桌旁站了起来。

现在，房间的气氛似乎没之前那么紧张了。乔金·威斯汀也站起来，扫了一眼蒂尔达和霍尔姆布拉德。

“好的，”他说，“感谢你们的到来。”

“不客气。”霍尔姆布拉德说，接着他很快又说：“我想让你知道，你当然可以调查这事，但是我们真的希望你不要……”

威斯汀摇摇头。

“我不会再查下去了……这事就算结束了。”

他陪两位警察走到门厅，在台阶上跟他们握手道别。

“谢谢你的咖啡。”临走的时候蒂尔达说。

夜色已经降临，空气中弥漫着一股树叶烧焦的味道。岸边的灯塔不停闪烁。

“它算是我们的老朋友了。”威斯汀朝亮光的地方点点头说。

“你们也要管理灯塔吗？”霍尔姆布拉德问。

“不用，灯塔会自动亮。”

“我听说用来建造灯塔的石头来自一座废弃的小教堂，”蒂尔达指着北边的林子说，“好像是在那边。”

她说这话的时候感觉像是这事就她一个人知道似的，但威斯汀来了兴趣。

“谁告诉你的？”

“耶尔洛夫，”蒂尔达说，然后她又解释说，“他是我叔公，住在马奈斯，他对‘鳗鱼角’这边的情况很熟悉。如果你想知道更多，我可以去问他……”

“没问题，”威斯汀说，“你跟他说，随时欢迎他来我这儿喝咖啡。”

回到车上的时候，蒂尔达又看了一眼那栋大庄园。她想起了那些静悄悄的房间和挂在卧室墙上的那些衣服。

“他情绪很糟糕。”她说。

“没错，”霍尔姆布拉德说，“毕竟，他还很悲伤。”

“不知道两个孩子怎么样了？”

“小孩子很快就会忘记的。”霍尔姆布拉德说。

他将车开上沿海公路，朝马奈斯方向驶去，瞥了一眼蒂尔达。

“你在厨房问的问题有点儿……出乎预料，戴维松。如果你有什么特殊的想法，不妨说说看。”

“没有……只是随便问问，想多跟他接触接触。”

“哦，好像挺奏效的。”

“我们也许应该多问他几个问题。”

“此话怎讲？”

“我觉得他有事情瞒着我们。”

“你指哪方面？”

“我不知道，”蒂尔达说，“也许……是他们家族的秘密吧。”

“每个人都有秘密，”霍尔姆布拉德说，“自杀还是意外？这个还真说不准……但这事用不着我们去调查。”

“可我们也可以查查线索的。”蒂尔达说，“先下手。”

“查什么线索？”

“看现场还有没有其他人。”

“现场就死者一个人，”霍尔姆布拉德说，“而且威斯汀是最后一个见他妻子的人。这是他自己说的。如果我们将此事当成谋杀案调查的话，那第一个怀疑的对象就应该是他。”

“我在想，如果我有时间……”

“你没时间，戴维松，”霍尔姆布拉德说，“我们哪有什么时间。你要去学校调查，抓酗酒者，阻止那些乱涂乱画的人，调查入室盗窃案，在马奈斯街上巡逻，留意城郊马路上的交通。你还要送交报告到博里霍尔姆。”

蒂尔达想了一会儿。

“换言之，”她说，“……如果我做完这些本职工作还有时间，我就可以去‘鳗鱼角’附近的人家调查卡特琳·威斯汀的死亡事件，对吗？”

霍尔姆布拉德一脸严肃地盯着前面的风挡玻璃。

“看来我旁边坐着的这位将来也想当警督。”他说。

“过奖，”蒂尔达说，“我可不是想升职。”

“谁都这么说，”霍尔姆布拉德叹了口气，好像他是在思考自己当初的职业选择。“你自己看着办，”最后他说，“我早就说过，你得自己分配时间，戴维松，不过，如果你找到什么线索，必须交给专家处理。重要的是你要将自己所有的行动报告给博里霍尔姆警局。”

“我喜欢文书工作。”蒂尔达说。

1900年冬

卡特琳，如果你面前突然裂开了一条深渊——你会怎么做？待在原地，还是跳过去？

20世纪50年代末，我坐在北厄兰岛的一列火车上，旁边坐着一位老妇人，她要去博里霍尔姆。此人名叫艾巴·林德，曾是灯塔守护者的女儿，她听说我住在“鳗鱼角”，便跟我讲了一个有关那栋庄园的故事。她说，在出事后的第二天，她就拿着小刀爬上阁楼，在墙上的木板上刻下了她哥哥的名字和生卒年——**培特·林德1885–1900年**……

——米拉·兰博

1900年1月31日，星期三，阳光明媚，没有一丝风，但“鳗鱼角”跟外界完全没了联系。

上周，暴风雪肆虐了厄兰岛，大雪下了十二小时，整个海岸白茫茫的一片。道路也被几尺厚的积雪淹没。六天过去了，“鳗鱼角”庄园既没收到信，也没有访客前来。畜棚里的动物倒是饲料充足，只是马铃薯所剩无多，跟往年一样，这个时候也没多少柴火了。

哥哥培特·林德和妹妹艾巴·林德去外面削冰块，拿回的冰块会埋在庄园的地窖中，到春天的时候用来冰冻食物。早餐后，两兄妹爬过“鳗鱼角”海岸冰雪覆盖的城墙。结了冰的海面全是皑皑白雪，太阳刚刚出来，照在一望无际的海面上。大约九点钟的时候，他们走过最后一个海岛，那里阳光闪耀，好一个银装素裹的世界。

他们穿着靴子，步履艰难地走在大雪覆盖的冰面上，脚下嘎吱作响。

培特今年十五岁，比艾巴大两岁。他在前面带路，没走几步就会停下来，看妹妹是否跟来。

“你没事吧？”他问。

“没事。”艾巴回答道。

“现在感觉暖和点了吗？”

她气喘吁吁地点点头，几乎说不出话来。

“你觉得我们能看到南边的哥特兰岛吗？”她问。

培特摇摇头。“海岛太平坦了……而且那座岛离这儿太远。”

又走了近半小时，他们终于能看到无冰的水面了。太阳底下，波光粼粼，但海水却如墨般漆黑。

那里有许多鸟儿。成群的长尾鸭在海里嬉戏，冰面近处游过一对天鹅。一只海鹰在海水和冰川的分界线上空盘旋。起初，艾巴以为自己看到的是一群鸭子，但那只海鹰蓦地一个俯冲，又迅速飞离海面，爪间还钩着一条细长的黑色东西。她冲培特大声喊道：

“看！”

是鳗鱼，成百上千条银光闪闪的鳗鱼在冰上蠕动，它们爬上了冰面，现在却回不去了。培特很快跑了过去，将冰锯放在雪堆上。

“我们抓些回去。”他一边大声说，一边弯腰打开背包。鳗鱼从他身边滑过，想要逃走，但他追了上去，一把抓住一条。接着，他又抓了五条，背包中的鳗鱼一点儿都不安分，全都缠在一起，窜来窜去，想要钻出来。

艾巴走到北面一点，也开始抓起了鳗鱼。为了防止被鳗鱼锋利的牙齿所伤，她每次都是抓住鳗鱼扁平的尾巴，但它们实在太滑，很难抓住。可那些鳗鱼实在太肥了，尤其是那些雌的，每条得有好几磅重。

她已经抓了两条，正全力追赶第三条，几番努力后，终于也将它抓住了。

天气越来越冷。她抬头看到地平线上几朵絮状云往西飘去，将太阳遮了个正着。不一会儿，乌云密布，再次起风了。

艾巴并没有注意到风势起来了，但却听到了开阔的海面上涛声四起。

“培特！”她大声喊道，“培特，我们得回去了！”

培特离她有一百多码远，正忙着抓鳗鱼，似乎并没有听见她的叫喊。

海浪越来越大，白色的浪花席卷过来，冰面摇摇欲坠。艾巴明显感觉到了。

她扔掉抓在手里的鳗鱼，往培特那边跑去。突然，她听见一个恐怖的声音，就像炸雷在耳边响起，那声音并非来自天上的云层，而是她脚下的冰块。

海浪和大风将冰块劈成了两半，同时伴随一声低沉的断裂声。

“培特！”她再次大声喊道，一种从未有过的恐惧袭来。

培特也没再抓鳗鱼了，听见喊声，他转过身来。但他离妹妹仍有一百码左右的距离。

接着，艾巴听见一声清脆的爆裂声，就像自己身边射出了一发加农炮，冰川裂开了。雪白的冰面突然出现了一条漆黑的裂缝，离内陆有十几码远。

两边的冰川不断被海水分开。裂缝很快变宽了。

出于本能，艾巴不顾一切地往前跑去。当她跑到裂缝边上停下来的时候，发现裂缝差不多有三英尺宽了，而且还在继续变大。

艾巴不会游泳，向来都很怕水。她看着裂缝，绝望地回头望去。

培特抱着背包，飞快地朝妹妹这边跑过来，但离她仍有五十步的距离。他一边跑，一边朝陆地的方向招手。

“跳过去，艾巴！”

她纵身一跃，跳过黑黢黢的裂缝，滚落地上。

好险！她差点没能跃过冰块。

可培特还在那边的大浮冰上。大约三十秒后，他也跑到裂缝旁边，可现在那条裂缝足有几码宽了。他停在那里，犹豫不决，裂缝越来越宽。

兄妹两人站在对岸，绝望地看着对方。培特摇摇头，指着海岸的方向。

“你去找人救我，艾巴！得找条船来！”

艾巴点点头，转身离去，一路跑过冰川。

在海浪和大风的作用下，她身后的冰川不断裂开。甚至还有两次被大裂缝堵住去路，但她都奋力跳了过去。

她最后一次转身看了看培特。他还站在那块巨大的浮冰上，越变越大的裂缝已经成了一道海湾。

接着，她不顾一切地往前跑去，噼里啪啦的声音在海岸线上回荡，不停有冰川裂开。

背后狂风呼啸，她不停地跑啊，跑啊，终于看到了自己家——矗立在两座灯塔之间的庄园。但那座大房子现在却只是一个红点，艾巴仍在冰天雪地的海面，离那里仍有不小的距离。她不停地向上帝祈祷，为培特也为自己，祈祷上帝能够原谅他们的冒失。

又有一道深渊在她面前裂开，她用尽全身力气跳了过去，尽管落地的时候滑了一跤，但她很快起身继续往前跑去。

她终于来到海边的那座城墙前。现在，她已经筋疲力尽，但她还是一边哭着一边拼命爬了过去。至此，她自己已经没有生命之虞了。

艾巴起身往后面望去。地平线已经消失在薄雾中了。

浮冰也不见了。它们已经往东边的芬兰和俄罗斯漂过去了。

艾巴抽泣着继续往岸上走去。她知道，现在她必须赶快回到庄园，叫灯塔守护者驾船出海。可茫茫大海，他们去哪里寻找培特呢？

最后，她再也支撑不住了，双膝一软，跪倒在雪地里。

“鳗鱼角”庄园就在山坡上。屋顶上全是皑皑白雪，但窗户却黑黢黢的。

是黑如冰川下的深渊还是愤怒的眼睛？上帝的眼睛一定也是黑的，艾巴想。

日子一天天过去。

他们也再不谈论这事了，但利维亚和加布里埃尔总觉得妈妈只是出远门了，还会回来的。虽说这只是孩子们一相情愿的想法，但乔金竟也开始信以为真了。

卡特琳只是去度假了，她或许还会回来。

两名警察造访“鳗鱼角”后的第二天，乔金站在厨房里，望向窗外。已经是十一月份了，房子上空看不到往南迁徙的候鸟，只有几只迷路的海鸥在海上盘旋。

几小时前，他已经送孩子们去马奈斯上学了，出门的时候他就决定去镇里买点吃的。于是他走进位于广场的一家商店，呆呆地站在里面。

商店里的东西琳琅满目，广告铺天盖地。

商店的猪肉柜台上悬着一张海报："瘦肉排骨"，一磅仅售39.50克朗。

是"瘦肉排骨"吗？自己是不是看错了，但是，他突然不敢走到海报前，去看清楚那上面到底写的是什么，而只是慢慢走出商店。

现在，乔金连购买食物这样的小事也应付不了了。

他开车回到家，走进空荡荡的屋里，脱掉外套。接着，他又走到窗边，呆呆地站在那里，什么都不想做。

他前面的白色案板上放着一根莴苣——是他买的还是卡特琳买的？他不记得了，但肯定是有些日子了，塑料袋里的莴苣都变黑了。厨房里的菜都腐烂了，这可不是好兆头，他应该将它扔了。

可他实在打不起精神。

他最后看了一眼窗外，一望无际的大海映入眼帘，"鳗鱼角"上空灰蒙蒙一片。他突然有了一个新计划：他要躺在自己的床上，再也不起来了。

乔金走进卧室，四脚朝天躺在那张双人床上，死死盯着天花板。卡特琳已经敲掉了那些丑陋的石膏板，天花板露出了本来的白色，也许来自19世纪。

天花板很漂亮，感觉就像躺在一抹白云下。

突然，一声试探性的敲门声打破了屋子的沉静。有人在敲玻璃。

乔金转过头。

难道又有谁带来了坏消息？这段时间乔金已是悲观至极。

敲门声又起，比第一次更大声了。

声音是从厨房那边传来的。

他慢慢下床，经厨房走到门厅。

透过玻璃窗，他看到两个穿黑衣服的人站在外面的台阶上。

来人为一男一女，跟他和卡特琳的年龄相仿。男人穿着西服，女人则穿着深蓝色的外套和裙子。乔金开门的时候两人朝他友好地笑了笑。

“你好，”女人说，“我叫玛丽安，这位是菲利普。我们可以进来吗？”

他点点头，将门打开。他们是马奈斯负责丧葬的人吗？他不认识他们，这段时间倒是有几个负责丧葬的人跟他联系过，那些人都对他格外友善。

“这里确实挺漂亮的。”两人走进厨房的时候女人称赞道。

男人环顾了一下四周，点点头，转身看着乔金。

“我们这个月一直都在这座岛上旅行，”他说，“路过这里的时候发现家里有人。”

“我们一年四季都住在这里……我跟我妻子还有两个孩子，”乔金说，“喝咖啡吗？”

“谢谢，我们不习惯喝咖啡。”菲利普说着在餐桌旁坐了下来。

“还没请教你叫什么名字呢？”玛丽安说。

“乔金。”

“乔金，我们有样非常重要的东西给你看。”

玛丽安从包里拿出一个小册子，将它放在乔金面前的桌子上。

“看看。漂亮吧？”

乔金看着那本细长的小册子。封面上印着碧草蓝天，草地上坐着一男一女，两人都是一袭白衣。男人搂着一只躺在地上的小羊羔，女人则搂着一只威武的狮子。两人相视而笑。

“是不是像天堂一样？”玛丽安说。

乔金抬头看着她。

“之前我以为这里也是天堂，”他说，“但现在不是了。”

玛丽安先是一头雾水地看着他。然后她又笑了起来。

“耶稣是为我们殉难的，”玛丽安说，“我们因此才能过得这么幸福。”

乔金再次看了看封面，点点头。

“真漂亮。”他指着背景后面的大山说，“好漂亮的山。”

“那是天国。”玛丽安说。

“我们死后就会上天堂，乔金，”菲利普说着俯身到桌旁，好像有什么重大的秘密要告诉乔金，“我们将永生……是不是很美妙？”

乔金点点头，忍不住又看着那幅画。他以前见过这样的小册子，但从没意识到画中的天堂竟然如此漂亮。

“我真想到那样的山里生活。”他说。

山上空气新鲜，他会一辈子都跟卡特琳生活在一起。但他们搬来的这座小岛全是平原，没有山，现在，连卡特琳也不在了……

乔金突然觉得呼吸困难。他俯身向前，感觉眼泪就要夺眶而出。

“你不舒服吗？”玛丽安问道。

他摇摇头，趴在桌子上哭起来。是的，他感觉很不好。这段时间，他一直都在懵懵懂懂地过活。

哦，卡特琳……埃塞尔……

他趴在餐桌上，终究没能控制自己，伤心地哭了起来，外面的世界再与他无关。他感觉远处有人耳语，听见椅子轻轻挪动，但他还没法停止恸哭。他感觉一只温暖的手搭在他的肩上，接着，外面的门轻轻合上了。

当他最终不再哭泣的时候，发现屋里只有他一个人了，这时，他听见外面传来汽车发动的声音。

那本封面上印有天堂的小册子还在桌上。引擎声渐渐远去，乔金看着那幅画，独自在屋里抽泣。

他必须做点事，什么都行。

他长叹了一声，疲惫不堪地站了起来，将小册子扔进水槽下的垃圾桶里。

房子里面一片沉寂。他沿走廊走进空荡荡的会客室，久久地看着地板上的抹布和一些瓶瓶罐罐。一周前，卡特琳显然已经将窗框抹干净了。

在装修房子方面，她的眼光比乔金好得多，颜料、墙纸和木质饰品全都是她选的。装修材料也已经买了，都堆在靠墙的地板上。

乔金再次叹了口气。

他打开一个糖皂盒子，拿起一块抹布，开始一遍一遍地擦窗框。

抹布摩擦木头的声音在寂静的房中显得特别凄凉。

*“别太用力了，乔金。”*他听到卡特琳在他身后说。

周末到了。两个孩子都在家中，此刻，两人正在利维亚的房间里玩耍。

乔金已经将会客室的窗户擦洗干净了，这周六，他打算给西南角落里的那个房间贴墙纸。吃过早餐，他搅拌好糨糊，搭起桌子。

跟庄园里大多数卧室一样，这间卧室也不是很大，角落里还有一个贴瓷壁炉，据说此壁炉有一百二十年的历史了。大多数房间里的花饰墙纸看上去都像是20世纪初的，但可惜的是，那些墙纸大多已经损坏。许多都受潮了，一些撕破的纸搭落下来，秋天的时候，卡特琳就已经将它们全扯下来了，她还清洁了墙面，墙上凹凸的地方也都抹平了，现在一切准备就绪，就等着贴新墙纸了。

卡特琳生前就特别喜欢这个位于角落的小房间。

但乔金现在不愿再去回忆她，也不愿去想别的事情，只想贴墙纸。

他拿起一卷锌白色的墙纸，这一卷手工制作的墙纸是英国进口的，挺有分量，跟他们以前在“苹果屋”里使用的墙纸是同一款。他拿起一把小刀和一根长尺子，开始裁剪。

以前贴墙纸的时候一般都是夫妻齐上阵。

乔金叹了口气，开始干活。贴墙纸的时候一般不会有什么压力，他把这工作当成静思，而他就是僧侣，房子则是他修行的寺庙。

乔金很快贴好了四张墙纸，正用刷子捋平，忽然听到一声轻轻的撞击声。他从梯子上走下来又仔细听了听。撞击声很有规律，几秒钟一次，声音是从外面传来的。

他走到正对后院的窗户，将它打开，寒风扑面而来。

一个比利维亚大一两岁的小男孩正站在下面的草地上。脚下有一个黄色的塑料足球。男孩戴着一顶羊绒帽，几缕棕色的卷发从帽檐下伸了出来。他穿着一件棉衣，扣子都没扣对眼，好奇地抬头看着乔金。

“你好。”乔金说。

“你好。”男孩回应了一声。

“可不能在这里踢球，”乔金说，“如果脚法不好，就会砸烂玻璃。”

“我瞄的是墙，”男孩说，“踢得很准的。”

“那好，你叫什么名字？”

“安德里亚斯。”

男孩用手掌揉了揉冻得通红的鼻子。

“你住在哪里？”

“那边。”

他指着农场的方向。看来安德里亚斯是卡森的孩子，星期六早上一个人在外面玩儿。

“你想进来吗？”乔金问。

“进去干什么？”

“你可以向利维亚和加布里埃尔问好，”乔金说，“他们两个是我的孩子……利维亚跟你一样大。”

“我七岁了，”安德里亚斯说，“她也是七岁吗？”

“没有。但她差不多跟你一样大了。”

安德里亚斯点点头，再次揉了揉鼻子，然后作出了决定。

“就玩一会儿，我们家很快要吃饭了。”

他拿起球，转到房子侧面去了。

乔金关上窗，走出房间。

“利维亚，加布里埃尔！”他大声喊道，“有客人来了。”

不一会儿，利维亚抱着福尔曼出来了。

“什么？”

“有人想见你们。”

“什么人？”

“是个小男孩。”

“小男孩？”利维亚睁大双眼，“我不想见他。他叫什么名字？”

“安德里亚斯。他是我们的邻居，住在那边的农场里。”

“可是爸爸，我又不认识他。”

她的声音里有些许怯意，乔金正想说认识新朋友也没什么坏处，这时外屋的门开了，安德里亚斯走进门廊，站在门垫上。

“请进，安德里亚斯，”乔金说，“把帽子和外套脱了。”

“好的。”

男孩脱掉外套和帽子，扔到地板上。

“你以前来过这栋房子吗？”

“没有。这里以前都是锁着的。”

“现在不会了。我们住在这儿了。”

安德里亚斯看了看利维亚，她也看着他，但两人并没有问好。

加布里埃尔从自己的房间怯生生地看过来，也没有说话。

“我帮忙把我们家的牛赶回来了，”安德里亚斯环顾了一眼房子说，“是从那边的围场赶回来的。”

“是今天吗？”乔金问道。

“不是的，是上周。它们必须住在畜棚里，否则会冻死的。”

“没错，冬天的时候，大家都得待在家里取暖，”乔金说，“不管是牛、小鸟、人，都一样。”

利维亚仍然好奇地看着安德里亚斯，没有说话。乔金小时候也很害羞，如果她遗传了他的这种性格那可不好。

“你可以在这里踢一会儿球，”他说，“我这里有个房间，挺适合踢球的。”

他领着几个孩子来到那间大会客室，里面几乎没什么家具，只有几张餐椅和几个纸箱子。

“你们可以在这里玩儿。”乔金说，将三个纸箱子堆在窗户前面保护玻璃。

安德里亚斯将足球扔到地上，试探性地踢了几脚，然后将球朝利维亚踢去，球滚过木地板时，扬起一片灰尘。

见球朝自己飞快地滚过来，利维亚对着球就是一脚，可惜没踢中。加布里埃尔蹦蹦跳跳着去追，但也没能够着。

“先用脚让球停下来，”乔金对孩子们说，“然后才能控制住球。”

利维亚愠怒地看着爸爸，好像根本不用他教似的。她迅速转身，将滚到角落里的球控制住，用力踢了回来。

“好球。”安德里亚斯喝彩道。

还挺会拍马屁的，乔金想，但利维亚满意地笑了。

“站到那边去。”安德里亚斯指着另一个门口说，“你去那边当守门员，我们来射门。”

利维亚很快跑到双扇门那儿，见孩子们玩得兴起，乔金悄悄退出门，经走廊回房间继续贴他的墙纸。足球弹过木地板的声音在他身后响起。

“球进了！”安德里亚斯大声叫道，先是利维亚和加布里埃尔的尖叫，然后是三个人的哈哈大笑。

乔金很高兴房子里充满了欢乐的吵闹声。太好了，他给两个孩子找了个朋友。

他将刷子放入糨糊桶里，搅了搅，在墙上抹开了。墙纸越贴越多，房间也变了颜色，整个房间渐渐变得亮堂起来。乔金将起泡的地方抹平，再用湿海绵擦掉多余的糨糊。

也就剩下几英尺见方的地方没贴新墙纸了，这时他突然意识到会客室里已经没再传出孩子们的声音了。

房子里又跟之前一样安静了。

乔金从梯子上爬了下来，听了听。

“利维亚？”他喊道，“加布里埃尔？你们要喝橙汁吗？来点小甜饼怎么样？”

没人回答。

他又仔细听了听，没有声响，他立马走出房间，沿走廊朝会客室走了过去，走到半道的时候，他望向窗外的庭院，停了下来。

畜棚的门虚掩着。

之前门应该是关着的吧？

然后，他发现安德里亚斯先前放在地板上的外套也不见了。

乔金穿上外套和靴子走到院中。

一定是孩子们一起用力将那扇很重的门打开的。也许他们也进到黑黢黢的畜棚里去了。

乔金走过庭院，在畜棚的门边停了下来。

“喂？”

还是没人回应。

他们在玩捉迷藏吗？他走过石头地板，闻到了干草的味道。

他和卡特琳之前商量过，将来他们想把畜棚里的干草、粪便什么的清理干净，将它改成画廊。

他又不由自主地想起了卡特琳。出事的那天早上，他曾见她从畜棚里走出来，表情尴尬，好像被他抓了个现行一样。

畜棚里面没什么变化，但乔金却听见干草棚上传来“嗒嗒”的声音，听来像脚步声。

通往干草棚的梯子又陡又窄，他抓住梯子的扶手往上爬去。

他沿着一条黑暗的通道走进干草棚，下面一排排的畜栏让他感觉像是进了教堂。上面是一个开放式的大平台，用来堆放干草——正如房地产经纪商说的那样：开放式解决方案。屋顶呈拱形，头顶几尺远的地方，横着几根又粗又大的房梁，里面漆黑一片。

跟主屋的二楼不同，尽管这里堆满了垃圾，走过去都有点儿困难，但在这上面几乎不可能迷路。

上面堆满了报纸、花盆、烂椅子、旧缝纫机，干草棚俨然成了垃圾堆填区。墙边还放着几个跟成年人一般高的拖拉机轮胎。这些东西是怎么搬上来的？

就在这时，乔金发现一堆凌乱的干草，他突然记得自己曾梦见卡特琳站在这儿。但楼面却很干净，当时妻子背对着自己站在远端的墙边。乔金却不敢靠近她。

寒风从屋顶吹过，就像断断续续的呜咽声。他其实不想在这样的大冷天一个人上到这里。

“利维亚？”他大声喊道。

他前面的木地板嘎吱一声，没人回应。也许孩子们正躲在黑暗的地方窥探他呢。

他们肯定在躲他，乔金想。他环顾了一下四周，又侧着耳朵听了听。

“卡特琳？”他轻轻地喊了一声。

没人回应。他在黑暗中又等了几分钟，但干草棚上还是死一般的沉寂，最后他只得转身走下梯子。

回到房间，他终于在利维亚的卧室找到了他们——他一开始就应该到这里看看的。

利维亚正坐在地上画画，好像什么也没发生过。加布里埃尔显然是经过姐姐的同意才来的，因为他从自己的房间拿来了几辆玩具车，此刻正坐在姐姐旁边。

“你们去哪儿了？”乔金生气地问道，他本想好好儿说话，但一张嘴声音就提高了几度。

利维亚停了下来，抬头看着爸爸。虽说卡特琳是一名美术老师，但她对画画并无兴趣，可利维亚喜欢。

“在这儿啊。”她说，似乎觉得爸爸问得有点儿多余。

“之前……你、加布里埃尔，还有安德里亚斯，你们三个是不是去外面了？”

“出去了一小会儿。”

“你们不能去畜棚，”乔金说，“之前你们是不是藏在那里？”

“没有。我们没去畜棚。”

“安德里亚斯呢？”

“他回家了。回去吃饭了。”

“知道了。我们也很快开饭了。没经我的允许不要去外面，利维亚。”

“好的。”

这天晚上，利维亚睡觉的时候又开始喊妈妈了。

临睡前她倒没问什么，加布里埃尔是七点钟左右睡觉的，乔金带着利维亚在洗手间刷牙，她好奇地盯着爸爸的头。

“你的耳朵真有意思，爸爸。”她突然说道。

乔金将女儿的马克杯和牙刷放回架子上问道：

“什么意思呀？”

“你的耳朵看上去……好老。”

“我知道。爸爸是老了，你是说我耳朵里有毛毛是吗？”

“是有一点儿。”

“哦，”乔金说，“鼻子里、耳朵里……或嘴里长毛毛可不好。”

利维亚还想站在镜子前做鬼脸，但乔金将她领出洗手间，哄她上了床，给她读了两遍淘气包埃米尔将头埋进汤碗的故事，最后轻轻关上灯。离开房间的时候，他听见利维亚缩进被子里，小脑袋靠在枕头上睡着了。

紧挨着卡特琳的那件羊毛衫。

他走进厨房，给自己做了两个三明治，然后打开洗碗机的开关，做完这些后他熄掉所有的灯，摸索着回到自己的卧室，打开主灯。

空荡荡的双人床在偌大、冰冷的卧室里显得特别凄凉。床头的墙上挂着卡特琳的衣服，现在这些衣服上已经没有妻子身上的气味了。乔金应该将衣服取下来的，但今晚他没打算这么做。

“妈妈？”

听到女儿的声音，乔金很快抬起头，一下子完全清醒了。

他听了听。厨房里的洗碗机已经停了，收音机闹钟显示23:52。他已经睡了一个多钟头。

“妈——妈？”

喊声又起。乔金下了床，往利维亚的房间走去。他在门口站了站，利维亚又开始喊道：

“妈妈？”

他走到床边，利维亚闭着眼睛躺在被子底下，但借着走廊的光，乔金看到女儿的小脑袋在枕头上不安地动来动去。手里抓着卡特琳的羊毛衫，乔金小心地将衣服拿开。

“妈妈不在这儿。”他轻轻地说，将衣服折起来。

“不，她在这儿。”

“睡吧，利维亚。”

“我睡不着，爸爸。”

“睡得着的。”

“睡不着，”利维亚说，“我要你也睡在这儿。”

乔金叹了口气，可利维亚现在已经完全醒了，他没有别的办法。哄孩子睡觉本是卡特琳的事。

他小心地躺在床边。可利维亚的床太短，根本不好睡觉。

两分钟后，他迷迷糊糊地睡着了。

屋外有人。

黑暗中，乔金睁开眼睛。什么声音也没听见，但他感觉屋外有人。

乔金再次完全清醒了。

几点了？他不知道，或许睡了几小时了。

他抬起头，听了听。屋子里一片寂静，只听见滴答滴答的钟声和利维亚的呼吸声。声音很小。

他悄悄地坐了起来，小心翼翼地下了床。可没走三步，就听见利维亚喊道：

“爸爸，不要走。”

他停在那儿，转过身去。

“有事吗？”

“不要走。”

利维亚靠着墙壁，一动不动地躺在那儿。她醒来了吗？

乔金看不见她的脸，只能看到她那头金色的头发。他走回床边，小心地坐在她旁边。

“你睡着了吗，利维亚？”他轻轻地问道。

过了几秒，利维亚回答道：

“没有。”

她说话的声音像是醒来了，但语气显得很放松。

“你睡着了吗？”

“没有……我看到什么东西了。”

“哪儿呀？”

“墙里面。”

她说话的语气只有一个腔调，呼吸舒缓而平静。黑暗中，乔金俯身靠近女儿。

“你都看到什么了？”

“灯光，水……还有影子。”

“还有吗？”

“灯光。”

“看到什么人了吗？”

她不说话了，过了一会儿，利维亚回答道：

“妈妈。”

乔金一下子僵住了。他屏住呼吸，感觉女儿不像在胡说，利维亚并没有醒来，她真能看到墙里面的东西。“别再问她了，”他想，“睡吧。”

可他忍不住又问道：

“你在哪里看到妈妈了？”

“灯光后面。”

“你能看到……”

利维亚打断了他，突然大声说：

“大家都站在那里等着。妈妈也在。”

“谁？谁在等待？”

她不再出声了。

利维亚以前也会说梦话，但却没有今天说得这么有板有眼。乔金怀疑她是醒着的，只是在跟他玩游戏。但他仍然忍不住问道：

“妈妈还好吗？”

“她很伤心。”

“伤心？”

“她想进来。”

“告诉她……”乔金有点儿哽咽，他咽了一下唾沫说，“告诉她随时都能进来。”

“她进不来。”

“她不能来找我们吗？”

“她不能进屋。”

“你能跟她说上话吗？”

利维亚又不说话了。乔金一字一顿地问道：

“你能问妈妈……问她上次在海边做什么？”

利维亚一动不动地躺在床上。她没有回答。但乔金仍然不想放弃。

“利维亚？你能问妈妈吗？”

“她想进来。”

乔金在黑黢黢的屋里坐起身，没有再问什么了，他觉得毫无希望。

“你能不能……”

“她想说话。”利维亚打断他的话说。

“是吗？”乔金问道，“说什么话？妈妈想说什么？”

但是利维亚再没出声了。

乔金也不问了，慢慢地下了床，膝关节嘎吱响了一声。刚才他一直都保持一个姿势，背都僵了。

他轻轻地走到卷帘那儿，望向黑黢黢的屋外，看到自己的影子模糊地反射在玻璃窗上。

月亮和星星都躲在云层里。小草在微风中荡起涟漪，除此之外，再无其他动静。

外面有人吗？乔金掀开卷帘。出去一探究竟的话就得将两个孩子单独留在屋内，他不想这么做。于是，他关上窗，一时竟不知该如何办，良久，他终于转过头去。

“利维亚？”

没有回应。他往后退了一步，发现利维亚已经睡熟了。

他很想继续问女儿问题。甚至想将她叫醒，看她是否记得刚才睡梦中的所见，不过，他不想给她压力。

乔金将那床大花被拉到她的肩膀处，将她盖得严严实实。

他悄悄地走进自己的卧室，迫不及待地钻进被子里，感觉只有被子才能抵御黑暗的侵袭。

他不安地听了听，总觉得走廊和利维亚的房间里会传出什么声音，但整栋房子悄无声息，乔金想起了卡特琳，几小时后他终于迷迷糊糊地睡着了。

12

十一月底，一个星期五的晚上。

哈格比的那栋大牧师住宅差不多有两百年的历史了，离村子大约半英里路远，在一条林间小道的尽头。现在这栋牧师住宅已经不再归教堂所有了。亨里克知道，房子出售给了一对从埃马布达来的夫妇，男的是个退休医生。

亨里克和塞瑞留斯兄弟将车停在主干道附近的果园里。除了放置工具的背包外，他们将东西全留在车上了，当然，车上还有足够的空间放赃物。三个人都嗑了一点儿药，再用啤酒捣鼓进肚里，然后他们穿过林子，沿着紧挨教堂和葡萄园的石墙往前走去。

今晚，亨里克比平常多喝了一点儿啤酒，他的神经绷得紧紧的。这一切都是拜塞瑞留斯兄弟那块该死的“显灵板”所赐。

晚上十一点左右的时候，三人在亨里克的厨房又举行了一场简短的降神会。他关掉主灯，弗雷迪随即点燃了蜡烛。

准备就绪后，汤米将食指放到玻璃上。

“有人吗？”他问。

玻璃很快开始移动。最后在“YES”的位置上停了下来。汤米俯身向前。

“是阿莱斯特吗？”

玻璃移向字母“A”，接着是“L”……

“他在。”汤米轻轻地说。

可接下来，玻璃却依次移向“G”，“O”和“T”，然后停了下来。

“ALGOT（艾尔格特）”，汤米说，“艾尔格特是谁？”

亨里克一愣，见玻璃还在木板上继续移动，他赶紧拿来一张纸，将字母全写了下来，连在一起成了：

艾尔格特 艾尔格特 不好 亨里克不要掺和 要死人 不好 亨里克

这下亨里克不写了。

“我不干了。”他很快说，将那张纸也扔了。

他深深地吸了一口气，起身打开主灯，又长吁了一口气。

汤米也将手指从玻璃上移开，看着他。

“好了，冷静点，”他说，“‘显灵板’只是想帮咱们……出发吧。”

他们到达那栋牧师住宅的时候已经十二点半了。当晚天空中云层密布，房子周围一片漆黑。

亨里克还在想“显灵板”透露的信息。艾尔格特？他去世的爷爷就叫这名儿。

“他们在家吗？”汤米在花园下面白桦林的阴暗处小声问道。跟弗雷迪和亨里克一样，他头上也罩着一个黑色的头套。

亨里克抖了抖身子，不能再胡思乱想了，还是专心将眼前的事做好。

“我肯定他们在家，”他指着角落房间一扇半开的窗户说，“但是他们睡在楼上。就是窗户开着的那个房间。”

“很好，走吧，”汤米说，“好兄弟。”

他带头走上那条碎石小道，上了台阶，到了门口，然后，他弯下腰，仔细地看着那把锁。

“看上去挺坚固的，”他小声对亨里克说，“要不我们从窗户进去？”

亨里克摇摇头。

“这是乡下，”他压低嗓门回应道，“而且他们都是上了年纪的人……看。”

他轻轻拉了一下门把，门开了，根本就没锁。

汤米什么也没说，只是点点头走了进去。亨里克跟在后面，弗雷迪则走在最后面。

三个人都进屋的话目标太大。汤米朝弗雷迪做了个手势，示意他在外面放哨，但他摇摇头，执意进去。

汤米打开隔壁的一扇门，走进黑黢黢的屋内。亨里克跟了进去。

门厅很大，一团漆黑，但里面却很暖和。上了年纪的人都怕冷，亨里克想，他们总会将暖气开得很大。

房间的地板上铺着深红色的波斯地毯，走在上面的时候声音很小，有面墙上还挂着一面金框大镜子。

亨里克突然停住了，他看到镜子下面的大理石桌上放着一个厚厚的黑色真皮钱包，便迅速拿起钱包塞进上衣口袋里。

他一抬头，看到自己在镜中的轮廓：一身黑衣，弓着背，戴着黑色的头套，背着一个大背包。

梁上君子不都是这身打扮吗？亨里克想。他总觉得爷爷艾尔格特正对着他的后脑勺说话。他的脑袋被头套全罩住了，任谁穿成这样都让人觉得是个危险人物。

门厅连着三扇门，其中两扇是虚掩着的。汤米站在中间那扇门边听了听，摇摇头，往右边去了。

亨里克跟在汤米后面。弗雷迪则跟在他后面，亨里克甚至能听见弗雷迪的呼吸声和沉重的脚步声。

那扇门通往一间漂亮的会客室，房间里有几张小木桌，上面放满了东西，大部分都是些没用的东西，不过，有张桌子上竟然放着一个斯莫兰省产的大水晶花瓶。亨里克满心欢喜，将花瓶放进背包中。

“亨里克？”

房间另一头的汤米轻轻地喊了一声。他打开一个柜子，拉出抽屉，亨里克发现里面的东西可真不少：几套银餐具，十几个金餐巾环，还有项链、胸针，甚至还有几百克朗的纸币和一些外币。

发财了。

他们二话没说，将柜子洗劫一空。往外掏东西时那些银餐具发出轻轻的叮当声，亨里克赶紧从柜子里拿了几块亚麻布餐巾纸将东西包好。

现在，他们的背包已经鼓鼓囊囊的了。

还有什么可以拿的呢？

墙上挂着许多画，可惜没一幅放得下。亨里克发现一扇窗户上有个细长的东西，于是掀开帘子。

那是一个用玻璃和喷漆木板做成的旧灯笼，大概十二英寸高，六英寸宽。非常漂亮。如果黑市买家不收，放在自己的公寓里当摆设也不错。他用一块桌布将灯笼包好，放进背包里。

这下够了。

汤米和亨里克来到门厅的时候并没有发现弗雷迪。他到房子里头去了吗？

通往厨房的那扇门慢慢开了，亨里克断定是弗雷迪，他甚至懒得回头，但他突然听到汤米发出一声喘气声。

亨里克转身过去，看见一个头发花白的小老头站在门厅。

老人穿着一件棕色的睡衣，戴着一副厚厚的眼镜。

妈的！怎么这么背。

“你们在干什么？”

这问题问得可够蠢的。站在他身旁的汤米呆立在那里，但亨里克感觉他就要向老人下手。

“我要报警。”那人说。

“闭嘴！”

汤米比老人高一个头，他一个箭步冲了上去，将老人推到厨房里。

“别动！”汤米大声呵斥道，抬腿就是一脚。

老人在门厅一个趔趄，眼镜掉落地上，一头摔进厨房，只能大口大口地喘气。

汤米跟着他，手里拿着一个尖尖的东西，不知是匕首还是螺丝刀。

“够了！”

亨里克冲了过去，试图阻止汤米，却被地毯绊了一下，结果一脚踩到老人的手上，他穿了一双大皮靴，这一脚踩得可不轻。

“哎呀！”有人大叫一声，叫喊之人可能就是亨里克本人。

亨里克踉跄后退，撞在门厅的大理石桌上。那面大镜子掉到地上，摔得粉碎。妈的，全乱套了。事情已经没办法控制了。弗雷迪去哪儿了？

这时背后忽然传来一声尖叫。

“出去！”

亨里克一回头，看见一个身材更矮的女人站在倒在地上的老人旁边，脸都吓白了。

“贡纳，”她弯腰大声喊道，“贡纳，我报警了。”

“快走！”

亨里克夺门而出，也不指望汤米会不会听他的了。都这个时候了，弗雷迪还是不知去向。

他经阳台走到漆黑的屋外。

草地上结了霜，硬邦邦的，亨里克跑过草地，绕过房子的一角跑进林中。树枝刮擦着他的脸，背在肩上的背包勒得肩膀疼痛难忍，他不辨方向，只是一个劲儿地往前跑。

什么东西绊了他一脚，亨里克一下飞了出去。

直接摔倒在一片阴暗处，那里满是湿树叶和灌木。

他的后脑勺重重地撞了一下，眼前一片模糊。

他感觉糟糕透了。

亨里克苏醒后，慢慢地往前爬去，现在，他的头痛得要命，只想爬到前面的那个黑黢黢的洞里。几经努力后，他终于爬了进去，蜷缩在里面。有人在追他，但躲在里面应该安全了。

几分钟后，亨里克逐渐清醒过来，他抬起头，环顾了一眼四周。

这里一团漆黑，一点儿声音也没有，这到底是什么鬼地方？

他感觉自己的手掌上全是泥，才意识到自己刚才爬进了一个被旧石块覆盖的地窖里，此处离那房子不远，里面又冷又潮。

一股发霉的真菌味扑鼻而来。

他突然意识到自己所躺的地方是过去用来埋死囚的。

一只长腿昆虫落在他的耳朵上，一只蜘蛛也被他唤醒了，他赶紧用手将它弹开。

一种幽闭恐惧感向亨里克袭来，他慢慢往厂坑外面爬去，不料背包却被上面的盖子钩住了，但他很快侧过身子，爬到冰冻的地面上。

现在，他终于呼吸到了外面凉爽的空气。

他站了起来，看到那栋房子的窗户发出的微弱的光，他拿定主意，穿过灌木丛，往相反的方向走去。过了一会儿，他终于来到葡萄园外面的院墙前，这时他确定自己找到了路。

突然，他听见一声关车门的声音，于是他又侧着耳朵听了听。

黑暗中，远远地传来引擎发动的声音。

亨里克以更快的速度穿过树林，来到一条大路上，开始拼命往前跑。没跑多久，树木渐少，正巧看到塞瑞留斯兄弟在倒车。

他及时跑到车前，用力拉开车门。

弗雷迪和汤米很快扭过头来，发现是亨里克。

“开车。”

亨里克跳了进去，“砰”的一声关上车门。车一发动，他长吁了一口气，靠在坐椅上，脑袋砰砰直响。

“你在搞什么鬼？”汤米转头问道。

他表情愠怒，喘着粗气，紧抓方向盘。

“我迷路了。”亨里克说着取下背包，“被树桩绊了一下。”

弗雷迪扑哧笑了。

“妈的，害得老子只能跳窗！”他说，“我一路跑到灌木丛里去了。”

“不过，我们还是弄了些好东西。”汤米说。

亨里克点点头，下巴因紧张而绷得紧紧的。那个被汤米推倒的老人现在怎么样了？他现在想都不敢想。

“往东走，”他说，“去我的船库。”

“为什么？”

“今晚警察会从这条路过来，”亨里克说，“当有暴力事件发生的时候警察会从卡尔马赶来……我不想在路上撞见他们。”

汤米叹了一口气，但还是顺从地拐向东边的沿海公路。

他们足足花了半小时才将车里的东西卸下藏在船库里，但总算有惊无险。三人回到车上，亨里克并没有将那笔钱和那个老式的玻璃灯笼上缴。

他们兜了一个大圈沿东岸往博里霍尔姆开去，一路上并没有发现警察。车行驶到郊外的时候汤米不知是轧死了一只猫还是野兔，但这次他似乎已经筋疲力尽，也没心思找乐子了。

“我们休息一下，”车行驶到镇里的路灯下时汤米说，“稍微透口气。”

他们将车停在亨里克那栋公寓大楼旁。现在已经三点一刻了。

“好了，”他说着打开车门，“我们现在只需把这些东西换成钱……确保不会出什么事。”

他知道塞瑞留斯兄弟之前根本没打算等他，想将他一个人留在林子里。

“保持联系。”汤米从车里探出头来说。

亨里克点点头，朝公寓楼走去。

回到家中他才意识到自己的样子有多狼狈。牛仔裤和外套上全是黑泥巴。他将衣服脱了扔进洗衣篮中，喝了一杯牛奶，茫然地盯着窗户。

那栋牧师住宅发生的一切，从头到尾他都记不太清楚了，他不愿再去回想。但是，他总能清晰地记得脚踩老人的那一幕。他是无心的，可是……

直到熄灯上床的时候这件事仍在脑海里挥之不去。

他在床上辗转难眠，现在额头还隐隐作痛，全身上下的神经绷得紧紧的，直到凌晨四点，他才迷迷糊糊地睡着了。

几小时后，亨里克被公寓里传出的敲打声吵醒了。

是敲打玻璃的声音，但那声音很快又消失了。

他抬起头，一脸茫然地环顾黑黢黢的房间。

这时轻轻的敲击声再度响起。像是门厅那边传来的。

亨里克离开温暖的被窝，摇摇晃晃地走到黑暗的门厅，听了听。

声音是从背包中传出来的。敲三下又停了，没过多久，敲击声又起。

他弯腰打开背包，发现了那个仍用桌布包着的老式灯笼。

亨里克将它拿了出来。

想必是因为之前在车上的时候温度太低，灯笼的木框冻住了。现在回到房间，温度回升，那些木框这才滴答滴答地敲击玻璃。

他将灯笼放在厨房的餐桌上，关上门重新回到床上。

但微弱的敲击声仍然不时从厨房传来，就像水龙头没关好一样，十分恼人，但亨里克实在太困了，沉沉地睡着了。

13

绝不能忘记卡特琳。

每次，乔金忘记她的时候，哪怕是一小会儿，他都会莫名痛苦，这时他会突然记起妻子已经不在了。因此，他会努力将卡特琳记在脑海里——这样，那撕心的痛也就无机可乘了。

现在离那起事故已经三个星期了，这个星期天，他带上两个孩子在大庄园附近远足。他们出了门往西边内陆方向走去，但乔金仍觉得鳗鱼角就在身边，他觉得卡特琳只是在家里贴墙纸。也许，她很快会跑到田野里，追上他们。

今天虽然起了点儿风，但阳光明媚，他们还带上了点心和热巧克力。

乔金的双肩包有供小孩坐的嵌入式坐椅，如果加布里埃尔累了，可以坐在里面，但大多数时候，他都是跟利维亚一起在草地上奔跑。

到达主干线的时候乔金喝住了他们，他朝公路两头看了看，才带着两个孩子一起过马路，其实利维亚和加布里埃尔早就学会这么做了。

利维亚似乎最近几晚睡得还好，一点儿也不觉得累，但乔金感觉自己这段时间由于缺少睡眠都有眼袋了。白天，他会给自己找点儿活干，这样，他心里也会好受些，但晚上还是很难熬。即使利维亚睡熟了，他也睡不着，一个人躺在黑黢黢的房间里等着，听着，生怕利维亚又会喊他。

看来说梦话并没有给利维亚造成什么不良影响，反而让她更精神了。

但是，现在她经常会将自己在幼儿园画儿的画带回家。她画的女人大多都有一头金黄色的头发，画中之人有时会站在碧蓝的大海边，有时会站在一栋红色的大房子前面。她还会在画像的上面歪歪斜斜地写上两个字：妈妈。

利维亚每天晚上还是会向爸爸打听妈妈什么时候回来，而乔金的回答也是千篇一律："我不知道。"

公路对面有一堵古老的城墙，他们翻过城墙，发现那边地势平坦，灰白色一片，一堆芦苇和浅黄色的草将一个水洼围在中间，里面的水如夜般漆黑，没有半点波纹，实在很难判断里面有多深。

"这叫泥炭沼。"

"下去会被淹死吗？"利维亚问。

她拿起一根棍子伸到泥潭里，全然不知她刚才的问题让乔金吓出一身冷汗。

"不会……只有不会游泳的人才会。"

"我会游泳！"利维亚大声说。

暑假的时候，她在斯德哥尔摩上过四次游泳课。

加布里埃尔突然大叫，接着便哭了起来，原来他踩进一个小水坑里，胶套鞋没入里面拔不出来了。乔金将他抱出，但因为踩了一脚泥巴，他还是失望地叹了一口气。乔金将加布里埃尔抱到一处干地，他看了看乌黑的沼泽，突然记起房产经纪人曾带他们在鳗鱼角庄园周围看过，他还记得开车经过这个泥炭沼的时候经纪人跟他们说的那些话。

“你知道很久很久以前的铁器时代，这里是用来干什么的吗？”他问。

“什么呀？”利维亚问。

“我听说这里是用来供奉神灵的。”

“供奉……供奉是什么意思呀？”

“意思是说将你喜欢的东西拿出来，”乔金说，“目的是为了得到更多的东西。”

“那他们都将什么东西拿出来了？”利维亚问道。

“可多了，金银珠宝，还有剑什么的。他们将这些东西扔进水里，当做献给神灵的礼物。”

房产经纪人还说过，动物和人有时候也会当成祭品，但是，这样的故事显然不能讲给这么点儿大的孩子听。

“为什么呀？”利维亚问道。

“我不知道……不过我想，他们觉得这样做那些神灵就会开心，神灵一开心，也会让他们的日子好过些。”

“他们都是什么样的神灵？”利维亚又问。

“是异教神。”

“什么叫异教神呀？”

“意思是说他们……有时候有点儿坏。”乔金说，其实他并不熟悉宗教史，“比如北欧神灵奥丁和弗蕾娅，还有地球上的自然之神和树神。不过他们都已经不存在了。”

“这又是为什么呀？”

“因为现在人们不信他们了。”乔金说，他又不知道该怎么回答了，“走吧。加布里埃尔，你想坐在背篼里吗？”

加布里埃尔开心地摇摇头，蹦蹦跳跳地追利维亚去了。沼泽边上那条狭窄的小道不像草地，里面没什么积水，他们沿着小道一直往北走，沼泽的尽头有一片田野，而田野那边就是罗比村，村里那座白色的教堂在地平线上隐约可见。

乔金还想往前走一走，但当他们走到田野的时候，见孩子们的速度明显慢了下来，他便取下背包。

“我们吃点东西喽。”

周围一片寂静，他们坐在干爽的石头上，花了十五分钟时间吃巧克力、点心。乔金知道这片泥炭沼是鸟类保护区，但大半天了，他们一只鸟也没见着。

吃完东西后，他们又横过那条主干道。乔金决定从小树林旁边的一条小路走过去，这片小树林在“鳗鱼角”的西北方，跟岛上其他的树林一样，里面的树木都不是很高，不过还算浓密。林子里有些松树，全都往内陆方向微微倾斜以躲避凛冽的海风。松树中间还长着一些矮矮的榛子树和山楂树。

他们一直走到海边，风势渐大，比先前更冷了。太阳渐渐西沉，天空也不再湛蓝。

“那里有艘沉船！”他们快到海岸的时候利维亚大声喊道。

“沉船！”加布里埃尔附和道。

“我们去那边好吗，爸爸？”

远远望去，那东西跟船体确实有几分相像，可等他们走近一看，却发现更像一堆破烂不堪的木板。唯一没有损毁的就是那块龙骨了，这块弯曲的木梁半截埋在沙滩里。

利维亚和加布里埃尔走到沉船那儿，但很快失望地回来了。

“那船修不好了，爸爸。”利维亚说。

“是的，”乔金说，“我想有人修过了。”

“船上的人都淹死了吗？”

她怎么老问人家是不是淹死了，乔金心想。

“没有，他们幸存了下来，”他说，“我确定灯塔的守护者把他们救上岸了。”

他们继续沿着湿漉漉的沙滩朝南边走去。波浪不断涌向海边，利维亚和加布里埃尔想尽可能靠近海浪但又不想被打湿了，突然，一个大浪打来，他们尖叫着赶紧跳开，而后一阵哈哈大笑。

十五分钟后，他们来到那个保护灯塔的防浪堤。利维亚从沙滩上跑了过去，爬到第一个石墩上。

三周前，卡特琳来的正是这个延伸至大海的防浪堤。

“别上去，利维亚。”乔金大声喊道。

她转过头，往下看着爸爸。

“为什么不能上去？”

“你会滑倒的。”

“才不会。”

“万一会呢。下来，拜托！”

她最终还是爬了下来，嘟着小嘴，不说话了。乔金知道他也许有办法让利维亚“多云转晴”。

“我们或许可以去其中一个灯塔里面看看。”他说。

利维亚很快扭过头。

“可以吗？”

“当然可以，”乔金说，“只要我们打开门就可以了。而且我知道钥匙在哪儿。”

他带着孩子们回到庄园，打开厨房的门，像平常一样，他进门的时候卡特琳的名字差点脱口而出。

他在厨房的一个碗柜里找到了房产经纪人给他的金属盒子，里面有与这栋房子的历史有关的资料，而盒子里面的那串旧钥匙则穿在一个铁环上面，有些钥匙又大又沉，他从没见过。

加布里埃尔想待在暖和的房间里看《企鹅家族》，乔金便将带子放进录像机里。“我们不会很久的。”他说。

加布里埃尔点点头，心思早已在动画片上了。

乔金拿起那串叮叮当当的钥匙，带着利维亚再次走到寒冷的户外。

“我们去哪个呢？”

利维亚想了想，伸出手指。

“那个，”她说，“那是妈妈的灯塔。”

乔金看着不再闪烁的北塔——尽管卡特琳走到防浪堤的那个黄昏他曾见灯塔亮过一次。

“好吧，”他说，“我们就去那边试试。”

他们走上防浪堤，往左边的分岔口走去。

两人来到一座小岛上。灯塔前面的那道金属门建在磨光的石灰岩上，石墩很大，父女两个站在上面都绰绰有余。

“好了，我们看看能不能进去，利维亚……”

乔金看了看，选了一个看上去跟锁眼相配的钥匙，但插上一试发现太大。第二个钥匙倒是能插进去，但转不动。

第三个钥匙也插进去了，乔金一使劲，还真的动了，虽然费了不少力气。

他使出全身力气拉门把手。

门嘎吱着慢慢打开了，但只打开六七英寸就不动了。

可能被大石墩卡住了，也可能是因为周围长了草的原因，年复一年，海浪和冰雪不断侵蚀，门的底部已经锈坏了。

乔金抓住钢门的上部，又往外拉了一两英寸，可还是打不开。

他瞥了一眼里面，感觉就像往一个幽暗的岩石缝里张望，他不免倒吸了一口冷气。

“里面有什么？”身后的利维亚问道。

“哎呀，”他说，“地上有具骷髅。”

“什么？”

他转身对惊得目瞪口呆的女儿笑了笑。

“我开玩笑的。里面太黑……我什么也看不到。”

他退后一步，站到石墩上，让利维亚也看一眼。

“我看到里面有楼梯。”她说。

“是的，那梯子连接灯塔。”

“弯弯的楼梯，”利维亚说，“……往上旋转。”

“通向塔顶，”乔金说，然后又补充了一句，“你在这儿等着。”

他看到水边有块长方形的石头，便走到下面搬了上来，他可以将石头垫在脚下。

“你能往后面退一点点吗，利维亚？”他说，“我想爬进去，从里面把门推开。”

“我也要进去！”

“等我进去再说。”乔金说。

他站在石头上，用力掰门的上部分，费了九牛二虎之力，乔金终于挤了进去——幸亏他没有啤酒肚。

灯塔里面一团漆黑，也听不见海风的呼啸。他站在一块水泥板上，周围都是不规则的厚石墙。

在慢慢适应了里面的黑暗之后他环顾了一下四周。多久没有人来过了？怕是有几十年了吧。里面的空气很干燥，所有的建筑都是石灰岩结构，表面覆盖着一层厚厚的灰。

利维亚看到的那个石砌楼梯建在墙侧，几乎是从他脚下开始的，沿灯塔中心一根厚厚的石柱墙螺旋向上。可惜光线太暗，他只能看到一小段楼梯，可他总觉得楼梯上面的某个地方发出微弱的光，也许塔里还设计了狭窄的小窗户。

地上有几个空啤酒瓶，一堆报纸和一个红白色的金属罐头，上面写有“加德士”。

石砌旋梯旁边是一扇低矮的木门，乔金将门推开了一点点，发现里面的垃圾更多：叠在一起的旧木盒、空瓶子，墙上还挂着几张深绿色的渔网，甚至还有一个看起来像轧布机一样的东西。

有人将灯塔当成了垃圾场。

“爸爸？”

利维亚在喊他。

“在呢？”他回答道，听到自己的回音顺着螺旋梯上去了。

利维亚从门缝里探进头来。

“我也可以进来吗？

“试试吧……你能爬上那块石头吗？如果可以，我试着将你拉进来。”

利维亚往门里挤的时候，乔金意识到自己不能在推门的同时再将她往里面拉。她很容易被卡住。

“我觉得这样不行，利维亚。”

“可是我想进来！”

“我们可以去南塔，”他说，“也许那边可以……”

乔金突然听到上面传来刮擦的声音。他扭头仔细听了听。

是脚步声！螺旋梯上面像是回荡着脚步声。

声音是从塔里传出来的。是他的心理在作怪吗？但那声音听起来就像沉重的脚步声——真的像有人从楼梯上慢慢走下来。

他听出那“人”不是卡特琳……脚步沉重……像个男人。

“利维亚？”乔金喊道。

“什么事？”

女儿还在外面，而且她离海太近，如果退后几步就可能掉到……还有加布里埃尔，他一个人在屋里。他怎能将儿子一个人留在家里？

“利维亚？”他又喊了一声，“待着别动，我就出来。”

他抓住门框，爬了上去，进去容易，出来难，他只得拼命往外挤。他的样子挺滑稽的，像个刚出生的婴儿，他的心怦怦直跳，利维亚站在那里用惊恐的眼神看着爸爸。

乔金终于踩到外面的石墩上，呼吸着海滨清新寒冷的空气。

“终于出来了，”他说着将身后的钢门用力关上，“我们回去陪弟弟。改天再去另一个灯塔里瞧瞧。”

他很快用挂锁锁上门，原以为利维亚会不同意，但她什么也没说，只是牵着爸爸的手，父女两人沿着防浪堤重新走回海岸。这时，天差不多黑了。

乔金想起了灯塔里面的声音。

一定是灯塔周围海风的声音，要么就是海鸥啄玻璃的声音，而不是什么脚步声，乔金想。

1916年冬

卡特琳，那些亡灵想来找我们。他们想跟我们交谈，希望我们能聆听他们的诉说。

他们想对我们说什么？也许，他们想说：我们不该如此早地奔赴黄泉。

畜棚上的干草棚里刻着一个日期，那还是第一次世界大战的时候刻的：1916年12月7日。日期后面有一个十字架标记†，十字架后面跟着一个没写完的名字：格奥……

——米拉·兰博

灯塔主人的妻子艾尔玛·永格伦正坐在里屋的织布机旁。身后挂钟滴滴答答地响着，艾尔玛从这里看不到大海，但这正合她的心意，因为她不想看到自己的丈夫格奥尔格和其他的灯塔守护者在海滨忙碌的身影。

房子里静悄悄的，别的女人都到海滩那边去了。艾尔玛知道她也应该去那边帮男人的忙，但她不敢去。她没有勇气，觉得自己什么忙都帮不上，到了那里她甚至连大气都不敢出了。

墙上的闹钟仍滴滴答答。

第一次世界大战已经打了三年了，1916年冬天的一个早上，“鳗鱼角”的岸边漂来一头“海怪”，发现海怪的头天晚上，凛冽的暴风雪下了整整一夜，那头黑色的海怪圆鼓鼓的身体上插满了钢矛。

第一次世界大战在欧洲大陆正如火如荼地进行，虽然瑞典是中立国家，但难免受到战争影响。

海滨上的那个庞然大物其实是枚鱼雷。可能是俄国人在一年前扔下的，目的是阻止德国人通过波罗的海运送矿石。当然，哪个国家扔的不重要。

这时，房间的滴答声戛然而止。

艾尔玛扭过头。

她身后的挂钟停了，钟摆一动不动地垂在那里。

艾尔玛从织布机旁的一个篮子里拿起一把羊毛剪，在脖子上系上一条围巾，起身走出房间，她走到庄园前面的阳台上，可即使到了阳台，她仍然不愿往海滨望去。

过去几天，暴风雪一直下个不停，想必是海浪将固定鱼雷的锚冲掉了，然后鱼雷被慢慢冲到岸上，现在，满是泥沙的海床结了厚厚的一层冰，那枚鱼雷牢牢地嵌在里面，离南塔也就五十码左右的距离。

一年前，一枚德国鱼雷漂到马奈斯北部，随后被炸成碎片，现在瑞典海军仍坚持以同样的方法处理其他鱼雷。这枚俄罗斯鱼雷也必须引爆，但鱼雷离灯塔太近，不能原地将它引爆，必须拉走。灯塔守护者必须用绳子将鱼雷绑好，小心翼翼地将它远远地拖离灯塔。

此事由灯塔主人格奥尔格·永格伦负责，这时他正站在摩托艇的前面，而站在阳台上的艾尔玛听见丈夫雷鸣般的吆喝声从海滨传至庄园。

她打开门，声音听得更清楚了。

艾尔玛走到天寒地冻的户外，经刚扫过雪的庭院朝畜棚走去，但并没有往海滨看。

畜棚里一个人也没有，她打开那扇厚厚的门走到里面，畜棚里的牛和马开始往黑处走。连日的暴风雪弄得它们焦躁不安。

艾尔玛慢慢沿着梯子爬上同样空无一人的干草棚。

干草几乎堆到了屋顶，但墙侧仍有一个狭窄的通道，于是，她顺着这条通道从木楼板上走了过去。

艾尔玛走到远端的墙那边停了下来。过去几年来，她来过这里好几次，现在，她又一次读着上面的名字。

接着，她拿出羊毛剪，在一块木板上刻下今天的日期：1916年12月7日。接着又开始刻名字。

海滨那边的喊叫声戛然而止。

一切声音都消失了似的，羊毛剪从艾尔玛手上跌落。她靠墙站立，双手紧握，向上帝祈祷。

“鳗鱼角”一片沉寂。

突然，“轰”的一声。

庄园周围的空气好像被压缩了，即使在内陆也能听到海滨那边雷鸣般的爆炸声。很快，爆炸后的冲击波汹涌而至，畜棚的几块玻璃窗都被震裂了，艾尔玛什么也听不见了。她闭着眼睛，瘫倒在干草堆里。

艾尔玛知道，鱼雷爆炸得太快。

冲击波过后，她挣扎着从干草棚里站了起来。

沉寂了几秒钟之后，畜棚里的奶牛开始恐慌地大叫起来。接着，海滨那边的草地传来一片嘈杂声。声音越来越近。

艾尔玛匆忙下楼。

她看到两座灯塔仍完好无缺地屹立在那儿。但鱼雷不见了，鱼雷所在的地方只剩下一片污浊的海水。灯塔守护者的船也不见了。

艾尔玛看到拉格希尔德和艾沃尔走近庄园，她们都是灯塔守护者的妻子，两人木然地看着她。

“主人呢？”艾尔玛问。

拉格希尔德呆呆地摇摇头，艾尔玛发现她的围裙上全是血水。

“站在船头的……是我的男人……阿尔伯特。”

拉格希尔德双膝一软。艾尔玛冲过碎石小道，一把抓住了她。

14

星期天晚上，利维亚睡得十分安稳。乔金破天荒没有做梦，他是在黎明的时候醒来的。这段日子以来，连着睡三小时已是他的极限了，醒来时头还是昏昏沉沉的。

早上，跟往常一样，他送两个孩子去了马奈斯，回到家的时候，屋子里又是空空荡荡的了，一点儿声音也没有。接下来，他还是继续在最南端的那间卧室贴墙纸。

一点左右的时候，他听到轻轻的引擎声，有汽车正往“鳗鱼角”庄园驶来，他往外望去。

一辆酒红色的梅赛德斯高速行驶在碎石道上。乔金认出了这辆车，他那天曾目送它离开马奈斯教堂，葬礼后这辆车也算是离开得比较早的。

卡特琳的妈妈来了。

尽管车很大，但他总觉得开车的女人身形更大。她下车的时候颇为吃力，好像整个人被卡在方向盘和驾驶座之间。一番折腾之后，她总算下车来到屋前。今天，她穿了一条紧身牛仔裤，脚穿尖头靴，上身穿着一件带扣皮夹克。她约莫四十五岁，涂着口红、深黑色的眼线和睫毛膏。

她整了整那条粉红色的丝巾，以一种令人生畏的眼神看着庄园，接着点了一支烟。

她就是乔金住在卡尔马的岳母米拉·兰博。葬礼后她和乔金一直都没联系。

乔金深深地吸了一口气，再将气徐徐呼出，然后走出屋子，打开厨房门。

“你好，乔金。”她嘴角吐着烟雾，问候道。

“你好，米拉。”

“真高兴你在家里。还好吗？”

“不怎么好。”

“我能理解……谁摊上这事都受不了。”

乔金仅从她嘴里听到这么一句“安慰”的话。米拉将烟丢在碎石道上，朝厨房门走去，乔金让到一旁，她走过他身边的时候，乔金闻到浓浓的香水味中夹杂着一股烟味。

她环顾了一下厨房。乔金知道三十年前她曾在此住过，但较之以前，这里已经全然不同了。他们辛辛苦苦装修了这么久，她竟然不置一词，乔金忍不住问道：

“基本上都是卡特琳在夏天的时候重新装修的，你觉得怎么样？”

“挺好，”米拉说，“我和托伦租住这里的外屋时，主屋里住的都是男人。到处乱糟糟的，脏得要命。”

“他们都是在灯塔做事的吗？”乔金问。

“那时候灯塔守护者都走了，”米拉的回答十分简单，“只是一群流浪汉住在这里。”

她自顾自地摇摇头，像是无意谈论这个话题，只是问道：

“我的乖孙呢？”

“利维亚和加布里埃尔在马奈斯的学校上学。”

“他们已经上学了啊？”

“只是幼儿园。利维亚学的都是六岁小孩的东西。”

米拉点点头，但没有笑。

“什么幼儿园……”她说，“还不跟狗窝差不多。”

“没那么糟糕，”乔金说，“他们很喜欢。”

“这不出奇，”米拉说，“我们那时候就叫小学。一码事儿，每天什么都不用干。”

突然她又转过身来。

“说到狗……”

她说着走向外面。

乔金还待在厨房里，也不知道米拉打算在这里待多久。岳母一到，他感觉这房子比以前小多了，气氛也突然变得压抑起来。

他听到车门“啪”的一声关了，不一会儿，她一手拎着一个袋子，再次走进厨房，接着，她伸出一只手，那只袋中装有一个带提手的灰色“盒子”。

“不要钱的，我从邻居那里拿来的，”她说，“不过，其他的零碎东西都是我买的。”

乔金发现盒子原来是个猫笼，里面还真有东西。

“你开玩笑吧？”他说。

米拉摇摇头，打开笼子。一只长着黑色条纹的灰色成年公猫跳了出来，在木地板上伸了伸懒腰，狐疑地看着乔金。

“它叫拉斯普廷，”米拉说，“你不觉得它像一个俄国修行者吗？它住在这里不会给你惹事的。”

她打开另一个大袋子，拿出几听猫食，一个盘子和一个装有猫砂的托盘。

“我们养不了猫。”乔金说。

“怎么养不了？”米拉说，“它会活跃这里的气氛。”

拉斯普廷在乔金的腿边蹭了蹭，很快跑进门厅。米拉一打开外边的门，它就“嗖”的一声跑了。

“它会捉老鼠。”她说。

“我从来没见过这里有老鼠。”乔金说。

“那是因为那些老鼠比你聪明。”米拉从餐桌的碗里拿出一个苹果，问道：“你们什么时候来卡尔马看我？”

“我还以为我们不受欢迎呢。”

“你们当然受欢迎。”她咬了一口苹果说，“你们随便什么时候来都可以。”

“据我所知，你从来没邀请过卡特琳。”乔金说。

“即使我邀请她，她也不会来，”米拉说，“但我们有时会互相通电话。”

“一年也就那么一次，”乔金纠正说，“她会在圣诞节给你打电话，不过，她跟你说电话的时候总会把门关上。”

米拉摇摇头。

“我一个月前还跟她通过电话。”

“你们都说了什么？”

“也不是什么要紧的事……比如我最近在卡尔马办的展览，新交的男朋友沃尔夫。”

“那意思是说，你们谈论的话题只跟你有关。”

“也谈论过她的事。”

“她说什么了？”

“她在这里觉得很孤单，”米拉说，“她说她并不怀念斯德哥尔摩……但很想你。”

“我当时在那边还有工作。”他说。

当然，他本可以早点辞去那里的教学工作。许多事情也都可以重新来过，但他不想跟米拉谈论这些事情。

她往房间里面走去，在乔金的卧室外面停了下来，那里挂着托伦·兰博的那幅油画。

“这是卡特琳二十岁生日的时候我送给她的礼物，”她说，“希望看到这幅画能让她想起她的外婆。”

“她非常喜欢这幅画。”

“不过，它不应该挂在这里，”米拉说，“托伦最后画的那幅画在拍卖会上售价高达三十万克朗。”

“真的吗？但没人知道我们将这幅画拿到这儿来了。”

米拉聚精会神地盯着那画，看着油画那灰黑色的线条。

“画中根本没有地平线，所以这画让人看不懂，”她说，“只有在暴风雪中才能画出这样的画。”

“难道托伦真是在暴风雪中画的？”

“是的。那年是我们到这里的第一个冬天。天气预报说有暴风雪，但托伦还是去了泥炭沼。她喜欢一个人走到内陆，坐在那里画画。”

“我们昨天去过那里，”乔金说，“沼泽周围很漂亮。”

“暴风雪来的时候就不同了，”米拉说，“托伦的画架还没来得及收就被吹走了。方圆开外只有几码的可见度。太阳消失了，只有铺天盖地的雪。

“她没事吧？”

“她陷入沼泽中，幸亏后来有一段时间雪下得小了，她看到了灯塔的光。”米拉看了一眼油画继续轻轻地说道，“她说幸亏雪下得小了，当她在沼泽里艰难跋涉时，突然发现铁器时代的那些殉葬者都从沼泽里爬了出来，要来抓她。”

乔金听得特别认真。他现在终于明白了，难怪托伦油画里的气氛会如此凝重。

“她的眼睛也就是那时候出问题的，”米拉继续说，“当然，后来她的眼睛就瞎了，这个你是知道的。”

“是暴风雪害的吗？”

“也许吧……多多少少有点儿影响。回来后，她一连几天都睁不开眼睛。当时大风将沙子都卷在雪里……眼睛就像被针扎一样。”

米拉退后一步。

“画家一般不会对这种油画着墨太深，”她说，“厄兰岛蓝天碧海，田野里全是金黄色的花。因此，画的色调也很明快。”

“你不就是这样的风格。”乔金说。

“没错。”米拉兴奋地点点头，也不生气。“我的画都是以夏天为背景，格调清新，也是给那些心情愉快的人看的，”她看了看四周说，“不过你家里似乎并没有我的画，对吧？”

“没有。卡特琳收藏了一些以你的画做成的明信片。”

“这样也好，明信片也能增值。”

乔金不愿待在卧室周围，他不希望自己的私人空间被人打扰。想到这里，他朝厨房走去。

“以前托伦在这里一共画了多少幅画？”他问。

“有不少，至少得有五十幅吧。”

“现在仅存六幅了，是吗？”

“没错。”米拉的表情变得凝重起来，“只留下六幅了。”

“据说……”

米拉生气地打断他的话说：

“我知道……别人都说是她女儿毁的。她的那些画现在值好几百万了……他们说有年冬天特别冷，是我将画放进火炉里烧了，这样我们就不会冻死了。”

“卡特琳说不是这样的。”乔金说。

“哦，是吗？”

“她说是因为你妒忌托伦……将她的画全扔进海里了。”

“那年卡特琳都还没出生呢，”米拉叹气道，“我在岛上也听到有人在嚼舌根，说什么米拉·兰博是个很难伺候的老太婆……说她老牛吃嫩草，说她是个酒鬼……我想卡特琳也是这样说的吧？”

乔金摇摇头，但他记得当年他们在博里霍尔姆结婚的时候，米拉就试图勾引他的表弟。

他们走上阳台。米拉扣紧了她的皮夹克。

“跟我走，”她说，“我带你去看点东西。”

乔金跟着她走进庭院时看见拉斯普廷从栅栏溜了出去，跑向海边。

“这里变化不大，”两人走在崎岖不平的石头上，米拉说，“还是杂草丛生。”

她站在那儿，重新点了一支烟，望向外屋布满灰尘的窗户。

“真是物是人非啊。”她感叹道。

“房地产经纪人将这里叫做客房，”乔金说，“我们打算明年春天的时候再装修……至少之前是这么计划的。”

从外面看去，刷成白色的外屋就像一个长方形的单层公寓，屋顶盖瓦，里面有一个木工房，洗衣房中的地板受潮损坏了，20世纪70年代的时候，里面还建了一个桑拿浴室，房间里有两间带淋浴的客房。过去，当主屋变得太热的时候，那些屋主都会搬到客房去。

米拉看着这栋建筑，摇了摇头。

“我和托伦在这里住了三年。里面全是老鼠，屋子里积满了灰尘。冬天的时候感觉就像住在冰窖里。”

米拉说着背过身去。

“我要带你看的东西……就在那边。”

她走过去，拉开门，走进黑黢黢的畜棚里。

米拉将烟踩熄，打开灯，乔金跟在后面，走过石头地板。她指了指上面的干草棚。

“就在上面。”她说。

乔金犹豫了一阵儿，最后还是跟着米拉爬上陡峭的梯子。干草棚里就跟他上次来的时候一样，东西堆得乱七八糟的。

“这里过不去。”他说。

“能过去。”米拉说。

米拉发现那些箱子、盒子、旧家具、锈迹斑斑的机器中有条狭窄的通道，便毫不犹豫地从中间穿过，走到干草棚远处的墙边，然后停了下来，指着几块宽宽的木板。

“看……我三十五年前就发现这些了。”

乔金走到近前，借着从窗户射进来的微弱灯光，看到光秃秃的木墙上刻有人名、日期、有的还刻着十字架或者圣经出处。

“亲爱的卡罗丽娜1868年”就刻在天花板下面的木板上。这行字的下面刻着“**简，死于1883年，十分想念你**”。稍微下面一点刻着“**纪念阿瑟·卡森，于1911年6月3日溺水而亡，《约翰福音》**3:16”。

墙上还有许多别的名字，但乔金没再看了，转头看着米拉。

“什么意思？”

“这些人都已经死了，他们以前都在这座大庄园里住过。”她说话的声音明显降低了几度，以近乎虔诚的语气说，“是他们的亲朋好友将名字刻上去的，许多名字我小时候待在这里的时候就有了……但这些却是新刻上去的。”

她指着离门很近的那几个名字，有个地方以细细的笔画刻着**西克**，另一个地方刻着**斯拉维克**。

“他们可能是难民，”乔金说，“‘鳗鱼角’几年前设立了难民营。”他看着米拉。“可为什么人们会把死人的名字刻在这儿呢？”

“这个嘛，”米拉说，“我想这跟立碑的道理是一样的吧？”

乔金想了想他上周为卡特琳选的花岗岩墓碑。石匠答应他说圣诞节之前会送到。想到这个，他看着米拉。

“这样……他们就不会被人遗忘了。”他说。

“没错。”米拉说。

“你跟卡特琳说过这面墙的事吗？”

“哦，说过，夏天的时候我跟她说过。她很感兴趣……但我不知道她是否上来过。”

“我觉得她上来过。”乔金说。

米拉摸了摸刻在木头里的字。

“我十几岁发现这些名字的时候，都读得滚瓜烂熟了，”她说，“我当时就想，这些人都是些什么人，他们为什么会住在这儿，又为什么死了……我们很难不去想那些死人，对吗？”

乔金默不做声地看着墙，点点头。

“我以前还听说过他们的故事。”米拉继续说。

“谁？”

“那些死人。”米拉靠近墙说，“如果你贴在上面仔细聆听……还能听见他们的呜咽声。”

乔金不说话了，两耳轰隆。

“夏天我写了一本有关‘鳗鱼角’的书。”两人从干草棚往回走的时候米拉说。

“我知道。”乔金说。

“卡特琳搬到这里来的时候我送给她了。”

“是吗？我从来没听她提过。”

米拉突然站住，似乎在地板上找什么东西。她搬开一个破箱子，往下看去。

箱子下面的地板上刻着两个挨得很近的名字，后面还刻有日期：

米拉&马库斯1961年

“米拉……”乔金将名字读了出来，看着她说，“这是你刻的？”

她点点头。

“我们不想把名字刻在墙上，所以就刻在这里了。”

“马库斯是谁？”

“我男朋友，他叫马库斯·兰德奎斯特。”

米拉不再说话了，只是叹了口气，从两个名字上面跨过去，转身朝梯子走去。

他们在屋前道别的时候米拉不如来时那般精神了。她最后深情地看了一眼庄园。

“我可能还会再来。”她说。

“随时欢迎。”乔金说。

“记住，一定要带孩子们来卡尔马，我给他们准备橙汁。”

“好……不过，要是猫在这里待不惯的话，我到时也将它带来。”

米拉一听乐了。

“你尽管试试。”

说完她便钻进那辆梅赛德斯，发动了引擎。

米拉驾着车很快消失在沿海公路方向，乔金慢慢往回走过庭院。他往海边望了望——猫去哪儿了？

畜棚那扇大门仍旧半开着，刚才他们出来的时候就没关好。

乔金忍不住再次走进黑黢黢的畜棚，里面就像大教堂，一片沉寂。

他再次爬上梯子，走到干草棚远端的墙边，逐一读着那些名字。

他将耳朵贴在墙上听了听，哪有什么呜咽声。

然后，他从地上捡起一枚钉子，小心地将卡特琳·威斯汀的名字和她的生卒年刻在一块较低的木板上。

刻完后，他退后看了看整面墙。

现在，对卡特琳的记忆永远都留在这儿了。感觉不错。

孩子们自然喜欢拉斯普廷。加布里埃尔轻轻地拍打着它，利维亚则倒了一碗牛奶给它喝。现在，他们一刻也不想离开那只猫，不过，米拉·兰博来访的那个晚上，除了那只猫，威斯汀一家受邻居邀请，到庄园南边的农场做客去了。他们家几个大点儿的孩子都不在家，只有七岁的安德里亚斯跟他们一起吃了晚饭。接下来，他和威斯汀家的两个孩子一起去厨房吃冰淇淋了。乔金则待在餐厅和卡森夫妇喝咖啡。讨论的话题无非是在各种气候下，要如何维护、修葺位于海滨的房子。随着谈话的深入，乔金实在忍不住了，于是问道：

“关于‘鳗鱼角’，我不知道你们有没有听说过什么故事？”

“什么故事？”罗杰·卡森说。

“鬼故事，”乔金说，“卡特琳说夏天她跟你们说过……这里闹鬼的事。”

这是他整个晚上第一次提到妻子的名字，他实在不想谈论自己的亡妻。

因为他不想别人觉得他老是无法释怀。他觉得自己已不再沉溺于此了。

“她没跟我说过什么鬼故事。”罗杰说。

“她来我这儿喝咖啡的时候倒跟我说过，”玛利亚说，“她只是怀疑‘鳗鱼角’是不是名声不好。”她看了一眼丈夫，“我是说，我们小时候，大人们也经常说起‘鳗鱼角’庄园有间闹鬼的密室……你还记得吗，罗杰？”

而罗杰只是摇摇头，他显然对鬼故事没什么兴趣，但乔金却探身过去。

“是哪个房间呢？你知道吗？”

“我不知道。”罗杰说着喝了一口咖啡。

“我也不知道，”玛利亚说，“可我听爷爷说，每年圣诞节有个房间都会闹鬼。说那些死人会聚集在那个房间里，然后他们会……”

“真是胡说八道，”罗杰说着将咖啡壶递给乔金，“再来点？”

15

星期天早上，蒂尔达·戴维松香汗淋漓，一丝不挂地躺在自己房间里那张薄薄的床垫上。

“昨晚舒服吗？”她问。

马丁背对着她坐在床沿。

“呃……舒服。”

下床后，他很快穿上短裤和牛仔裤，蒂尔达应该意识到接下来会发生什么事，可她的反应有点儿迟钝。

他坐在床沿，看着窗外。

“我觉得这么下去不行。”他最后还是说了出来。

“什么不行？”她问道，仍然裸身躺在被子底下。

“我是说……我们……不能再这样下去了，”他仍然望着窗外，“加琳可能怀疑了。”

“怀疑什么？”

蒂尔达仍然没有意识到她即将被人甩了。男人裤子一提就翻脸不认人了——多么经典的桥段。

星期五，马丁来的时候迟到了，一切和平常一样。蒂尔达也没问他跟他的妻子说了什么——她从来不问。那天晚上，他们还是待在她那间小公寓里，她炖了鱼汤。马丁似乎很放松，跟她讲了这学期警察学院新兵训练的事，说有些人表现可以，有些则差强人意。

“但我们会有办法让他们服服帖帖的。”他说。

蒂尔达点点头，想起了她以前在警察学院的事，她是二十名学员中的一名，那些学员，大部分都是男生，没几个女生。入校不久学员们就将自己的新导师分成了三类：第一类，经验丰富的老警察，他们人都挺好的，但就有点儿啰唆；第二类，教他们法律的老学究，这些人对警务工作一窍不通；第三类就是那些年轻的警察，他们主要负责训练。这些人有实战经验，那些警匪故事被他们讲得头头是道，学员们都将他们视为偶像，而马丁·艾尔奎斯特就是其中一个。

星期六，他们坐马丁的车去了厄兰岛的最北端。尽管蒂尔达还是小时候来过这里，但她当年的感觉仍在，觉得这里就是世界尽头。现在正值十一月，寒风吹过海面，灯塔附近一个人影也没有。一座苍白色的灯塔矗立在朗·埃里克海角，这让她想起了“鳗鱼角”的双子塔。她本想跟马丁讨论一下那起溺水事件，但最终还是忍住了——今天是周末，她不想谈工作。

比克瑟尔克鲁克只有一家餐厅，即使在冬天餐厅也不关门。他们很晚才吃午餐，接着，他们便回了马奈斯，晚上则一直待在小公寓里。

回到公寓后，蒂尔达总觉得马丁似乎变得冷淡，尽管她总是想挑起话题。

他们上床的时候他也没说话，但到了早上，马丁坐在床沿的时候他终于开口了。他没有看蒂尔达，只是说自从她搬到厄兰岛来之后他想了很多。他想过如何作决定，现在他已经想好了。而且他觉得这应该是正确的决定。“而且这也是为了你好，”他说，“对大家都好。”

“你是说……你要甩了我？”她轻轻地说。

“不是。我们两个是时候结束了。”

“我来这里也是因为你，”蒂尔达看着马丁毛茸茸的后背说，“我当初不想离开韦克舍，只是因为你在这儿我才来的。我希望你能明白。”

“你什么意思？”

“当时很多人都在说我们的闲话，我不想这样。”

马丁点点头。

“人们都喜欢嚼舌根，”他说，“现在他们可以闭嘴了。”

其实也没什么好说的了，五分钟后，马丁穿好衣服，从地上拎起自己的包，没看蒂尔达。

“就这样吧。”他说。

“这一切难道都不值得吗？”她问道。

“不是，”他说，“我们在一起这么久了。现在该说再见了。”

“你就这么害怕这些是非？”她说。

马丁没有回答，打开前门。

蒂尔达本想向他的妻子表达最衷心的祝愿，但还是忍住了没说。

她听到门关了，脚步声消失在楼梯间。马丁的车停在广场，他现在就要开车回家，当他们之间什么事也没发生过。

蒂尔达仍然一丝不挂地躺在床上。

房间里什么声音也没有，一个用过的安全套扔在地上。

“你足够优秀吗？”她看着窗户中自己模糊的影子问道。

不。你是不是一相情愿地认为自己很优秀？

你只不过是个第三者。

蒂尔达一直在床上坐了半个多小时，静静地舔舐伤口，恨不能剪光自己的一头金发。她木然地起了床，洗了澡，穿戴完毕后决定去老人院看耶尔洛夫。老人不会跟她谈论这段伤心的三角恋，她现在只想忘记这事。

但是，她正待出门的时候电话响了，是博里霍尔姆的值勤员打来的，告诉她周末的时候马奈斯北部的一栋牧师住宅发生了盗窃案。当时屋里住着一对退休夫妇，他们当场撞见了窃贼，男主人的头受伤了，身上多处骨折，现在在医院里。

只有工作才能减轻蒂尔达的痛苦。

她是两点左右到的现场，这时，岛上的天色已经开始变暗。

第一个到达现场的是汉斯·马勒。跟蒂尔达不同，他穿着整齐的警服，手上拿着一卷蓝白相间的警戒线。

“你昨天去哪儿了？”他问。

“昨天我休息，”蒂尔达说，“也没人打电话叫我去上班。”

“你应该主动去了解些情况。”

蒂尔达“砰”的一声关上车门。

“闭嘴。”她大声说。

马勒转过身来。

“你说什么？”

“我叫你闭嘴，”蒂尔达说，“少在这里批评我。”

她现在算是跟马勒撕破脸了，可她并不在乎。

他呆立在那儿，好像根本不明白她在说什么。

“我不是批评你。”他说。

“是吗？给我警戒线。”

她一言不发地在屋后布置了警戒线，看花园里是不是留有什么鞋印。卡尔马的法医要星期一早上才能到。

房子周围的泥地上还真有几个鞋印。鞋底有凹槽，从鞋印判断，犯罪嫌疑人应为男性，远处灌木丛中留下的痕迹表明有人在那里摔了一跤，而且那人头先着地，旁边留下了一串长长的匍匐痕迹。

蒂尔达看了看四周，检查了那些鞋印，看起来像是有三个窃贼。

这时，有个女人从阳台走了出来。原来她是这里的邻居，有这栋房子的钥匙，那对老夫妇还在卡尔马住院，现在由她帮忙照看房子。她问两位警察是否愿意去她家喝杯咖啡。

她才不想跟马勒一起喝咖啡。

“我还是到屋里看看吧，谢了。”蒂尔达说。

把邻居打发走了后她走上那条石梯。

经过阳台时她发现门厅的地板上全是碎了的镜片。地毯堆在一起，门那边的木地板上还有血迹。

会客室的门半开着，她小心地跨过碎玻璃，到房间看了看。

里面一团糟。玻璃橱柜的门敞开着，一个旧柜子上的抽屉都被拉了出来。蒂尔达看到磨光的木地板上还留有带泥的鞋印——看来法医有得忙了。

查看完现场，两名警察没有任何交流，各自离去。蒂尔达钻进自己的车里，往耶尔洛夫的老人院驶去。

“刚才去调查一起入室盗窃案了。”蒂尔达向叔公解释自己迟到的原因。

“真的啊？”耶尔洛夫来了兴趣，“在哪儿发生的？”

“哈格比的牧师住宅。窃贼还打伤了屋主。”

“伤得严重吗？”

“挺严重的，男主人还被刺伤了……不过，我确定你会在明天的报纸上看到详细报道。”

她坐在耶尔洛夫的小咖啡桌旁，拿出录音机，不由自主地又想起了马丁。他现在应该到家了，一进门就会拥抱自己的妻子加琳和几个孩子，向他们抱怨说在卡尔马开会有多闷。

耶尔洛夫刚才似乎说了什么，蒂尔达没有在意。

“什么？”

蒂尔达没有听，她又想起了马丁头也不回离开公寓时的情景。

“你有没有调查疑犯留下的痕迹？”

蒂尔达点点头，无意透露调查细节。

“犯罪现场调查小组明天会过去。”她打开麦克风，“现在可以谈论我们的家族史了吗？”

耶尔洛夫点点头，但还是忍不住问道：

“你们会怎样处理犯罪现场？”

“法医会保护那些痕迹的，”蒂尔达说，“他们会拍照，还会摄像。会寻找指纹、毛发和织物留下的痕迹。当然还会进行血迹检查。屋外留下的脚印会被做成石膏模型。还会用高压静电取证器取证屋子里面留下的脚印……”

“你很尽责。”耶尔洛夫打断她说。

蒂尔达点点头。

“我们会对案件进行系统的分析，先会假设他们是开车来的，而且应该是那种可以载很多人的车或者大货车。但现在我们还没多少证据。”

“最重要的是找到那些窃贼。”

“当然。”

“你能从办公桌上给我拿张纸来吗？”

蒂尔达照做了，安静地看着耶尔洛夫在纸上写了几行短字。写完后他又将那张纸交给她。

耶尔洛夫的字写得很工整，上面写有三个名字：

约翰·哈格曼

达格玛·卡森

艾德拉·古斯塔夫森

蒂尔达读了一遍名字，抬头看着耶尔洛夫。

“他们是窃贼？”蒂尔达问道。

“不是的。他们是我老友。”

“老友……”

“他们会帮助你的。”耶尔洛夫说。

“怎么帮助？”

“我相信他们会看到一些东西。”

“好吧……”

“他们全都住在公路附近，知道什么车会经过那里，”耶尔洛夫说，“对约翰、艾德拉和达格玛来说，有车经过他们那里应该不算小事，尤其是冬天。艾德拉和达格玛一定会放下手头的活计去看开车路过的人是谁。”

“好的。我会去找他们的，”蒂尔达说，“我代表警方感谢你为我们提供线索。”

“你们的确应该感谢我，对了，先从住在斯滕维克村的约翰开始，我跟他关系很好……替我问候他。”

“还得问他有什么陌生的车辆经过。”蒂尔达说。

“没错。如果有车从海边经过，约翰肯定会看到……然后你再去达格玛那里，她住在往艾尔托普方向的拐角处，问她有没有看到陌生的车路过。最后再去问艾德拉·古斯塔夫森，她住在哈尔特，我想她那里应该也有线索。她家在斯皮特比附近的主干道上，那条公路是通往博里霍尔姆的。”

蒂尔达又看了看那三个名字。

“谢谢，”她说，“如果我去那边，一定会去拜访他们。”

接着，她按下了录音机的按钮。

“耶尔洛夫……当你想起你哥哥拉格纳的时候，最先想到是什么？”

耶尔洛夫不说话了，仔细思考着这个问题。

“鳗鱼，”他想了想回答道，“秋天的时候，他喜欢驾驶他的小摩托艇去海床那儿检查渔网。拉格纳还喜欢诱捕鳗鱼……晚上，他会用不同种类的鱼饵引雌鳗鱼进篓子。”

“雌鳗鱼？”

“人们一般只会抓雌鳗鱼，”耶尔洛夫笑着对她说，“没人要雄的，个儿太小，软弱无力。”

“大多数男人也这样。”蒂尔达说。

16

“什么时候过圣诞节呀，爸爸？”一天晚上乔金哄利维亚睡觉的时候女儿问道。

“快了……不到一个月了。”

“那是多少天呀？”

“这个嘛……”床头有本印着《长袜子皮皮历险记》的日历，乔金数了数，“还有二十八天。”

利维亚点点头，一副若有所思的样子。

“你在想什么呢？”乔金问道，“在想圣诞礼物吗？”

“不是，”利维亚说，“我在想妈妈到时候会回家了吧？”

乔金一时不知该怎么回答才好。

“我不是很确定。”他慢慢说。

“她会回来的。”

“我想我们的愿望可能会落空……”

“她会回来的，”利维亚大声说，“妈妈到时候会回来的。”

说完，她将被子拉到鼻子下，不愿再说话了。

现在，利维亚又养成了新的睡觉习惯——乔金观察了几个星期才发现的。她先会踏踏实实地睡两晚，第三个晚上她又睡不安稳了，到时候就会喊他。

“爸爸？”

她一般会在凌晨一点左右的时候叫他，无论乔金睡得多熟，他都会马上醒来。

利维亚的喊叫声也会惊醒那只叫拉斯普廷的猫。它会跳到窗台上，盯着漆黑的屋子，像是能看到什么东西在屋里走动。

“爸——爸？”

现在情况至少有所改善了，乔金往女儿房间走的时候想，她不再叫卡特琳了。

这个星期四的晚上，他坐在利维亚的床沿，抚摸着她的背。她没有起来，只是翻身面对墙侧，再次慢慢放松下来。

乔金仍旧坐在那里，等利维亚开口说梦话。几分钟后，她开始用平静而又稍显单调的声音说道：

“爸爸？”

“什么事？”他轻轻问道，“你看见什么人了吗，利维亚？”

她仍然背对着他躺在床上。

“妈妈。”她说。

乔金现在准备好该怎么问她了，可他仍然不能确定利维亚是睡着了还是处于半睡半醒的状态——而且，他还担心这么问女儿会不会给她带来不好的影响，也不知道能不能问出什么名堂来。

“她在哪儿？”乔金问道，“妈妈在哪儿？”

乔金见她从被子里伸出右手，轻轻地挥了挥。他连忙转身，可后面的阴影处什么也没有。

他再次低头看着女儿。

“卡特琳……呃……妈妈有没有什么要跟我说的？”

利维亚没有回答。乔金发现，如果问题太长，她几乎都不会回答。

“她在哪儿？”他再次问道，“妈妈在哪儿，利维亚？”

她还是没有回答。

乔金想了一会儿，又慢慢地问道：

“妈妈去防浪堤干什么？她为什么去海边？”

“她想……去找。”

“找什么？”

“找出真相。”

“真相？什么真相？”

利维亚又不说话了。

“妈妈现在在哪儿？”他问道。

“附近。”

“她……在屋里吗？”

利维亚没有回答。乔金能够感觉卡特琳没在房子里，而是在外面。

“你现在能跟她说话吗？”他问，“她在听吗？”

“她在看。”

“她能看到我们吗？”

“也许吧。”

乔金屏住呼吸。希望能问到点子上。

“你现在能看到什么，利维亚？”

“看到有人在……灯塔附近的岸边。”

“那一定是妈妈吧，她……”

“不是妈妈，”利维亚说，“是埃塞尔。”

“什么？”

“是埃塞尔。”

乔金全身战栗。

“不，”他说，“不可能是埃塞尔。”

“是她。”

“不是的，利维亚。”

他说得很大声，几乎扯着嗓子在喊。

“是埃塞尔，她有话说。”

乔金仍然坐在床沿，竟不能挪动半步。

“我……不想说，”他说，“不想跟她说话。”

“她想……”

“不，”乔金说得很快，他的心怦怦直跳，几乎说不出话来，“埃塞尔不可能在这儿。”

利维亚不再说话了。

乔金几乎无法呼吸，只想逃离这个房间。但他仍然呆若木鸡地坐在床沿，死死地盯着那扇半开的房门。

房子里面一片死寂。

此刻，利维亚仍背对着乔金，轻轻地呼吸着，一动不动地躺在被子底下。

他终于站了起来，挣扎着走到外面漆黑的走廊上。

今晚，一轮满月挂在云中，月光如水，透过刚粉刷的窗台射入走廊。但乔金没有这份闲情逸致，他害怕见到埃塞尔瘦骨嶙峋的脸庞，害怕她正满脸怨气地看着他。

他死死地盯着地板，然后走进门廊，发现阳台的门并没有上锁。乔金纳闷了，为什么每次睡觉之前都忘记锁门呢？

从现在开始，他一定会记得了。

他很快走过去，用钥匙锁好门，临走前还瞥了一眼内庭的阴暗处。

接着，他转身回到卧室，钻进被窝，从枕头底下拿出卡特琳那件柔软的睡衣，紧紧地抱在怀里。

那晚过后，乔金决定不再问利维亚梦中所发生的事了，不想再怂恿她了，他开始害怕听到她的回答了。

星期五早上，送两个孩子去幼儿园后他打算继续装修一楼，但在此之前，他做了一件连自己都认为十分荒唐的事，但他又认为此事非做不可。他围着庄园对他死去的姐姐说了一通话。

他先是走进厨房，站在桌旁。

“埃塞尔，”他说，“你不能待在这里。”

他本不应该这样傻傻地跟死去的姐姐说话，但现在他的心完全被悲伤和孤独占据了。接着，他走到外面，冰冷刺骨的海风吹得他睁不开眼睛，他轻轻地说：“埃塞尔……对不起。我们不欢迎你来这儿。”

最后，他又走到畜棚，拉开那扇大门，站在门口。

“埃塞尔，走吧。”

他根本不指望死去的姐姐会回答他。但他现在感觉好些了——好像这么一说她就不会再纠缠他们了。

星期六，家里来了客人，是他们以前在斯德哥尔摩的邻居赫斯林夫妇丽萨和迈克尔。他们几天前给他打了电话，问他们从丹麦回来的时候可不可以在厄兰岛过夜。乔金很高兴，他和卡特琳当初都喜欢跟丽萨和迈克尔做邻居。

“乔金，”夫妇俩停好车，走到门厅的时候丽萨喊道。她久久地拥抱他，“我们早就想来看你了……你现在很累吗？”

“有一点儿吧。”他轻轻拍着她的背说。

“我看你面色不好。得多多休息。”

乔金没说话，只是点点头。

迈克尔拍拍他的肩膀，走进屋里，表情充满了好奇。

“看来你现在又继续装修了，”他说，“壁脚板挺漂亮的。”

“这些原来就有了，”乔金说，跟着他走到走廊里，“我只是用砂纸打磨，然后粉刷了一下。”

“你的饰边选得真好，和房子十分搭配。”

“过奖。”

“你打算将所有的房间都弄成白色吗？”

“对，一楼都是白色的。”

“挺漂亮的，”迈克尔说，“冷色看起来跟房子很配。”

这是乔金第一次有了些许自豪感，尽管先前所有工作都是由卡特琳完成的。

丽萨走进厨房，赞许地点点头。

“真漂亮……对了，你有没有请风水师来这里看看？”

“风水？”乔金说，“没有……很重要吗？”

“当然。了解能量是如何流动的非常重要，特别是在这样的海岸上，”丽萨看了看周围，将手放在自己的胸口说，“这里的地能非常强……我能感觉到。它们在这里无遮无拦，可以自由进出房子。”

“我会留意的。”

“我们认识一位非常厉害的风水师，她帮我们重新布置了哥特兰岛的度假屋，我会把她的电话号码告诉你。”

乔金点点头，似乎听见卡特琳在一旁偷笑。以前她就总是笑丽萨太迷信。

那天晚上，他们围坐在餐桌旁吃了一顿丰盛的晚餐。乔金煎了之前从马奈斯买的比目鱼。赫斯林夫妇带来了一瓶白酒，乔金多年没喝酒了。尽管他觉得酒的口感一般，但喝酒让他稍稍放松下来，几乎忘记了利维亚说梦话时提到他已故姐姐的事了。

这天晚上，利维亚自己也很开心。吃饭的时候她还跟丽萨说起了学前班的三位老师，她说有两个老师跟他们说要到外面呼吸新鲜空气，其实是去偷偷吸烟。

迈克尔则告诉两个孩子，说他们开车经过斯莫兰的时候看到一条雌鳗鱼带着它的宝宝在公路上爬。加布里埃尔和利维亚听得可入神啦。

大城市的客人来了，孩子们特别兴奋，怎么也不肯去睡。加布里埃尔倒是睡得比较早，但利维亚却缠着丽萨要她讲淘气包埃米尔的倒霉事。

二十分钟后，丽萨回到厨房。

“她睡了吗？”乔金问道。

“睡了，她折腾了一天也累了……这会儿已经睡熟了。”

“希望如此。”

他留在厨房，跟丽萨和迈克尔又聊了一小时，然后帮他们将行李拿到会客室那边那个位于角落的卧室里。

“我刚刚装修完这个房间，”他说，“你们有幸成为第一批入住的客人。”

他之前早就烧好了壁炉，现在房间里暖烘烘的，让人有种宾至如归的感觉。

半小时后，三人都上了床。乔金躺在黑黢黢的卧室里，客房传来丽萨和迈克尔窃窃私语的声音。他们在这儿真好。鳗鱼角需要更多客人来访。

死人就免了。

他想起了在卡森家听到的有关庄园闹鬼的故事。利维亚也说见过卡特琳，说她平安夜一定会回来。

他想再见到她，跟她说说话。

不。不能这么想。

几分钟后，房子里再也听不到任何声音了。

乔金闭上眼睛，沉沉地睡了。

一声喊叫响彻整栋房子。

乔金陡然惊醒。

又是利维亚在喊吗？

不是，分明是一个男人的声音。

他睡意蒙眬地待在床上，感到十分不解，过了一阵儿他才想到有客人在此留宿。

黑暗中传来的那声喊叫来自迈克尔·赫斯林。

接着，他又听到一阵急促的脚步声，很快，走廊里传来丽萨询问的声音。

乔金上床的时候是11：40，但之前他去孩子那边看了看。利维亚和加布里埃尔都睡着了，当然，拉斯普廷那个时候肯定不安分，它从笼子里跳了出来，沿着墙侧溜走了。

乔金朝厨房走去。门厅亮着灯，等他到那儿的时候，丽萨已经穿上了外套和靴子，一脸困惑。

“发生什么事了？”乔金问道。

“我不知道……迈克尔突然醒了，然后开始大叫，跑到车那边去了。”丽萨一边扣上衣的纽扣一边说，“我得去看看他到底怎么了。”

她走到外面，乔金睡眼惺忪地再次回到厨房。

拉斯普廷也不见了，房子里一片寂静。他倒上水，准备泡壶茶。

他端着茶杯站在窗前，看到赫斯林夫妇都在车里，丽萨坐在迈克尔旁边。这时，天上下起了小雪，雪花闪闪，飘落空中。

丽萨似乎在问迈克尔什么问题，迈克尔坐在驾驶座里，眼睛直勾勾地盯着风挡玻璃，一个劲儿地摇头。

几分钟后，丽萨回到屋里，看着乔金说：

“迈克尔做噩梦了……他说刚才有人站在床边看着他。”

乔金屏住呼吸，点点头，轻轻问道：

“他还进屋吗？”

“他想在车里待一会儿，”丽萨说，但她很快又补充道，“我们打算开车去博里霍尔姆，去那里住。冬天那里的旅馆也开放吧？”

“应该开放吧，”乔金停顿了一下，然后又问道，“他平常……也会做噩梦吗？”

“不会，”丽萨说，“在斯德哥尔摩的时候就不会……不过最近他有点紧张。工作挺不顺的。可他不愿多说……”

“这里不会有什么危险的。”乔金说。

他很快想起了利维亚说的梦话，又很快说道：

“当然，最近几个星期这里出了不少事。要是我们觉得这里不安全……就不会留在这儿了。”

丽萨迅速往周围看了一眼。

“这里的能量很强，”她说，接着她又试探性地问道，“有没有感觉卡特琳还在？有没有感觉她一直都在看着你？”

乔金犹豫了一下，点点头。

“感觉到了，”他说，“我有时候确实会有这种感觉。”

乔金再次陷入了沉默。他倒是想谈谈自己的经历，但丽萨·赫斯林显然不是他倾诉的对象。

“我去收拾行李。”她说。

十五分钟后，乔金站在厨房窗户后面目送赫斯林夫妻开车离去，直到车尾灯消失在主干道上他才离开。

房子里仍是静悄悄的一片。

乔金没有关大厅的灯，他先去看了看两个孩子是否睡得安稳，接着便回到卧室，睁大眼睛躺在床上。房间里漆黑如旧。

星期一早上，他开车送孩子们去了幼儿园，回来后马上开始干活：用砂纸打磨、粉刷、贴墙纸，一楼还有两间卧室需要装修。干活的时候他不时将耳朵贴在墙上，但里面什么声音也没有。

加上中午小憩的时间，他一共花了五小时才完成三面墙。两点左右，他结束了一天的工作，然后泡了点咖啡。

乔金端着咖啡杯走上阳台，呼吸着冰冷的空气，看见太阳已经落到外屋的后面去了。

内庭一片漆黑，乔金发现畜棚的门半开着，难道周五赫斯林夫妇来此之前就没关吗？

他穿上外套，打开外面的门。

从这里到畜棚有二十步远。乔金推开那扇大门，走进黑黢黢的畜棚里。棚里的开关又黑又旧，装在一堵矮墙的中间。他打开开关，两个小灯泡发出微弱的黄光，灯光有气无力地照在石头地板、空荡荡的畜栏和进料槽上。

畜棚里异常安静。尽管天气寒冷，但里面似乎连老鼠都不曾进去过。

每次他走进里面都会有新发现，这次他发现进门的地板好像被人刚刚打扫过。秋天，他和卡特琳谈论那些房间的时候她说她曾打扫过畜棚。

乔金抬头看了看那条通往干草棚的木梯，想起了上次跟米拉·兰博在这里的情形。他忍不住又想上去看看那面“纪念墙”。

就只看一眼，他拿定主意。

他走到上面，那里还有阳光。此时，太阳正在外屋的屋顶，阳光通过小小的窗格射入畜棚的南面。

乔金慢慢走过那堆垃圾。

终于来到远端的木墙前。冬日，黄色的阳光照在那面刻有名字的墙上，周围留下一片阴影，亡者的名字格外醒目。

而妻子的名字和生卒年刻在一块木板的最下面。

卡特琳，乔金一遍一遍地读着妻子的名字。

木板之间的缝隙很小，里面一团漆黑，他站在宽宽的木板旁，感觉身后似乎有片阴影。他突然意识到，自己所站之处，事实上并没有挨着畜棚的外墙。

尽管到去接利维亚和加布里埃尔的时间了，但他很快又走到外面，往后退了几步，看着畜棚，数了数楼上的小窗户。一、二、三、四、五。接着，他再次走上干草棚。

干草棚的屋檐下一共只有四扇窗户。最后一扇窗户一定在墙的另一边。

墙上没有门也没有缝隙。乔金按了按厚厚的木板，但所有的木板都纹丝不动。

亲爱的加琳：

写这封信的人希望你一切安好，但也希望你睁大眼睛：马丁一直都在骗你，三年多前，他曾在韦克舍的警察学院做教官，当时他们班上有名差

不多比他小十岁的学员。在第一学年结束的时候学院举行了一场派对，之后，马丁就跟这名女学员好上了，他们的关系一直维系到现在。

几天前才刚刚结束。

我之所以了解这件事情是因为我就是那个第三者。现在，我不愿再忍受马丁的谎言了，而且我也希望在你知道真相之后也不要忍受了。

也许你需要证据才会相信。我并不想显示我和他有多亲密，但我可以给你举几个例子，他的右腹股沟有一块两英寸长的疤痕，是几年前做疝气手术留下的，是他去你的家乡奥勒福什郊外搬石头时发作的，对吧？

他是不是经常吹嘘他的皮肤有多光滑，难道你不觉得他应该先将后背和屁股上的毛发剃掉吗？

我说过我不想伤害任何人，虽然我知道你知道真相后会非常痛苦。这个世界有太多的谎言和感情骗子。但我们至少能揭穿其中一个。

谨呈最诚挚的祝福

“第三者”

蒂尔达靠在椅子上，最后一次对着电脑屏幕看了这封信。

现在是早上七点四十五分。她是七点钟到警局的，就是为了将昨天晚上写在纸上的草稿誊到电脑上。跟往常一样，警察局里空无一人，汉斯·马勒不会来这么早。即使他屈驾前来，通常也要十点左右才会到。

蒂尔达只见过加琳·艾尔奎斯特一次。那次，马丁必须带儿子安东来警察学院，加琳要几小时后才来接他。她是四点左右来到训练场的，当时他们都在操场进行交通管制训练。她比蒂尔达高一个头，一头乌黑的卷发。她记得那天他们告别时加琳一直对马丁微笑着，蒂尔达知道她有多为自己的丈夫感到自豪，有多爱他。

蒂尔达望着警局窗外空荡荡的街道。

她现在感觉好点儿了吗？报复马丁真能让她宽慰吗？

答案是肯定的。

蒂尔达累了，但是写完信之后，她确实感觉好多了。很快，她又将信打印了一份。

她拿出一个素白色的信封，却又不知道该将信投往哪里。马丁曾跟她说过加琳在县环保局工作，蒂尔达本想将信寄到那里去，这样，这封信就不会落到马丁的手里了。但寄到县办公室的信通常都会被人打开，并且记录在工作日记中。最后，她还是决定寄到加琳·艾尔奎斯特的家里——信封上的字全以大写字母打印，上面没有落款，马丁不会认出是她写的。

她将信和录音机一起放进她的背包中，穿上外套，戴上警帽离开了警局。

警车停靠的人行道附近有一个黄色的邮筒。蒂尔达站在那里，并没有将信拿出来。

她的信还没有封口，也没有贴邮票，她现在还不想寄。

吃完午饭后她要给三个班的学生上法律课，但在此之前她有时间开车外出检查交通，并拜访乡下的几户人家。

艾德拉·古斯塔夫森住在斯皮特比附近，她那间小红屋的对面有一片低矮的灌木丛，房子周围没多少树，旁边有一条主干道正好经过小屋。

好一个恬静的世界。这种与世隔绝的地方才是宜居之所，蒂尔达心想。

她拿上背包，走到屋前，按响了门铃。一个表情坚毅的女人开了门。

“你好，我叫蒂尔达……”

“我知道，”女人打断她的话说，“耶尔洛夫跟我打过招呼了。快请进。”

两只黑猫溜进厨房，但艾德拉·古斯塔夫森没有在意，她似乎对耶尔洛夫这位亲戚的到访感到特别高兴。艾德拉精神头十足，几乎没听蒂尔达解释她到这里来的原因。她很快端来咖啡，从食品柜里拿来一些小糕点。银盘子里装着果冻、珍珠糖、巧克力等十种不同风味的糕点，漂亮地摆在会客室里。蒂尔达落座的时候盯着咖啡桌说：

“我想我从来没见过这么多种类的糕点。”

“是吗？”艾德拉吃惊地说，“你难道从没去过糕点店？”

“倒是去过，只不过……”

蒂尔达看到墙上挂着一张黑白结婚照，不由自主地想起了要寄给马丁妻子的那封信。她决定晚上就寄。这样加琳·艾尔奎斯特周末就能收到了，她可以用整个周末的时间将马丁扫地出门。

她清了清嗓子。

“艾德拉，我有几个问题想问你，不知道你有没有看过报纸，哈格比发生了一起暴力入室盗窃案，警方想找你了解下情况。”

“我自己也是盗窃案的受害者，”艾德拉说，“有人潜入我的车库，偷走了一个煤气罐。”

“不是吧？”蒂尔达说，“这是什么时候的事了？”

“1973年冬天。”

“哦……”

“我至今还记得，因为我丈夫当时还在世，车也在。”

“好吧，但我们调查的是最近几个月发生的盗窃案，”蒂尔达拿出笔记本，“我有几个问题问你，不知道你有没有看到主干道上有陌生的车辆经过……耶尔洛夫说你会注意来往的车辆。”

“没错，我会经常通过窗户往公路上看，车到近前的时候我一般都能听见。但现在路过的车辆并不少。”

“现在不是冬天了吗，这个季节没有那么多车经过吧？”

“这倒没错，比起旅游旺季是没多少车辆……但现在我不再记那些车牌号码了，我没时间。他们都开得太快，而且我对车的构造又不熟。”

“最近几天你有没有见过一些陌生的车？比如上周五深夜……有没有车经过？”

艾德拉想了想。

“你是说那种大车？”

“有可能，那些窃贼有时候会一次偷很多东西，所以他们需要一辆大容量车。”

“这里经常有卡车经过。还有垃圾车和拖拉机。”

“我想他们不会开卡车去作案。”蒂尔达说。

“上周四倒是有辆黑色的车从这里经过。车是往北行驶的。”

“你是说那种厢式货车？是深夜路过这里的吗？”

“是的，快十二点了，我已经将卧室的灯熄了，”艾德拉说，“没错，是一辆黑色的货车。”

“很好……那车是新的还是旧的？”

“不是特别新。好像侧面还写有‘卡尔马’，好像是什么焊接公司。”

蒂尔达将这个情况记录了下来。

“太好了，非常感谢你提供的帮助。”

“警方抓住窃贼我有奖金吗？”

蒂尔达放下笔记本，遗憾地摇摇头。

离开艾德拉后蒂尔达将车掉头往北开去，拐弯驶入马奈斯南部的沿海公路，途经“鳗鱼角”，但蒂尔达并非要去那里。她只想在回警局之前匆匆看一眼爷爷拉格纳在索兹贾登的老屋。

路边一块木板上写着“私家车道”，小路上结了冰，上面杂草丛生，一直通往海滨，蒂尔达的警车一路颠簸。

小路经过一个铁器时代的旧坟场，坟场上面全是圆圆的石子，一直延伸至一扇关闭的大门前，门后的庭院中有栋白色的小屋。透过一片松林，蒂尔达可以瞥见远处的大海。

蒂尔达将车停在门前，走进杂草丛生的院子。她的记忆有点儿模糊，只记得十五年前曾和父亲来过。现在看起来，这里的一切似乎都变小了。那时拉格纳已去世多年，而蒂尔达的祖母也住了院。房子正待出售。她模糊记得里面有股焦油味，院中还有几个破旧的鳗鱼缸，现在都已不见了。

“有人吗？”寒风瑟瑟中，蒂尔达冲院里喊了一声。

没人回答。

房子不大，但麻雀虽小五脏俱全，里面有间船库，船库的百叶窗是关闭的，还有一个木工房，一个畜棚，或许还有一个桑拿浴室。房子所处的环境相当不错，紧邻海滨，但现在这里透着一股荒凉、颓废之气，需要全部粉刷一遍。

她敲了敲小屋的门，不出意外，依旧没人回应。现在这栋房子大概如耶尔洛夫预料的那样，仅是一间度假屋而已。戴维松家族的痕迹已经完全没了。

从这里看不到“鳗鱼角”，但蒂尔达走过松林，来到海滨的一块草地上，看到几百码远的地方有一堆失事船的残骸，地平线南边的双子塔矗立海中。

她又往海边走了走，一只原本停在海边石头上的大猛禽剧烈地扇动翅膀，慢慢地飞走了。

她发现林子边上还有一间小屋，小屋前面的草地上有一张椅子，椅子上面铺了几层毛毯。

毯子竟然动了。一个脑袋伸了出来，蒂尔达这才意识到毯子里面还裹了一个人。她走近一看，原来是一个上了年纪的人，灰白的胡须，戴着一顶羊绒帽，旁边放着一个保温瓶，双手握着一个深绿色的长筒望远镜。

“你吓到我的白尾海雕了。”他大声说。

蒂尔达走了过去。

“什么？”

“海雕，”那人说，“你没看到吗？”

“哦，看到了。”蒂尔达说。

老人是一位鸟类观察家。这些人一年四季都会在海岸出现。

“那只海雕刚才正盯着一群凤头潜鸭。”那位鸟类学家说，望远镜所及之处，十几只黑白色的潜鸭正在波涛中嬉戏，“它们一整年都会在这里游来游去，跟猛禽同行，那些鸟可不好招惹。”

“太刺激了。”蒂尔达说。

“没错。”老人看了看蒂尔达身上的警服说，“我们头一回见到警察来这儿。”

“这里看上去挺清净的。”

“没错。至少冬天是这样的。只有货船经过，偶尔也会有几艘摩托艇路过。”

“这个时节还有船经过？”

“今年冬天我一艘船也没见到，”那人说，“但是我曾听到海岸远端传来引擎声。”

蒂尔达心头一震。

“你是说从‘鳗鱼角’附近传来的？”

“是的，可能在南边一点儿。如果是顺风，几英里远的地方都能听见引擎声。”

“几个星期前，有个女人在‘鳗鱼角’灯塔附近淹死了，”蒂尔达说，“你当时也在这儿吗？”

“在。”

蒂尔达一脸严肃地看着他。

“你记得这起事故？”

“是的，我看过相关报道……不过我什么也没看到。这个地方被树林挡住，看不到海角。”

“但你能记得具体是哪天听到的引擎声吗？”

这名鸟类学家仔细想了想。

“也许吧。”他说。

“如果有船经海湾往南行驶，你能看到吗？”

“有可能看到。我经常坐在这儿。”

这种证词并无多少说服力。比起艾德拉·古斯塔夫森对公路的观察，这名鸟类学家对波罗的海的“监控”显然并不那么靠谱。

蒂尔达向他道了谢，朝自己的警车走去。

“我们今后还可以联系吗？”

蒂尔达转过身。

“你说什么？”

“这里虽然景色不错，”他笑着对她说，“却有点儿偏僻，你将来还会来吗？”

她摇摇头。

“我想我应该不会来了，”她说，“你还是找只大天鹅陪你吧。”

吃过午饭，蒂尔达花了近三小时跟学生们讲法律方面的知识。她还要回警局写几个交通报告，但怎么也无法忘记“鳗鱼角”的溺水事件。

她想了想，拨通了“鳗鱼角”的电话。

乔金·威斯汀在响了三声铃后拿起了电话。电话里传来球·“砰砰”的撞击声和孩子们的欢声笑语，好迹象。但威斯汀回答电话的声音显得疲惫不堪。他没有生气——只是有气无力。

蒂尔达并没有说什么客套话。

“我想问你些事情，”她说，“在厄兰岛上，你妻子认识有船的人吗？你们邻居家谁有船？”

“我不知道这里谁有船，”威斯汀说，“卡特琳……她也从来没提到过谁有船。”

“你在斯德哥尔摩的时候她一般会做些什么？她跟你说过吗？”

“她要装修房子，照顾孩子。手头上的事挺多的。”

“有人来看过她吗？”

“据我所知就我一个人。”

“好了，谢谢，”蒂尔达说，“有事再联系……”

“我也有个问题问你。”威斯汀打断她说。

“什么事？”

“你上次在这儿的时候说你有个亲戚对‘鳗鱼角’很了解……还说他是马奈斯本地人。”

“没错，他叫耶尔洛夫，”她说，“是我叔公。他还为《年鉴》写了些东西。”

“我很想跟他谈谈。”

“有关‘鳗鱼角’庄园的事吗？”

“我想了解它的历史……听说‘鳗鱼角’有特殊的故事。”

“什么故事？”

“关于死人的故事。”威斯汀说。

“好吧，我也不知道他对那些民间故事了解多少，”蒂尔达说，“但我可以问问他。耶尔洛夫平常挺喜欢讲故事的。”

“告诉他欢迎来我这儿做客。”

蒂尔达挂掉电话，已经四点半了。她打开电脑，整理了几个新案子的文件，写了几份报告，还将那辆黑色货车也写进了报告里。这对于调查入室盗窃案应该有帮助。但是那名鸟类学家说听到摩托艇经过“鳗鱼角”的事缺乏实质证据，还不能报上去。

要写的东西很多，等她完成所有报告，已经七点四十五分了。

拼命工作是治愈情伤的良药。她要彻底忘记马丁·艾尔奎斯特。

到现在为止，蒂尔达仍然没有将那封信寄出去。

1943年冬

第二次世界大战爆发的时候，“鳗鱼角”被军方接管。那时双子塔没有亮灯，守护海岸的士兵将大本营设在庄园里。

干草棚上刻着的一个名字至今仍保留在那儿，但上面所刻却并非男人的名字。

木板上用纤细的笔画刻着：**纪念格里塔1943年。**

——米拉·兰博

大暴风雪过后的第二天，“鳗鱼角”的大气监测站拉响了警报——一名十六岁的女孩失踪了。

“她是在暴风雪中失踪的。”早上，站长老卢对着七个身穿灰色皇家制服、站在厨房里的士兵说。老卢真名叫本格特森，之所以有这么个绰号是因为每当户外寒风瑟瑟时他总喜欢坐在铁炉子旁边烤火。而“鳗鱼角”的冬天几乎每天都寒风凛冽。

“我觉得没多大希望了，”他继续说，“但是搜索一番还是必要的。”

老卢自己待在屋里指挥搜救工作，其他人全都到冰天雪地的户外去找人了。十九岁的路德维希·洛克是站里年纪最小的，他和埃斯基尔·尼尔森一起往西，到奥菲莫森的泥炭沼附近去找人。

那天的气温是零下十五度，风也不大，去年这个时候还在打仗，比现在冷多了，零下三四十度是家常便饭。

除了前天晚上的暴风雪，今年冬天“鳗鱼角”还算是风平浪静，德国人的梅塞施米特式战斗机几乎很少在海岸上空出现了，伏尔加格勒保卫战之后，苏联人已经完全控制了波罗的海，这点令瑞典人最为担心。

埃斯基尔有个哥哥在哥特兰岛服役，他全年都住在帐篷里。“鳗鱼角”跟哥特兰岛南部通过无线电联系——如果苏联人的舰队发起攻击，他们会第一个知道。

两人一走到户外，路德维希很快便点燃一支烟，他们踩着厚厚的积雪，艰难向前跋涉。路德维希是杆老烟枪，但他从来不给别人抽。埃斯基尔想，这小子都将这些好东西藏在哪儿了？

“鳗鱼角”监测站的大多数物资都是定量供应的。鱼可以从海里弄，至于牛奶，庄园养了两头奶牛，供应他们没问题，但燃料、蛋、土豆、衣服和手磨咖啡奇缺。其中尤以烟草最为紧张，现在一天每人仅能发三支烟。

但路德维希似乎总能搞到烟，不管是通过邮寄的方式还是从“鳗鱼角”周围的村民那儿。问题是他哪里来的钱？要知道，他们这些当兵的每天才一克朗津贴。

两人走了几百码，埃斯基尔停了下来，想找到主干道。他现在根本看不到公路——暴风雪像变戏法似的令它消失了。本来，为给雪橇队标出路线，地上插了些杉树枝，但现在也不见了，想必是昨晚被风吹走了。

“也不知道她是哪里人？”埃斯基尔爬过一个雪堆的时候说。

“她家住在罗比郊外的马尔姆托普。”路德维希说。

“你肯定吗？”

“我甚至还知道她叫什么名字呢，”路德维希说，“格里塔·弗里贝里。”

“她叫格里塔？你怎么知道？”

路德维希没说话，只是笑了笑，又拿出一支烟。

现在埃斯基尔能看到西边的那座瞭望塔了。公路到瞭望塔之间有根绳子。瞭望塔是木头建造的，以松枝隔热，上面盖了一层灰绿色的迷彩布。在暴风雪的肆虐下，大雪几乎在东岸堆起了一堵垂直的墙。

“鳗鱼角”另一个大气监测站设在南塔，而这座瞭望塔恰好是在战争爆发之前通电的，里面装有暖气设备，待在里面监控敌机非常舒服。但他知道路德维希宁愿一个人待在位于泥炭沼附近的监控站里。

当然，埃斯基尔怀疑他不会总是一个人待在瞭望塔里。罗比村的那些男孩对路德维希恨之入骨，埃斯基尔知道那是因为罗比村的女孩子都很喜欢他。

路德维希走到瞭望塔，用手套将梯子上的雪扫开，爬了上去，一分钟后又回来了。

“给。”他说着将一瓶酒交给埃斯基尔。

那是一瓶杜松子酒，酒的度数很高，所以并没有结冰，埃斯基尔打开瓶塞，咕咚咕咚，一口喝掉大半瓶。

“你昨天在瞭望塔里喝酒吗？”他问。

“我昨晚在这儿。”路德维希说。

“你是迎着暴风雪步行回家的？”

路德维希点点头。

“几乎是爬回去的。雪太大了，伸手不见五指……幸亏有根绳子。”

路德维希将酒瓶放回塔里，接着，两人踏雪往北边的罗比村走去。

十五分钟后，他们找到了那名女孩的尸体。

奥菲莫森北边，白茫茫的雪地中间，埃斯基尔远远瞥见一根似白桦树纤细树桩一样的东西立在雪地里，他很快走到近前。

竟然是只小手。

格里塔·弗里贝里几乎快到罗比村了，可她还是倒在了暴风雪中。

他们将雪刨开，发现她正绝望地望着天空，眼睛上面覆盖了一层厚厚的冰晶。

埃斯基尔没有说话，但还是忍不住看着她，跪倒在她面前。

路德维希站在他旁边，狠吸了几口烟。

“是她吗？”埃斯基尔轻轻问道。

路德维希弹了弹烟灰，俯下身子，扫了一眼。

“是的，她就是格里塔。”

“她昨晚跟你一起在塔里，是吗？”埃斯基尔问道。

“是吧，”路德维希说，接着他又补充说，“我不能在老卢面前讲真话。”

埃斯基尔站了起来。

“别对我撒谎，路德维希。”他生气地说。

路德维希耸耸肩，踩熄了那支烟。

“她想回家，当时她冻得要死，害怕整晚跟我待在塔里。所以暴风雪来的时候我们各自回家了。”

埃斯基尔看着他，又看了看雪地里的那具尸体。

“我们得找人帮忙。不能将尸体留在雪地里。”

“可以用雪橇，”路德维希说，“我们可以用雪橇将她拉回去。”

他转身朝“鳗鱼角”庄园走去，埃斯基尔慢慢倒退走了几步，不舍地离开了那个女孩，接着他很快追上了路德维希。

他们肩并肩，默默地在雪地里跋涉。

“你打算在畜棚里刻上她的名字吗？”埃斯基尔问，“就像我们对维尔纳所做的那样？”

十七岁的维尔纳是他们的战友，1942年夏天，他乘船经过海角时落水而亡。埃斯基尔觉得格里塔的名字应该挨着维尔纳刻在干草棚里，但路德维希只是摇摇头。

“我几乎不认识她。”

“可是……”

“何况这也是她自己的错，”路德维希说，“昨晚她应该跟我待在塔里的，我会帮她暖和暖和。”

埃斯基尔什么也没说。

“村子里的女孩多得是，”路德维希看着远端的奥菲莫森说，“女孩有得是。”

埃斯基尔点点头，他现在想的并不是村子里那些女孩，而是这位死者。

Chapter 3
12月　安魂曲

终有一天我们亦会如此。将记忆和灵魂留在这里。

新的一月又开始了，圣诞节眼看就快到了，星期五下午，乔金又来到冰冷的干草棚，站在那面刻有死者名字的墙前，手里拿着一把锤子和一把刚刚磨好的凿子。

他在干草棚上已经待了将近一小时了，现在，太阳正在西沉，内庭已经慢慢黑了下来，去接利维亚和加布里埃尔还早。他的装修工作进行得比较顺利，姑且将这当成工作之余的短暂休息吧。

他坐在干草棚上，尽管很冷，但他很享受这份宁静，乔金喜欢研究墙上的那些名字，此刻，他站在墙边一遍一遍碎碎念着卡特琳的名字。

他对有些名字已经烂熟于心，所以，他现在对墙上那些小窟窿、复杂的木纹纹理也越发熟悉了。左边角落的几块木板中间有道较深的裂缝，乔金忍不住凑近看了看。

裂缝始于纹理处，往下沿对角线裂开，乔金用手摸了摸那道裂缝。

乔金跑去拿来锤子和凿子。

他用凿子对着裂缝，锤子一敲，锋利的凿子嵌入木墙中。

他用力锤了十几下，木板的一头松了，往里面陷了进去，落在地上传来一声低沉的声音，一头仍然连在墙上。不过里面的情况还是很难看清。

乔金弯腰往那个仅有几英尺宽的洞里瞧了瞧，很快就被里面一股扑面而来的气味吸引住了。他闭上眼睛，靠在墙上。

那是卡特琳身上的味道。

他双膝跪地，左手伸进洞里。先是手指，接着是手腕，最后整个胳膊都伸了进去。他在黑黢黢的洞里摸了摸，什么也没摸到。

不过，等他再往里伸的时候，手指触碰到一包柔软的东西。

感觉像粗布——也不知是裤子还是夹克。

乔金很快缩回手。

接下来，他听到外面的小路上响起隆隆的声音，一束光照亮了畜棚的窗户，苍白如霜。一辆车随即开进庭院中。

乔金最后看了一眼墙上的洞，不舍地走向楼梯。

庭院内，车头灯闪烁。车门“砰”的一声关上了。

“你好，乔金。”

他认得这清脆的声音，是幼儿园的校长玛丽安。

“出什么事了吗？”她问道。

他迷惑地看着玛丽安，挽起袖子看了看表。借着车头灯的光，发现现在已经五点半了。

幼儿园五点钟就放学了。他竟然忘记去接加布里埃尔和利维亚了。

“我……忘记时间了。”

“没事，”玛丽安说，“我还以为你出什么事了呢。我打电话的时候也没人接。”

“嗯，刚才……我在畜棚里做木工。”

“明白，干活的时候很容易忘记时间。”玛丽安笑着说。

“谢谢，”乔金说，“谢谢你送他们回家。”

“不客气，反正我就住在罗比村，”玛丽安招了招手，走回车上，“星期一见。”

她将车倒出庭院，乔金走进屋内，感觉挺惭愧的。这时，厨房里传出了孩子们的声音。

利维亚和加布里埃尔已将靴子和外套脱掉，堆在地上。这会儿，他们正坐在餐桌旁吃橘子。

“爸爸，你忘记来接我们了。”乔金进屋的时候利维亚责问道。

“我知道。”他轻轻地说。

“是玛丽安送我们回家的。”

她好像并不生气，爸爸没有像平常一样去接他们，她只是觉得有点儿意外。

“我知道，”他说，“我不是有意的。”

加布里埃尔还是坐在那里一瓣一瓣地吃橘子，一点儿也不在意，但利维亚却一直盯着爸爸。

“我去做点吃的。”乔金说着，迅速走向食品柜。

意大利面配金枪鱼汁应该不错，他烧开水准备做意大利面，接着开始热酱汁，其间不停望向窗外。

庭院远端的畜棚若隐若现，仿佛一座黑色的城堡。

里面有间没有门的密室，那里或许藏有秘密。

乔金只知道现在那个房间里满是卡特琳身上的气味，他感觉妻子就在身边，墙上的洞里飘出她的气味，让他不能自已。

乔金很想进入那个房间，但那几块厚厚的木板只有用锯子或撬棍才能弄开。如果这么做，上面雕刻的名字也会没了，乔金不愿亵渎死者。

现在温度降到零度以下了，屋子里也开始冷起来，乔金不得不打开一楼的暖气，点燃壁炉，但地板上和窗户周围依旧寒意阵阵。遇上有风的日子，他会沿着地板和墙侧找到穿堂风，再用镶板和亚麻布堵住缝隙。

十二月的第一个星期，白天有太阳的时候气温一般在零下五度左右，而晚上，气温则会降到零下十度。

星期天早上，乔金从厨房的窗户望向外面，发现海面结了一层黑冰。无冰的水面离海岸线有几百码远。一定是昨天晚上结的冰，乔金想，冰面慢慢在海岬扩散，往地平线那边延伸。

“不久我们就能走过海面，到哥特兰岛去了。”吃早餐的时候乔金对孩子们说。

“哥特兰是什么呀？”加布里埃尔问道。

“是波罗的海那边的一座大岛。”

“我们可以走路去那儿吗？”利维亚问。

“去不了，我刚才只是开玩笑的，”乔金说得很快，“太远了。”

“可是我想去。”

看来不能跟一个六岁的孩子开玩笑——她会当真的。乔金再次望向窗外，脑海里浮现出这样的影像：利维亚和加布里埃尔走到黑色的冰面上，越走越远。突然，冰面裂开一条大缝，两人迅速被黑洞吞噬……

他转身看着利维亚。

“你和加布里埃尔在任何情况下都不能到结冰的海面上去玩儿，因为我们根本不知道冰面够不够结实。”

那天晚上，乔金给斯德哥尔摩的邻居赫斯林夫妇打了电话。自从那晚他们离开“鳗鱼角”后，他一直都没跟他们联系。

“你好，乔金，”迈克尔说，“你现在在斯德哥尔摩吗？”

“没有，我们还在厄兰岛。你们最近好吗？”

“挺好的，很高兴接到你的电话。”

乔金觉得迈克尔说话的时候有点紧张。也许他还在为那天晚上发生的事感到不好意思。

“你没事吧？”乔金说，“最近工作怎么样？”

“还不错，”迈克尔说，“手头上有很多好项目。圣诞节之前会有点儿小忙。”

“那是好事……你们没事就好，我是说，上次你们来我这儿的时候走得有点儿匆忙。”

“是啊，”迈克尔说，然后他犹豫了一下，说，“那天的事真是很抱歉。我不知道怎么回事……忽然在午夜醒来，后来就睡不着了……”

他沉默了一阵儿。

“丽萨说你做噩梦了，”乔金说，“她说你梦见有人站在床边。”

“她这么跟你说的？我不记得了。”

“你不记得梦见谁了吗？”

“不记得了。”

“我在这里从来没见过什么奇怪的东西，”乔金说，“但有时候总会感觉到异样。我在干草棚上发现了一面墙，上面刻有……”

“你的装修工作呢？”迈克尔打断他的话说，“进行得怎么样了？”

“什么？”

“墙纸贴完了吗？”

“没……还没呢。”

刚开始乔金还有点不解，但他很快就意识到迈克尔无意跟他讨论他的意外经历和他的噩梦。无论那天晚上发生了什么事，他都不愿再提起。

“你圣诞节的时候有什么安排？”乔金问，“会在家里庆祝吗？”

“我们可能去度假屋，”迈克尔说，“不过我们打算在家里过新年。”

“我们到时可以聚一聚。”

他们没有聊太久。乔金挂断电话，望向窗外冰封的海面和空荡荡的海岸。荒凉如斯，他不禁怀念起斯德哥尔摩熙熙攘攘的街道。

“我这里有间密室，”乔金对米拉·兰博说，“那个房间连门都没有。”

“是吗？在哪儿？”

“在干草棚上。很大……我用步子量了一下畜棚，阁楼的地板离外墙差不多四码远，”他看着米拉说，“你不知道？”

她摇摇头。

“我只关心墙上的名字，只有那些东西才会引起我的兴趣。”

坐在大沙发上的米拉探身给乔金倒了一杯热腾腾的咖啡。接着，她又拿起一瓶伏特加问道：

“在咖啡里加点儿？”

“不了，谢谢，我不会喝酒……”

米拉“呵呵”笑了两声。

“那我把你的这份也喝了。”她说着给自己倒了一杯伏特加。

米拉住在卡尔马大教堂附近，房子很大，今天，乔金一家受邀来此吃晚饭。

利维亚和加布里埃尔终于见到了他们的外婆。他们两人进屋的时候都没有说话，显得格外小心，利维亚站在角落里怀疑地看着一个白色大理石半截男体雕塑，久久不曾开口说话。她今天还带来了福尔曼和两只“泰迪熊”，将它们介绍给了外婆。米拉带他们进了她的画室，墙上挂着不少画作，有成品画也有半成品画，那些画都是以厄兰岛为主题：一望无际的海岛，天上万里无云，地上花红草绿。

尽管米拉平时很少逗外孙们，但其实她很喜欢他们，几个人一起吃饺子的时候，她费了好大劲儿才说服加布里埃尔坐到她的膝盖上。可他只坐了几分钟就跑到电视房跟利维亚一起去看少儿节目了。

“看来就只剩下咱俩了。”米拉说着坐在客厅的沙发上。

“没事。”乔金说。

客厅的墙上并没有挂米拉本人的画作，只挂着两幅她母亲托伦以暴风雪为题材的作品。这两幅作品描绘了暴风雪降临海岸的场景，宛如黑幕的暴风雪即将肆虐双子塔，跟“鳗鱼角”庄园的那幅画一样，这两幅作品同样暗藏邪气。

乔金在米拉的公寓里徒劳地寻找卡特琳的痕迹。妻子向来喜欢简洁、明快的装修风格，但她母亲的房子则以暗色调为主，墙纸和窗帘的花饰过于华丽，地板上铺有波斯地板，真皮沙发和椅子也是黑色的。

米拉家里既没有死去的卡特琳的照片，也没有其他子女的照片。不过，倒有几张米拉自己和一个年轻男子大大小小的合照，那男的约莫比她小二十岁，留着寸头和金黄色的山羊胡。

米拉看到乔金盯着那些照片，随即朝照片中的男人点点头。

“他就是沃尔夫，”她说，“他以前是打曲棍球的，现在退役了，要不你还能从电视上见着他。”

“这名曲棍球运动员……”乔金说，“是你男朋友吗？”

明知故问。米拉笑了笑。

“你不会介意吧？”

乔金摇摇头。

“那好，因为许多人都会介意，”米拉说，“卡特琳当然也介意，尽管她嘴上没说什么……女人上了年纪就不用过性生活了吗？沃尔夫似乎也不介意，当然，我就更没事了。”

“你反而挺自豪的。”乔金说。

米拉大笑。

“不是有人说过爱情是盲目的吗？”

她喝了一口咖啡，随即又点了一支烟。

过了一会儿，乔金说：“马奈斯有名警察想继续调查那起事故，她给我打过几次电话了。”

他无须解释，两人都知道他所说的事故是什么。

“没错，”米拉说，“我想，你也乐意她这么做。”

“是的，可就算查出什么来……卡特琳也不会死而复生。”

“我知道她为什么会死。”米拉吸了一口烟说。

乔金抬头看着他。

“是吗？”

“是因为那房子。”

“房子？”

米拉笑了笑，不像在开玩笑。

“那该死的房子不吉利，”她说，“在那里住过的家庭都不顺利。”

听了岳母的话，乔金满脸惊诧地看着她。

“这事不能怪那房子吧？”

米拉掐灭了烟头。

乔金遂改变了话题。

“下周会有客人去我那儿，是一个叫耶尔洛夫·戴维松的老人，听说他了解那栋房子的过去，你认识他吗？”

米拉摇摇头。

“不过，他哥哥好像就住在那附近，”她说，“他叫拉格纳，我认识他。”

“总之……耶尔洛夫会将‘鳗鱼角’的历史告诉我。”

“我也能告诉你，如果你这么好奇的话。”

米拉又喝了一大口“咖啡”。乔金发现，由于喝了不少酒，她的目光已经有点呆滞了。

“你和你母亲当初怎么会去‘鳗鱼角’？”乔金问道。

“那里的租金便宜，”米拉说，“母亲最看重这点。她花光了做清洁工挣来的钱，我们经常节衣缩食过日子，只得找个便宜的住所。”

“房子那时候就破烂不堪了吗？”

“差不多吧，”米拉说，“那时候‘鳗鱼角’庄园仍属于国家，他们花了一点钱……请岛上的一个农民修葺了一下房子，但那人没有购买任何家居设备。当时在庄园外屋过冬的人恐怕也只有我们了。”

她又喝了一口咖啡和伏特加的混合物。

两个孩子在电视机房里哈哈大笑。乔金想了想说：

“卡特琳跟你提到过埃塞尔吗？”

“没有，”米拉说，“埃塞尔是谁？”

“她是我姐姐，差不多就是去年这个时候死的……她是个瘾君子。”

“酗酒？”

“嗑药，”乔金说，“什么都吸，但过去几年主要吸食海洛因。”

“我从来不碰那玩意儿，”米拉说，“当然，我也同意赫胥黎和蒂姆·赖瑞的观点……”

“什么观点？”乔金问。

“毒品能开启人的心门。特别是像我们这样的艺术家。”

乔金盯着她。他想起了埃塞尔那张苍白的脸，终于明白卡特琳为何在母亲面前只字不提埃塞尔的事了。

接着，他一口喝完了咖啡，看了看手表：八点一刻了。

“我们得回家了。”

“你们觉得外婆怎么样？”开车过厄兰岛桥的时候，乔金问道。

“她很好。”利维亚说。

“很好。”

“我们还会再去她那儿吗？”她问。

“也许吧，”乔金说，“但可能要过很长一段时间才会去。”

他决意不再去想米拉·兰博了。

“我女儿昨晚给我打电话了。”一个挨着蒂尔达坐在沙发上的老妇

人说。

“哦，是吗，她怎么说的？”另一个老妇人问道。

“她说想跟我好好谈谈。”

“好好谈谈？”

“是的，”第一个女人说，“将事情一次说清楚。她说我从来都不支持她。‘你心里只有你自己和爸爸，’她说，‘永远都是把子女放在第二位’。”

“我儿子也向我抱怨过，”另一个女人说，“只是跟你不同，他每年圣诞节之前都会给我打电话，抱怨说我以前太宠他了。他说是我毁了他的童年。你不必将这样的事情放在心上，埃尔莎。”

蒂尔达没再听了，看了看手表。天气预报应该播报完了，她起身敲了敲耶尔洛夫的门。

“请进。”

蒂尔达进去接他的时候，耶尔洛夫正坐在收音机旁。他穿着一件外套，但似乎并没打算起身。

“我们可以走了吗？”她说着准备搀他起来。

“差不多了，”他说，“你说去哪儿来着？”

“‘鳗鱼角’。”蒂尔达说。

“对哦……我们去那里干什么呢？”

“去跟人聊天，”蒂尔达说，“我说你知道许多有关‘鳗鱼角’的故事，庄园的新主人想听听。”

“故事？”耶尔洛夫慢慢起身，看着她说，“看来我现在成了一个满嘴胡言乱语的老头了，每天的任务就是坐在安乐椅上跟人讲些鬼故事。”

“没事的，耶尔洛夫，”蒂尔达说，“你把自己当成精神导师就行了，去开解那些不幸的人。”

“这样可以吗？悲伤又不是什么好事，何必总是放不开呢。”

耶尔洛夫拄着拐杖站了起来，接着又说：

“我们得跟他讲道理。”

蒂尔达搀着他的另一个胳膊。

“我们要带轮椅去吗？”

“不用了，”耶尔洛夫说，“今天我的腿好着呢。”

“那我们要跟什么人打招呼吗？”

耶尔洛夫鼻子一哼。

“我自己能做主。”

十二月的第二个星期三，蒂尔达和耶尔洛夫正一同前往“鳗鱼角”喝咖啡。耶尔洛夫终于要跟庄园的主人见面了。

“你的工作进展如何？”车经过马奈斯镇中心的时候，耶尔洛夫问。

“我在马奈斯警局也就一个同事，”蒂尔达说，“而且那人经常不在……他一般都在博里霍尔姆。”

蒂尔达沉默了一会儿。

“对了……我昨天碰见《厄兰岛邮报》的班尼特·尼贝里了，他说马奈斯新成立的警局已经有了一个绰号。”

“是吗？”

“人们称它为‘老太太警局’。”

耶尔洛夫无奈地摇摇头。

“他们以前也是这么叫马奈斯火车站的，当时火车站的员工都是女的。而那个男站长觉得女人干不了男人的活儿。”

“我确定那些女人比男人干得更出色。”

“据我所知，她们从来都没有抱怨过。”

蒂尔达开车离开马奈斯，沿着那条荒无人烟的公路往“鳗鱼角”方向驶去。现在气温已降至零度，平坦的海岸似乎变成了一幅灰白色的山水画。耶尔洛夫正从风挡玻璃往外望。

“好漂亮的海滨。”

“是漂亮，”蒂尔达说，“但是你太夸张了。”

“我喜欢厄兰岛。”

“你讨厌大陆。”

“那倒没有，”耶尔洛夫说，“我并没有说家乡什么都好……只是喜欢以前的日子。我们这些住在厄兰岛的人得捍卫它的尊严。”

耶尔洛夫心情逐渐好转，话也越来越多了。经过罗比村的小教堂时他指了指路边。

“说到那些鬼故事和民间传说……你要不要听听我父亲每年圣诞节跟我讲的故事？”

“好啊。”蒂尔达说。

“你的曾祖父，也就是我的父亲名叫卡尔·戴维松。”耶尔洛夫说，“他十几岁的时候在罗比村做雇工，有一次他在这里见过一件特别奇怪的事情。他哥哥来村里看他，黄昏时分，两人在教堂边上散步。当时是新年前后，雪下得很大，天寒地冻。他们突然听见身后传来马拉雪橇的声音。他哥哥转头望去，大叫一声，一把抓住卡尔的胳膊，拉着他扑倒在路边的雪地里。卡尔直到看到飞驰而来的雪橇才明白怎么回事。”

“我听过这个故事，”蒂尔达说，“父亲以前跟我讲过。”

但耶尔洛夫好像没有听见似的，继续讲道：

“雪橇上面有一堆干草，卡尔从没见过谁用雪橇搬运这么少的干草，雪橇由四匹马拉着。干草上面坐着几个不足三英尺高的小矮人。

“地精，”蒂尔达脱口而出，“他们是地精吗？”

“我父亲讲这个故事的时候从来没说是地精。他只是说几个身穿灰色衣服、头戴灰色帽子的小矮人。卡尔和他的哥哥哪里敢动，因为这些小矮人看上去并非善类。但雪橇经过他们身旁的时候什么也没发生，马拉着雪橇经过坟地，转了个弯消失在暮色下的矮树丛中。”耶尔洛夫自顾自地点点头，“我父亲发誓说这个故事绝对是真实的。”

“你母亲是不是也见过地精？”

“没错，她年轻的时候曾见过一个灰色的小矮人径直跑进水中……但那是发生在厄兰岛南部的事。”耶尔洛夫看着蒂尔达说，“你的祖先能看到一些异常的东西，也许你也遗传了这种特异功能吧？”

“希望没有。”蒂尔达说。

五分钟后，他们来到了那条通往庄园的岔路口，但耶尔洛夫想下车走走，活动活动筋骨。他指了指风挡玻璃外面，远处有堵石墙，墙那边有一片长满杂草的草地。

“那片泥炭沼开始结冰了，我们要去看看吗？”

蒂尔达将车停在路边，扶着耶尔洛夫下了车，外面寒风瑟瑟，他们发现沼泽地上结了薄薄的一层冰，亮闪闪的。

“这是岛上为数不多的泥炭沼了，”耶尔洛夫望过石墙，“大多数沼泽都干涸消失了。”

蒂尔达顺着他的眼睛看过去，突然看到水里有东西在动，两块厚厚的草丛中间有个黑色的东西抖动了一下，连旁边的冰也裂开了。

“里面有鱼吗？”

“有的，”耶尔洛夫说，“我肯定里面有生长多年的梭子鱼……春天的时候，融冰会形成一条条‘溪流’，波罗的海的鳗鱼会顺着这些‘溪流’爬到沼泽里来。”

“能抓到这些鱼吗？”

“要抓是没问题的，但没人抓过。我小时候听说在这片沼泽地里的鱼有一股泥巴味。”

“那‘牺牲沼’奥菲莫森的名字又从何而来？”

“古时候这里曾被当成献祭之所，”耶尔洛夫说，“考古学家在此发现了罗马人的金银器，还有许多动物的骷髅，大多数都是马，”他沉默了一会儿接着又说：“还有人的骸骨。”

“用活人献祭吗？”

耶尔洛夫点点头。

“应该是奴隶吧，或许还有战犯。我想可能是因为某个权势者认为用活人献祭对其有利。就我所知，那些被扔进沼泽地里的人如果当时没死，会被他们用长长的杆子使劲摁下去……后来，考古学家发现里面确实有人的尸骨。”他看了一眼冰面继续说，“也许这就是现在鳗鱼还会年复一年从海里游到这里的原因。它们或许记得这里的气味，我的意思是说，那些鳗鱼喜欢吃人肉……”

“不要说了，耶尔洛夫。”

蒂尔达往后退了几步，惊恐地看着耶尔洛夫。他点点头。

“好了，好了，我只是随便溜达溜达。现在可以继续上路了吗？”

车停稳后耶尔洛夫拄着拐杖下了车，在蒂尔达的搀扶下慢慢走过碎石小道。两人来到庄园门前，蒂尔达轻轻放开耶尔洛夫，敲了敲厨房的玻璃窗。

仅敲了两下乔金便开了门。

“欢迎。”

他说话的声音很小，比上次见到时更显疲惫，蒂尔达想。但当他握着她的手时，蒂尔达察觉出了他脸上的微笑，他似乎完全忘记她之前弄错名字给他造成的不快了。

“节哀顺变。”耶尔洛夫说。

威斯汀点点头。

“劳您挂心了。”

“我现在也是孤寡老人一个。”

“噢？”

“但我的妻子埃伦并非死于意外事故，她先是常年被糖尿病折磨，后来心脏又出了问题。”

“她是最近亡故的吗？”

“不是，很多年了，”耶尔洛夫说，“当然有时候还是会感觉很辛苦，我对她的思念依然如故。”

威斯汀看着耶尔洛夫，默默地点点头。

“请进。”

孩子们还在幼儿园。进屋后三人都没有说话。房间虽然明亮，但气氛庄严。蒂尔达看得出这几个星期威斯汀在房子的装修上确实下了不少工夫。几乎所有的地板都喷了漆，墙纸也都贴上了，现在这栋房子才真正有了家的感觉。

“我有种穿越时空的感觉，”三人走进大会客室的时候蒂尔达说，“感觉就像走进了一座19世纪的大庄园。”

“过奖。”乔金回应道。

这样的称赞还是很受用，尽管蒂尔达羡慕房子的宽敞，不过，她仍然不想住在这样的地方。

“这些家具都是哪里来的？”耶尔洛夫问。

“我们到处淘来的……厄兰岛和斯德哥尔摩都有，”乔金说，“大房间里需要大一点儿的家具才合适。于是我们就找一些老家具，翻新之后再用。”

“好办法，”耶尔洛夫说，“现在人们很少出售那些旧东西了。东西坏了也懒得修理，直接扔掉。他们只知道买东西，一点儿也不知道珍惜。”

蒂尔达意识到叔公很喜欢参观这样的老宅。看到那些制作精良的东西，感叹其制作工艺，老人由衷地高兴。蒂尔达曾见他坐在某件物品上，或者呆呆地看着某样东西，比如一个老水手的箱子，或者一块亚麻擦手巾，每当这时，好像所有的记忆都鲜活起来。

“你是不是有点儿上瘾了？”耶尔洛夫问道。

“上瘾？”乔金说。

“装修房子。”

乔金苦笑着摇摇头。

“我并非对装修房子上瘾。也不会像斯德哥尔摩几户人家一样，每年都对厨房‘大动手术’……迄今为止，我们还只买过两栋房子。之前都是住公寓，稍微装修一下就可以了。”

“你们的第一栋房子在哪里？”

“在斯德哥尔摩郊外的布罗马。那是一栋漂亮的独立式住宅，我们对那房子进行了彻底翻修。”

“那当初为何搬家呢？那房子有什么问题吗？”

乔金不敢与耶尔洛夫目光接触。

“房子没问题……我们非常喜欢。买更大的房子也算是一种投资吧。”

“是吗？”

“如果在好地段发现一栋年久失修的公寓，我们就会贷款将它买下，然后住进去，再利用晚上和周末进行装修。然后找合适的买家，高价卖出……然后再贷款，买另一栋位置更好的房子。”

“那栋房子你们卖了吗？”

乔金点点头。

“当然，如果地段不好，房子就卖不上价钱。我是说，现在人们都想到斯德哥尔摩生活。”

“我就不想。”耶尔洛夫说。

“但许多人都想……那里的房价也在节节攀升。”

“你和你妻子对装修房子都很在行吗？”蒂尔达问道。

“其实，我们两个是在看同一栋公寓楼的时候认识的，”乔金精神为之一振，说，“以前那栋大公寓里住着一个老太太，家里养了一大群猫。那栋房子的位置特别好，但那房子里有股臭味，而我和卡特琳是唯一能够忍受那股味道的人。看完房后，我们一起去喝咖啡，商量着如何装修房子……于是我们合伙将它买下了。”

耶尔洛夫转过身来，表情严肃地环顾了一下会客室。

“你肯定也会这样对待‘鳗鱼角’庄园，”他说，“买下房子，装修好了后再将它卖出去。”

乔金摇摇头。

“我们打算在这里长住的。将来，我们还想把房子租出去，甚至还想开间小餐馆。”他看了一眼窗外，继续说道，“虽然我们没有一套完整的计划，但我们憧憬过……”

蒂尔达发现他之前的兴奋劲没了。偌大的白色会客室里沉默得有点儿压抑。

参观完房子后，三人坐在厨房里喝咖啡。

“蒂尔达说你想听与这座庄园有关的故事。”耶尔洛夫说。

“是的，如果有的话。”乔金说。

“故事倒是有，”耶尔洛夫说，“你是对鬼故事感兴趣吗？”

乔金犹豫了一下，像是怕人偷听，然后说道：

“我想知道是否还有其他人在这里经历过一些不同寻常的事，”他说，“我感觉到……或者我觉得自己感觉到……‘鳗鱼角’有鬼。外面的灯塔和庄园里都有。而且，以前住在这里的人也有过类似经历。”

蒂尔达没有说话，她想到了十月的那个晚上，她在此等威斯汀时的情形。当时她一个人待在房中——但并没有这样的经历。

“以前住在这里的人仍不曾离去，”耶尔洛夫端着咖啡杯说，“你以为他们已被葬在墓地里了吗？”

“难道不是吗？”乔金轻轻地说。

“不一定。”耶尔洛夫看着屋后一望无际的耕地说，“岛上的死人也算是我们的邻居了，你得习惯这点。那些古坟遍布海岛……石器时代藏有内室的坟墓，青铜器时代的石冢，铁器时代的石棺，还有维京人的坟地。”

耶尔洛夫望向大海，地平线已经消失在湿漉漉的浓雾中。

“那边还有一块墓地，”他说，“整个东岸的沙洲上埋葬了数百艘船的残骸和成千上万的水手。过去，那些出海的水手甚至都不会游泳。”

乔金点点头，闭上眼睛。

“我什么都不相信，”他说，“来此之前，我从来不相信鬼魂……而现在我不知道该相信什么了。这里发生过太多意想不到的事。”

厨房里再度沉默。

“无论你是感觉到了，还是认为自己看到鬼了，”耶尔洛夫慢慢说，“最重要的是不能被他们牵着鼻子走，否则就有危险。”

“嗯。”乔金轻轻地说。

“也不能叫醒他们……或者问他们问题。”

“问问题？”

“你永远也不知道你会得到什么答案。”耶尔洛夫说。

乔金低头看着咖啡杯，点点头。

“据说他们还会回到这里来？”

“谁？”

“亡灵。我在邻居家喝咖啡的时候他们跟我讲过这样一个故事，说是在‘鳗鱼角’庄园死了的人每年圣诞节都会回来。不知道这个故事还有没有其他的版本？”

“哦，这个故事流传已久，”耶尔洛夫说，“不只是在‘鳗鱼角’，许多地方的人都听过。死人会出现在圣诞节的祈祷仪式上，说是那年死了的人会出席当年的圣诞节祈祷仪式。如果有谁破坏了他们的聚会，那么此人就得逃命。”

乔金点点头。

“你是说撞见死人？”

“没错。此人很有可能再次遇见死人……不只是在教堂里，也有可能在其家中。”

“在家中？”

“根据民间传说，在圣诞节的时候我们应该在窗户上点上一支蜡烛，”耶尔洛夫说，“这样那些死人就能找到回家的路了。”

乔金俯身向前。

“这种方法只对那些在家里死了的人才管用，还是都有用呢？”他说。

“你是说对淹死的水手会不会有用？”耶尔洛夫说。

“水手……或者在别处死了的家庭成员。他们也会在圣诞节回来吗？”

耶尔洛夫瞥了一眼蒂尔达，摇摇头。

“这只是个故事而已，”他说，“有关圣诞节的迷信说法很多……毕竟，那段时间可以称之为一年的转折点，那时阳气最弱，阴气最盛。接下来，白天越来越长，万物苏醒。”

乔金什么也没说。

“我希望圣诞节快点到，”他最后说道，“现在天太黑了……我希望转折点快点到。”

几分钟后，乔金到屋外送别他们，向耶尔洛夫伸出手。

“你的家很漂亮，”耶尔洛夫握了握他的手说，“但要小心暴风雪。”

“暴风雪？”乔金说，“这里的暴风雪很恐怖吧？”

耶尔洛夫点点头。

“暴风雪不会每年都有，但今年冬天肯定会有，而且很快就会来了。暴风雪来袭的时候你千万不要到海边去，尤其不要让孩子们出去。”

“住在厄兰岛的人怎么知道暴风雪什么时候来？”乔金问，“能从天气看出来吗？”

“我们会看温度计，听天气预报，”耶尔洛夫说，“今年的冷空气比往年来得更早，这不是什么好迹象。”

“知道了，”乔金笑着说，“我们会小心的。”

“那行。”耶尔洛夫点点头，在蒂尔达的搀扶下朝车旁走去，突然又停下。他让她松开手，转过身来，“对了……你妻子出事那天穿的什么衣服？”

乔金·威斯汀的笑容一下子凝固了。

“什么？”

“你记得出事那天你妻子穿的是什么衣服吗？”

“记得……但并没有什么特别的，”乔金说，“她穿了靴子、牛仔裤和棉衣。”

“那些衣服还在吗？”

乔金点点头，脸上再次露出极度痛苦的表情。

“是医院给我的，衣服放在一个包裹里。”

“我能看看吗？”

“你是说……你想借去看看？”

“是的。我不会弄坏的，只想看看。”

“好吧……但那些东西都在包裹里放着，”乔金说，“我这就去拿。”

他走进屋里。

“你能帮我拿着那包裹吗？”耶尔洛夫说着再次朝小车走去。

蒂尔达发动引擎，将车驶出大门，耶尔洛夫靠在坐椅上。

“我们也只是随便聊了聊，”他叹气道，“看来我只是个喜欢胡言乱语的老头子。”

耶尔洛夫将那个放有卡特琳·威斯汀衣服的棕色包裹放在膝盖上。蒂尔达看了一眼说：

“这起事故跟这些衣服有什么关系？你为什么要借回去看？”

耶尔洛夫低头看着膝盖上的包裹。

“我们之前站在那片沼泽地的时候我突然想到了一件事。跟沼泽的献祭有关。”

“你什么意思？难道卡特琳·威斯汀被人当成了祭品？”

耶尔洛夫盯着风挡玻璃外的沼泽地。

“等我检查完了这些衣服，很快就会告诉你。”

蒂尔达将车开到主干道上。

“这次‘鳗鱼角’之行让我有点担心。”她说。

“担心？”

“我担心乔金·威斯汀和他的两个孩子……你之前坐在厨房里讲那些民间故事的时候，威斯汀似乎都当真了。”

“是啊，”耶尔洛夫说，“但我觉得有些事他不应该憋在心里，他现在还在为妻子的死感到难过，这事一点儿也不奇怪。”

“是的，”蒂尔达说，“我觉得他每次提到妻子的时候就感觉她还活着一样……好像他正等着跟她再度重逢似的。”

20

自上次在哈格比牧师住宅偷盗的时候从林中匆忙逃脱后，塞瑞留斯兄弟已经两个星期没回博里霍尔姆了。但这天晚上，他们突然造访亨里克，看来绝没什么好事。

因为开始的时候，门铃声很轻，而且很有节奏，但很快，那铃声就像催命似的。

起初，亨里克还以为又是旧灯笼在那儿作怪，那玩意儿滴滴答答地烦了他三个晚上后，他索性将它放到车上。第二天早上，他便开车去了东岸，将灯笼放回船库里。

可是到了晚上，敲门声又起，好像是从门厅的墙里传来的。但又不是同一面墙，声音似乎在墙纸后面游移。

如果不是灯笼，那一定是他从林子里，或者从那个该死的尸坑里带回了什么“东西”。

要不就是有什么东西借着塞瑞留斯兄弟的“显灵板”潜入进来了。以前，他们坐在厨房里举行“降神会”的时候，他看着汤米的手指在玻璃下面移动，就感觉屋子里肯定有什么看不见的东西。

不管是什么，都让亨里克十分紧张。他每天晚上都会在卧室和厨房之间来回踱步，不敢上床，更不敢熄灯。

他完全绝望了，只好拨通了前女友卡米拉的电话。他们已经好几个月没联系了，但她听到他的声音似乎也挺高兴。两人谈了差不多一小时。

三天后，亨里克的神经就快崩断了，这时突然响起了门铃声，即使看到是汤米和弗雷迪站在门口，也没法让他安下心来。

汤米戴着墨镜，双手不停抽搐，表情严肃。

“让我们进来。”

这次见面的气氛一点儿也不友好。亨里克想从塞瑞留斯兄弟那里拿钱，但他们没有——东西一件都还没卖。他知道他们想再去厄兰岛的北部偷窃一次，但亨里克不愿再去。

而且他甚至都不愿跟他们商量，因为今天他家里有客人。

“我现在不想谈这事。”他说。

“怎么不能谈？”汤米说。

“说了今天不谈这事。”

“谁啊？”坐在电视机前沙发上的卡米拉问道。

塞瑞留斯兄弟伸长脖子好奇地想看看是哪个女人在说话。

“他们……是我朋友，”亨里克扭头说，“从卡尔马来的，很快就走。”

汤米取下墨镜，盯着亨里克。亨里克只得走到外面，并关上身后的门。

“恭喜，”汤米说，“这妞是新找的，还是以前那个啊？”

“是以前的，”亨里克轻轻地说，“她叫卡米拉。”

“靠……她又缠上你了？”

“是我打电话给她的，”亨里克说，“不过是她想跟我见面的。”

“不错嘛，”汤米面无笑容地说道，“那我们怎么办？”

“我们什么怎么办？”

“我们合伙办的事啊。”

“结束了，”亨里克说，“不过还得分钱。”

“哪里结束了？”

“结束了。”

亨里克和塞瑞留斯兄弟互相盯着对方，然后亨里克叹了口气。

“我们不能在楼梯间谈这事，”他说，“你们谁跟我进去。”

最后，弗雷迪回到车上。亨里克领着汤米走进厨房，他关上门，压低嗓门说：

“我们现在就把这事解决了，然后你们就可以走了。”

但是汤米的兴趣仍在卡米拉身上，他大声问道：

“她搬回来住了吗？难怪你小子累成这样。”

亨里克摇摇头。

“不是这个原因，”他说，“我晚上睡得不好。”

“我想可能是你良心不安吧，”汤米说，“那老头儿没事，他们会医好他的。”

“当初是谁将他推倒的？”亨里克嘶声叫道，“你难道不记得了吗？”

“怎么不记得，”汤米说，“是你一脚将他踢倒的。”

“我？我在门厅里，当初我可是在你后面！”

“你将老头的手踩断了，亨里克，如果被抓，你得去坐牢。”

“妈的，我们谁也逃不了！”亨里克瞥了一眼门外，再次压低嗓音，“现在我不想谈这事了。”

“你还要不要钱了？”汤米说。

“我有钱，”亨里克说，“妈的，老子有工作。”

“这点钱哪够，”汤米说着朝另一个房间点点头，“那可是花钱的主儿。”

亨里克叹了口气。

“根本就不是钱的问题，而是船库的那些赃物。我们得赶紧出手。”

“这个不用操心，”汤米说，“但现在当务之急是再干一票……去北边的大庄园干最后一票。”

“什么大庄园？”

“里面有很多画的那栋庄园……阿莱斯特告诉我们的。”

“‘鳗鱼角’。”亨里克轻轻地说。

“没错。什么时候去？”

“等等……我夏天去过那里。那地方我都走遍了，一幅画也没见着，除了……”

“除了什么？”

亨里克不再说了。他记得“鳗鱼角”庄园的房间里和走廊里老有回音响起。他喜欢给带着两个孩子住在那里的卡特琳·威斯汀干活。尽管威斯汀一家已经将房子打扫干净并开始重新装修了，但那地方即使在八月份的时候也怪瘆人的，不知道十二月份那里又会怎样？

“什么都没有，”他说，“我在‘鳗鱼角’庄园就没见过什么画。”

“他们可能藏起来了。”汤米说。

这时突然又传来轻轻的敲门声。

亨里克吓了一跳，然后才意识到是有人在敲厨房的门。他走过去将门打开。

卡米拉站在外边，看上去并不高兴。

“亨里克，你们快聊完了吗？要不我回家了。”

“我们说完了。”他说。

卡米拉个子不高，身材苗条，比男人矮不少。汤米甜甜地对她微笑着，伸出一只手。

“你好……我叫汤米。”他客客气气地说，语气跟刚才同亨里克讲话时有天壤之别。

“我叫卡米拉。”

汤米用力地跟卡米拉握着手，连他夹克上的扣子都被晃荡得叮当作响。然后，他朝亨里克点点头，往门外走去。

“好了，那就这样说定了，”他对亨里克说，“我会给你电话。”

汤米一走亨里克马上锁上前门，然后挨着卡米拉坐到沙发上。两人没有说话，看完了塞瑞留斯兄弟来之前他们一直在看的电影。

“你想我留下吗，亨里克？”半小时后她问，现在差不多快十一点了。

“如果你愿意的话……最好不过。”他说。

午夜，两人一起躺在亨里克那间小卧室的床上，对他来说，一切都回到了半年前。卡米拉回来他很开心，唯一让他感到不安的就是阴魂不散的塞瑞留斯兄弟。

还有敲门声。

亨里克又听了听，但现在他只能听到卡米拉柔和的呼吸声。她倒是睡得很安稳。

屋里一片寂静，墙里也没有声音。

他现在不愿去想那恼人的敲门声，不愿去想塞瑞留斯兄弟的突然造访，也不愿去想“鳗鱼角”的那栋庄园。

卡米拉回来了，但亨里克不愿将他和塞瑞留斯兄弟之间的关系告诉她。毕竟他们现在都没住在一起了。第二天一大早他就去马奈斯上班了。

当时她还在公寓里，等他回来的时候，屋子里已经没人了。他给她打电话也没人接。

晚上，他再次一个人躺在床上，一熄掉灯，门厅里敲击声又起。声音是从墙里发出来的，不大，但响个不停。

亨里克从枕头下面探出头来。

“别闹了！”他冲空荡荡的房子大声喊道。

一小会儿之后，敲击声又开始了。

1959年冬

1959年，我在“鳗鱼角”的故事也就是从这一年开始的，现在我要讲述母亲托伦和她那些以暴风雪为主题的画的故事。

我是十六岁那年到“鳗鱼角”双子塔的，从来不知道父亲身在何方，幸而有托伦，她教了我所有女孩都应该学的东西：永远不要依靠男人。

——米拉·兰博

母亲托伦是一名画家，生平最恨希特勒。她是在第一次世界大战爆发前几年出生的，后来在斯德哥尔摩的邦德加坦长大，但她讨厌过那种平静的生活，一心只想周游世界。她喜欢画画，20世纪30年代初，她先是去了哥德堡艺术学校学画，然后又去了巴黎，托伦说，以前总有人误认为她是葛丽泰·嘉宝。她的画在当时也引起了不少人的关注，到战争爆发的时候，她决定回瑞典，于是借道哥本哈根。她在那里认识了一个丹麦画家，并很快坠入爱河，但哥本哈根的街上不久又满是德国兵了。

托伦回到瑞典的时候发现自己怀孕了。她说她写了几封信给我的丹麦准爸爸。这事也许是真的。但他后来再也没联系她了。

我是1941年冬天出生的，那年，全世界都笼罩在战争的恐惧中。当时托伦还住在斯德哥尔摩，晚上所有人都得熄灯，东西都是定量配给的。因为是个未婚妈妈，她只得不停搬家，住在简陋的小屋里，还要忍受房东老太的冷言冷语，为了维持生计，她不得不为东城那些富人做清洁工。当时，她既没有时间，也没有钱画画。

那时候真的很苦。

当我第一次在“鳗鱼角”的畜棚里听到死人的呜咽声时我一点儿也不害怕，我在斯德哥尔摩经历过比这惨得多的事。

战争结束后的一年夏天，我当时也就七八岁吧，每次小便的时候感觉特别疼。托伦说是我经常游泳的原因，然后她带我去看了医生，那个医生留着胡子，住在斯德哥尔摩最宽的一条街上。母亲说他人很好。给小孩子看病他几乎都不收钱。

医生跟我打招呼的时候我真觉得他很好。那个医生很老，我想他至少有五十岁了吧，他的外套皱巴巴的，身上还有股酒味。

我必须进到一个特殊的手术室里，仰面躺在床上，那间屋子里也有一股子酒味，然后医生就把门关了。

“解开裙子，”他说，“把裙子拉上来，放松。”

就我一个人跟医生待在房间里，他一丝不苟地给我做了手术，最后他似乎很满意自己的工作。

“如果你将这事告诉别人，他们就会把你送进收容所。”他拍拍我的头说。

他扣上外套的扣子，给了我一克朗闪闪发光的硬币，然后我们回到托伦所在的候诊室——我走路的时候一瘸一拐，两腿发抖，感觉比以前病得更厉害了，但医生说我没什么大事，说我很乖，还说会帮我开点药。

后来我不愿吃那医生开的药，母亲大发雷霆。

20世纪50年代初，托伦带我去了厄兰岛。去那里是她的主意，我觉得她跟那座岛并没有什么渊源，只是因为她在巴黎旅行的时候突然渴望一种艺术氛围。厄兰岛其实蛮出名的，那里光线不错，有很多画家都曾在那里找到过灵感。母亲经常会提到尼尔斯·克鲁格、戈特弗里德·卡尔斯丹尼斯和佩尔·埃克斯特罗姆。

离开那个老医生所在的城市，我自是开心。

我们带着仅有的三提箱行李，坐渡船来到博里霍尔姆，而托伦的画布和颜料则放在一个包裹里。博里霍尔姆是一个干净的小镇，但母亲在那里过得并不开心。她觉得那里的人既死板又自大。而且住在乡下的花费远比住在镇里便宜，所以，大概一年后，我们再次搬家，这次搬去了罗比村的一间红色的外屋。我们睡觉的时候得盖三床毯子，因为那屋子四面漏风，实在太冷了。

我很快开始去当地的学校上课。那里所有的孩子都认为我说话的时候太做作，假装大城市来的人。尽管我没嫌他们的话太土，但我在那里还是交不上一个朋友。

到乡下后不久我便开始专心画画。我画的人都是一身白衣，嘴巴红红的，托伦说我画的是天使，但我知道，我画的其实是那个长着一张大嘴巴的医生。

我出生的时候，希特勒大坏蛋的形象早已深入人心，但我小时候最害怕的，不是希特勒，而是斯大林和苏联。母亲说，只要俄国人愿意，他们的空军四小时内就可以征服瑞典。而哥特兰岛和厄兰岛必然首当其冲成为苏联军队攻击的目标，之后他们可以以此为跳板占领整个瑞典。

但对于我这样的孩子而言，四小时也很长了，我那时经常会想，在最后几小时的自由时间里我该干点什么呢。如果一有消息说苏联飞机要来，我会飞快跑到罗比村的商店，尽可能多买点巧克力，我会把那些巧克力都吃完，然后我会将商店里那些蜡笔、纸和水彩笔都拿走，跑回家中。然后我就想，只要能让我继续画画，我将来就做个共产主义者得了。

我们跟着那些房客不停搬家，只是我们租住的每个房间都有一股油脂和松节油的味道。托伦做清洁工挣的钱已经足够我们生活了，她会在有空的时候作画——她会背着画架出去，不停地画。

1959年秋，我们又搬家了，这次的房租更便宜。就是“鳗鱼角”的那间老宅。庄园的外屋以石灰岩砌成，墙壁刷得雪白。夏天住在里面的时候倒是凉爽舒适，其他季节可就遭罪了，冷得要命。

当我知道我们要搬去灯塔附近的时候，我脑海里已经描绘了一幅幅神奇的图画：狂风暴雨的黑夜，遇难的船只，英勇的灯塔守护者。

我和托伦是在十月的一天搬进去的，当时我就不喜欢那里。“鳗鱼角”不仅冷，而且风大。那里就像一个废弃的庭院，走在木屋里的时候感觉特别荒凉。

我意识到这里跟我想象的相去甚远。灯塔守护者也离开了“鳗鱼角”，他们一年只会来这里几次——战争开始后一年左右，灯塔就通了电，十年后，什么都自动化了。有个叫拉格纳·戴维松的上了年纪的看守人经常会在“鳗鱼角”庄园出现，简直将那里当成了他的家。

搬到“鳗鱼角”的几个月后，我第一次见识了暴风雪，这次暴风雪也差点让我成了孤儿。

十二月中旬的一天，我放学回到家中，发现托伦不在。她的其中一个画架和颜料也不见了。夜幕降临的时候开始下雪，海风越来越大。

托伦没有回来。起初，我还有点儿生她的气，后来我就害怕了。窗外，漫天席卷的大雪恐怖极了，我从没见过那样的阵势。大雪纷飞，风如刀割，摇摇晃晃的窗玻璃噼啪作响。

大概半小时后，内庭终于出现一个小小的身影，顶着风雪艰难地行走着。

我跑到外面，一把抓住即将倒地的托伦，将她扶到屋内的炉火边。

她的肩膀上仍挂着颜料袋，但画架却被大风吹走了。她的眼睛肿得睁不开，里面吹进了不少夹杂着沙子的冰粒，她几乎看不见任何东西。我帮她脱掉浑身湿透的衣服——她差不多都要冻僵了。

当时她正坐在奥菲莫森的泥炭沼附近画画，突然看到天上乌云密布，暴风雪说来就来。当时她想抄近路，穿过草地，从结了薄冰的沼泽地过去，但却一脚踩进水里，拼了老命才爬上一块稍微能够站住脚的地方。她哭诉道：

“好多死人从沼泽里爬了出来……张牙舞爪地朝我扑过来……他们太冷了，想让我帮他们暖和暖和。”

托伦不停地颤抖。我喂她喝了点热茶，然后扶她上了床。

她沉沉地睡了十二小时，我一直坐在窗前守护她。到晚上，大雪才慢慢止住。

托伦醒来后仍然喋喋不休地跟我说起那些在暴风雪中向她扑过来的死人。

她两眼通红，眼睛周围全是刮痕，但第二天晚上她又坐在画布前画起画来。

就在蒂尔达每天早晚不再想马丁·艾尔奎斯特的时候，小厨房的电话响了。蒂尔达以为是耶尔洛夫，便不假思索地拿起了电话。

结果却是马丁打来的。

“我只想知道你怎么样了，希望你没什么事。”

蒂尔达没有说话，望了一眼港口空荡荡的码头，心口突然一阵绞痛。

“我挺好的。”良久，她回答道。

“挺好的，还是只是一般？”

“挺好的。”

“你想我过来吗？”马丁问道。

“不想。”

“你一个人在北厄兰岛，现在不再觉得孤单了吗？”

“孤单。但我最近挺忙的。”

“很好。”

两人的通话并无不快，但他们并没有谈论太久。马丁挂电话之前问蒂尔达他是否还可以给她打电话，她很小声地说可以。

胸口的旧患再度隐隐作痛。

马丁之所以打来电话并不是因为心里想她了，而是他的下半身作祟。这段时间跟妻子在一起厌烦了，他想换换口味……

最糟糕的是，她自己也想他过来，最好每天晚上跟他缠绵，她想想都觉得恶心。

她早该将那封信寄给他妻子，但信仍在自己的包里放着。

蒂尔达每天工作很长时间，几乎从来不让自己停下来，她这么做的目的就是让自己没时间去想马丁。

她会经常去当地的学校和公司普及交通或法律方面的知识，因此，晚上她会花好几小时准备这些材料。跟以前一样，她每天的工作除了讲课，到街上巡逻之外就是在办公室准备各种材料，有时候她还会开着警车到处看看。

星期二的一天下午，她开车来到那条荒无人烟的沿海公路，看到“鳗鱼角”的双子塔时她放缓了车速。她并没有停车，而是转弯朝附近那个农场驶去。她记得农场的主人叫卡森，而她也只是在卡特琳·威斯汀出事的那晚去过那里一次，当时乔金在农舍的门厅里几近崩溃，她自己也感觉那天晚上特别长，十分难熬。

蒂尔达按响门铃，那家的女主人玛利亚·卡森很快认出了她。

“不，这个秋天我不常见到乔金，”两人坐在餐桌旁的时候玛利亚说，“我们没有吵架，没这回事，只是因为他很少出门而已。不过他的两个孩子有时候会跟我们家的安德里亚斯玩儿。”

“那他的妻子卡特琳呢？”蒂尔达问道，“当初她跟两个孩子住在这里的时候，你会经常见到她吗？”

“她来我家喝过几次咖啡……不过我看她也挺忙的，成天都在装修那房子。当然，我们每天也很忙。”

“你注意到她家里来过什么人吗？”

“来过什么人？”玛利亚说，“夏末的时候，那里倒去过几个工人。”

“你见过什么船吗？”蒂尔达问，“我是说在‘鳗鱼角’那边。”

玛利亚往后捋了捋刘海，想了想。

“没有，我记得没有，从这里看不到什么，太模糊了。”

她指着窗户外面的东北方，蒂尔达看到双子塔被庭院远端一个大畜棚遮住了。

“有没有听到船的声音？”她还是不甘心，“你就没听见引擎声？”

玛利亚摇摇头。

“没有风的时候也许真能听到引擎声，但我平常都没怎么注意……”

蒂尔达走到外面，站在自己的车旁，往南边看了一眼。离此最近的海角边上有几间红色的船库，但看不到人影。

海上也没有船经过。

她回到车里，意识到该停止调查这起事故了——事实上，从来就没人真正调查过此事。

蒂尔达回到警局，将卡特琳·威斯汀溺水事故的档案放进一个标记为“非优先处理”的文件夹里。

她办公桌上还有四堆文件要处理，六个没洗的咖啡杯。与之对比的是，对面汉斯·马勒的办公桌上一份文件也没有。有时候，她真想将一堆交通报告扔到他办公桌上，但最后还是忍住了。

晚上，蒂尔达一般不穿警服，她会开着她那辆小福特到处走，以便多熟悉厄兰岛，沿途听听采访耶尔洛夫的录音带。两人的对话差不多都录进去了，效果不错，蒂尔达听得出来，耶尔洛夫现在也越来越习惯了。

有次外出的时候，她终于发现了艾德拉·古斯塔夫森说的那辆货车。

那次她开车去博里霍尔姆，在街上巡逻了一会儿，然后驱车往南经过卡尔马桥。那里街道纵横，有许多大型停车场，她开车慢慢经过好几百辆车，但没发现黑色的货车。看来这次又会无功而返。

半小时后，她突然听到本地广播电台预告今晚有赛马直播，于是她离开市中心，驾车去了赛马场。围合的跑道被大聚光灯照得通亮。这里其实就是个赌场，有人赢钱就有人输钱。但蒂尔达并没下车，而是慢慢开车经过一排排停在那里的车辆。

突然，她猛踩刹车。

她刚经过一辆侧边贴着**卡尔马管道焊接公司**的黑色货车。

蒂尔达记下了车牌号，将车倒入离货车一小段距离的车位上。然后呼叫控制中心，要他们查下该车牌，那边回话说，车主系一名四十七岁的男子，家住海尔辛堡郊外的一个村子里，没有违章记录，但是该车在八月份就销户了。

真是天无绝人之路，蒂尔达想。她还叫他们查了“卡尔马管道焊接公司”，但这个公司根本就没注册。

蒂尔达熄掉引擎，安心地坐在里面等。

“是的，拉格纳以前常在‘鳗鱼角’非法捕鱼，”她戴着耳塞，听耶尔洛夫在电话那头说，“有时候，那些渔场根本就是别人的，他当然是不承认啦……”

五十分钟后，观众开始往外拥。两个身强力壮、约莫二十五岁的男子走到那辆黑色的货车旁边。

蒂尔达取下耳塞，坐直了。

其中一个比另外一个更高、更壮，但她看不清他们的脸。在黑暗中，她瞥见那两人钻进车里，这时候她多么希望自己有个望远镜。

两名男子是入室盗窃犯吗？当然，现在还不能妄下结论。

*他们只是普通的工人，亲爱的。*她仿佛听见马丁自信满满地告诉她，可她并没有动摇。

两人开车离开了停车场。蒂尔达也发动了车，挂上一挡，慢慢跟了上去。

货车离开赛马场，驶上一条前往卡尔马的公路。蒂尔达跟在后面，离车大约几百码远。

最后，他们来到一栋离医院不远的高层公寓楼前，货车放慢车速，最后停在人行道旁边。两人下了车，进门就不见了。

蒂尔达坐在车里等着。三十秒钟后，二楼的几间窗户亮了灯。

她很快写下地址。如果他们是窃贼，她现在至少知道他们住在哪里了。最好能去那间公寓搜查，看有没有赃物，但是仅凭艾德拉的口供显然无法中请搜查令。

“我放弃调查卡特琳·威斯汀的溺水事故了。”几天后的一个晚上蒂尔达跟耶尔洛夫一起喝咖啡的时候说。

“你是说不调查这起谋杀案了？”

“这哪里是什么谋杀案。”

“我觉得这就是谋杀案。”耶尔洛夫说。

蒂尔达什么也没说，只是叹了口气，拿出录音机。

“我们是不是从上次……”

但是耶尔洛夫打断了她。

“我以前也曾见过一名男子差点被人杀死，行凶者跟他并无身体接触。”

“是吗？”

蒂尔达将录音机放在桌子上，但并没打开。

“是在蒂默纳本郊外，那时候战争还没有爆发，”耶尔洛夫说，“两艘装载石头的货船并排停在那儿，开始的时候也算相安无事。这时船上上来一个大副，那人来自比克瑟尔克鲁克，接着一个从代格港来的二等水兵也上了船。两人不知为什么吵了起来，站在舷缘相互指骂。后来，其中一个朝另一个吐了口水……骂战迅速升级。接着，两人互相投掷石块，最后，那个二等水兵想从舷缘跳到另一艘船上。但是他没能逃掉，因为另一个人用钩头篙将他钩住了。”

耶尔洛夫停下来抿了一口咖啡，继续说道：

“现在的钩头篙都是塑料做的，一点儿也不结实，但那种却是坚实的木杆做的，末端有一个大铁钩。所以，那个水手从舷缘跳过去的时候他的衬衣正好被钩子钩住了，只听见‘扑通’一声，他掉进了两艘船之间的水里，那钩头篙仍旧钩在衣服上……他怎么也上不来了，因为另一个人将他死死地摁在水里。”他看着蒂尔达说，“就像对待那些被摁在泥炭沼里的可怜的献祭者一样。”

“那人没死吧？”

“没死，我们制止了另外一个，将他救了上来。但他差点就淹死了。”

蒂尔达看了一眼录音机，后悔自己没能将这段话录下来。

耶尔洛夫弯下腰，桌子下传来窸窸窣窣的声音。

“我就是想到了这件事才问乔金借卡特琳·威斯汀的衣服看看，”他说，“现在我已经看过这些衣服了。”

他从纸袋中拿出一件连帽的灰色棉布上衣。

“凶手驾船来到‘鳗鱼角’，”耶尔洛夫说，“然后将船停在石砌的防浪堤旁边，而卡特琳正在那里等着……她待在原地没动，想必是很信任他。凶手拿着钩头篙，这事绝对不会引人怀疑，因为这玩意儿不就是用来停船的吗？但他手里拿着的那个钩头篙却是老式的那种……长长的杆子上面有一个铁钩，一下就钩住了她衣服上的帽子，将她拖入水中，死死摁住她，直到她断气。”

耶尔洛夫将那件棉衣在桌上展开，蒂尔达发现帽子真的破了。不知什么尖东西将灰色的帽子钩开了一个两英寸长的洞。

晚上，乔金经常能从厨房的窗户看到拉斯普廷跑去抓老鼠。有时候他觉得自己能够瞥见黑影在那儿移动，有时候是四条腿的，有时候又是两条腿的。

是埃塞尔吗？

最初几次，乔金还会匆忙走到阳台的台阶上一探究竟，但内庭什么也没有。

晚上，“鳗鱼角”庄园的阴影越拉越长，乔金总觉得随着圣诞节的临近，家里的气氛越发让人不安了。风不安分地在屋檐下窜动，房子里不时传来嘎吱嘎吱的声音。

如果庄园里有鬼，那也不是卡特琳。妻子现在还躲着他。

“我把衣服还给你。”耶尔洛夫说着将那个棕色的包裹递给桌对面的乔金。

“你在里面发现什么了吗？”

“也许吧。”

“但你不想告诉我，对吗？”

“我很快就会告诉你，”耶尔洛夫说，“等我想清楚了就会说的。”

乔金记得自己从来没去过老人院。爷爷奶奶晚年的时候都住在家里，他们去世之前的那段时间也是在医院度过的。但他现在正在马奈斯的老人院中，坐在耶尔洛夫·戴维松的房中跟他一起安静地喝着咖啡。只有烛台上燃烧的两只降临节蜡烛昭示着圣诞节即将来临①。

墙上挂着许多旧物件：船铭牌、装在相框里的航船证书，还有一些两桅帆船的黑白照片。

“这些都是我的货船照片，”耶尔洛夫说，“我曾经拥有三艘船。”

“那些船现在还在吗？”

“只有一艘了。现在在卡尔斯克鲁纳的帆船俱乐部保存着。另外两艘都没了……其中一艘烧毁了，另一艘沉了。”

---

① 自圣诞节前的四个星期的星期日起，至圣诞节止，为迎接耶稣的诞生和他将来的复临这段时期称为降临节，人们每周日会点上一支蜡烛。

乔金看着卡特琳的那包衣服，从房间里唯一一扇窗户向外望去。现在已是黄昏时分。

“一小时后我得去接孩子，”他说，“我们能谈会儿吗？”

“当然可以，”耶尔洛夫说，“求之不得，今天下午我唯一的任务就是坐在会客室里跟你倾心长谈。”

乔金一直都想找个了解“鳗鱼角”的人跟他谈谈秋天发生的事。马奈斯的那个牧师似乎太保守，而米拉·兰博只会谈及跟她自己有关的事。只有之前来他家的耶尔洛夫·戴维松还跟他聊得来，他会专心听自己讲，就像神甫一样。

“你上次来我家的时候我没有问你……你相信这个世界上有鬼吗？”

耶尔洛夫摇摇头。

“这个我也说不准，”他说，“没错，我是会收集一些鬼故事，但这么做的目的并非为了证明这个世界上有鬼。当然啦，鬼故事倒是不少……那只不过是因为老宅子年久失修或电磁辐射造成的。”

“或是因为眼角膜异常。”

“没错，”耶尔洛夫说。他沉默了几秒又接着说：“当然，我可以跟你讲一个我没在任何历史民俗中写过的故事，而这也是我唯一一次经历过的‘鬼故事’。”

乔金点点头。

“我十七岁的时候就有了自己的第一艘货船，”耶尔洛夫说，“在此之前，我已经有过几年的航海经历了，有了一些积蓄，父亲也给了我一笔钱。我知道自己想买什么样的船，就是那种只有一个发动机的单桅帆船。我的那艘船名为英格丽·玛利亚号，所属港为博里霍尔姆。她以前的主人叫格哈德·马腾，那人六十多岁，大半辈子都在开货船。后来他发现自己有心脏病，医生告诉他不能再出海了，于是他只得以三千五百克朗的价格把船卖了。

“很便宜，是吗？”乔金问。

“是的，在当时都算很便宜的了。”耶尔洛夫说。然后他继续说道：“那天晚上，我要去马腾那里将买船的钱交给他，但是我先是去了港口，想看看那艘船。当时是四月份，海峡的冰才刚刚融化。太阳已经下山，除了老格哈德，海港周围看不到其他人。他当时正在英格丽·玛利亚号的甲板上来回踱步，好像跟她依依不舍似的，于是我也上了船。当时我们说了什么我已经不记得了，我只是跟着他在甲板上溜达了一会儿，他告诉我哪几个地方需要修理，嘱咐我好好照顾她，接着我们就分手了。我上了岸，回到父母的家中跟他们一起吃了晚饭，顺便拿上那个装有钱的信封。”

这时，耶尔洛夫不说话了，呆呆地看着墙上挂着的货船照片。

“大约七点钟的时候，我再次去了马腾在博里霍尔姆北部的小屋中，”他继续说，“但当我去到那里的时候发现他们家正在办丧事。我看到马腾的妻子眼睛都哭红了。原来格哈德已经死了。购买合同是他前一天晚上签的，第二天清早，他带着猎枪走到岸上，对着自己的脑袋开了一枪。”

“早上死的？”乔金问道。

“是的，就是那天早上。所以，当我在港口见到格哈德·马腾的时候，其实他已经死了一天了。我没法解释这件事……但是，我确定是在傍晚见到他的。我们甚至还握了手。”

“你是说你撞见鬼了？”乔金说。

耶尔洛夫看着他说：

“也许吧。但这个证明不了什么。肯定不能证明这个世界有鬼。”

乔金移了移座位，又低头看了看那包衣服。

“我现在很担心我的女儿利维亚，”他说，“她现在六岁了，经常说梦话。她以前也会说……但自从我妻子去世后，她总会梦见妈妈。”

“有这么奇怪的事？”耶尔洛夫说，“我有时候也会梦见我死去的妻子，尽管她已经死了很多年了。”

“是的……但她老是做同样的梦。利维亚总会梦见她妈妈到‘鳗鱼角’庄园来，但她无法进屋。”

耶尔洛夫没有说话，只是安静地听着。

“有时候她也会梦见埃塞尔，”乔金继续说，“这是我最担心的。”

“埃塞尔是谁？”耶尔洛夫轻轻问道。

“她是我姐姐。比我大三岁，”乔金叹气道，“这应该也算是我亲身经历的鬼故事吧。”

乔金疲惫不堪地点点头。该将这个故事讲出来了。

“埃塞尔是一名瘾君子，”他说，“她是去年冬天的一个晚上……当时距圣诞节也就两个星期……在我们家附近死的……”

“节哀。”耶尔洛夫说。

“谢谢，”乔金说，“上次我见你的时候没跟你讲真话……你问我为什么要卖掉布罗马的房子搬到那里去。其实主要跟我姐姐有关。埃塞尔死后，我们就不想留在斯德哥尔摩了。”

他欲言又止，现在，他真的不愿回忆埃塞尔，不愿想起她的死，也不希望自己再次记起对卡特琳的痛苦回忆。

“你很想你姐姐是吧？”耶尔洛夫问道。

乔金陷入沉思中。

“有点儿。”这样说似乎太不近人情，于是他又补充道，“我怀念过去的她……没沾染毒品的时候……埃塞尔很健谈，脑袋瓜灵活。她本来想开一间发廊，还想过做一名音乐老师……但一段时间过后，她什么都不想做了，因为她怎么也没办法戒毒，只能眼睁睁地看着自己堕落下去。

“她到底是怎么染上毒品的？”耶尔洛夫小心问道，“我不是很了解现在的年轻人……”

“埃塞尔先是从吸食大麻开始的，”乔金说，“他们总觉得在派对或者在音乐会上吸食这玩意儿很酷。十几岁的时候，生活对于埃塞尔来说就像一场派对，她会弹钢琴、弹吉他，还教了我一点。”

说到这个的时候他兀自笑了起来。

“听得出来，你好像非常喜欢她。”耶尔洛夫说。

“是的，埃塞尔是个开心果，”乔金说，“她也非常漂亮，很多男生都很喜欢她。她会频繁出席派对，经常在派对上吸食安非他命。后来，我估计她肯定轻了二十磅，她本来就很瘦。之后越陷越深。没过多久，父亲患癌症去世了，我想她正是那个时候开始吸海洛因的……就是那种未经提纯的棕色海洛因。她的笑声越来越难听，声音也变得越来越嘶哑。”

他抿了一口咖啡很快又说道：

“在没吸食海洛因之前没人承认自己是真正的瘾君子。但他们很快就会用针筒，因为这个便宜啊……而且需要的剂量又少。但每天仍要一千五百克朗。这可不是一笔小钱，特别是她本身就没钱。怎么办？那就只能偷了。偷老母亲的钱，偷祖上留给她的珠宝。”

乔金看了看蜡烛又接着说：

“平安夜的一天，我们都坐在母亲家中吃火腿、肉丸，餐桌上还留有一个空座位。跟平常一样，埃塞尔答应过来的，但那时候她正在市中心找毒品。对她来说，吸食毒品就像日常工作一样，她一天也不会落下，不管那些毒品有多可怕。”

现在，乔金已经完全陷入这段痛苦的回忆中，也不管耶尔洛夫有没有在听。

“我们知道事情已经到了无法挽回的地步了，姐姐正在市中心弄钱买毒品，她的秘书也从来不给我们回电话……我每天早上还要去学校上课，晚上跟家人一起吃完饭还得装修新房子，我只能努力不去想这些烦心事。”他垂下眼睛说，“要么听之任之，要么就去找她。父亲病得不那么厉害的时候，经常会在晚上出去找她。我也会去，大街小巷、广场、地铁站、精神科急诊室……很快，我们就知道她可能在哪儿了。”

乔金陷入了沉默。他的思绪一定回到了那座城市，想起了姐姐跟那些瘾君子、露宿者、那些无家可归和半死不活的流浪者在一起的情形。

“你当时一定花了不少气力。”耶尔洛夫小声说。

“是的……但我并没有每个晚上都出去。我本应该多花点时间去找她的。”

“你也可以听之任之。”

乔金冷静地点点头。关于埃塞尔，他还有一件最难以启齿的事情要告诉耶尔洛夫：

“两年前发生的一件事其实已经预示了最后的结局，”他说，“那年冬天，埃塞尔去了康复所，事情也进行得比较顺利。她去的时候体重不足一百磅，身上全是淤伤，颧骨高耸。但是当她回到斯德哥尔摩后，看上去比以前健康多了。她已经三个月没碰毒品了，体重也增加了……于是，我们就让她住在客房里。效果不错。不过当时我们并不允许她照顾加布里埃尔，以前，埃塞尔晚上经常会跟利维亚一起玩儿，她们的关系很好。”

他记得当时他和卡特琳又燃起了希望。他们开始信任埃塞尔。尽管她在家的时候他们一般不邀请客人来家中吃饭，但晚上他们可以放心地出去散散步了，将利维亚和加布里埃尔留给埃塞尔照顾。而且每次都没出什么事。

“三月份的一个晚上，我和卡特琳出去看电影，”他继续说，“几小时后，我们回家的时候却发现屋子里黑黢黢的、空荡荡的，只有加布里埃尔在自己的小床上睡觉，尿片都湿透了。埃塞尔不见了，同时不见的还有我的手机和利维亚。”

说到这里他不做声了，闭着眼睛。

“我当然知道她去哪儿了，”他继续说，“她的毒瘾又犯了，坐地铁到市里去买海洛因了。她以前经常这么干。买上五百克朗的毒品，在厕所里扎一针，然后休息几小时，直到毒瘾再犯……问题是这次她带走了利维亚。”

那晚的记忆鲜活地浮现在乔金的脑海里——他的心凉到了谷底。乔金开车来到地铁总站附近。以前，他不是自己一个人，就是有卡特琳相陪来这个地方。过去他只是担心埃塞尔一个人。

而这次他担心的是利维亚。

“我最后还是找到了埃塞尔，”他看着耶尔洛夫说，“她躺在克拉拉教堂黑黢黢的墓地里，蜷缩在一座坟墓旁边，已经不省人事。利维亚则穿着单薄的衣服坐在她旁边，全身冰冷，对周围的一切已经无动于衷了。我打电话叫来救护车，再次送埃塞尔去了戒毒所。然后我带上利维亚开车回到了布罗马的家中。”

他又不说话了。

“发生这件事情之后，卡特琳要我作出选择，”他小声说，“我选择了自己的家庭。”

“你作出了正确的决定。”耶尔洛夫说。

乔金点点头，虽然他仍然觉得自己不应该作出那样的选择。

“那天晚上之后我叫埃塞尔不要再来我们家了……可她哪里肯听？我们没有让她进屋，但每个星期有三四次，她会在晚上的时候过来，穿着她那件破烂不堪的粗斜纹棉夹克，站在大门外，可怜兮兮地盯着‘苹果屋’。有时候，她会打开我们的信箱，看信封里有没有钱或者支票什么的。有时候她会带个男的来……像骷髅一般站在她旁边，不停地哆嗦。”

他停顿了一下，仔细回忆了一遍他对姐姐最后的记忆：站在大门外的埃塞尔面色苍白，头发根根竖起。

“埃塞尔会经常站在门口大喊大叫，”他对耶尔洛夫说，“她一般会冲我和卡特琳大声嚷嚷，但大多是针对卡特琳。她会一直叫，一直骂，一些邻居也会掀开窗帘来看热闹，我没有办法，只得出去给她一些钱。”

“这样有用吗？”

“有用……当时是有用，但是等她没钱的时候她肯定还会回来。这样恶性循环下去，我和卡特琳都顶不住了……有时候，我会半夜醒来，听到埃塞尔在大门外叫，但当我往街上望去的时候却连个影子也没看到。”

“你姐姐来的时候利维亚在家吗？”

“大多时候都在。”

“她能听见埃塞尔的喊叫声吗？”

“我想能够。她没有跟我们说，但我确定她能听见。”

乔金再次闭上眼睛。

“那段时间……真是痛苦不堪。卡特琳开始希望埃塞尔去死。夜深人静，我们躺在床上的时候她都会说起这事。她说埃塞尔迟早会因服用过量毒品而死，最好快点。我想，当时我们两个都是这么希望的吧。”

“后来真是这样的吗？”

“是的。一天晚上，十一点半的时候电话响了。这个时候来电话，我们知道肯定跟埃塞尔有关，平常都是这样的。”

那是一年前发生的事了，乔金想，但一切仿佛昨日。

是乔金的母亲英格丽将消息告诉他的。埃塞尔被人发现淹死在布罗马，也就是他们那栋房子下面的海里。

卡特琳早些时候还听到了她的声音。七点钟左右的时候，埃塞尔跟往常一样站在大门外歇斯底里地大叫，但接下来喊叫声却突然消失了。

卡特琳出去看的时候她已经走了。

“埃塞尔沿着一条小道走到岸边，”乔金说，“坐在一个船库旁边给自己扎了一针，然后踉踉跄跄走进冰冷的海里。就这样送了命。”

“你当时不在家吗？”耶尔洛夫问道。

“我回去得比较晚……我当时带利维亚去参加一个儿童聚会了。”

“这对她可能是种解脱。”

“是的。我们也希望事情就这样了结了，”乔金说，“但我晚上会经常醒来，总觉得埃塞尔在街上大叫。卡特琳也完全没了生活的乐趣……那时候我们已经将‘苹果屋’装修得漂漂亮亮的了，但她总也无法安下心来。于是，去年冬天，我们决定搬到南边的乡下去住，也许能在厄兰岛找栋房子，结果还真让我们找到了。”

乔金不说话了，看了看表。已经四点二十了。他感觉这一小时里他说的话比整个秋天说的还要多。

“我得去接孩子了。”他说。

“有没有人问起你事后的心情？”耶尔洛夫说。

“我？”乔金起身说，“我很开心。”

“我不相信。”

“你说得对。但我们家人从来都不谈及自己的感受，也从来不谈及埃塞尔的问题，”他看着耶尔洛夫说，“我不能跟别人说我姐姐是吸毒的。卡特琳是第一个……可以说是我害了她。”

耶尔洛夫静静地坐在那里，显然陷入了沉思中。

“埃塞尔到底想要什么？”他说，“她为什么老是来你们家？难道只是要钱买毒品吗？”

乔金穿上外套，没有说话。

“不只这个，”他最终还是说道，“她还想要回她的女儿。”

“她的女儿？”

乔金犹豫了一会儿。这件事同样难以启齿，但最后还是鼓起勇气说了出来：

“那个孩子没有父亲……他也是因为注射毒品过量死的。我和卡特琳并不是利维亚的亲生父母，四年前社会福利署就将孩子判给我们抚养了。我们去年正式收养了她……利维亚现在是我们的了。”

“但她是埃塞尔的孩子，对吗？”耶尔洛夫说。

“不，现在是我们的了。”

蒂尔达写了一份报告，将黑色货车的情况报告给了博里霍尔姆总部，她在报告中声称那辆车很可疑，值得调查。但厄兰岛可不是个小地方，而且外出巡逻的警察并不多。

之前耶尔洛夫说“鳗鱼角”溺水事件可能是有人用钩头篙对受害者下的手，可她并没有将此事写进报告里。因为并无证据表明有船去过“鳗鱼角”，很难说服他们将这起事故当成谋杀案调查——衣服上的那几个洞说明不了问题。

“我已经把衣服还给乔金·威斯汀了。”耶尔洛夫之后打电话跟蒂尔达说。

“你把你的怀疑跟他说了吗？”蒂尔达问。

“没有……还不到时候。他仍然没从失去爱人的痛苦中恢复过来，即使跟他说，他也会相信是鬼将他的妻子拖下水的。”

“鬼？”

“威斯汀的姐姐……是吸毒者。”

耶尔洛夫将威斯汀姐姐埃塞尔吸食海洛因，不停骚扰威斯汀一家的事跟蒂尔达讲了。

“所以他们才从斯德哥尔摩搬过来，”耶尔洛夫说完的时候蒂尔达恍然大悟，“是他姐姐的死让他们不愿再住在原来那个家了。”

“这是一个原因。但厄兰岛本身对他们也有吸引力。”

蒂尔达想起了他们上次见乔金·威斯汀时他心力交瘁的样子，说：

“我觉得他应该去看心理医生，也许应该跟神甫谈谈。”

“你的意思是说我做不了神甫的工作？”耶尔洛夫说。

每天晚上，蒂尔达下班回家经过邮筒时都想将那封信从包里拿出来投进去，但她始终都没有这么做。她感觉这封信就像一把利器——能够控制一个她并不相识的人。

当然，她也能控制马丁。这段时间他不时给她打电话，总想找她聊天。如果他问蒂尔达是否可以过来看她，她还真不知道该不该答应。

两个星期过去了，北厄兰岛再没发生过入室盗窃案。但一天早上，警局的电话响了。电话是从海岛西岸的斯滕维克村打来的，电话那头的人操着浓重的地方口音，他说他叫约翰·哈格曼。蒂尔达记起来了，哈格曼也是耶尔洛夫的朋友。

“我听说你们正在查入室盗窃案的案犯。”他说。

“是的，”蒂尔达说，“我正要给你打电话呢……”

“我知道，耶尔洛夫跟我说过。”

“你有没有见过疑犯？”

“没有。”

哈格曼不再说话了。蒂尔达等了等，然后问道：

“你是不是见过什么可疑的人？”

“是的。他们来过村子。”

“最近吗？”

“我不知道……是秋天的时候吧。他们好像在几间小屋出现过。”

“我过来看看，”蒂尔达说，“我到村里怎么找你？”

“现在村子里就我一个人。”

蒂尔达下了警车，来到一条碎石道上，两边的度假小屋都上了锁，那里离海峡大概一百码的距离。她在寒风瑟瑟中环顾四周，想起了自己的家人。他们以前也住在斯滕维克村，这里全是石头，他们当初在此生活一定不容易。

不久，一个身材矮小，穿着深蓝色工作服，头戴一顶褐色帽子的老者来到车前。

“你是哈格曼？”

他点点头，指了指一间有着大窗户的深褐色平房。

“那边，”他说，“我发现那间度假屋的窗户被风吹开了。隔壁那间同样如此。”

小屋后面的一扇窗户也是半开着。蒂尔达走近一看，发现窗钩旁边的窗框裂开了一条缝。

窗台下面的阳台并无脚印。蒂尔达走过去，将窗户拉开，发现房间里面乱糟糟的，衣服和工具什么的都乱七八糟地堆在石头地板上。

“你有这房子的钥匙吗，约翰？”

“没有。”

“既然这样，我只能爬进去了。”

蒂尔达戴着手套，抓住两边窗框，爬进黑黢黢的度假屋内。

她跳到那间小储藏室的地板上，按了一下开关，灯却没亮。看来这里并未供电。

小偷留下的痕迹非常明显，而且所有的储藏箱都被洗劫一空。接着，蒂尔达来到主屋，发现地上全是碎玻璃片，情况跟哈格比的牧师住宅一样。

蒂尔达走近看了看，玻璃碎片中还有一些碎木屑，她看了好久才弄明白，原来地板上是一个装在瓶子里的船模，已经被踩得粉碎。

几分钟后，她又从窗户爬了出去。哈格曼仍站在草地上。

“这里被偷过，”她说，“里面一团糟……很多东西都被打碎了。”

她将一个透明的塑料袋伸到他面前，里面放有她刚才收集的船模木屑。

“是耶尔洛夫做的吗？”

哈格曼伤心地看了看那些碎片，点点头。

“耶尔洛夫的度假屋也在这个村子里……许多游客都买过他的船模。”

蒂尔达将塑料袋放入上衣口袋。

“晚上的时候你有没有看见或者听见度假屋里有什么动静？”

哈格曼摇摇头。

“也没发现陌生的车辆经过？”

“没有，”哈格曼说，“不过，屋主每年八月都会回城里。九月份的时候，有家公司会来这里换地板。之后就没发现什么了……”

蒂尔达看着他说：

“你是说地板公司？”

“是的……他们会在这些度假屋里工作几天。但他们走的时候会确保门窗都锁好。”

“不是管道公司吧？”蒂尔达说，“有没有一家叫卡尔马管道焊接公司的？”

哈格曼摇摇头。

“他们只是来这里铺地板，”他说，“好几个年轻人。”

“铺地板……”蒂尔达若有所思地说。

她记得哈格比牧师住宅内的地板也是新打磨的，不知道这是不是此次盗窃案的共同特征。

“你跟他们聊过吗？”

“没有。”

蒂尔达跟着哈格曼到附近的度假小屋走了一圈，看看还有哪些小屋的窗框有撬动的痕迹。

“我们需要联系屋主，”他们往警车走的时候蒂尔达说，“你有他们的联系方式吗，约翰？”

“有一些，”哈格曼说，“有些好打交道的人给过我联系方式。”

蒂尔达回到警局，给十几个厄兰岛或卡尔马地区的度假屋主人打了电话，通知他们其度假屋在秋天的时候被人偷盗过。

她还给哈格比牧师住宅的主人打了电话，屋主现在已经出院回家了。贡纳·埃德贝里手上还打着石膏，但他的精神已经好多了。他们还请马奈斯的地板公司重新安装了地板。

“那些工人做得很好，”埃德贝里说，“他们夏天的时候在这里待了五天……但我们没见着那些人，当时我们在挪威。”

“你都不认识那些人，还敢把钥匙交给他们？”蒂尔达问。

“那家公司很可靠，”埃德贝里说，“我认识他们的老板，他住在马奈斯。”

“你有他的电话号码吗？”

现在蒂尔达终于有了线索，刚跟贡纳·埃德贝里通完话她就拨通了马奈斯精艺地板公司老板的电话。她很快向对方说明了她打电话的目的：希望他能将过去一年来在北厄兰岛安装地板的工人的名单给她。她强调说，警方并非怀疑他手下的员工有犯罪嫌疑，希望他不要将这事告诉他们。

地板公司的老板欣然应允，随即将两个员工的名字，连同他们的家庭住址和身份证号码都告诉她了。

尼可拉斯·林德尔

亨里克·扬森

他向她保证说这两个人都是好人，作风正派，工作出色，做事勤勉。有时候他们会一起合作，有时候则会单独工作——通常是趁着主人不在家的时候去安装地板，比如岛上居民外出度假，或者是旅游淡季度假屋主人回家后，他们的活儿挺多的。

蒂尔达向他道了谢，最后问他能不能把林德尔和扬森两人在夏秋两季安装地板的房屋名单给她？

老板告诉她，工程资料在他公司的电脑里存着，他等会儿打印出来就传真给她。

她一挂断电话就马上打开自己的电脑，在警方的数据库里查了林德尔和扬森的身份信息。亨里克·扬森曾在七年前因在博里霍尔姆无照驾驶被抓并被罚款——当时他还只有十七岁。除此之外，他和林德尔再无其他违法记录。

不一会儿，传真机将马奈斯精艺地板公司的工程资料传了过来。

该公司一共承接了二十二栋房屋的地板安装工作，蒂尔达发现在过去三个月中，那二十二栋屋子竟有七栋被盗。

尼可拉斯·林德尔在两栋房子里安装过地板。而亨里克·扬森都有份参与。

就像以前在林子里打猎发现麋鹿一样，蒂尔达很是兴奋。然后她又发现，在八月份的一个星期里，亨里克·扬森曾在“鳗鱼角”庄园安装过地板。根据工作卡上的记录，他在那里打磨并安装过地板。

这意味着什么呢？

亨里克·扬森住在博里霍尔姆。根据工程记录，他今天在比克瑟尔克鲁克郊外有项工程，蒂尔达暂时不想打草惊蛇，她打算再等段时间才叫他到警局问话。

这时，电话铃声打破了屋子里的寂静。她看了看钟，已经五点一刻了。没接电话她就已经知道是谁打来的了。

“马奈斯警局，我是戴维松。”

“你好，蒂尔达。”

果然不出她所料。

“你好吗？”马丁问候道。

“挺好的，”她说，“我现在没时间，正在处理一件重要的事情。”

“蒂尔达，等等……”

“再见。”

蒂尔达“啪”的一声挂掉电话，她现在压根儿就没兴趣知道他想干什么。马丁·艾尔奎斯特突然在她心目中变得如此无关紧要，这让她特别释然。现在，她的心思全在亨里克·扬森身上。

蒂尔达的目标是找到亨里克并逮捕他——在他被关进班房之前，她想问他为何如此丧心病狂，连退休的老人都要打——她还想问他为什么要将耶尔洛夫做的船模踩碎？

1960年冬

那年夏天，厄兰岛异常潮湿，这是我们在“鳗鱼角”过的第二个冬天，这年冬天比第一年还要难熬，今年比去年冷得多，雪也下得更大，我记得一月和二月，马奈斯的学校每逢星期一都是关闭的，因为周末下完雪后，铲雪机还没办法将路上的雪清除干净。

——米拉·兰博

自从上次被暴风雪伤到眼睛后，母亲托伦的视力再也没有恢复。

现在，她只能看见眼前一点点景象了，已经没办法看书，但她仍继续画画。

眼镜对她并无助益。我们从博里霍尔姆弄来一盏立在三脚架上的大卤钨灯。那灯发出耀眼的白光，照得外屋那两个黑黢黢的房间恍如白昼。母亲会坐在明亮的灯光下作画，但画里全是极暗的色调。

托伦的抹刀和画笔在绷得紧紧的画布上发出刺耳的声音。母亲画的是去年冬天让她迷路的那场暴风雪，她的脸紧贴画布，以至于她的鼻尖上总会留下一个黑点。她一边作画，一边紧张地盯着画里的阴影部分——我觉得她在画画的时候肯定感觉自己正被奥菲莫森泥炭沼的那些死人缠住不放。

她不停地画画，但她那些画根本没人买，甚至都没人看。她只得将画卷起来，放在外屋靠近厨房那间干燥的空房子里。

如果颜料和纸有剩余，我也会画画。但“鳗鱼角”的气氛仍然很压抑，因为眼睛的问题，托伦也没法再做清洁工，这样，我们唯一的经济来源也没了。

十一月初，托伦度过了她的四十九岁生日。她一个人就着一瓶红葡萄酒给自己庆祝生日，抱怨说自己的人生算是完了。

而我感觉自己的人生甚至还没开始。

十八岁那年，我离开了学校，接替托伦做清洁工的同时等待生活出现转机。我甚至对20世纪50年代发生的事一无所知。直到1960年，我无意中看到一本破旧的《图片杂志》，发现除了斯大林的死和民众对原子弹的恐惧之外，这个世界还发生了翻天覆地的变化，现在已经成了年轻人的世界：白色的短筒袜、派对、摇滚——不过，这些东西很少会到乡下来。而我们那台收音机也早已破旧不堪，经常发出沙哑、阴森的声音。我们在岛上仅有三个月好天气——那段时间或许还能去海里游泳，其余九个月，陪伴我们的只有无穷无尽的黑暗、凛冽的寒风、长长的泥泞小路、潮湿的衣服和经常冻僵的双脚。

那年，唯一的安慰来自马库斯。

马库斯·兰德奎斯特是那年秋天从博里霍尔姆搬到“鳗鱼角”庄园一个小房间来的。他那年十九岁，比我大一岁，平常他都会在农场做散工，等着服兵役。

他并非我的初恋，但他却让我一见倾心。早年的爱情不外乎站在学校的操场上，盯着对面的男生，希望他能走过来拨弄我的头发。

马库斯身材高大，一头金发，是“鳗鱼角”最帅的男生，至少我是这么认为的。

“你知道‘鳗鱼角’闹鬼吗？”我们第一次在庄园厨房见面的时候我问他。

“你什么意思？”

他似乎一点儿都不怕，甚至都不感兴趣，但既然主动跟他搭上了话，我就得硬着头皮说下去：

“畜棚里有鬼，”我说，“他们会在墙后面窃窃私语。”

“只是风在作祟。”马库斯淡淡地说。

我们并不属于一见钟情的那种，但也算开始交往了。其实我是话痨一个，而马库斯话特别少，但我觉得他喜欢我。我睡觉之前还会想起他，后来便开始做梦，梦见我和他一起离开了“鳗鱼角”。

我知道，我和马库斯是这里唯一还憧憬未来的人。托伦已经放弃了，而庄园里那些老男人白天干干活，晚上坐在屋里说长道短，他们似乎已经满足了这样的生活。

有时候，他们会跟捕鳗鱼的拉格纳·戴维松一起坐在厨房里喝自酿的酒。隔着窗户我也能听见他们粗鲁的笑声。

我们在“鳗鱼角”都是各过各的，那年冬天，我发现了畜棚上的干草棚。上面几乎没有干草，但堆满了私人物品，我几乎每个星期都有新发现。在庄园居住过的人和灯塔守护者在上面留有许多痕迹，那里有许多零碎的东西，简直就像一个博物馆，有船的残骸、木箱子、一卷卷的导航图和航海日志。后来，我将那些东西移到一旁，从中间走过去，走到远端的那面墙边。

我就是这样发现那些刻在墙上的名字的：

卡罗丽娜　1868年

培特　1900年

格里塔　1943年

还有很多。几乎每块木板上都至少有一个名字。

我对上面的名字非常感兴趣，很想知道这些死了的人过去在庄园里过着一种怎样的生活。我站在阁楼上，感觉他们就在我身边。

现在，我好希望马库斯能跟我一起来这里看看。

24

这个时节，整座海岛一到下午就被暮色笼罩。主干道上唯一的一盏路灯亮得越来越早。这天，乔金围着大庄园走了一圈，希望自己的装修工作能给他带来些许自豪感。

一楼的装修差不多完成了。粉刷墙壁、贴墙纸、家居陈设的工作已经基本做完。他应该再买些家具，但他现在已经没钱了，也没心思再去找份教书的工作。不过，至少他已经在会客室里摆放了一个18世纪的橱柜、一张长长的餐桌和几把高高的餐椅。天花板上悬挂着一盏又大又圆的枝形吊灯，窗户上也安放了烛台。

秋天的时候他就没打算翻新屋外，何况现在他连搭脚手架的钱都没了，但他感觉以前住在庄园的那些人仍会对他的室内装修工作感到满意。一个人独处的时候，乔金有时候希望听到他们在屋里说话，听他们慢慢在楼板上走过，听他们在空荡荡的房间里喁喁私语。

但他并不欢迎埃塞尔来这儿。感谢上帝，现在利维亚似乎也不再梦见她了。

“你来我这儿过圣诞节吗？”十二月中旬，英格丽打电话给乔金的时候问道。

她还是跟平常一样，说话的声音很小，几乎是以试探性的语气在问他，但乔金只想挂掉电话。

“不了。”他立刻回道，望向厨房外面的窗户。

畜棚的门又开了。不是他打开的。当然，门可能是风吹开的或者是孩子们打开的，但他感觉是卡特琳打开的。

“不过来吗？”

“是的。”他说，“我们打算在‘鳗鱼角’过圣诞节。”

“就你们几个人吗？”

不一定，乔金心里是这么想的。但他还是回答道：

“是的，除非卡特琳的母亲米拉也过来。但我们还没讨论过这事。”

“你就不能……”

“我们新年的时候会去你那儿，”乔金说，“到时候我们交换礼物。”

无论在哪里过圣诞节，乔金都没有心情。

没有了卡特琳，圣诞节还有什么意义。

12月13日，乔金坐在马奈斯幼儿园黑黢黢的会议室里看孩子们庆祝圣露西节。一群六岁的孩子穿着白色的衣服，手里拿着蜡烛，紧张地笑着，他们排着队来到会议室，有几个孩子的父母还拿来了摄像机准备给他们录像。

乔金不用摄像，不论利维亚和加布里埃尔唱什么歌，他都能记得十分清楚。孩子们表演的时候，他摸了摸婚戒，要是卡特琳看到这一幕该多好啊，她一定会很开心。

过完圣露西节后的第二天，冬天的第一场暴风雪席卷了海岸，雪花像子弹一样“啪嗒啪嗒”地砸在窗玻璃上。海那边，点缀着皑皑白雪的浪尖咆哮着，有节奏地涌向海岸，将海角那层薄冰冲得粉碎，接着，海浪又冲向防浪堤，灯塔所在的小岛被白色的泡沫和旋涡包围着。

暴风雪最猛烈的时候，乔金给耶尔洛夫·戴维松打了个电话，他知道老人是厄兰岛唯一一个对天气感兴趣的人。

“看来这是今年冬天的第一场暴风雪了。”乔金说。

电话那头的耶尔洛夫扑哧一笑。

“你说这个啊？”他说，“这只是小儿科，算不得暴风雪……但真正的暴风雪也快来了，我想应该会在新年之前降临吧！”

大风在黎明前逐渐减弱，第二天，太阳出来了，整座海岛覆盖了薄薄的一层雪。乔金透过厨房的窗外，看到一丛丛白雪盖顶的灌木，远处，海浪已将许多冰块冲到岸边的浅滩上。

浅滩那边，海面很快又结成了一层冰，远远望去，就像一块蓝白相间的田野上面纵横交错着许多黑色的裂缝。冰面看上去并不安全——裂缝大小不一，交织在一起，让人不寒而栗。

吃完早餐后，电话响了，是蒂尔达·戴维松打来的，一开口就说有公事找他。

“我想确定一件事情，乔金，你说之前并没有人来找过你妻子……但我听说有工人到过你那儿？”

“工人？”

这个问题有点突然，他要好好想一下。

“我听说有人去你那儿安装过地板，”蒂尔达说，“有这回事儿吗？”

经她这么一提醒乔金记起来了。

“是的，”他说，“但当时我还没搬到这里来。有个人来这儿将主屋的旧软木地板刨掉，将地板重新打磨。”

“那人供职于马奈斯的一家地板公司吗？”

“我想是吧，”乔金说，“是房地产经纪人推荐的。我这里可能还收着他们的发票。”

“我们现在不需要这个。你记得那人叫什么名字吗？”

“不记得了……当初都是我妻子在处理。”

“他什么时候来的？”

“八月中旬吧……几个星期后，我们就开始运家具过来了。”

“你见过他吗？”蒂尔达问。

“没有。我不是说了吗，当时我还没到这里来，卡特琳带着两个孩子住在这儿。”

“后来他就再没来过了？”

“没有了，”乔金说，“现在地板都安装好了。”

“还有件事……秋天的时候你那里有没有来过不速之客？”

“不速之客……”乔金说，他很快想到了埃塞尔。

“我是说你们家有没有遭窃过？”蒂尔达问道。

“没有，我们没碰到过这样的情况。为什么这么问？”

“最近几个月，岛上发生过多起入室盗窃案。”

“我知道，我在报纸上看过了，希望警方能很快抓到他们。”

“我们正在抓紧时间破案。”蒂尔达说。

说完她挂掉了电话。

那天晚上，乔金睡觉的时候突然惊醒。

埃塞尔……

恐惧如旧。他抬头看了看钟：01∶24。

他拼命不再去想埃塞尔。利维亚又喊了吗？屋子里什么声音也没有，但他仍然起了床，穿上毛衣和牛仔裤，也没开灯，走到外面的走廊里听了听。黑暗中，除了挂钟的滴答声之外，利维亚和加布里埃尔房间里没有任何声音。

他走到对面门厅那儿，望着窗外的夜色，内庭里除了那盏孤灯之外，再无别的动静。

然后，他看到畜棚的门再次开了。门张得并不是很大，也就十八英寸左右吧——但乔金几乎确定，几天前的某个晚上，是他亲手将门关上的。

现在，他应该去把门关上。

于是，他穿上冬靴从阳台走了出去。

外面起了点儿风，但天空晴朗，天上繁星点点，南塔的灯有节奏地闪着，频率几乎跟他的心跳一样。

他走到半开的门那儿，往畜棚里瞥了一眼，里面一团漆黑。

“有人吗？”

没人回答。

里面要是真有人呢？他总觉得木屋子里传出一声低沉的啜泣声。乔金往前走了一步，打开灯，直到看到天花板上的灯亮了他才进去。

正想再喊一声，却突然站住了。

他又听到什么了：低沉且有规律的呼吸声。乔金十分确定。

他走到陡峭的楼梯那儿。天花板上的灯泡不是很亮，但他还是往上爬去。

站在干草棚上，乔金再次停了下来，他看了看那堆垃圾，早就该清扫了，可今晚不行。

乔金轻车熟路地走在那堆垃圾中，往远端的墙侧走去。

呼吸声就是从那里传出来的。

现在，乔金看到那面刻有死者名字的墙了。

他还没来得及仔细看那些名字，啜泣声又起，但很快又消失了。他低头看着地板。

先是啜泣声，接着，拉斯普廷一声嘶叫。

那只猫坐在墙角，心无旁骛地舔着爪子，抬头看了看这位不速之客。乔金与它四目相对，那只猫似乎很得意。这有什么奇怪的，它今晚的战利品不可谓不多。

它身前躺着十几只褐色的小老鼠，全被整齐地撕开了，它们像是乔金刚到的时候才被拉斯普廷屠杀的。

拉斯普廷将那些鲜血淋漓的老鼠一字排开摆在墙角下。

就像祭品一样。

25

“现在的人就喜欢杞人忧天，”耶尔洛夫说，“我是说，现在，那些出海者碰上一点儿小风小浪就会要求出动救生艇。过去，人们更加理性。如果出海时碰上起风的天气，也没什么问题……只需将船开到哥特兰岛，将船停靠在岸上，然后躺在里面呼呼大睡，等到风停了后再回出发港。”

讲完最后一个故事，他默默地陷入沉思。蒂尔达俯身过去关掉录音机。

“真是精彩。你没事吧，耶尔洛夫？”

“我没事。”

耶尔洛夫眨了眨眼睛，回到自己的房间。

两人桌前各有一杯热葡萄酒。圣诞节快到了，这往往预示着暴风雪也将如期而至，今天，蒂尔达带来了一瓶酒。她在厨房里加了热，还在酒里加了葡萄干和杏仁，将酒用盘子端了出来，这时耶尔洛夫也拿出一瓶杜松子酒，往两个杯里分别倒了一点。

酒过三巡，蒂尔达感觉有股暖流直达脚尖，这时，耶尔洛夫问道：“你圣诞节有什么安排？”

“没什么安排，会跟家人一起过吧，”她说，“我平安夜的时候会去我妈那儿。”

“挺好。”

“你呢，耶尔洛夫？你要不要跟我一起回大陆过圣诞节。”

“多谢了，我想我还是留在这里吃大米布丁。我女儿邀请我去西岸过圣诞节，但我坐不了那么长时间的车。”

接下来两人都没有说话。

“我们最后录一次好吗？”蒂尔达说。

“可以。”

“你不觉得这样聊天很有意思吗？我也了解了很多有关我爷爷的事。”

耶尔洛夫微微点头。

“但我还没有跟你说最重要的部分。”

“我知道。”蒂尔达说。

耶尔洛夫似乎有点儿犹豫。

“我小时候，拉格纳就教我如何了解天气、识别风向、教我捕鱼，还教了我很多航海方面的知识……这些东西都非常重要。但是当我慢慢长大以后，我发现我没办法信任他了。”

“是吗？”蒂尔达说。

“我发现哥哥不诚实。”

两人再度沉默了一会儿。

“拉格纳是个小偷，”他继续说，“抱歉，我只能说他就是个小偷。”

蒂尔达本想关掉录音机，但最终还是没关。

“他都偷了什么东西？”她轻轻地问道。

“基本上什么都偷。有时候，他会晚上出去偷别人水箱里的鳗鱼。我记得有一次……‘鳗鱼角’庄园新装了排水管。庭院里还剩下一箱水管，拉格纳将它偷走了。其实他根本就不需要，他有灯塔的钥匙，他把那箱东西放在里面。我确定那东西现在仍在塔里。其实那些东西对他来说一点儿都不重要，但他就是喜欢顺手牵羊。他总会留意别人有没有锁门，东西有没有人看管，然后伺机下手。”

耶尔洛夫身子前倾，蒂尔达觉得他这次讲得比哪次都要认真。

“难道你就从来没顺过别人的东西吗？”她问。

耶尔洛夫摇摇头。

“没有，我从来不做这样的事。也许有时候我在码头见到别的船长时，不会如实地告诉他们货物的价格。但要说打架、偷盗这样的行为，我从来不沾。而且我觉得人和人之间应该互相帮助。”

“没错，”蒂尔达说，“我们都生活在同一个屋檐下。”

耶尔洛夫点点头。

“我并不会经常想起我哥哥。”他说。

“为什么呢？”

“毕竟，他去世多年了。我对他的记忆也消退了……那就让它消退吧。”

“你最后一次是什么时候见的他？”

房间里再次沉默下来，良久，耶尔洛夫回答道：

“我最后一次是1961年的冬天在拉格纳的小农场里见的他。那次他不接我电话，我只得去他那儿。我们吵了一架……准确地说，我们只是站在那里互相怒视——我们通常都是这样吵架的。”

“为什么事吵架呢？”

“为我们的遗产，”耶尔洛夫说，“其实那样做也解决不了问题，只不过……”

“什么遗产？”

“我们父母留下来的全部东西。”

“那些东西怎么啦？”蒂尔达问。

“很多都不见了。其实是拉格纳拿走了，他还真下得了手……我哥哥真不是个东西。”

蒂尔达看了一眼录音机，不知道怎么回应他。

“拉格纳对我太过分了，”耶尔洛夫摇摇头继续说，“他拿走了父母在斯滕维克村所有的东西，几乎把家里的东西都变卖了，后来还把房子卖给了大陆人，钱都放进了他自己的腰包。而且他还不愿跟我讨论这事。他只是冷冷地盯着我……当时我几乎都没办法跟他沟通。”

“他把所有东西都拿走了吗？”蒂尔达问。

“我拿了几样东西作纪念，但拉格纳把钱都拿走了。也许他认为自己更能保管好这些东西吧。”

“可是……你就不能想想办法吗？”

“你是说起诉他？”耶尔洛夫说，“我们这些岛民通常都不会这么做。但是会结下梁子。即使兄弟也不例外。”

“可是……”

“就随他去吧，”耶尔洛夫继续说，“毕竟，他是哥哥。就让他先拿吧，如果他想分一点儿给我的话也取决于他……结果那次闹得不欢而散，那年秋天，他被人发现冻死在暴风雪中，”耶尔洛夫叹气道，“正如圣保罗《希伯来书》里说的那样‘你们务要常存弟兄相爱的心’，但哪有那么容易……当然，现在我已经不想这事了。”

蒂尔达再次后悔地看了看录音机，然后将它关了。

“我想……我可能会删掉最后一段。当然，我并不是认为你在撒谎，只是……”

“删掉吧，我无所谓。”耶尔洛夫说。

蒂尔达将录音机收起来，装在一个黑色的盒子里，这时，耶尔洛夫说：

“我想我知道这玩意儿怎么操作了，知道按哪个按钮了。”

“真厉害，”蒂尔达说，“看来你对这种‘高科技’的东西还挺有天赋的，耶尔洛夫。”

“你能不能把它留在我这儿？等下次我们见面的时候再拿走？”

“你是说录音机？”

“万一我还有什么想补充的。”

“没问题。”蒂尔达将盒子递过去，“你想讲多少都没有关系。这里还有几盒空白磁带。”

蒂尔达回到警局的时候发现答录机上的灯不停闪烁。她听了一下留言，发现是马丁的声音，便叹了口气将留言删了。

他也该放手了。

在圣诞节前，乔金最后陪孩子们外出了一次。这天也是圣诞长假的第一天，他开车跟他们去了博里霍尔姆。

许多人都在镇里购买圣诞礼物。威斯汀一家去了镇里的一个大超市，超市里面长长的货架上摆满了过节需要的食品，他们在里面流连忘返。

“我们圣诞节晚上吃什么呢？”乔金问。

“烤鸡和薯条。”利维亚说。

“我要喝橙汁。”

乔金买了鸡肉、薯条和树莓果汁，也给自己买了土豆、香肠、火腿、圣诞啤酒和咸饼干。他还买了做肉丸的冰冻牛肉馅儿，当他看到鱼档还出售厄兰岛鳗鱼的时候就买了点熏鳗鱼——也许这些鳗鱼就是“鳗鱼角”来的，他想。

乔金还买了几磅奶酪。圣诞节的时候，卡特琳总喜欢吃涂上厚厚一层奶酪的面包，她之前买的就是这个牌子。

尽管这么做很荒唐，但上周乔金还是给妻子买了一件圣诞礼物。他那天去博里霍尔姆为孩子们买礼物，经过橱窗的时候他发现一件卡特琳可能喜欢的浅绿色束腰外衣。他本来要去玩具店的，但他还是返回丹尼尔森精品店买下了这件衣服。

“能给我包起来吗……我用来做圣诞节礼物的。”他说，售货员递给他一个上面有白色缎带的红色包装盒。

食品店旁边的停车场出售用塑料纸包着的圣诞树。乔金买了一棵很大的高加索冷杉，那棵树真的很高，估计树梢能到天花板了。他将树在车顶绑好，开车回了家。

岛上还很冷，差不多零下十度，但是他们回到“鳗鱼角”时那里一丝风也没有。海面又开始结冰了，地上还有薄薄的一层雪。乔金拎着大包小包经庭院走进房子时，呼出的气都化成白雾，慢慢地飘走了。接着，他将圣诞树扛进温暖的房间里，乔金知道，许多藏在树枝里的小昆虫也跟着进来了，不过大部分虫子都在冬眠，永远都不会醒来了。

这种死法最好，乔金心想——在睡眠中悄无声息地死去。

他将圣诞树放到会客室里，圣诞树的树梢顶着雪白的天花板。除了一张桌子和几条高背扶手椅以外，里面什么也没有。随着圣诞节的临近，本就空荡荡的一楼更显凄凉。

圣诞节的前两天，威斯汀一家又将房子彻底打扫了一遍，将过节的东西也准备好了。他们还有两纸盒圣诞装饰物没有拆开，里面放有圣诞马槽、烛台、放在厨房的红白相间的擦手巾，挂在窗户上的星星，以及挂在圣诞树两边的稻草羊和稻草猪。

圣诞装饰物拆开后，利维亚和加布里埃尔帮忙将它们挂到圣诞树上。他们在幼儿园做了纸饰和木偶娃娃，两人将它们全都挂在最矮的树枝上。乔金将金属箔和圣诞蜡烛挂在稍高的树枝上。树梢上则吊挂着金光闪闪的星星。这样，圣诞树准备就绪了。

最后，他们将圣诞礼物堆在树下。乔金将给卡特琳的礼物也挨着别的礼物一起放在那儿。

大家都安静地围在圣诞树旁。

“妈妈要回来了吗？”利维亚问。

“也许吧。”乔金说。

孩子们平常几乎都不谈论卡特琳了，但他知道利维亚特别想她。对孩子们而言，生死之间的界限不如大人这般泾渭分明。或许孩子们只是非常想见她罢了？

“只能到时候再看了。”他说着看了看那堆礼物。

要是还能再见卡特琳最后一面那该多好啊。他想跟她谈谈，好好儿道个别。

天气预报警告说圣诞节期间厄兰岛和哥特兰岛有暴风雪，但现在离圣诞节也就两天了，乔金望向窗外，天空中仅有几抹淡云，太阳高照，现在的温度是零下六度，几乎没有一丝风。

他又通过厨房的窗户看了看外面的鸟食台，感觉暴风雪真的要来了。

鸟食台上空空如也。上面的肉丸和谷粒竟没有一只鸟来啄食。

拉斯普廷跳到乔金旁边空荡荡的餐桌上。

延伸至海岸的草地也是一片凄凉，海那边既没有疣鼻天鹅也没有长尾鸭。也许它们全都躲到林子里去了。鸟儿是不用看气象图的，它们能从空气中感觉暴风雪是不是要来了。

那天早上，乔金让利维亚和加布里埃尔睡到八点半才醒。他本想送孩子们去幼儿园，这样就没人打扰他了，但他们才不管爸爸心里想什么，只想跟他在家里待上两个星期。

“妈妈今天会回来吗？”利维亚起床的时候问道。

“我不知道。”乔金说。

但家里的气氛有点儿异样，乔金感觉到了，孩子们似乎也感觉到了。浓浓的期待气氛在刷得雪白的房子里蔓延。

吃完早餐，乔金很快拿出从博里霍尔姆一家商店买来的蜡烛。其实他们也应该跟过去住在庄园里的人一样，在厨房里自己动手做圣诞蜡烛，孩子们拧蜡烛芯，那些蜡烛更具个性化。现在那些工厂里生产的蜡烛长度都一样，而且不管是放在窗台、餐桌上，还是悬挂在灯饰上的圆形托盘里，亮度也都一样。

这种蜡烛是为死者点的长生蜡烛。

一家人围坐在厨房里吃了一顿烛光午餐，这时候太阳刚好落在外屋屋顶，眼看就要西沉。

吃完午饭，乔金给孩子们穿上厚厚的棉夹克，带他们往海边走去，经过畜棚时，他瞥了一眼那扇关闭的门，但什么也没对孩子们说。

他们安静地走到海滨，海角上空仍然飘着细如羽毛的卷云，但一块深灰色的薄暮在远端的地平线上若隐若现。

满岸华霜，海角岸边的冰只是薄薄的一层，远处却厚厚一层，更远处的海面则是深蓝色的一片。孩子们扔出的卵石和冰块在冰面上蹦跳，飞快滑过闪闪发光的冰面，落入黑色的缝隙中。

“你们冷吗？”过了一会儿乔金问道。

加布里埃尔的小鼻子冻得通红，沮丧地点点头。

“那我们回家吧。”乔金说。

这是一年中白昼最短的一天，他们回家时才两点半，但天空已被一层薄暮笼罩，像是夏末时分的傍晚。乔金感觉暴风雪正追赶而来。

他们走进温暖的屋子，乔金再次点燃蜡烛。晚上，四面八方都能看到房子里照射出的光，甚至连远在奥菲莫森的献祭泥炭沼也能看到。

晚上，利维亚和加布里埃尔睡着之后，房子里一片寂静，乔金穿上棉袄，拿着手电筒走出房门。

他要去畜棚。这段时间他每隔几天就会去那里。

今夜，天空晴朗，繁星点点，庭院中那层薄薄的雪现在已结成冰晶，靴子踩在上面嘎吱作响。

他站在畜棚的大门边环顾了一下四周。外屋笼罩在黑暗的阴影下，他总觉得那边站了个人，一个枯瘦如柴、容貌尽毁的女人正阴沉着脸盯着自己……

“走开，埃塞尔。”乔金拉开重重的畜棚门时喃喃自语道。

他走了进去，侧着耳朵听了听，想听听有没有拉斯普廷急促的呼吸声，但什么也没听到。

今晚，乔金并没有爬上通往干草棚的梯子，而是绕一楼走了一圈，经过空空的进料槽和畜栏，过去那些奶牛会一字排开，站在那里大口嚼着饲料。

一个锈迹斑斑的马蹄铁钉在畜棚远端的三角墙上。

乔金走过去看了看，马蹄铁末端向上，寓意好运常在。

天花板的电灯照不到这么远，于是，他打开手电筒，往顶梁上照了照，乔金突然想到，他现在肯定站在干草棚那间密室的正下方，想到这，他拿手电筒在底下照了照。

畜棚里的石头地板被人打扫过，不过，只是挨墙侧的地方扫出长长的一块，那里既没有干牛粪也没有成堆的干草。

他想象不出，除了卡特琳之外还会有其他人打扫这里。

墙右边的角落里，一张破旧的渔网和几根粗粗的绳子挂在一排钉子上。有些渔网像帘子一样垂到了地上。而渔网后面的墙似乎凹陷进去了。

乔金打着手电筒，往前走了一步，这才发现挨地板的墙面有个缺口。有部分木墙不见了，乔金将散发着焦油味的渔网和绳子拉到一边，发现墙那边仍被石板隔着。

紧挨地面的三角墙上的那个缺口，高不过乔金的膝盖，但至少有六英尺宽。

在好奇心的驱使下，乔金弯腰想看看开口那边到底有什么。但只看到一堆夯土和一簇簇轻飘飘的绒球。

最后，他干脆趴在地上，往里面爬去。他拿着手电筒，在木板下扭动身躯往前爬行。

他钻进墙里面，但被另一堵石灰岩砌成的墙挡住了。墙侧冰凉——想必这就是外墙了。现在，里面估摸着也就三英尺宽。乔金扫开几张新结的蜘蛛网，发现自己竟然能够站在墙洞中了。

借着手电筒的光，他发现两面墙之间有一个狭小的空间：他刚才爬过去的内墙和西边畜棚的外墙都是木头做的，几码远外，还有一架旧木梯，木梯上方黑黢黢的一片。

有人在他之前来过这里。看来那人经常到此，在这尘封多年的地方清晰地留下了一条踩踏的痕迹。

是卡特琳吗？不是米拉，毕竟，她说过她根本不知道庄园里还有一间密室。

他前面的梯子几乎是垂直向上。乔金用手电筒往上照去，发现梯子通往上面一个方方正正的洞中。那里一团漆黑，但他没有犹豫，开始往上爬去。

乔金终于爬到墙洞上方的边缘，然后从梯子上翻了过去。

他站在木地板上，左边是一面没有粉刷的木墙。他认得那些宽宽的木板，知道自己正站在干草棚后面的密室里。

乔金站了起来，手电筒对着前面晃了晃。

借助手电筒的黄光，他看到前面有好几排长凳。

是教堂的那种长凳。

他现在站在阁楼里面一间古老的木砌礼拜堂的尽头，这个小房间是用来拜神的，屋顶很高，有棱有角，下面摆着四条长凳，中间有一条狭窄的通道。

干燥的木凳上有不少裂缝，边缘也磨损得比较厉害，没有任何装饰物；看上去像是中世纪教堂的长凳。估计畜棚刚建造的时候这些凳子就在这儿了。不然这个小礼拜堂里连门都没有，这些长凳又是如何搬进来的呢？

礼拜堂里没有布道坛，也没有十字架。一扇脏兮兮的窗户高开在长凳前面的墙上。窗户下面钉着一张纸，乔金走近一看，发现这页纸是从一本家用《圣经》上撕下来的，是画家古斯塔法·多雷的插画作品，画中的女人，可能是抹大拉的玛丽亚：她正吃惊地看着一块石头滚离耶稣坟墓的入口。那块又圆又大的石头被扔在地上，玛丽亚上方的坟墓有一条如同黑色洞穴一般的缝隙。

乔金盯着那张插图看了好一阵儿，一转身，发现他身后的木凳上还有东西。

他用手电筒照了照，发现凳子上面放着几封信。

几束干瘪的花。

一双白色的童鞋。

其中一条凳子上有个白色的小东西，他弯腰仔细一看，原来是副义齿。

看来上面都是些私人物品或纪念品。

还有几个小小的编织篮，里面有几张字条。乔金小心翼翼地从里面拿出一张，用手电筒照在上面读道：

被所有人遗忘的卡尔，但我和上帝永远都不会忘记你。

——萨拉

另一个篮子里放着一张泛黄的明信片，明信片的正面是一张黑白照片，照片上的天使笑得特别安详。乔金拿起明信片，翻转过来，看到有人在背面用黑墨水笔写有漂亮的文字：

亲爱的姐姐玛丽亚，对你刻骨相思。我每天都会向上帝祈祷，愿我们能再次相聚。

实难承受失去你的痛苦。

尼尔斯·彼得

乔金轻轻地将明信片放回篮中。

这是一间祈祷室——一间为死者祈祷的密室。

有条长凳上还有一本书。乔金拿起时发现那其实是本厚厚的笔记本。里面密密麻麻地写满了笔记，但字太小，在黑暗中看得不甚清楚，不过扉页上用黑墨水笔写着《暴风雪之书》。

乔金随即将书放进口袋中。

他站了起来，最后环顾了一下礼拜堂，看到后面一条长凳挨着的墙面有一个小洞。

他走近一看，发现那个洞原来正是自己几个星期前在干草棚里凿出来的。

那天晚上他用力朝洞口伸长胳膊，缝隙下面的长凳上放着的正是他那天摸到的物品：

一包折好的衣物。

那是一件破旧的淡蓝色粗斜纹棉夹克，乔金总觉得自己曾在哪里见过这身衣服。

接着，他发现衣服正面的小徽章上印有“解脱”和“平克·弗洛伊德”的字样，很快就知道衣服是谁的了。住在“苹果屋”的时候，乔金每晚从窗帘后面望向外面的街道时都能看到这身衣服。

这正是他姐姐埃塞尔的那件粗斜纹棉夹克。

1961年冬

畜棚上那个大干草棚是我发现的，但后来我怂恿马库斯跟我一起从梯子上爬上去一起勘探了一番。这是我第一次跟男生约会，可能也是最棒的一次。

只不过，我们的相处太过短暂。

——米拉·兰博

秋冬时节的晚上，我和马库斯会拿着一个石蜡灯在一堆绳子、锁链和打开的箱子中搜索，查看与灯塔有关的古老资料。

那里看上去就像一个垃圾堆填区，当然上面也有不少好东西——有许多与百年老宅有关的回忆。每一个在“鳗鱼角”居住过的普通人家和灯塔守护者离开时留下的垃圾最终都会丢在畜棚里，被人遗忘。

几个星期后，我们将庄园里多余的毯子都拿到畜棚里，并在里面搭建了一个小帐篷，我们还会带上面包、葡萄酒和香烟在上面野炊，从此，我们不用每天过那种索然无味的生活了。

我带马库斯去看了那面刻有死人名字的墙。我们用手指着，一行一行地阅读那些信，“鳗鱼角”庄园这些年来降临的悲剧随即浮现在我的脑海里，我觉得特别有意思。

后来，我们也将自己的名字并排刻在干草棚的地板上。

我们第三次在阁楼上野炊的时候马库斯才敢亲我的嘴。平常我不让马库斯有过多的非分之想——那个老医生给我造成的伤害仍让我心有余悸——但马库斯的吻让我美美地回味了好几个星期。

现在，我也能用画笔随心所欲地让马库斯跃然纸上了。

突然，“鳗鱼角”在我眼里不再是世界的尽头，而是世界的中心，我开始相信我和马库斯将来能在一起开创大场面，想干什么就干什么，想去哪里旅行就能够去哪里旅行。我们在一起度过了漫长的冬季。

波罗的海一如既往的寒冷，而且，跟往年一样，厄兰岛迟迟未能转暖。五月末的时候，温暖的阳光才再次洒向草地。这也意味着马库斯要走了——不是带着我而是独自上路。他被征召回大陆服一年的兵役。

我们答应写信给对方。写很多很多的信。

他打点好行李，我送他去了马奈斯火车站。然后我们默默站着，跟岛上其他居民一起等待火车的到来。那年，厄兰岛的铁路即将关闭，候车室的气氛显得格外凝重。

马库斯走了，但拉格纳·戴维松会经常将他的渔船停在“鳗鱼角”，他还会经常到庄园来。

我跟拉格纳还在一起讨论过艺术，尽管我们的水平实在不敢恭维。那天我走进外屋的门厅，发现中间那个房间的门是开着的。我往里面瞧了瞧，发现戴维松正站在屋子中间看墙上挂着的那些颜色灰暗的画。

很显然，这是他第一次发现托伦画了那么多画，不过他并不喜欢，一边看一边摇头。

“你觉得怎么样？”我试探性地问道。

“不是黑的就是灰的，”他说，“颜色太暗了。”

“晚上的时候暴风雪就是这样的。”我说。

“这样的话……我觉得这些画简直就是垃圾。”戴维松说。

“你还可以从象征的角度去欣赏，”我据理力争道，“这样的暴风雪之夜，也可以象征灵魂……象征一个受尽折磨的女人的灵魂。”

戴维松摇摇头。

“垃圾。”他还是这么说。

他显然没读过西蒙娜·德·波伏娃的作品。当然，我也没读过，但至少我听说过她。

我试着为托伦作最后一次辩解。

“这些画将来一定很值钱。”

戴维松转头看着我，好像觉得我疯了。然后，他经过我身边，走到屋外。

我回到另一个房间，看到托伦正坐在窗边，马上意识到我们刚才的谈话她都听见了。尽管她现在已经完全看不见了，只是呆呆地望着窗外。

我想跟她谈点别的，可她只是摇摇头。

“拉格纳说得对，”她说，“这些画全是垃圾。”

马库斯走后我再也没去干草棚了。那里只会引起我对他的无限思念，让我感觉心里空落落的。

当然，我们会给对方写信。我写得极为频繁，他的信都是寥寥几字，但每次我的回信都会很长，而且一写就是好几封。

马库斯的信大多跟军训有关，而且我还不常收到。但我还是会一封接一封地给他回信，我会将自己的梦想和计划全都写进信里。问他我们什么时候再见面？他什么时候休假？什么时候复员？

其实他也不知道，不过他答应我说我们很快就会见面。

我当时只想离开“鳗鱼角”，坐渡船回到大陆，回到马库斯身边。但是我怎能离开托伦呢？这事绝无可能。

亨里克知道警方在四处找他。在过去一个星期里，有名警察曾两次在他的录音电话上留言，要他来警局协助调查。

他才懒得去呢。

当然，他不可能老这么躲着，但他需要时间清除自己的犯罪证据。那一屋子藏在船库里的赃物就更不能留下了。

“那些东西不能放在那儿了，”他打电话跟汤米说，“你们得赶紧过来处理。”

“好吧……”汤米说这话的时候似乎根本没觉得是什么大不了的事，“我们星期一开车过来。大概三点吧。”

“你们会带钱过来吗？”

“当然，”汤米说，“别担心。”

星期一过后就是平安夜了。亨里克在马奈斯干活，但两点就完工了，之后直接开车去了恩斯伦达的船库。

开车行至沿海公路的时候他听天气预报说厄兰岛和哥特兰岛晚上会持续降雪，还会有强风，波罗的海会有大风暴。但现在天空一片深蓝，天气还不错。虽然东边有片灰云正往海岛这边飘，但亨里克很快就会回博里霍尔姆了。

跟平日一样，船库周围一个人也没有。亨里克掉转车头，将车慢慢倒向一辆上面放有一艘白色小船的拖车那儿。上个周末他和卡米拉来过这儿。她当时想去船库看看，他费了好大的劲儿才说服她打消这个念头，最后他们只是将他的那艘摩托艇从水里拉了上来，还将外置马达取下来了。不过他们上次没有在船上盖防水油布，这次他总算盖上了。

他走到外面的草地上，呼吸着夹杂海藻味的空气，想起了死去的爷爷，接着，他很快将拖车挂到车后的拖车杠上。

亨里克站在船库里，看着这个秋天偷来的每一件东西。他觉得自己应该将一些赃物偷偷藏起来，那些东西大大小小的少说也有百来件，古代、现代的都有。有时候就连亨里克也不知道有些东西是什么来头，估计那两兄弟就更不知道了。

他的船根本就没上过牌照，警方不可能知道这船是他的。他一旦将其中一些赃物运到博里霍尔姆郊外的工业园，再将东西藏在那里，他随时都可以开车去拿。

亨里克决定冒险一试，他拿了一个古老的石灰岩花瓶，放在船上。在古董店，这玩意儿估计得值五千克朗。

这时开始下雪了，柔如羽毛般的雪片飘落下来。

他小心翼翼地将花瓶放在驾驶座旁边。然后又回船库拿了几箱陈年威士忌。

亨里克总共拿了十几样东西，将它们藏在船上的座位之间，东西塞得满满的，再也装不下了。他从船库里拿了一块绿色的油布，将整艘船盖好，然后用一条长长的尼龙绳系紧。

差不多了。

雪花继续慢悠悠地从空中飘落，地上已经铺了薄薄的一层。

亨利回去锁船库的时候，听得风中传来低沉的隆隆声，他连忙转过头去。

透过树枝，他发现一辆黑色的货车正往这边开过来。

塞瑞留斯兄弟将车停在亨里克的船旁。

车门打开后又“砰”的一声关了。

“你好，亨里克！”

兄弟两个微笑着，冒着雪朝他走来。他们一身冬装：黑色的棉袄、脚上穿着靴子，头戴有衬里的猎帽。

汤米还戴着一副超大的滑雪镜，好像他正在山里度假似的。那把老式的毛瑟枪则挂在他的肩膀上。

尽管他戴着墨镜，但亨里克也知道他嗑了药，十有八九是冰毒。跟平常一样，他的脖子上有几道红红的爪印，下巴微微颤抖——这可不是好迹象。

“时间过得真快，”汤米说，“又到了说圣诞快乐的时候了。”

见亨里克没有说话，他沙哑地笑了。

“当然，我们并非只为这个而来……还要将那些东西清走。”

“对，东西。”弗雷迪说。

“我们的战利品。”

“钱呢？”亨里克问道。

“当然，我们肯定会像兄弟一样把钱分了，”汤米还在笑，“你不会把我们当成贼吧？”

这个笑话倒是蛮经典的，但亨里克只是紧张地笑了笑，他意识到他们根本就没想着要分赃。

他看着弗雷迪走到船库将门大打开来，消失在黑黢黢的屋内，但他很快就抱着一台电视机出来了。

“我们可不就像兄弟一样吗？”亨里克说。

汤米走过他身边，朝那艘船走去。

“等下我要将船开回去，”亨里克说，“你们准备马上就走吗？”

“是的……我们回哥本哈根。但我们先要去灯塔附近瞧瞧。”汤米朝北边挥了挥手，“去找那些画，你去吗？”

亨里克摇摇头，看着弗雷迪将电视机放到车上又返回船库。

“不，我没时间，”他回答说，“我说过我得将船开回去。”

“当然，当然，”汤米一边说一边仔细看着那辆拖车，“大冬天的你打算将这玩意儿放哪儿？”

“博里霍尔姆……一间工厂后面。”

汤米拉着绑油布的绳子继续问道：

“那里安全吗？”

“院子外面围了栅栏。”

亨里克的脉搏开始加速。他应该找几条绳子将油布绑紧。为了吸引汤米的注意力，他努力寻找话题：

“你知道秋天的时候我在那里看到什么了吗？”

“不知道。”

汤米摇摇头，视线仍然没离开那艘船。

“十月份的时候，”亨里克说，“我在卸货的时候……看见一艘游艇，那船肯定是从北边来的，停在‘鳗鱼角’灯塔附近，我看见有个人站在船头……晚上他们就在同一个地方找到了那个女人的尸体，我后来老想着这事。”

他滔滔不绝地说着，而且语速特别快，汤米总算扭过头来了。

“你说谁？”

“‘鳗鱼角’庄园的女主人，”亨里克说，“她叫卡特琳·威斯汀，我夏天曾给她干过活儿。”

“‘鳗鱼角’，”汤米说，“我们正要去那儿……你是说你在那里看到过一起谋杀案？”

“不是，我只看到一艘汽艇，”亨里克说，“但那个地方一年四季都很难看到船……而且随后他们就发现了她的尸体。”

“靠，”汤米说，似乎并不觉得有什么大不了的，“你跟谁说过这事吗？”

“你是说警察吗？”

“可不能说，”汤米说，“警方肯定会问你当时去那儿干什么了，他们甚至还可能检查你的船库，然后把你抓了。”

“那你们也脱不了干系。”亨里克说。

汤米再次看了一眼那艘船。

“弗雷迪在来的路上跟我讲了个故事，”他说，“蛮有意思的。”

“哦，是吗？”

“说是有一个男的跟一个女的……在美国度假，开着车到处走，后来他们在野餐区的路边遇见一只臭鼬。他们以前从来没见过臭鼬，但他们觉得那只动物非常可爱。女孩想将它带回瑞典，但那男的认为海关不会让他们带野生动物过境。于是那女的建议将臭鼬藏在她的内裤里。‘这主意不错，’男的说，‘那这臭味怎么办？’”

汤米挠了挠脖子，停顿了一下才讲出故事最好笑的部分：

“有什么问题？”女孩说，“我这下面不也是这味儿吗？”

汤米已经笑得合不拢嘴了，然后，他转身一把抓住油布。

“我这下面不也是这味儿吗？”他再次说道。

“等等……”亨里克说。

但是汤米根本没有理会，他猛地将油布拉到一边，绳子绑得不紧，他只掀开了小部分，但已经能够看到大多数赃物了。

“哈，”汤米看着船上那堆东西说，然后他又指了指地上，“你应该把这些雪印清理干净，亨里克……你来来回回在船库和船之间走了好几十趟。”

亨里克摇摇头。

“我只是拿了几样东西……”

“几样东西？”汤米说着朝他走过去。

亨里克往后退了一步。

“那又怎么样？”他说，“我这么辛苦。所有地方都是我踩的点，你们只是……”

“亨里克，”汤米说，“你的话太多了。”

“什么？你们……”

可汤米根本就没有听，对着亨里克的肚子就是一拳，吃了这一拳后，亨里克蹒跚退后，撞到身后的一块石头上，摔了个嘴啃泥。

他的夹克也破了，从底部到中间被撕开了。

汤米很快从亨里克的口袋里掏出车钥匙。

“别动……要不还揍你。”

亨里克没有动，肚子一阵悸痛。

很快，他的肚子开始翻江倒海地痛起来，亨里克感到一阵恶心，屈身向前吐在两腿之间。

汤米走到一旁，整了整挂在肩膀上的猎枪，将一把锋利的螺丝刀插进裤子后面的口袋里。

亨里克痛苦地咳了几声，抬头看着他。

“汤米……”

但汤米只是摇摇头。

“你以为我们真叫……汤米和弗雷迪啊？那只是我们的化名。”

亨里克一时语塞，也没了气力，愣愣地坐在石头上。

弗雷迪仍不停地往车上搬东西。最后，他关上车门。

“全部搞定！”

“很好，”汤米直起身子，挠了挠脖子，盯着亨里克说，“至于你嘛……是搭公车……还是坐马车回去，悉听尊便。”

亨里克什么也没说，仍旧坐在石头上，傻傻地看着塞瑞留斯兄弟。弗雷迪不紧不慢地爬上货车的驾驶室，而汤米则毫不客气地坐进了亨里克的那辆萨博车里。

两兄弟将他的车和船都劫了去，亨里克却只能眼巴巴地看着。

看着两辆车慢慢消失在沿海公路的那头。

最后，他不再手捂肚子，随即低头看了看，那件灰色的棉夹克竟然被鲜血染红了。

其实也没有流那么多血。亨里克以前在博里霍尔姆献过血，那可是整整一品脱，所以流这么一点儿血应该没什么大碍。

不过，他肚子还很痛，又吐了一次，头有点眩晕。没什么大问题。

过了一阵儿，他站了起来，伤口附近的血如海浪一样涌了出来，幸亏还能走路。他的肠子和肝脏应该没什么事。

海风渐冷，亨里克想到了爷爷，那年冬天他正是一个人死在这里，但他立刻就让自己忘掉这些了。

所有赃物都被拿走了，唯一让他感到安慰的是汤米和弗雷迪把那个旧灯笼也拿走了。也许现在该轮到他们听那怪异的敲打声了。

亨里克奋力走进船库，来到爷爷的工作台前。

艾尔格特那把旧伐木斧还放在上面，斧头虽小但很坚固。角落里还有一把长柄大镰刀。他拿起斧头和镰刀慢慢走到外面的雪地里。

那把挂锁被两兄弟扔在雪里，这会儿找不到了，亨里克只得用力将门关上。

接着，他走进雪地里，往岸边的草地走去。

他低着头，顶着凛冽的寒风沿海岸线往西走去。虽有羊绒帽和棉夹克抵御寒风，但他的眼睛和鼻子仍被风吹得疼痛难耐。

但亨里克不顾严寒，一个劲儿地往前走。

塞瑞留斯兄弟——也不知道他们是不是真叫这名——将他打倒在地，并偷走了他的船。之前他们不是说要去“鳗鱼角”吗?

如果真是这样，亨里克无论如何也要去那儿找他们报仇。

28

蒂尔达使劲按着亨里克·扬森位于博里霍尔姆公寓的门铃。她跟镇里的同事麦茨·托尔斯滕森安静地在外面等了好一阵儿。

明天就是平安夜了，这事本来早就该解决了，尽管她给亨里克打了好几个电话，叫他来警局协助调查北厄兰岛的入室盗窃案，但亨里克始终没有露面。既然他不主动现身，那她只有亲自来“请”他了。

里面什么声音也没有。蒂尔达再次按响门铃，但是始终没人开门，她将耳朵贴在门上听了听，还是没听到任何声音。她又转了转门把——门是锁着的。

“也许他不在家，”托尔斯滕森说，“去他父母家里过圣诞节了。”

“他老板说他今天有活干，”蒂尔达说，“虽然只要工作半天，但是……”

她又按了按门铃，突然听到公寓楼外面的门“砰”的一声，然后听到走上楼梯的重重的靴子声。蒂尔达和托尔斯滕森同时回头，原来是一个十几岁的少女要上楼，少女的脖子上那条红羊毛围巾遮住了她的半边脸，手里拿着一袋圣诞礼物。她瞥了一眼两名穿制服的警察，当她打开亨里克对面公寓的门时，蒂尔达迎步向前问道：

“我们在找你的邻居……亨里克。你知道他在哪儿吗？”

女孩看了看亨里克门上的铭牌。

“是不是上班去了？”

“我们已经查过了，他没在上班。”

女孩想了想。

“那他可能在船库那边。”

“船库在哪儿？”

“东岸那边……去年夏天他说带我去那儿游泳，但是我没去。”

“很好，”蒂尔达说，“圣诞快乐。”

女孩点点头，低头看了一眼那袋圣诞礼物，那神情让人感觉她早已厌倦了圣诞节。“那就这样了，”托尔斯滕森说，“我们过完圣诞假后再去找他。”

“除非我们能够在回去的路上碰见他。”蒂尔达说。

已经两点半了。现在差不多是零下十度，街上很冷，眼看就要天黑了。

“我等十五分钟就下班了，”托尔斯滕森打开车门的时候说，“然后我得去买东西……圣诞礼物都还没着落呢！”

他看了看手表。估计他的心早就飞到家里去了：很快就可以坐在电视机前美美地喝着圣诞啤酒了。

“我先打个电话……”蒂尔达说。

她的五天长假也快开始了，但她并不想就此放过亨里克·扬森。

她坐在车上再次拨打了亨里克·扬森老板的电话。他告诉她，亨里克的船库在恩斯伦达。

那不就在马奈斯南部？那地方离“鳗鱼角”很近。

“我送你回局里，”她说，“然后我回家的时候去一趟恩斯伦达。我相信他不会在那儿，但还是要去那边看看。”

“如果你需要的话我可以陪你去。”

托尔斯滕森人不错，尽管他也希望赶回家过圣诞节，他的这番话并非虚情假意，但蒂尔达摇了摇头。

“谢了，我只是顺路，”她说，“如果扬森在那儿，我就将他带回警局，让他过不成圣诞节。如果不在，我就回家包礼物。”

“开车的时候小心点，”托尔斯滕森说，“暴风雪要来了，你知道吗？”

“我知道，”蒂尔达说，“已经换成防滑轮胎了。”

他们开车回到警局。托尔斯滕森走进里面，蒂尔达刚要将车驶出停车场，警局的门再次开了。

麦茨·托尔斯滕森向她招了招手。蒂尔达放下车窗，探出头来。

“什么事？”

“有人来看你了。”他说。

“谁？”

“你在警察学院的教官。”

“教官？”

蒂尔达糊涂了，但她还是停下车，跟着托尔斯滕森走进警局。接待区里并没有人。圣诞蜡烛在窗台上闪烁，岛上大多数警察都开始休圣诞假了。

“我把她带来了。”托尔斯滕森说。

他跟坐在等候室扶手椅上一个肩膀宽大的男人打了个招呼。那人穿着一件浅灰色的警用毛衣，上面套了一件夹克，满面笑容地看着蒂尔达走进来。

“我刚经过这里，”他起身说，手里拿着一个用红纸包着的大礼包，“我只想过来说声圣诞快乐。”

这人当然是马丁·艾尔奎斯特。

蒂尔达只得假装微笑。

“你好，马丁……圣诞快乐。”

她的嘴唇突然变得僵硬，但马丁似乎笑得更开心了。

“出去喝杯咖啡怎么样？”

“谢谢，”她说，“但我现在真的很忙。”

但她还是拿过礼物（感觉像一盒巧克力），对托尔斯滕森点点头，往停车场走去。

马丁跟了上去。她转过头，现在她不用再假装开心了。

“你这是在干什么？”

“你什么意思？”马丁说。

“你先是不停地给我打电话……现在又带着礼物来这儿，你到底想干什么？”

“我想看看你怎么样了。”

“我很好，”蒂尔达说，“现在你可以回家……回家陪你的老婆孩子去吧。明天就是平安夜了。”

马丁脸上一直堆着笑。

“我都跟他们讲好了，”他说，“我告诉加琳我今晚在卡尔马过夜，明天清早回家。”

看来在马丁眼里，只要谎话说得好，什么都可以用谎言来解决。

“行啊，”蒂尔达说，“你可以待在卡尔马。”

“为什么要去卡尔马？我待在厄兰岛不就行了。”

她叹了口气，走到自己的车旁，打开车门，将马丁的礼物扔在车后座上。

“我没时间跟你扯这些，现在我得去抓个人。”

没等他回答，蒂尔达已经将车门关上。然后她发动引擎，将车驶出警局的停车场。

很快，她发现一辆蓝色的马自达跟在后面。

是马丁的车，他也跟来了。

在从博里霍尔姆往北去的路上，她一直在想为什么自己就不能下定决心跟他一刀两断呢。她可以朝他大喊大叫，这样他总该明白了吧。

蒂尔达来到海岛东部的时候已经三点半了。天几乎已经完全黑了，天空灰蒙蒙的一片，先前的点点雪花变成了鹅毛大雪。看来暴风雪就要来了。漫天飞舞的雪花在空中不停旋转，似乎正在伺机寻找攻击目标。雪球重重地砸在警车前面的风挡玻璃上。

蒂尔达转往恩斯伦达的小路。马丁的马自达紧紧跟在后面。

借着车头灯的亮光，蒂尔达发现前面有几排车轮印，她跟着车轮印开了大约五十码的距离，希望至少能看见几辆车。

但转弯处根本没见着车的影子。

雪地里除了一堆刚留下来的鞋印之外什么也没有，那堆鞋印位于轮胎印和其中一间船库之间，不是大皮鞋就是靴子留下的。眼看就要被大雪覆盖了。

这时，那辆马自达也在她身后停了下来。

蒂尔达戴上警帽，迎着大风打开驾驶门。

波罗的海沿岸寒风刺骨，人迹罕至，这让整个海岸线平添恐怖。海浪翻滚，将海面的冰块冲得四分五裂。

马丁下了车，朝蒂尔达走去。

“你要抓的人……在这儿？”

她点点头，但还是不想跟他说话。

马丁走到船库那儿，他似乎已经忘记自己已不再是警察了，而只是一个教官。

蒂尔达什么也没说，只是跟在他后面。

附近传来有节奏的撞击声——一间船库的门被风吹得噼啪作响。雪地里几乎所有的脚印都通往这栋独特的小屋。

马丁打开门，往里面瞧了瞧。

“是这间吗？”

“我不知道……应该是吧。”

做贼的总是担心同行打他们的主意，蒂尔达想。他们会将自家的门锁得牢牢的。如果亨里克·扬森忘记锁门了，那这里一定出什么事了。

她走到马丁那边，往黑黢黢的屋子里看去，里面有一个工作台，墙上挂着一些旧渔网和一些渔具什么的，没别的东西了。

“他不在这儿。”马丁说。

蒂尔达没有回答。她走进屋里，弯下腰。木地板上有几滴黏黏的东西。

“马丁！”她大声喊道。

他转过头来，蒂尔达指着地板。

“你看这是什么？”

他弯下腰。

“是血，而且是刚留下的。”

蒂尔达走到外面看了看。有人受伤了，可能是枪伤也可能是刀伤，但应该不是很严重，因为伤者还能自行离开这儿。

她走到海边的草地上，那里的风更大。雪地里再次出现模糊的印迹——那串长长的往北去的脚印。

蒂尔达本想顶着凛冽的寒风，沿着海岸边的那串脚印往前走，但她转念一想，这些脚印很快就会消失在大雪中。

蒂尔达知道那边只有两户人家：卡森的农场和位于东北方的“鳗鱼角”庄园。不管是亨里克·扬森还是别的什么人留下的脚印，他们似乎都朝其中一户人家去了。

一阵狂风吹来，蒂尔达抖擞精神，掉头往车这边走来。

“你要去哪儿？”马丁在她后面大叫。

“不关你的事。”她回答道，继续往警车走去。

她上车后也没理会马丁是否跟来。接着，她打开无线电，呼叫了博里霍尔姆控制中心。她想将船库附近可能发生的打斗报告给总部，并且让他们知道她正往北边去了。

但是没有回应。

雪比以前下得更大了。蒂尔达发动车子，将暖气开到最大，打开雨刮器，慢慢将车开动。

她在侧视镜里发现马丁打开马自达的车门，里面的灯随即亮了。接着，他打开车头灯，跟着她的车行驶在那条碎石道上。

蒂尔达往东边望去，地平线已经消失了，她加快车速，海面上卷起了灰白色的雪帘，正快速往海岸移动。

29

暮色中，乔金站在厨房里看着庭院之间越堆越高的积雪。看来今年他们会在“鳗鱼角”过一个白色的圣诞节。

然后，他望向畜棚那扇现已关闭的门。门前没留下任何脚印，他还是前晚去的那里，但现在，他总会想起那间密室。

那是专为死者设计的祈祷室，里面还有长凳。

埃塞尔的夹克整齐地叠在一条凳子上，密室中还有许多别的纪念物。但他出来的时候并没有拿走那件衣服。

是卡特琳将衣服放在里面的。她一定是在秋天的时候找到那间密室的，然后将埃塞尔那件粗斜纹棉夹克放在了长凳上，也没有告诉他。他甚至都不知道卡特琳将那件衣服拿到这里来了。

妻子肯定有事瞒着他。

后来乔金给妈妈打电话才知道，是她将衣服寄到“鳗鱼角”的。他想，肯定是英格丽将埃塞尔的衣服装进了盒子里，再放到自家的阁楼上。

“不是，我只是从上面拿下来用牛皮纸包好，”英格丽说，“然后我就寄给卡特琳了……好像是八月份的时候。”

“你为什么这么做？”乔金问道。

“是她要我这么做的。卡特琳夏天的时候给我打电话，想借这件衣服，说是想找什么东西，于是我就寄给她了，”英格丽停顿了一下说，“难道她没告诉过你吗？”

“没有。”

“你们之间难道都没什么交流吗？”

乔金没有回答。他本来想说他和卡特琳当然会互相交心，非常信任对方——但他记得埃塞尔死的那个晚上她表情有点怪。

当时卡特琳拥抱了利维亚，并用她那双闪烁的眼睛看着乔金，好像有什么喜事发生了。

从厨房的窗户望向外面，乔金发现天已经完全黑了，于是他开始准备晚餐。在12月23日晚就上圣诞大餐似乎太早了，但他希望节日气氛早点儿到来。

他姐姐是去年十二月淹死的，整个圣诞期间，再没人提过她的名字，不仅如此，卡特琳和乔金还多买了些礼物和吃的。他们在“苹果屋”里点满了蜡烛，装饰得漂漂亮亮的。

当然，他总觉得埃塞尔还在，每次当卡特琳举起手中的无醇苹果酒跟他干杯的时候，他总会想起她。

他忍住眼泪，继续看《美味圣诞菜肴》上的菜谱，窗外夜色渐浓，他在厨房里照着菜谱，尽量施展自己的厨艺。

他煎好了切片的香肠和肉丸子。将奶酪切成条状，切碎卷心菜后又热好排骨。接着，他又将火腿放进烤箱。做完这些后，他开始削土豆皮，在刚烤好的五香面包上刷上糖浆和水。然后很快将鳗鱼、鲱鱼和鲑鱼起锅装在盘子里，最后开始为孩子们做“圣诞特色菜”——烤鸡和薯条。

乔金将菜一盘盘地端到餐桌上，当然，他也没忘记拉斯普廷，桌下早就放了一碗新鲜的金枪鱼。

半小时后，他开始叫利维亚和加布里埃尔。

“开饭了。”

两个孩子很快走进来，站在餐桌旁。

“哇，好多吃的。”加布里埃尔说。

“这就叫圣诞大餐，”乔金说，“你们用盘子每样装一点儿就行。”

利维亚和加布里埃尔照爸爸说的做了。他们在盘子里盛了烤鸡和薯条，还盛了一点土豆和酱汁，但鱼和卷心菜根本没碰。

乔金带着两个孩子来到会客室，三人坐在枝形吊灯下的大桌子旁。他给自己倒了一杯苹果酒，祝孩子们过一个快乐的圣诞节。然后就等着孩子们问他为什么安排四个座位，但他们什么也没问。

他倒不是相信卡特琳今晚一定会回来，但看着空荡荡的座位，他至少可以幻想卡特琳就坐在那儿。

他们一家本该其乐融融地坐在一起享受圣诞晚餐。

他妈妈去年圣诞节也加了个座位。当然，埃塞尔也从没出现过。

“我可以走了吗，爸爸？”五分钟后，利维亚问道。

“不行。”乔金很快说。

他看到女儿的盘子已经空了。

“可我吃光了所有东西。”

“还不能走。”

“可我想看电视了。”

“我也是。”加布里埃尔说，他盘子里的食物都还没怎么动。

“电视里在播骑马比赛。”利维亚说，好像这么说就能说服爸爸了。

“哪儿都不能去，”乔金说，他无意说得这么大声，但一开口声音提高了几分，“这事很重要。我们要一起庆祝圣诞节。”

“真没劲。”利维亚盯着爸爸说。

乔金叹了一口气。

“我们一起庆祝圣诞节。”他重复道，语气似乎并不让人信服。

孩子们都不说话了，但至少没嚷着要走了。最后，利维亚端着盘子走到厨房，加布里埃尔跟在后面，两人端着一份肉丸子回来了。

“外面的雪下得真大，爸爸。”利维亚说。

乔金看了看外面，窗外雪飘如絮。

“很好。我们可以滑雪橇了。”

利维亚糟糕的心情来得快去得也快，很快她就跟加布里埃尔一起在那儿讨论树下的圣诞礼物。两人似乎都不关心桌子旁边的第四张椅子，可乔金一直盯着它。

他在等待什么？等前门打开卡特琳走进会客室吗？

墙上的穆拉钟只敲了一次——五点半了，但窗外几乎已经黑透了。

乔金吃掉最后一颗肉丸子，看了一眼加布里埃尔，发现儿子已经发困了。今晚他比平时多吃了两倍，现在正一动不动地坐在那儿，垂着眼睑，对着空空的盘子。

“加布里埃尔，去睡会儿怎么样？”他说，“今天你就可以晚点睡觉。”

加布里埃尔先是点点头，然后又说：

“到时候我们就可以一起玩儿了，你、我，还有利维亚。”

“当然。”

乔金突然意识到儿子可能已经忘记卡特琳了。一个三岁的小孩能记得什么呢？什么也不会记得。

他吹灭蜡烛，收拾好桌子，将食物放进冰箱里面。然后，他把加布里埃尔抱到床上，盖好被子。

利维亚还不想这么早睡觉。她想看赛马，于是乔金将一台小电视机搬到她房间里。

“这样行了吗？”他说，“我要出去一小会儿。”

“你去哪儿？”利维亚问道，“你不看赛马吗？”

乔金摇摇头。

“我不会很久的。”他说。

然后他从树下拿起卡特琳的圣诞礼物，接着，他拿着礼物和手电筒来到门厅，加了一件厚厚的羊毛衫，穿上靴子。

他已经准备好了。

他站在镜子前，对着黑黢黢的走廊，几乎看不到自己，他突然觉得他能透过自己的身体看到房子的轮廓。

乔金感觉自己就像庄园里出没无常的幽灵。他呆呆地看着镜子周围白色的英格兰墙纸以及墙上挂着的一顶象征乡村生活的旧草帽。

突然，他觉得一切都变得毫无意义——他和卡特琳为何年复一年地整修房子？他们住的地方变得越来越大，装修好一个地方后马上又会开始装修别的地方，而这一切似乎都只是为了清除前人留下的痕迹。这到底是图什么？

一个低沉的声音打断了他的沉思。乔金回头一看，发现一只四条腿的动物蜷缩在碎呢地毯上。

“你也想出去吗，拉斯普廷？”

他走到四周镶嵌玻璃的阳台上，但那只猫并没有跟出去，只是呆呆地看着他，接着便溜进了厨房。

房子周围大风呼啸，吹得阳台上的小玻璃窗啪嗒直响。

乔金打开外门，寒风袭面，现在，风已经很大了，而且似乎正越刮越大，雪花似刀片般在庭院的上空鬼魅般地飞舞着。

他小心翼翼地走下台阶，抬头看着漫天飞雪。

海那边的天空比以往任何时候都要黑，太阳好像沉入波罗的海，永远都不会出来了。恐怖的乌云遮住了大半个天空，东北方向一块巨大的雪云开始降落，直奔海岸而来。

暴风雪就要来了。

乔金沿着庭院里的那条石头小道走到漫天风雪的户外。他记得耶尔洛夫曾警告过他，人在暴风雪中极易迷失方向，但现在地上只铺了薄薄的一层雪，走到畜棚那边似乎并无大碍。

他走到那边，拉开大门。

里面什么动静也没有。

他瞥见角落里闪出一道亮光，便停了下来，扭头看去。原来是灯塔射进来的光。畜棚遮住了北塔，但南塔那束红光此刻正好投在他身上。

乔金走进畜棚，风似乎在后面推他前行，他感觉那风也想跟着他进去似的。最后他“砰”的一声将门关了。

他打开电灯。

小灯泡发出昏暗的黄光，畜棚里仍旧灰蒙蒙的一片，灯光连石墙洒下的阴影也驱散不了。

他听见屋顶上狂风呼啸，但坚固的横梁仍然纹丝不动。这么多年来，暴风雪似乎总也奈何不了这栋建筑。

卡特琳和其他人的名字仍静静地躺在阁楼的那面墙上。但乔金今夜并不想爬上干草棚，他只是走到每年冬天牲口站立的地方——畜栏那儿。

最远端那个畜栏里的石头地板至今仍一尘不染，也没有一根干草。

乔金趴在地上，慢慢扭动身躯，从木板下面那条狭窄的通道爬了进去，他一只手拿着手电筒，另一只手拿着卡特琳的礼物。

他在空心墙里站了起来，打开手电筒。手电筒发出微弱的光，看来很快就要更换电池了，但至少他还能借着手电筒的光看到那架通往黑暗礼拜堂的梯子。

乔金听了听，但畜棚里面还是一片寂静。

乔金还在犹豫到底上不上去，暴风雪就要来了，他突然想到利维亚和加布里埃尔还在房子里。

然后他抬起右脚踩到最下面的梯子上。

乔金非常紧张，心怦怦直跳，但他更多的是期待而不是害怕。他拿定主意，一步步朝黑黢黢的小礼拜堂爬去。

卡特琳就在近前，他感觉到了。

1962年冬

马库斯回厄兰岛了，他想见我，可他并没有到“鳗鱼角”来。我得去博里霍尔姆的一间咖啡屋见他。

现在，托伦几乎已经分不清白天黑夜了，她要我买点面粉、土豆和别的根类蔬菜回来，我们只能靠这些食物度日了。

尽管十二月已经开始了，但这座灰暗的小镇还在等待严冬的来临，而我们的这次会面也成了诀别。

——米拉·兰博

温度计上显示零度，但博里霍尔姆并没有下雪。我穿着一件旧棉袄，沿着博里霍尔姆笔直的街道往前走，感觉自己就像一个乡巴佬。

马库斯回厄兰岛探望住在博里霍尔姆的父母，顺便想见见我。他们的部队现在在埃克舍，他正在休假，穿着一件灰色的军装，裤子上的褶皱颇为时髦。

我们见面的那家咖啡馆里全是举止优雅得体的女人，我从寒冷的外面走进去的时候，她们全都用异样的眼光看着我——当年，瑞典小镇的咖啡馆里并无多少年轻人。

“你好，米拉。”

我走向餐桌的时候马库斯礼貌地站了起来。

“你好。”我回应道。

他尴尬地抱了抱我，这时候我发现他开始使用须后水了。

我们几个月没见了，起初，气氛还是有点儿紧张，但慢慢地，我们开始聊上了。我没怎么跟他说“鳗鱼角”的事，因为他离开后，那里根本就没发生过什么事。我问了他在部队的事，问他是不是也会住在像我们在阁楼上搭的帐篷里，他说外出训练的时候就是住帐篷。他告诉我说他的连队去过诺尔兰，那里零下三十度。为了保暖，他们不得不在帐篷周围堆满雪，他们的帐篷看起来就像因纽特人用雪块砌成的小屋。

之后我们又呆呆地坐在桌子旁。

“我想我们春天的时候或许能够待一块了，”良久我终于开口道，“如果你愿意，我可以搬到你的军营附近，去卡尔马或什么地方，你复员的时候我们可以住在同一个镇里……”

这根本就不是一个周详的计划，但马库斯仍然微笑看着我。

“等春天再说吧，”他脸上堆着笑，手轻轻地拂过我的面颊说，“你要去我父母家看看吗，米拉？就在街角。他们今天不在家，但我的那间卧室他们仍给我留着……”

我点点头，从椅子上站了起来。

那是马库斯小时候的卧室，我们第一次，也是最后一次做爱。他的床很小，所以我们把床垫拖到地上，躺在上面。房里静悄悄的，只听见我们急促的喘息声。开始我很害怕，担心他父母会突然进来，但过了一会儿，我也就顾不得那么多了。

马库斯很饥渴，但也很小心。我想他也是第一次吧，但当时我没敢问。

我很小心吗？一点儿也不。我没采取任何保护措施——我从来没想过会有什么后果，而它的美妙之处正在于此。

半小时后，我们在街上分手告别。寒风瑟瑟中，那次告别显得如此匆忙，我们隔着厚厚的衣服笨拙地最后一次拥抱。

马库斯回公寓收拾行李，等下他要坐船过海，我则去巴士站，回北边的“鳗鱼角”。

我独自走在街上，但仍能感觉到他的体温。

本来我也想坐火车回家，但现在火车已经停运了。所以只得搭巴士。

巴士上没几个人，气氛有点儿压抑，正符合我当时的心情。我感觉自己就像一个灯塔守护者，奉命去世界的尽头完成半年的义务。

黄昏的时候，我在马奈斯南部下了车，那天，风特别冷。我在罗比村的杂货店里给我和托伦买了吃的，然后顺着沿海公路向家里走去。

在回“鳗鱼角”的路上，我看到海那边的天空上乌云盖顶，海风呼啸，便加快了脚步。暴风雪来的时候必须待在屋里，否则上次托伦在泥炭沼的悲剧就可能重演，或许比那还要糟糕。

我到达庄园的时候发现大多数窗户都熄灯了，只有我们的小房间里仍然亮着暖黄色的光。

我正要回去看看托伦怎样了，突然眼角瞥见海那边有一道闪光。

我转头一看，现在还没天黑，灯塔竟然亮了。

就连北塔的灯也亮了，白色的灯光在那儿一闪一闪。

我将装食物的袋子放到台阶上，经庭院往海岸走去。北塔的灯仍在闪烁。

我正盯着灯塔出神，突然听到什么东西掉到我面前的地上，是一块白色的长方形物体。

我还没走近拾起来之前就知道是什么了。

是托伦的画。

“你回来了，米拉？”是一个男人的声音，“你去哪儿了？”

我回过头，发现是捕鳗鱼的拉格纳·戴维松，他正从我家里出来，迎面朝我走来。他穿着一件闪亮的油布雨衣，手里还拿着什么东西。

他胳膊下夹着的正是托伦的那些画，差不多有二十幅。

我记得他当时在外屋是这样说的：“……不是黑的就是灰的，颜色太暗了，跟垃圾一样。”

“拉格纳……”我叫住他说，“你在干什么？你要将我妈妈的画拿到哪里去？”

他走过我身边的时候并没有停下脚步，只是回答道：

“丢到海里去。”

“你说什么？”

“房间里放不下了，”他回头喊道，“外屋的储藏室归我了。我现在去海边撒网捕鳗鱼。”

我惊恐地看着他，然后看了看北塔那鬼魅的白光。我转过身，背对着海，背着风，匆匆回到家中，回到托伦身边。

海岸边的风越来越猛烈，大风吹得汽车不停摇晃，蒂尔达紧紧抓住方向盘。

这下暴风雪真的来了，她想。

公路上，在车头灯的照耀下，大雪肆无忌惮地回旋着。她放缓车速，探身扑往风挡玻璃，这样才能看清前面的道路。

雪越下越大，海岸边像是扯起一块厚厚的白色幕布，在风中疯狂地起舞，雪也越积越厚，最后成了一个个雪堆。

蒂尔达知道暴风雪很快就会将低矮的灌木丛掩盖，整座海岛也会被大雪吞噬，车去不了任何地方，就连雪地摩托车也会深陷其中。

她开着车继续往北行驶，马丁仍紧紧地跟在她后面。他不会轻易放弃的，但她现在没工夫理他，只顾看前面的路。

路上积了厚厚的一层雪，蒂尔达感觉车像是行驶在棉花堆里，车轮根本没办法抓稳地面。

借着车头灯，蒂尔达想看看有没有车朝这边开过来，但在漫天大雪下，前面只是灰蒙蒙的一片。

经过泥炭沼附近的时候，前面的路完全消失了，她徒劳地寻找着路牌，可根本看不到——不是被风吹走了，就是根本没安装。

她从后视镜里发现马丁的车越来越近，估计这也是让她分心的原因，她盯着后视镜的时候没注意前面的阴影处有个弯道，等她发现的时候已经太迟了。

蒂尔达猛打右边的方向盘，但显然来不及了。前轮还是陷进了雪堆里。

“嘭”的一声，警车停住了。还没等她反应过来，又是“嘭”的一声，声音比先前还要大，接着便传来玻璃破碎的声音，车一个“趔趄”，陷入沼泽地前面的沟渠中。

马丁的车撞上了她的车。

坐在方向盘后面的蒂尔达慢慢直了直腰。她的肋骨、后背和脖子似乎都没什么大碍。

她脚踩油门，想将车往后倒，但后车轮不停地在雪地里打转，根本抓不住地。

“该死的。”

蒂尔达熄掉引擎，希望冷静下来。

她从后视镜里发现马丁打开车门走到雪地里。风实在太大了，吹得他甚至有点儿摇晃。

蒂尔达也打开了车门。

外面，暴风雪肆虐，昏天暗地的一片，这样的场景让蒂尔达不由自主地想起了她在“鳗鱼角”见过的那幅画。她刚一下车，寒风呼啸，扑面而来，似要将她拽进泥炭沼中，她差点没能站稳，只能靠着警车往前走去。

车的前部已经陷进沟里，而右边的后轮则悬在空中。

现在，雪已经开始往车门上堆积，而车轮早已被大雪覆盖。

接着，蒂尔达整了整警帽，又沿着车身往马丁那边走去。

她最终决定跟他撇清所有关系，现在他既不是她以前在警察学院的教官也不是她以前的情人。

“你的车离得太近了！”她在凛冽的寒风中大声说。

“是你突然来了个急刹车！”他不甘示弱地回应道。

她摇摇头：

“没人叫你跟来的，马丁。”

“你的警车里有无线电，”他说，“叫他们派抢修车来。”

“不用你教我怎么做。”

她背过身去，但她知道他说得对。虽然今晚所有的抢修车都可能在外抢险，但她还是会试一试。

马丁很快回到他那辆马自达里，蒂尔达也踉踉跄跄地回到了温暖、安静的警车里。一进到车内，她马上用无线电第二次呼叫了博里霍尔姆的控制中心——这次，扬声器里总算传来了刺耳的声音。

“控制中心吗？”她说，“我是1217，完毕。”

“1217，收到。”

她听出无线电那头讲话的人是汉斯·马勒，他的语速比平常要快。

“控制中心现在是什么情况？”蒂尔达问道。

“乱了……全乱套了，”马勒说，“他们在想是不是该将大桥完全封闭了。”

“封闭大桥？”

“对，打算封闭一晚。”

蒂尔达意识到，如果是这样的情况，风暴肯定已经登陆海岛了——只有在极端恶劣的天气下，厄兰岛桥才会禁止车辆通行。

“你在哪儿，1217？”马勒问道。

“我在奥菲莫森东边的公路上，”蒂尔达说，“我的车抛锚了。”

“收到，1217……你需要帮助吗？”马勒说，语气听起来还像挺关心她似的，他接着又说，“我们会派车过来，但可能没这么快。城堡废墟旁边的山间公路堵车了，我们的救援车现在都卡在那边。”

“有铲雪车吗？”

“他们只是在主干道上抢险……雪刚铲完很快又堆满了。”

“明白。我这边的情况也一样。”

“你暂时没事吧，1217？”

蒂尔达犹豫了一下。她不想告诉他说马丁也跟她在一起。

“我今天连咖啡都没带，但应该没事，”她说，“如果气温再下降，我就到离这儿最近的人家去。”

“收到，1217。我会记下来的，”马勒说，“祝你好运，蒂尔达，通话完毕。”

蒂尔达将无线话筒放了回去，静静地待在驾驶室里。她现在还不知道该怎么办，她看了一眼后视镜，厚厚的积雪已经将后面的风挡玻璃完全遮住了。

最后，她拿起手机拨打了马奈斯的号码。电话响了三声就接通了，但车外的风太大，她听不清对方在说什么，于是她大声喊道：

“是耶尔洛夫吗？”

“是我，请说。”

他似乎离听筒很远，声音听起来很平静。

“我是蒂尔达！”她大声说。

耳朵里传来一阵刮擦声，声音听起来有点儿恐怖，但她很快听到电话那头的耶尔洛夫问道：

“你不是在暴风雪中开车吧？”

“是啊，我现在在车上……在沿海公路这边。离‘鳗鱼角’不远。”

那边又传来耶尔洛夫的声音，但蒂尔达没有听清他在说什么。

“什么？”蒂尔达对着手机大声问道。

“我说这可不好。”

“是啊……”

“你感觉怎么样？”

“我很好，只不过……”

“你真的没事吗，蒂尔达？”耶尔洛夫打断她，声音又提高了几度，“我是说，你心里真觉得没事？”

“确定什么？你说什么？”

“我想你现在可能并不开心……你放录音机的背包里有封信。”

“有封信？”

蒂尔达很快意识到耶尔洛夫在说什么了。最近她一直都在忙着工作，一心只想找亨里克·扬森回来问话，完全没顾上自己的私事。现在全想起来了。

“那封信并不是给你的，耶尔洛夫。”她说。

“我知道，但是……”电话那头突然出现了静电干扰的嗞嗞声，但很快又恢复正常了，“……没有封口。”

“没错，”她说，“你看了啊？”

“我只看了前面几行字……但又在结尾处看了一点儿。”

蒂尔达闭上眼睛。她现在身心俱疲，就算耶尔洛夫翻看了她的包，她也没精力生气。

“你把那信撕了得了。”她就说了这么一句。

“你要我把信撕了吗？”

“是的，把它扔了吧。”

“好的，”耶尔洛夫说，“你没事吧？”

“我没事，也就这样了。”

那边耶尔洛夫的声音又变小了，她没听清楚。

蒂尔达想将什么都告诉他，但她做不到。她不能跟他说，马丁的妻子怀孕的时候他仍跟自己频频约会。而且马丁在她身边的时候她也感到很开心，很满足——即使加琳即将分娩那天晚上他们也在一起幽会。马丁午夜才赶去医院，他连自己儿子出生都没能到场，末了还编了一箩筐借口。

蒂尔达叹了口气说：

“我早就该跟他断绝关系了。”

“是啊，是啊，”耶尔洛夫说，“我想你现在已经跟他断了。”

她看了看后视镜。

“是的。”

然后她又通过风挡玻璃看了看外面。雪越积越深，外面一片模糊。她的车几乎就要埋在雪堆里了。

“我想我得离开这儿了。”她对耶尔洛夫说。

“你还能开车吗？”

“不行了……我的车卡住了。”

“那你得去‘鳗鱼角’庄园，”耶尔洛夫说，“走路的时候小心眼睛……除了雪，这么大的风里还有沙子和泥土。”

“嗯。”

“而且绝对不要坐下来休息，蒂尔达，不管你有多累。”

“知道，我很快就会再联系你。”蒂尔达说完关掉了手机。

她最后一次吸了一口车内温暖的空气，打开车门走到雪地里。

大风在她耳边呼啸，无情地鞭打着她。蒂尔达锁好车门，开始沿公路往前走，感觉就像潜水者穿着重重的靴子蹒跚走在海床上。

蒂尔达走到那辆马自达前，马丁摇下车窗，在凛冽的寒风中眨着眼睛，大声说：

“有人来救咱们吗？”

她摇摇头，也大声说：

“我们不能留在这儿了。”

“什么？”

蒂尔达指了指东边。

“那边有栋房子！”

他点点头，将玻璃摇上去。下了车锁好车门后，跟在蒂尔达后面往前走去。

她踩着厚厚的积雪，穿过那条柏油路，跨过一条沟渠，最后又爬过一堵石墙。

蒂尔达带路往“鳗鱼角”方向走去，马丁紧跟在她身后。他们走得很慢。每次她一抬头，风就像冰冷的桦木枝一样，使劲抽打着她的脸。她必须弯着腰，小心翼翼地往前走，以免被大风吹倒。

蒂尔达今天只穿了一双短筒靴，她多么希望自己带了滑雪板，哪怕穿上雪地鞋也好。

最终她还是回过头去，背对着刺骨的寒风，向跟在她后面的黑影伸出手。

“快点！”她大声说。

马丁已经冻得瑟瑟发抖。他今天只穿了一件单薄的皮夹克，连帽子也没戴。

是他自己只穿这么点衣服的，怪得了谁，但蒂尔达还是伸出手去。

他没有说话，只是牵着她的手，两人靠在一起，步履艰难地朝“鳗鱼角”庄园走去。

亨里克·扬森在漫天大雪中艰难跋涉。狂风呼啸，他将头埋在胸前一步一步地往前走，差点儿连方向都分不清了。

他想自己应该到了“鳗鱼角”南塔海岸附近的草地边，可他并没有看到灯塔，漫天狂舞的大雪吹得他眼睛生疼。

真是自作自受，他心里暗骂，自己本来应该待在家里的。暴风雪来的时候他总会待在室内。

七岁那年，一月的一个周末，他在爷爷的小屋里做了个噩梦：梦见晚上的时候，一群狮子在他房间里不停转悠。

早上醒来的时候狮子不见了。屋子里静悄悄的，但度假屋周围冰天雪地的一片。

“昨晚下暴风雪了。”爷爷艾尔格特解释说。

铺天盖地的大雪连绵起伏，都已经堆到窗台来了——亨里克连前门都打不开。

“爷爷，你怎么知道……这就是暴风雪？”

“我们不知道暴风雪什么时候来，”艾尔格特说，“它来的时候我们就知道了。”

亨里克知道，在波罗的海沿岸，暴风雪就这性子。来的时候一点儿征兆也没有。

他手里还哆哆嗦嗦地拿着艾尔格特的镰刀，大风吹得他直摇晃，眼看就要被风吹倒，他只得将镰刀扔了，但是他还紧紧握着那把斧头。他在坚硬、冰冻的地面上走三步后就不得不蹲在地上休息一会儿，然后再走三步。

过了一阵儿，他每走一步都要休息一下。

大浪打来，海面上的那层薄冰被冲成了碎片。亨里克听见远处浪声隆隆，却再也看不清大海了——四周一片模糊。

肚子没之前那么痛了。也许是因为冰冷的海风已将伤口吹得麻木，也不再流血的缘故，但他整个身体也正慢慢变得麻木。

他的意识越来越模糊——有时，他甚至迷迷糊糊地觉得身体已经不听使唤了。

亨里克想起了卡特琳，那个在“鳗鱼角”淹死的女人。他喜欢帮她打磨、更换地板。那个女人小巧玲珑，一头金发，跟卡米拉挺像的。

卡米拉。

他记得他们躺在床上时她身上暖暖的，但是他的这点回忆很快被大风吹散。

回到恩斯伦达的船库也已经不可能了，况且他现在也分不清楚船库在哪个方向了。那该死的灯塔在哪儿呢？寒风呼啸，亨里克努力睁开眼睛，瞥见远处微弱的灯光闪烁——看来，他并没有走错方向。

他吸了一口气，往前挪了几步，又大口将气喘出。

正往一条阶梯上爬的时候，从海那边吹来一股强风，他不由得停下脚步。风不会越刮越大了吧，这是亨里克之前没想到的。

他双膝跪倒在地，同时将斧头扔到雪地里。但最后他还是挣扎着将斧头捡了起来，用外套紧紧裹住斧柄。斧头是用来对付塞瑞留斯兄弟的，他绝不能丢了。

他匍匐着往北爬去——至少他认为自己正往北走。现在，他什么也做不了，只有硬着头皮往前面爬，如果他躺在雪地里休息，恐怕很快就会被冻死。“做贼就该挨打，”爷爷以前是这样说的，“他们只配去做肥料，或者用来喂鱼。”

亨里克摇摇头。

爷爷并不是说他，他一直都很信任自己。他只是欺骗了自己的老师、朋友、父母、地板公司的老板约翰，还有那些屋主。当然还有卡米拉，他们在一起的时候他会对她撒谎，最后，连她也越来越讨厌他了。

肚子被人用螺丝刀狠狠地捅了进去，也许这就是他该得到的下场。

突然，他发现有人张牙舞爪地向他扑来。亨里克吓出一身冷汗，回过神来才发现那只是一片在风中不停飞舞的长芦苇叶。

他站在那里，闭上眼睛，在暴风雪中蜷成一团。如果他就此放弃，那他很快就会被冻僵，先是肚子，然后再是全身。

死是什么样的感觉，温暖？寒冷？或是介乎两者之间？

突然，亨里克的脑海里再次浮现出塞瑞留斯兄弟奸笑的样子。他必须走下去。

32

乔金站在畜棚里，巨大的屋顶上狂风怒号。他感觉大风甚至穿透了横梁和石棉瓦，但站在畜棚里，暴风雪奈何不了他。

他几分钟前就爬上了梯子，来到干草棚后面的密室里。

里面一片寂静。看到上面有棱有角的屋顶，他知道自己已经进入教堂了。

手电筒就快没电了，里面虽然有点暗，但他仍能凭感觉知道那些放有遗物的长凳在哪儿。

这是为“鳗鱼角”死去的人准备的祈祷室，那些亡灵每年圣诞节都会聚集在此。

乔金十分肯定。他们是今晚来还是明天来呢？这不重要，他反正会留在这里等卡特琳出现。

乔金看着长凳上的遗物，沿着长凳之间狭窄的通道往前走去。

他在一条长凳前面停了下来，用手电筒照着那件整齐叠放在上面的粗斜纹棉夹克。

他上次就没有拿走——其实那天晚上他根本不敢碰它。他将米拉·兰博的那本书拿回卧室看，但他并不想将埃塞尔的夹克也拿下去。他害怕利维亚又会梦见她的姑姑。

乔金伸手摸了摸这件磨得破损了的衣服，好像他这么一摸，它就能将所有的答案都告诉他。

他拿起一个袖子，有东西飘落地上。

是一张小纸片。

他弯腰拾起，看见上面用水笔写了一句话。借助微弱的手电筒光，他看清楚了这个力透纸背的句子：

让那个吸毒的婊子消失。

他拿着那张字条，慢慢退后了几步。

那个吸毒的婊子。

乔金又读了几遍字条上写的这几个字，意识到字条并非写给埃塞尔的。而是写给他和卡特琳的。

让那个吸毒的婊子消失。

可他以前从未见过这张字条。

而且，字条并未受潮，黑墨水写的字清晰可辨，由此推断，埃塞尔失足落水的那晚口袋里并没有揣着这张字条。

他意识到字条一定是后来放进去的。也许是卡特琳在收到英格丽寄给她的衣服后放进去的。

乔金又想起了晚上埃塞尔站在“苹果屋”外面的街道上大喊大叫时的情形。有时候他看到有些邻居也会掀开窗帘往那边瞧。他们也会恐惧地看着街道外的埃塞尔。

从字条的措辞看，极像是邻居写的。一定是卡特琳独自在家的时候在邮筒里发现的，她看了字条，也知道事情不能继续这么下去。邻居们已经受够了埃塞尔夜复一夜的嘶叫。

所有人都受够了埃塞尔。必须想想办法。

此时乔金已经精疲力竭，他挨着埃塞尔的夹克跌坐在那条长凳上。眼睛死死地盯着手中的字条，这时风中突然传来一声微弱的刮擦声。

声音是从他身后地板上的开口传出来的。

畜棚里有人！

1962年冬

如果北塔的灯亮了，“鳗鱼角”就会死人。我听说过这个故事，那晚我从博里霍尔姆回家的时候发现北塔的灯亮了，但我并没有将这两件事联系起来。拉格纳·戴维松拿着托伦的画往海边走，甚至根本没有理会我在后面叫他。

有几卷画被他丢在雪地里，我想拾起来，但很快就被大风吹走了。我回家的时候胳膊下仅夹着两幅画。

——米拉·兰博

背后大风呼啸，我跑进外屋的门廊，继续往中间的那个房子走去，尽管我知道里面是什么情况。

白色的墙壁上空空如也。

托伦储藏室里那些以暴风雪为主题的画几乎全都不见了——地板上除了几卷画和几堆渔网之外什么都没有了。

里屋那间房的门是关着的，但我知道托伦坐在里面。我不能进去告诉她，她的那些画几乎全被人拿走了。最后，我跌坐在地板上。

桌子上凭空多了半杯酒和一个酒瓶。

我走过去，闻了闻酒杯里透明的液体。原来是杜松子酒——应该是戴维松用来暖身子的。

屋里到处都是酒瓶，里面装着不同种类的酒，我想了想，知道该怎么做了。

我匆匆跑过内庭，并没有看到戴维松，于是我打开畜棚的门，走进黑黢黢的屋内。即使没有灯，我也能自如地找到堆放垃圾和旧东西的地方。我走到那边，角落里放着一个特殊的金属容器，上面画着一个黑色的十字架。最后，我把这个容器拿到了外屋。

我将戴维松放在储藏室里的那些杜松子酒全都泼到他那散发着焦油臭味的渔网上，然后将金属容器里无色无味的液体倒进瓶子里。

然后我将那个金属容器藏在角落的一个木碗柜里。

接着，我再次坐在地板上等着。

五分钟还是十分钟后，我听到门那边嘎吱一声，随即一阵大风吹进屋内，然后又听到门“砰”的一声关上了。

一串沉重的脚步声走过门廊，有人在屋外跺脚，抖落身上的雪，我闻出那股汗臭和焦油味了。

拉格纳·戴维松走进房间，看着我。

“你去哪儿了？”他问，“一大早就不在家。”

我没有回答，现在的我心里只想着怎么跟托伦解释那些画。她肯定还蒙在鼓里。

“肯定跟男人约会去了。”戴维松自问自答。

他围着我，在水泥地板上慢慢踱着步子，我想给他最后一次机会，手指着海滨的方向对他说：

“我们必须去那边将画拿回来。”

“不可能。”

“必须拿回来。你得帮帮我。”

他摇摇头，走到桌旁。

“我已经将画扔了……风刮起海浪，将它们带到哥特兰岛去了。”

他倒了一杯酒，将杯子放到嘴边。

我本可以警告他，但我什么也没说，只是看着他两三口就将那杯“酒”一饮而尽。

然后，他将杯子放在桌上，舔了舔嘴唇，接着说：

“对了，小米拉……你现在有什么打算？”

33

亨里克醒来的时候发现爷爷站在漫天席卷的大雪中。艾尔格特穿着靴子，身体前倾，一只脚提起。

快走！你想死吗？

他感觉有人不停用力鞭打他的腿和脚。

起来！你这该死的小偷！

亨里克慢慢抬起头，拭去眼睛上的雪，在狂风暴雪中努力睁开眼睛。他爷爷的鬼魂不见了，但他看到远处有一盏探照灯静静地掠过夜空。鲜红色的灯光照红了他头顶的那幕雪帘。

稍远处，他隐约又看到了另一盏灯——白色的灯光在那儿不停闪烁。

是“鳗鱼角”的双子灯塔发出的光。

神志模糊的亨里克一步一步在雪地里艰难地往前爬着，最后，他终于恢复了神志。

他的牛仔裤已经全部湿透了，正是这些融化的雪水让他清醒过来的。海浪一浪高过一浪冲向海滨，虽然他现在躺在离海滨很远的草地上，但他的脚全被泡沫打湿了。

他慢慢站了起来，背对着大海往前走去。现在，他的手已经冻得完全麻木了，幸亏他的脚还听使唤。

亨里克颤抖的双脚还有一点点力量。他再次往前面走去，双手有气无力地垂在身旁。

突然，他发现夹克里藏有一个什么东西，是木制的柄。冰冷的钢刃正对着自己的喉咙。

原来是他爷爷的斧头——他记得是自己将它藏在夹克里的，可是在衣服里藏把斧头干什么呢？

良久他才想起：斧头是用来对付塞瑞留斯兄弟的，想到这，他拿起斧头继续往前走去。

他终于在暴风雪中看到了两座灯塔灰色的轮廓。而塔下面波涛翻滚，闪闪发光的大冰块被海浪冲上双塔矗立的海岛。

亨里克终于到“鳗鱼角”了。他簌簌地站在风中。现在他该怎么办呢？

他要去“鳗鱼角”庄园，那房子一定在他的左手边。于是，他背对双子塔，往那个方向走去。

因为顺着风，他踩着草地上厚厚的积雪一路往前走的时候，突然觉得轻松了很多。风正慢慢变小，他感觉到了。

又走了一两百步后，他隐约记得前面有栋建筑物。

一道木栅栏突然挡住了去路，但他还是找到了一道小门。夜晚，从这边望过去，“鳗鱼角”庄园就像一艘大船，亨里克从两面山墙之间的遮蔽处走了进去。

他终于成功了。

大庄园张开黑色的手臂将他拥在怀里。他终于安全了。

跟海滨凛冽的寒风相比，庭院里的风就像是在他脸庞上轻抚。但庄园的空地上仍积满了厚厚的雪。粉末状的大雪从屋顶盘旋而下，在他脸上融化，院子里的雪堆几乎齐腰深了。

亨里克在雪幕中瞥了一眼主屋的阳台。他踏过积雪，来到阳台下面的台阶前。

他站在下面，屏住呼吸抬头看去。

门和锁都已经坏了，门框似乎也被撬开了。

塞瑞留斯兄弟已经来过这里了。

亨里克冻得瑟瑟发抖，也顾不上这么多了。他踉踉跄跄地走上台阶，推开阳台的门，差点一头栽过门槛，跌倒在那柔软的碎呢地毯上。他身后的门随即合上了。

久违的温暖。暴风雪被挡在门外了，现在，他甚至能听见自己的喘息声。

他放下斧头，开始试探性地动了动手指。感觉像冰块一样，但没过多久，手和脚指头开始暖和了，也慢慢有了感觉，但钻心的痛也随之而来。肚子上的伤口又开始抽痛起来。

他全身都湿透了，实在太累了，但他不能躺在这里。

亨里克慢慢站起来，蹒跚着走过隔壁的门厅，里面黑黢黢的，但黄色的灯光和烛光时不时在他眼前跳动。新贴的墙纸雪白雪白的，天花板也重新修葺、粉刷过了——跟他上次来这儿相比，这里已经有了翻天覆地的变化。

他转向左边，突然发现自己站在一个大厨房里，这里的地板正是他夏天的时候重新安装的。

一只黑灰色的猫坐在那里，望着窗外，空气中还飘荡着肉丸子的香味。

亨里克看到了水龙头和水槽，踉跄着走了过去。

水不是很热，但当水淋到他那双冻僵的手上时，他感到火烫般的痛，他咬紧牙关，在水龙头下淋了几分钟后，手指终于能活动了。

那只猫扭头看了他一眼，然后又回过头去看着屋外的暴风雪。

餐桌上放着一套不锈钢餐刀。亨里克将手柄最大的一把刀抽了出来。

他拿着那把餐刀又重新回到主屋中。

他想回忆一下房子的布局，但怎么也想不起来了。走着走着他突然发现自己站在一条长长的走廊上，旁边有一个小房间。

那是一间小孩的卧室。

一个长着一头金发、五六岁的小女孩坐在床上，胳膊下夹着一个毛绒玩具和一件红色的毛衣。她前面的地板上放着一台小电视机，不过已经关掉了。

亨里克想跟她说话，但脑海里一片空白。

“嘿。”他只憋出这么一句话来。

声音有点儿沙哑。

女孩并没有说话，只是看着他。

“你见过其他人来过这里吗？”他问，“见过像我这样的……好人来过吗？”

女孩摇摇头。

“我只听见有人来了，”她说，“有人在房子里走来走去，他们把我吵醒了……我害怕，不敢出去。”

“很好，”亨里克说，“你应该待在屋子里……你爸爸妈妈呢？”

“爸爸出去找妈妈了。”

“那你妈妈呢？”

“在畜棚里。”

亨里克还不知如何反应，女孩指着他问道：

“你手里为什么拿着刀呀？”

他看了看下面。

“我不知道。”

看着自己拿着一把大刀，感觉确实有点儿不自在。那刀看上去就挺危险的。

“你要用它切面包吗？”

“不是。”

亨里克闭着眼睛。现在，他的脚恢复了知觉，感到一阵刺骨的疼。

“那你用它来做什么呀？”小女孩问道。

“我不知道……不过，你可别出去。”

“我可以去加布里埃尔的房间吗？”

“加布里埃尔是谁？”

“是我弟弟。”

亨里克用力点点头。

“当然可以。”

小女孩抓着她的毛绒玩具和毛衣很快下了床，蹦蹦跳跳地从亨里克身边走过。

亨里克用尽最后一点力气，转过身去。不一会儿，他听见隔壁卧室的门关了。接着，他又往另一个方向去找塞瑞留斯兄弟了。他以前来过这里吗？肯定来过。

他沿着长长的走廊回到房子的前面。

除了风，亨里克想听听还有没有其他的声音，几秒钟后，他隐约感觉楼上传来有节奏的“咚咚”声——可能是一扇没关好的百叶窗。不久，房子里再次沉寂下来。

门厅里的角落里放着一个黑色的扁平状的东西。亨里克走到近前。

原来是那块“显灵板”，被拦腰折断扔在地上，周围的小碎片像一个摔破的鸡蛋。

亨里克走回阳台，寒风迎面扑来。窗玻璃上全是积雪，但他分明感觉到庭院中有什么东西在动。

他悄悄地弯下腰，拾起爷爷的那把斧头。

那边真有两个人影，慢慢踏雪而来，亨里克看着其中一人手中还拿着一个黑糊糊的东西。是枪吗？

他不知道来人是不是塞瑞留斯兄弟，但他还是举起了手中的斧头。

这时，外门开了，他将斧头扔了出去……

34

狂风卷起漫天飞雪，让人睁不开眼睛，蒂尔达一路蹒跚着往前，马丁跟在她旁边，但两人都没有说话，在这样的暴风雪中，他们几乎没办法交流。

他们来到一块田野，蒂尔达有好几次都想抬头看看他们到哪儿了，但夹杂着冰粒和沙子的雪不时吹进她的眼睛里，疼得像火烧一样。

蒂尔达的警帽也不知道什么时候被大风吹走了。她感觉自己的耳朵已经冻僵了。

这时，暴风雪中突然飘来一股柴火味，这是一个令人鼓舞的信号，她猜可能有人烧了篝火，可能是炉子，也许他们离某户人家不远了，也许“鳗鱼角”庄园就在附近。

一个长方形大雪堆横在他们前面，蒂尔达试图踏过去，但她突然停了下来，原来那“雪堆”是一堵石墙。

她慢慢爬过大雪覆盖的石墙，马丁也跟在她后面爬了过去。对面的地势更为平坦，他们感觉正沿着一条小径往前走。

突然，蒂尔达听见墙那边传来嘎吱嘎吱的声音，接着又听到刺耳的摩擦声和“啪”的一声碰撞声。

几分钟后，他们来到两个四四方方的大雪堆前。原来是两辆停在雪地里的车，大风吹得车子直摇晃，车身一半都埋在雪堆里了。

蒂尔达扫开那辆大车车身上的积雪，原来这正是那辆上面贴着“卡尔马管道焊接公司”的黑色货车。

墙那边还有一个拖车，上面放着一艘船。那艘船好像已经被风吹得翻转过来了。

不过，船仍然紧紧地拴在拖车的金属架上，但上面的油布已经裂开。扬声器、链锯、石蜡灯和挂钟撒落一地。

那些东西看起来像是赃物。

马丁在那边喊着什么，但蒂尔达没有听见。她慢慢挨着货车车身走过去，试了试车门，驾驶座的门是锁着的，不过，她随即转到另一边，试了试副驾驶门，“啪”的一声开了。

蒂尔达钻进里面，透了口气。

身后的马丁也将脑袋探了进来，头发和睫毛都白了。

“你怎么样了？”他问。

蒂尔达揉搓着冻僵的耳朵，有气无力地点点头。

“还好。”

车里的空气还挺暖和的，她终于能够正常呼吸了。蒂尔达下意识地往车后座看了看，发现后面堆满了东西。有首饰盒，一条条香烟和成箱成箱的酒。

她背对着马丁的时候发现乘客门下面嵌着的一块褐色的木板松了。

一个白色的塑料袋露了出来——里面还包着什么东西。

“这里有个小隔间。”她说。

马丁望过去，将塑料袋拉了出来，连着整块木板都带出来了，掉在雪堆里。

原来是个隐秘的储藏室，里面是一包一包的东西。

马丁拿起最上面的一包，用车钥匙开了条缝，手指伸了进去，舔了舔白色的粉末说：

“是冰毒。”

蒂尔达知道他判断得对，在警察学院的时候他就教过他们如何辨别毒品。她也拿了几袋放进口袋中。

“证据。”她说。

马丁看着她，好像还有什么话要跟她说似的，但蒂尔达懒得理会。她解开枪套，拿出那把西格-绍尔。

“附近有情况。”她说，然后她推开马丁，顶着大风，再次沿小径往前走去。

没走多远，她第一次瞥见灯塔射出的光，在这样的暴风雪中，灯塔的光实在太模糊。

他们就快到“鳗鱼角”庄园了。蒂尔达看到了主屋，窗户射出的微弱的光在那儿一闪一闪。

原来是烛光。乔金·威斯汀的车就停在屋前，已经完全被雪覆盖了。

威斯汀一家肯定在屋内。最糟糕的情况是他们已被窃贼劫持做了人质——蒂尔达不愿往这方面想。

她前面就是那个大畜棚。她挣扎着往前面红色的木墙走了几步，找到一个避风的地方。终于可以透一口气了，她很快用衣袖将脸上的雪水揩掉。

现在她必须弄清楚屋里有什么人，里面是什么状况。

她解开外套的扣子，拿出手电筒。她一只手拿着枪，另一只手拿着手电筒，紧紧贴着畜棚的墙慢慢往前走，然后小心翼翼地往墙角那边看过去。

雪，映入眼帘的全是雪。屋顶像是拉下一块白幕，庭院间风雪交加，大雪漫天飞舞。

马丁从黑暗中走了出来，弓着背，靠着墙，也跟在她后面。

“这就是我们要来的地方吗？”他大声说。

蒂尔达点点头，深深地吸了一口气。

“这里就是‘鳗鱼角’庄园。”她说。

主屋离畜棚大约十码远。厨房里亮着灯，但并没发现里面有什么人。

蒂尔达走到内庭，里面也全是雪。有些地方的积雪甚至深至腰间，在这样的雪堆里前行举步维艰。她握着枪，艰难地朝主屋走去。

雪地里有一排新脚印。有人刚从庭院走上石梯。

蒂尔达来到黑黢黢的阳台前面，看了看那扇门。

那门撇向一旁，显然是被人强行撬开的。

她慢慢走上台阶，然后抓住门把，小心翼翼地将门打开，走到最上面的台阶上。

突然，一道闪光迎面而来，她根本来不及闪避或者伸出手臂。

是斧头！砸到脸上的一刹那她才明白过来。

鼻梁“咔嚓”一声，然后感觉整个鼻骨一阵灼痛。

她隐约听见马丁在远处大喊。

蒂尔达仰面从台阶滚落下来，倒在雪地里……

凶犯从树荫下走了出来，来到埃塞尔旁边小声对她说：

“你想跟我走吗？如果你不说话，跟我走，我就让你看看我口袋里的东西……不是钱，比钱还要好。跟我到海边去，我给你海洛因，不要钱的。针筒、勺子和打火机都带在身上了吧？”

埃塞尔点点头。

乔金颤抖着，不敢想象这样的画面。突然，一阵隆隆的声音让他清醒过来。

这下，他完全清醒了，看了看四周，知道自己正坐在祈祷室前面的长凳上，膝盖上放着卡特琳的圣诞礼物。

卡特琳？

里面几乎完全黑了。手电筒早已不亮了，唯一的光亮来自阁楼上那个灯泡——灯光透过狭窄的缝隙射了进来。

那隆隆的声音是什么呢？畜棚不会被雷或者闪电击中了吧——是大风暴，此刻，海浪正呼啸着朝岸边涌来。

这时，暴风雪更加猛烈。

一楼的石墙岿然不动，但畜棚的其他结构却在狂风中飘摇。穿过缝隙的大风像警报器，在乔金耳边响起。

他抬头看了看头顶上的横梁，感觉它们似乎也在不停摇晃。风暴像黑色的海浪一样朝“鳗鱼角”庄园不断袭来，木墙不停发出嘎吱嘎吱的声音。

他感觉暴风雪似乎要将这畜棚撕成两半。

但乔金感觉还有别的声响。屋里传来沙沙的声音，像是有人慢慢走过木地板。黑暗中，似乎什么都不安分，窃窃私语的声音响彻其中。

不断有人坐在他身后的长凳上。

但他看不清这些人是谁，只感觉屋里骤然冷了。人陆陆续续地来，长凳上的人越聚越多。

乔金听了听，开始紧张起来，不敢挪动半步。

长凳上突然没了声音。

其他人慢慢走过旁边的通道。他听见有人在黑暗中小心地说话，有个人拖着沉沉的脚步经过他身边的长凳。

他的余光瞥见一张苍白的面孔，挨着他，一动不动地站在长凳边上。

“卡特琳？”乔金小声问道，竟不敢扭过头去。

人影慢慢地挨着他坐在凳子上。

“卡特琳。”他再次小声喊道。

他试探性地在黑暗中伸出手去，摸到一只冰凉、僵硬的手。

“我来了。”他耳语道。

但那人没有回答。低着头，像在祈祷。

乔金也垂下眼睛。看着旁边的粗斜纹棉衣，小声说：

“我找到埃塞尔的棉衣了。还有邻居写的字条。我想……卡特琳……我姐姐是你杀的。”

那人仍然没有回答。

1962年冬

我和那个捕鳗鱼的拉格纳·戴维松坐在外屋里，互相盯着对方。

那个时候我已经筋疲力尽了。暴风雪就要来了，我只将托伦的几幅画保存了下来，我旁边的地板上仅剩下六幅画了，戴维松将其他的画都丢到海里去了。

——米拉·兰博

戴维松又往杯中倒了一杯“杜松子酒”。

“你确定不来点儿？”他问。

我紧紧抿着嘴唇，他对着酒杯一饮而尽。然后将杯子放在桌子上，咂着嘴巴。

他看着我的时候似乎对我有非分之想，但他还没来得及有所动作，突然肚子一阵绞痛。我感觉他的身体在不停抽搐，他弯着腰，手捂着肚子。

“糟糕。”他自言自语道。

戴维松想放松下来。但他的身体突然再次变得僵硬，这时他好像突然想到了什么。

“哦，糟糕，”他说，“我想……”

他不说话了，头撇向一边，还在那儿想着——接着，他的整个上身因为绞痛剧烈地抽搐起来。

我一动不动地坐在那儿，盯着他，一句话也没说。我本可以问他是不是感觉不舒服，但问题是我知道原因：毒药发作了。

“酒瓶里装的不是‘杜松子酒’，拉格纳。”我说。

戴维松现在更痛了，他靠在墙上。

“我在里面装了别的东西。”

戴维松挣扎着站了起来，踉踉跄跄地经过我身边，朝门口走去。这时，我突然不知哪来的力气。

“滚出去！”我大声喊道。

我捡起角落里的一个空金属桶，用力地砸在他背上。

“出去！”

他随即出去了，我跟着他走到雪地里，看着他朝栅栏走去。他从那条小门出去后蹒跚着往海边走去。

南塔鲜红色的灯光映在纷纷扬扬的大雪中，北塔现在又是一团漆黑了。

黑暗中，我看见拉格纳停靠在防浪堤附近的摩托艇在海里不停颠簸。海浪发出长长的怒吼声，不断冲向海岸，我应该叫住他，但我站着没动，只是看着他摇摇晃晃地朝防浪堤走去，然后看着他解开绳子。接着，他站在那里，又弯下腰往水里呕吐。

他放下绳子，而他的摩托艇很快被汹涌的波涛冲离了防浪堤。

拉格纳似乎中毒太深，也顾不得自己的船了。他看了一眼大海，踉踉跄跄地往内陆走去。

“拉格纳！”我大声喊道。

如果他向我求助，我会帮他，但他根本就听不见我在喊他。他到岸边的时候也没停下来，而是向他在北边的家走去，很快便消失在夜色和皑皑白雪中。

我回到外屋，托伦跟往常一样，仍然没睡，只是坐在窗户边的椅子上。

“你好，妈妈。”

她没有回头，只是问道：

“拉格纳·戴维松呢？”

我走到炉火旁，叹了口气。

“他走了。刚才还在这儿……但现在已经走了。”

“他将那些画扔了吗？”

我屏住呼吸，转过头来。

“画？”我几乎说不出话来了，“你为什么觉得他会这么做？”

“拉格纳说他要将那些画扔了。”

“没有，妈妈，”我说，“你的画还在储藏室放着呢。我可以拿来……”

“他应该扔了的。”托伦说。

“什么？你什么意思？”

“是我要拉格纳将它们扔到海里去的。”

四五秒钟之后我才明白她的意思——我脑海里一片空白，突然疯了似的扑向托伦。

“你这老不死的，就知道坐在这儿！”我破口大骂，“你就坐在这里等死吧，你这该死的瞎子……”

我用手不停地扇她，托伦什么也看不见，只能坐在那里挨打。

我不停地数着落在她身上的拳头，六、七、八、九，打到第十二下的时候我终于停住了。

后来，我跟托伦都已气喘吁吁。窗外依旧狂风哀号。

“你为什么让我一个人跟那个糟老头待在外面的房间里？”我责问道，“你不知道那个房子有多脏吗，妈妈，你不知道他身上有多臭吗……你不该让我进去的，妈妈。”

我停顿了一下。

“那时候你就瞎了吗！”

托伦面颊都被我打红了，只是呆呆地“盯”着前方。我想，她并不知道我在说什么。

我在“鳗鱼角”的生活到头了。我很快离开了那里，后来再也没有回去过。也不再提起托伦了，后来我知道她去了老人院，但我们再也没有说过话。

第二天，新闻说厄兰岛和大陆之间的晚班船被海浪打翻了，好几个乘客冻死在冰冷的海里。马库斯·兰德奎斯特就是其中一个。

而那个捕鳗鱼的拉格纳·戴维松也死了。他一天后被人发现死在岸边。而对于他的死，我毫无愧疚之心。

我想，自我和托伦离开“鳗鱼角”的外屋后，那里恐怕再没人住过了，我甚至觉得，除了夏天的几个月之外，那栋庄园也没人住过了。那里的木墙上刻满了哀思。

半年后，我搬到斯德哥尔摩，开始在那里的艺术学校上课，这时我才发现自己怀孕了。

第二年，我的第一个孩子卡特琳·曼斯特拉·兰博出生了。

你有双和你爸爸一样的眼睛。

36

“喂！”亨里克冲倒在雪地里的人影喊了一声，“你没事吧？”

这问题问得够愚蠢的，因为倒在他身下的人一动不动地躺在那儿，脸上全是血。身上也慢慢被雪覆盖了。

亨里克眨了眨眼睛，不知所措地站在那里，这一切发生得太突然了。

他以为来人是塞瑞留斯兄弟。第一个人刚打开阳台的门，亨里克就将他爷爷的斧头用力扔了出去，正好打在那人的头上，不过他很确定，对方是被刀背而非刀刃所伤。

他站在阳台的门道那儿，借着外面的光，他突然发现自己打中的是个女人。

女人身后几码远的地方还站着一个男的，好像已被暴雪冻僵了。接着，他突然冲到前面，跪倒在地上。

“蒂尔达？”他大声喊道，“醒醒，蒂尔达！”

她的胳膊有气无力地动了动，想用力抬起头。

亨里克走出温暖的房子，在风雪交加中走到户外的台阶上，发现倒在台阶下的女人穿着一件深色的警服。

是警察。但现在她几乎已经被雪覆盖了，从鼻子周围流至嘴角的血也变成了黑色。

这一刻，除了漫天飞舞的大雪之外似乎一切都停止了。

亨里克感到肚子上一阵绞痛。

“喂！”他再次喊道，“你没事吧？”

没人回答，但那名男子拾起斧头来到台阶那儿。

“放下武器！”他冲亨里克大叫。

他后面的女人突然咳嗽了两声，在雪地里剧烈地呕吐起来。

“什么？”亨里克说。

“马上放下武器！”

这时候亨里克才意识到那人指的是他手里仍然紧紧地握着的餐刀。

他不想将刀扔了。塞瑞留斯兄弟就在附近，他必须用来防身。

那个女人不再呕吐了。她伸出手小心地摸了摸鼻子。鹅毛般的大雪仍不停地落在她的肩膀和鼻子上，而她脸上的血也结成了黑块。

“你叫什么名字？”台阶上站着的那个男人问道。

女人抬起头，在呼啸的大风中冲亨里克一遍一遍地在喊，亨里克也总算弄清楚对方叫什么了：他自己的名字。

“亨里克！”她大声喊道，“亨里克·扬森！”

“把刀扔了，亨里克，”那男的说，“然后我们可以谈谈。”

“谈谈？”

“亨里克，你因偷窃罪……”躺在雪堆里的女人说，“入室盗窃罪……和刑事毁坏罪被捕了。”

亨里克听见她说的话了，但他没有回答，他现在已经筋疲力尽了，只是摇摇头，往后退了一步。

“都是……汤米和弗雷迪兄弟干的。”他轻轻地说。

“什么？”那男的说。

“是那该死的两兄弟干的，”亨里克说，“我只是给他们打下手。当初跟摩根一起干的时候顺利得多，我从来没想过……”

大风呼啸，亨里克忽然听到“当”的一声，那声短暂、清脆的声音就在他右耳几英尺外响起。

亨里克转头一看，发现阳台的一扇小窗户上裂开了一个不规则的黑洞。

是风吗？也许是大风将玻璃吹开了。亨里克糊涂了，但他又突然觉得有人正开枪打他，不过那名警察手里已经没有枪了。

他看着畜棚上漫天飞舞的大雪，发现那里竟然还站着一个人。

一个黑影从半开着的畜棚里走了出来，双腿叉开站在雪地里。借着外面的灯光，亨里克发现那人手里正拿着一根细长的棍子。

不，不是棍子。是枪无疑。亨里克看得不是很清楚，但他感觉那是一把老式毛瑟枪。

那人戴着黑色的头套。是汤米！还冲院子里喊了几声，然后扣动了手中的枪，乓乓。

这次碎的不是玻璃——亨里克前面站着的那人扭曲着脸，一头栽倒在地。

马丁中枪的时候蒂尔达看得十分真切。

被斧头击中后，她甚至希望自己就此失去意识，但她的脑海却很清醒，什么都记得：一阵钻心的疼痛之后她跌倒在地，枪也从手中飞了出去。

然后，她仰面躺在像床一样柔软的雪地里。

她一动不动地躺在那里。鼻子骨折了，带着体温的血流到嘴角，在暴风雪中折腾这么久后她真的已经精疲力竭了。

我今晚已经尽力了，蒂尔达想，算了吧。

“蒂尔达！”

马丁跪在她身边，大声呼喊她的名字。她还发现马丁后面有个人从阳台上走了出来，站在上面看着她。那人手中拿着一把很大的刀，还不停说着什么，但她一句也没听清楚。

后来，周围沉寂了一会儿。蒂尔达想沉沉地睡过去，但突然感觉一阵恶心，她头一偏，全吐在雪地里了。

蒂尔达咳嗽了几声，抬起头，希望重新振作起来。她看到马丁走到那人身边，大声呵斥，叫他放下手中的刀。

站在台阶上的人正是她要找的盗窃犯亨里克·扬森。

“亨里克？”

蒂尔达用沙哑的声音喊了几遍亨里克的名字，同时她又想努力回想一下整起案子。

她没能听到亨里克的回答，却听到了枪声。

枪声是从庭院那边的畜棚传过来的，声音很浊，没有回音。子弹击中了亨里克旁边的一扇窗户。

他转过头，懵懂地看着窗户上的那个洞。

马丁又朝他走了几步。他冷静地往前迈着步子，像是以教官的身份语气坚定地劝说犯罪嫌疑人。亨里克往后退了几步。

蒂尔达意识到两人都没听见枪声。

她正要提醒他们，这时又连着响了几枪。

她看到站在台阶上的马丁上身开始抽搐，双脚慢慢不支，重重地摔倒在离自己几码远的雪地里。

“马丁！”

他背对着她躺在地上，蒂尔达低着头，开始往他身边爬去。大风中传来微弱的呻吟声。

“马丁！”

她在警察学院的时候教官跟他们讲过，人在中刀或者中枪之后，先要检查受害者还有没有呼吸，血流得多不多，有没有休克。

呼吸？在这样的暴风雪中实在难以分辨，但几乎听不到马丁的呼吸声了。

她用力将他扶起，撕开他的夹克和已经被血染红的毛衣，终于发现了那个小弹孔——就在左脊柱偏上一点儿的位置。弹孔看上去很深，血仍在汩汩流出。子弹打中他的大动脉了吗？

不能将他留在雪地里，但蒂尔达没办法将他弄到屋里去。也没时间了。

她解开自己那件夹克右边的口袋，拿出一卷压力绷带。

“马丁？”她再次喊道，同时用力将绷带缠到他中弹的位置。

他仍旧没有回答，眼睛睁得大大的，一眨不眨地盯着大雪——他已经休克了。

蒂尔达感觉不到他的脉搏。

她再次将他仰面放下，俯了过去，用双手使劲地按压他的胸口。按一下，等了等，又使劲按了一次。

但没什么用。马丁似乎已经没有呼吸了，她摇了摇他的身体，感觉他根本没有生命迹象了。大雪不停地落在他的眼睛上。

“马丁……”

蒂尔达放弃了。跌坐在他旁边的雪地里，揩了揩鼻子上的血。

事情全乱了。马丁根本不该来这儿，他本不该跟她来“鳗鱼角”。

突然，她又听到畜棚那边传来几声枪响。蒂尔达赶紧低下头。

手枪呢？她之前跌倒的时候掉到雪地里了。

那把西格-绍尔是黑钢做的——在白茫茫的雪地里应该不难找到，她开始往周围摸了摸，同时又小心翼翼地往雪堆那边看过去。

一个手里拿着枪，戴着黑色头套的人走过雪地。

那人爬过雪堆的时候意识到蒂尔达也看见他了，他在大风中嚷了一通。

蒂尔达没有回答。她的手还在雪里摸索——突然摸到一个硬邦邦的东西，一开始她没抓稳，好不容易，终于拿到手里。

蒂尔达将枪从雪里拔了出来。

她拍拍枪管，将上面的雪抖落，打开保险栓瞄准畜棚方向。

“警察！”她大叫一声。

那个戴面罩的人回应了几声，但是这么大的风，根本听不清楚他在说什么。

“好兄弟……好兄弟。”他好像这样说。

他弓着腰慢慢朝雪堆这边的蒂尔达走来。

“别动，把枪扔了！”蒂尔达尖叫道，声音似乎一点儿底气也没有，但她继续喊道，“否则我开枪了！”

说完她真的开枪了，她先是鸣枪警告。而这声枪响跟她的声音一样，毫无震慑力。

那人站住了，但并没有扔掉枪。他站在离蒂尔达不到十码远的地方，跪倒在两个雪堆之间，再次举枪瞄准她，蒂尔达又连着开了两枪。

接着，她毛着腰躲在雪堆后面，几乎与此同时，灯突然灭了。窗户里面的电灯和内庭里的灯笼一下全灭了。

因为暴风雪，“鳗鱼角”停电了。

38

于是，埃塞尔穿过黑黢黢的小径，走过小树林，沿海滨的那条小道来到海边，斯德哥尔摩笼罩在夜幕下，房子和街道上的灯光闪闪烁烁。

她顺从地坐在船库下的阴影处，拿到了那人给她的海洛因。然后，她跟往常一样：将那些黄棕色的粉末放在勺子里加热，再将毒品吸入针筒中，扎进胳膊里。

万籁俱寂。

凶犯在那里耐心地等着，看到埃塞尔垂下头，开始打瞌睡……然后，凶手走过去，狠狠推了一下毫无反抗之力的埃塞尔，她一头栽进冰冷的海里。

乔金仍然一动不动地呆坐在长凳上。祈祷室里没有灯光，但里面并没有完全黑下来。他可以看清里面的木墙、窗户和那张耶稣空墓穴的插画。他周围有一团苍白色的光，像是远远射入的月光。

屋顶，暴风雪仍在嘶吼。

他并不是一个人待在屋内。

他的妻子卡特琳就坐在他旁边。他能用余光瞥见她那张苍白的脸。

他旁边的长凳上也坐满了人。乔金能够听见轻轻的嘎吱声，就像教堂里聚会的人不耐烦地等着上去领圣餐时的情形。

他们开始陆续起身。

乔金也不安地跟着站了起来，感觉自己来的并不是时候。那些人很快就会发现他并不属于他们的同类。

“来吧，”他小声说，“相信我。”

他牵着卡特琳冰冷的手，试图让她站起来，她终于还是顺从地站了起来。

乔金听到脚步声四起。他身后的人开始拥向狭窄的通道。

祈祷室里人越聚越多，黑压压的一片。

乔金也没办法从他们身边走过去。他只能站在原来那条长凳前——他无处可去。只能静静地站在那里，紧紧抓住卡特琳的手。

他们周围的空气越来越冷，乔金冷得打起了哆嗦。他听到了旧衣服沙沙的摩擦声，以及他们走过他身边时地板轻轻的嘎吱声。

那些人好像很冷似的，可他没办法给他们温暖。他们想上去领圣餐。现在乔金冻得发抖，但他们还是不断拥向他身边。那些人走动的时候就像在狭窄的房间里缓缓跳舞，连他也跳了起来。

“卡特琳！”他小声喊了一句。

但她的手早已从他手上滑落，她已经不在他身边了，现在，他们被那些蜂拥而上的人分开了。

“卡特琳？”

她不见了。乔金回过头去，想推开人群再次找到她。但没人帮他，所有人都挡着他的去路。

突然传来了一阵声响，而且绝不是风从畜棚的缝隙中吹进来的声音，是有人在喊，接着“砰砰”又是几声。好像有人在开枪，像是步枪或者手枪对着干草棚下面的某个地方一阵齐射。

乔金愣在那里，听了听，却再也听不到任何声音了，房间里也没人走动了。

原先阁楼上穿墙而过的苍白灯光也突然没了。

乔金意识到停电了。

他站在黑黑的祈祷室里。感觉这里好像突然只剩下他一个人了，房间里的其他人都走了。

几分钟后，畜棚某个地方突然闪烁起灯光。一道淡黄色的光突然变亮了。

39

蒂尔达眨了眨眼，眼睛上融化的雪水掉落地上，她小心地抓起一把雪敷在阵阵抽痛的鼻子上。然后，她右手拿着枪，摇摇晃晃地站起来。她的头就跟她受伤的鼻子一样痛，但至少她还能站起来。

现在，整个大庄园一片漆黑，院落间的那些雪堆看上去就像小山丘似的。黑暗中，前面的畜棚像大教堂一样矗立在那儿。“鳗鱼角”停电了，也许整个北厄兰岛都停电了。这样的事情以前也发生过，当倒下的树压在主干线上时，就会停电。

马丁一动不动地躺在离蒂尔达几码远的地方。她看不到他的脸，但他那没有生命迹象的身体即将被大雪覆盖。

她拿出手机，拨打了报警电话。却是忙音。她又试着拨打了博里霍尔姆警局的电话，但也没办法接通。

她收起电话，环顾了一眼内庭，并没发现刚才开枪打她的人。她刚才还击了几枪——打中他了吗？

她往台阶那边看过去，亨里克·扬森也不见了。

蒂尔达用枪对准畜棚方向，慢慢朝后面退去，跌跌撞撞地来到台阶前。

她的眼睛慢慢地习惯了黑暗。接着，她弯着腰，盯着那扇开着的门，快步走上台阶。

阳台里最先映入她眼帘的是一双靴子。一个身穿户外装的黑影半躺在门廊的碎呢地毯上，大口喘着粗气。

“亨里克·扬森？”蒂尔达喊道。

他没有回答。

“我在这儿。”他终于开口道。

“别动，亨里克。”

蒂尔达爬过门廊，用枪瞄准他。亨里克待在原地，有气无力地看着那把枪，也没想逃。他一只手用力抓住地毯的边缘，另一只手捂着肚子。

“亨里克，你受伤了吗？”她问。

“我被人……刺中了肚子。”

蒂尔达点点头。又多了一个受害者。她想骂人，但最后只是拾起他的刀，扔到外面的雪地里，然后又搜查了他全身，确定他身上没有武器了。

她从口袋里拿出一块消毒纱布和最后一块绷带，递给亨里克。

“马丁躺在外面，”她轻轻地说，“他中枪……死了。”

“他是警察吗？”亨里克问。

蒂尔达叹了一口气。

“他以前是……但现在是警察学院的教官。”

亨里克撕开消毒纱布，摇摇头。

“他们疯了。”

“他们是谁，亨里克，是谁杀死的马丁？”

“是汤米和弗雷迪兄弟。”他说。

蒂尔达怀疑地看着他，亨里克耸耸肩。

“他们自己说的……说他们叫汤米和弗雷迪。”

蒂尔达记起她在卡尔马赛马场见到的那两个人了。

“你们一起偷的东西？你们是拍档？”

“以前是的。”他撩起毛衣，开始擦肚子上的伤口，“是汤米干的。”

“他们身上带的是什么武器，亨里克？”

“他们有把猎枪，是一把老式的毛瑟枪……我不知道他们身上还有没有别的。”

亨里克缠绷带的时候蒂尔达弯腰帮他压紧。

“你给我趴在地上。”她命令道。

“为什么？”

“我要给你戴上手铐。”

他看着她。

“如果他们开枪打死了你，下一个就轮到我了，”他说，“难道让我戴着手铐坐在这里等死？”

蒂尔达想了想，又将手铐挂回皮带上。

“我会回来的。”

她转身快步从台阶上下去了，从两个雪堆里爬了过去，最后看了一眼马丁的尸体。

她毛着腰，穿过雪地往畜棚那边走去。

雪还在下，蒂尔达眨着眼睛，这样才能看清楚前方，因为忌惮窃贼手中的枪，她往前走的时候格外小心。

畜棚前几码远的地方有一个波浪状的长雪堆，蒂尔达在雪堆后面发现了持枪者留下的痕迹。靴印到处都是，雪地里还留下了一个人倒下的轮廓。但现在人和枪都不见了，她也没看到任何血迹。

他一定是到畜棚里面去了。

蒂尔达想起了倒在血泊中的马丁，便留在院中没再往前走了。畜棚敞开的大门就像洞穴的入口。她不想进去。

右前方稍远处还有一个入口——一道漆成黑色的小木门。她紧贴着石墙，慢慢往那边挪去，大雪纷纷地飘下来，落在她的颈后融化了。

蒂尔达来到门前，抓住门把，尽力将门拉开，直到那门被积雪挡住无法再动。

她往里瞥了一眼。

里面一团漆黑，现在仍未来电。

她用手枪瞄准里面，走进泥地里，里面漆黑一片，一点儿声音也没有。

她靠墙站了一会儿，听了听声音。现在，她的鼻子又开始抽痛了。里面什么也看不见，很难判断是不是有人正躺在阴暗的地方等着她。

她感觉暴风雪似乎越来越远，但头上的大屋顶不停地发出嘎吱嘎吱的声音。大约一分钟后，她又蹑手蹑脚地朝前走去。屋子里肯定没有雪，但地面坑坑洼洼的，有时候踩着的是泥土，有时候又是石子。

突然，她发现前面隐约有个大黑影，她差点儿就要开枪了，最后，她用脚踢了踢，原来是个大橡胶轮胎。轮胎罩上还有“麦科米克”的商标。

蒂尔达撞到一辆旧拖拉机上，这个锈迹斑斑的大家伙肯定停在这里很多年了。

她悄悄地绕过拖拉机，看到地板上堆满了油漆罐、木板什么的，她意识到自己进入的是畜棚最东端的储藏室。

突然，畜棚传来一声轻轻的撞击声，蒂尔达连忙回头——但身后什么也没有。

亨里克跟她说是两个人，但奇怪的是，蒂尔达感觉畜棚里有很多人——那些人全在她周围的阴暗处看着她。这种感觉很模糊，让人极度不安，可她总也无法摆脱。

她的眼睛已经逐渐适应了里面的黑暗，能够看到对面的石墙了。

突然，她听到轻轻的叮当声在她左边响起。声音好像来自畜棚。

大约一秒钟后，她周围更亮了，很快，她发现身旁的木墙里有一个门道。那条门应该通往畜棚。而且，那个不停闪烁的灯光同样来自畜棚。

蒂尔达闻到一股烟味，于是她赶紧跑到门边，往畜棚里看去。

果然，几码远外通往干草棚的木楼梯旁烧起了一团火，烟里有股辛辣的石蜡味。有人放了一堆干草，然后将一瓶燃烧的石蜡在地板上砸碎。现在，火已经烧起来了，连楼梯板都着火了。

一个高个子男人站在火那边的阁楼下。那人跟亨里克年龄相仿，手里拿着的不知是一个黑色的头套还是帽子，他似乎并没有发现她。那人眼睛直勾勾地盯着熊熊燃烧的大火，脸上闪着光亮，看起来非常兴奋。

一幅装裱的油画靠在他旁边的木柱上，但她并没有发现枪。

蒂尔达最后一次看了看四周，确保自己旁边并没人设伏，然后，她深吸了一口气，走进畜棚。双手紧握手枪。

“警察！别动！”她大叫一声。

那人抬头看着她，一脸的诧异。

“趴到地上！”

那人张大嘴巴一动不动地站在那里。

“我哥哥在找出口，”他说，“就在房子后面。”

蒂尔达朝他走了几步，最后，离那人也就两步之遥。

他后退着，突然转身对着门，蒂尔达跟了上去。

“趴在地上！”

如果他不投降的话，她会开枪吗？她不知道。但她的枪一直都瞄着他的头。

“趴下！”

“好吧，好吧……”

那人点点头，费了好大的劲才趴到地上。

“把手放在后面！”

蒂尔达站到他旁边，从皮带上解下手铐。

她很快抓住他的手腕，反手将他的两只手铐上。现在，那人躺在石头地板上，已经不能对她构成威胁了，蒂尔达很快搜了他的身，发现他除了裤子里藏有一把折刀之外再没别的武器了，不过，他身上还藏有许多药丸。

“你叫什么名字？”

他似乎还在思考。

“弗雷迪。”他想了半天说。

“真名叫什么？”

他犹豫了一阵儿。

“西文。”

蒂尔达觉得这名字也不怎么靠谱，但她只是说道：

“好了，西文……老实点儿。”

她起身的时候听见火还在噼里啪啦地烧着。石板上的火苗燃不起来，但木楼梯却被点燃了，这会儿，火势已经蹿到上面的阁楼边缘。

蒂尔达没发现灭火毯，也没找到灭火器，甚至连水桶也没发现。

她脱掉警服，不停拍打楼梯，火苗越燃越高，似乎一点儿也不畏惧飘落的暴风雪——现在，一半楼梯都着火了。

现在只能看看有没有办法将架在阁楼上的整条楼梯踢开。

她抬起脚正要踢下去——余光瞥到一个黑影走了出来。她连忙转头。

是一个穿着牛仔裤和毛衣的高个子男人，他从漆黑的畜棚匆匆走出，正往这边的楼梯走来。他站在那里看着那堆火，又看了看弗雷迪，最后又看着蒂尔达。

是乔金·威斯汀，她差点没能认出他。

“我没办法将火扑灭……”她大声说。

威斯汀点点头。他似乎很冷静，好像跟他经历过的不幸相比，这个实在算不得什么。

“用雪，”他说，“我们得将火扑灭。”

“好的。”

之前威斯汀去哪儿了？他面色苍白，一脸疲倦，但似乎对这些不速之客并没有感到特别惊讶，甚至连家里着火了也没特别在意。

“我去拿铲子。”

他转身朝畜棚的门口走去。

“如果我没来你能想象是什么后果吗？”蒂尔达说。

乔金点点头，但并没有停下来。

蒂尔达离开着火的梯子。她必须走到漆黑的屋里去。

“你给我待在这里，”她对弗雷迪说，“我去找你哥哥。”

但她只是待在门厅里等乔金回来。大约半分钟后，他铲了满满一铲子雪回来了。

他们点了点头，蒂尔达走进放置拖拉机的储藏室里，身后传来火苗被扑灭的嗞嗞声。

她再次举起枪，走进又黑又冷的小屋里，好像听见前面有什么动静，但并没有发现什么异常情况。

她继续往北侧的墙走去，那边厚厚的石墙上的几扇小窗户完全被雪覆盖了。

她很快发现了一道门，随即走了进去。

这个房间大些，也冷些。蒂尔达站在漆黑的屋里，感觉身边又围了很多人。她放下枪，听了听，又往前走了一步。

“乒！”

她下意识地一闪，也不知道自己有没有被枪击中。耳边因为爆炸嗡嗡直响，她轻轻地咳嗽了一声，呼吸着干燥的空气。等待着。

现在又没动静了。

过了好一阵儿，蒂尔达抬头看着漆黑的屋子，发现离她四五码远的地方还有一扇关闭的门。原来是这个房间的出口——但门前站着一个男人。

这人肯定是弗雷迪的哥哥汤米。头上戴着的那顶巴拉克拉瓦帽连额头都罩住了，那张苍白的脸跟弗雷迪有几分相似。

汤米的肩膀上扛着一杆毛瑟枪。

蒂尔达紧紧抓住手中的枪，瞄准汤米。

“把枪扔了。”

但是汤米像个梦游的人一样站在那里，好像有人将他死死地抓住了。他垂着眼睛，右手放在门把上，好像正要出去，但他的腿似乎根本迈不动了。

“汤米？”

他没有回答。

他是不是被催眠了？蒂尔达虽然害怕，但她还是下定决心，慢慢走到这个杀害马丁的凶手面前，将汤米肩膀上的枪拿了下来，然后她将已经打开保险栓的枪扔到自己旁边的地上。

“汤米？”她再次问道，“你能动吗？”

她推了推他的胳膊，他吓了一跳，突然又能动了。

他仰面倒在地上，铁质的门把也顺势带下，门突然被大风吹开了。他倒在雪堆里，但立刻站了起来，踉踉跄跄地跑了。

蒂尔达迎着大风，追着他来到一个矮矮的石梯前。离她十几码远的地方，树干不停摇晃着。

“汤米！”她大声叫道，“站住！”

风淹没了她的声音，汤米根本没有停下来的意思，他在雪地里越跑越快，其间还回头喊了一嗓子，一路往林子那边跑去。

蒂尔达朝天开了一枪，以示警告，接着她单膝跪在地上。手指放在扳机上，举枪瞄准汤米。

她知道自己可以打中他的腿。但她不愿开枪打一个正在逃跑的人。

汤米跑到林子边上低矮的灌木丛那儿。那边的积雪没这里深，他跑得更快了，跑了十几、二十步后，林中只剩下一个模糊的影子。他逃掉了。

妈的。

蒂尔达在外面站了几分钟，但那里除了纷纷扬扬的大雪之外再没别的动静了。海风仍在呼啸，她的手指也快冻僵了，接着，她转身背着风往回走去，走到屋里的时候还将之前自己扔在门廊里的那把毛瑟枪捡了起来。

尽管外面刮着大风，冷得要命，蒂尔达还是决定沿着畜棚外侧走回乔金那儿。房子里漆黑一片，她不想再在那里碰到什么人了。

用雪扑火的方法很奏效，但是，当乔金终于将火扑灭的时候，却发现通往阁楼的那条楼梯都烧焦了，浓烟直冲房梁。

空气很干燥，乔金咳嗽着，迈着酸痛的腿坐在冒烟的楼梯底下。手里还拿着那把铲子。

他脑海里一片空白，也没气力去想今晚那些不速之客到底从哪里来，上面祈祷室到底发生了什么事。他觉得耶尔洛夫·戴维松说得对：人的忘性很大。也许今晚有些事情他就不记得了。

他真在上面见着卡特琳了吗？她向自己忏悔是她溺死他姐姐的吗？

没有。卡特琳什么都没说。

乔金看着躺在墙侧的高个子男人。他不知道这人是谁，也不知道他为什么戴着手铐，但既然他是被身为警察的蒂尔达抓住的，想必此人一定有问题。

这时，他突然听到畜棚外面又传来枪声。

乔金听了听，声音很快就消失了，他又往墙那边看过去。

“这事都是因你而起吗？”他问。

过了几秒钟，躺在地板上的那人轻声说：

“对不起。”

乔金叹了一口气。

“将来我还得重新搭个梯子。”

他往后靠了靠，突然记起利维亚和加布里埃尔还独自待在房中。

他怎能撇下他们呢?

突然，畜棚门旁边传来一阵刮擦声，他回头一看，发现蒂尔达满身是雪，跌跌撞撞地从暴风雪中回来了。她一只手握着手枪，另一只手还拿着一把老式猎枪。

她靠着木墙跌坐了下来，大口喘气。

“他跑了。”她说。

躺在地板上的弗雷迪抬起头。

“跑了？”乔金说。

“他跑到林子里去了，”蒂尔达说，“不见了……但至少现在他手里没枪了。”

乔金站了起来。

“我得去看看我的孩子，”他说着往门口走去，“你暂时一个人待在这里没事吧？”

蒂尔达点点头，但并没起身，只是低着头坐在那里。

“如果你经过阳台……会发现那边还躺着两个人。”

“他们受伤了吗？”乔金问道。

蒂尔达垂下眼睛。

“一个受伤……一个死了。”

乔金没有再问。他离开的时候发现蒂尔达正拿出手机拨号。

乔金弓着背，迎着风走进内庭，看着里面波浪般起伏的大雪堆。今晚“鳗鱼角”庄园看上去并不大——在暴风雪中，他的宅子看上去就像一只吓得瑟瑟发抖的小狗。石板瓦都被大风掀开、卷走了。

乔金走进阳台，关上门。发现一个人躺在地毯上。他死了吗？没有，他只是睡得太沉。

大风吹得房子前面的窗户咯咯作响。固定玻璃的油灰和窗框都裂开了，但窗玻璃并没掉下来。

乔金往屋里走去，在门廊处停了下来。

他听见走廊里传来嘎吱嘎吱的声音。

还有嘶哑的呼吸声。

埃塞尔在那儿！

她正站在孩子们的卧室门口，埃塞尔是来这里要回自己的女儿的。她要将利维亚带走。

乔金不敢靠近她。他只是低着头，闭着眼睛。

别怕。

他终于睁开眼睛，走进屋内。

卧室外面的走廊空无一人。

41

蒂尔达隐约记得深夜的时候她被人搀扶着从阳台的台阶走了上去。外面仍然很冷，但海风渐弱。路上的雪刚扫过，高高地堆在两边。乔金扶着她，往屋里走。

“你打电话求助了吗？”

她点点头。

“他们说很快就到……但我不知道‘很快’是什么时候。”

他们经过一个雪堆，里面露出一个衣角，原来是件皮夹克。

“这是谁？”乔金问道。

“他叫马丁·艾尔奎斯特。”蒂尔达说。

她闭着眼睛，今晚发生的事历历在目，她不停地问自己：到底哪里做错了，哪些地方又尽力了，如果重头来过，她又应该怎么做——但现在她真的没有气力再去想这些问题。

屋子里异常安静。乔金领着她经走廊来到一个大房间，将床垫拉下来铺在壁炉旁的地板上，房子里很暖和，她躺在上面，终于放松下来。现在，她的鼻子还很痛，里面全是血——闭上嘴巴的时候还不能用鼻子呼吸。

尽管大风在院子里不停咆哮，但她还是睡着了。

蒂尔达睡得昏昏沉沉，她梦见倒在雪地里的马丁因头痛醒来；有时候她会梦见自己待在漆黑的畜棚里，那种恐惧让人头皮发麻；她还会梦见有人伸出苍白的长手指来抓她。过了很久她才放松下来。

也不知道自己睡了多久，她突然感觉一个影子朝自己身上扑过来，吓了一大跳。

“蒂尔达？”

原来是乔金·威斯汀。他像跟小孩说话一样，继续用缓慢而清晰的语调说：

“蒂尔达，你的同事打来电话了……他们很快就到。”

“很好。”她说。

因为鼻梁骨折了，蒂尔达闭着眼睛用很重的鼻音问道：

“亨里克呢？”

“谁？”

“亨里克·扬森，”蒂尔达说，“躺在阳台里的那个……他怎么样了？”

“他情况不错，”乔金说，“我给他换上了新的压力绷带。”

“汤米呢？他在这儿吗？”

“他不见了……警察一到这里就会去找他。”

蒂尔达点点头，又睡过去。

也不知道过了多久，她被一阵嗡嗡声吵醒，但她实在没有气力去想到底发生了什么事。

然后，她又听见乔金说：

“车子进不来，蒂尔达……他们从部队借来了全地形运输车。”

很快，房间里人来人往，声音此起彼伏，她被人粗手粗脚地从床上搀了下来。

蒂尔达来到户外，感觉空气骤然变冷，但现在几乎连一丝风都没有了。她走在刚扫过的小路上，两边全是白色的雪堆。

今天是平安夜，她突然想起来了。

她从一间房转到另一间房，最后被人放在一个床位上，头顶有一盏灯泡发出微弱的光。接下来那些人都走了。

一切又归于沉寂。

她静静地躺在部队的运输车上，旁边的地板上有个塑料袋，里面包着一具尸体。

接着，她听到旁边有人在咳嗽。蒂尔达抬起头，看到几码远的地方还躺着一个人，一床灰色的毯子盖着他的腿，他的身子稍微动了动。

那人背对着她躺在那里，但她认得那身衣服。

“亨里克。”她喊了一声。

没人回答。

“亨里克！”她大声叫道，尽管这一声喊震得她的肋骨一阵剧痛。

“什么事？”那人终于扭过头来看着她说。

她终于看清他的脸了：地板公司承包人，窃贼亨里克·扬森。他也就二十五岁左右，但面色苍白，疲态尽显。蒂尔达深深地吸了一口气。

“亨里克，你用斧头打断了我的鼻梁。”

他没有说话。蒂尔达又问道：

“你还有什么事瞒着我？”

他仍然没有回答。

“秋天的时候海角那边死了个人，”她继续说，“有个女人淹死了。”

她听见亨里克在床上动了一下。

“有人听见那天有船到过海角，”蒂尔达说，“是你的船吗？”

亨里克突然睁开眼睛。

“不是的。”他轻轻地说。

“不是你的船？”蒂尔达说，“难道还有别的船？”

“我的确见过别的船。”亨里克回答道。

“当真？”

“她死的那天，我正站在栈桥那儿……”

“死者叫卡特琳·威斯汀。”蒂尔达说。

“那天有人跟她在一起，”他继续说，“那人驾驶着一艘白色的大船。”

“你能认出那艘船吗？”

“不认识，但那艘船比我的大多了，是一艘小游艇……航行的距离也比我的远。就停在灯塔附近，有人站在船上，我想……”

“好了。”

蒂尔达突然意识到自己现在连说话的力气都没有了。

“我亲眼见到的。”亨里克说。

蒂尔达看着他的眼睛。

“我们……将来再聊，”她说，“将来你可以说个够。”

亨里克发出一声沉重的叹息声。

运输车里再次陷入沉默。蒂尔达只想闭上眼睛好好睡一觉，这样就不会痛了，也不用去想马丁了。

“你昨晚听见屋子里有什么声音吗？”亨里克突然问道。

“什么？”

这时车门“砰”的一声关了。运输车的引擎发出隆隆的声音，车开了。

“你没听见敲打的声音吗？”

蒂尔达不明白他说什么。

“我什么也没听见。”她在引擎的隆隆声里说。

“我也是，”亨里克说，“也没听到敲打声。我想是那个灯笼，或‘显灵板’发出的声音吧，但现在没了。”

他的肚子被人戳伤了，而且即将面临牢狱之灾，但蒂尔达听得出来，他语气中有种解脱的感觉。

42

圣诞前夕的那天早上，“鳗鱼角”庄园仍是一团漆黑，现在还没恢复供电。窗外全是高耸的雪堆。

晚上，三名警察带着一条猎犬坐全地形运输车来到这里，他们搜遍了整个庄园，也没发现杀害马丁·艾尔奎斯特的凶手的线索。乔金也任由他们里里外外搜索。大约三点钟的时候，他们将蒂尔达·戴维松和那个被刺伤的男子送去了医院，乔金这才睡下。

这是他几个星期以来第一次睡得这么安稳，但在八点左右的时候，他在静悄悄的房子里醒来，之后就再也睡不着了。房间里仍然漆黑一片，乔金起床点燃了几盏石蜡灯。一小时后，更亮的光从白雪覆盖的窗户射了进来。

波罗的海上升起了太阳。乔金想看看，但他必须爬上楼，打开梯台的窗户，拨开百叶窗才能望向大海。

好漂亮的雪景，天空一片深蓝，太阳照在雪丘上，闪闪发光。畜棚的红墙在耀眼的白雪下几乎变成了黑色。

周围一片沉寂，连一丝风也没有——也许这是乔金搬到这里之后，第一次感觉不到风的存在。

暴风雪停了，海岸那边筑起一堵三英尺厚的冰墙。

乔金看着海岸。他以前听说大风暴会将一些古老的灯塔吹到海里，但双子塔在暴风雪过后仍屹立不倒，高高耸立在冰雪覆盖的小岛上。

九点左右的时候，乔金点燃了壁炉，房子里顿时暖和起来。接着，他又叫醒了两个孩子。

“圣诞快乐。”他说。

两人和衣睡在加布里埃尔的床上。昨天晚上他正是在这个房间找到他们的。他给两个孩子盖上毯子，由他们睡去。

乔金准备问他们昨晚发生了什么事，他想问问他们有没有听到枪声或别的声音，但利维亚只是伸了伸懒腰。

“你睡得好吗？”

她点点头。

“妈妈昨晚来了。”

“来这里了？”

“你不在的时候她来看我们了。”

乔金看着女儿，又看了看儿子。加布里埃尔也慢慢点点头，好像是在证实姐姐的说法。

别撒谎，利维亚，乔金想这么说来着。妈妈不可能到这儿来。

但最后他反而这样问道：

“妈妈都说什么了？”

“她说你很快就会回来，”利维亚看着他说，“可你并没有很快回来。”

乔金在床沿坐了下来。

“我现在不是在这儿了？”他说，“我再也不会平白无故地离开你们了。”

利维亚怀疑地看着他，一句话也没说就下了床。

乔金唤醒了弗雷迪，没他哥哥在身边的时候，这个年轻人其实挺安静的。昨晚运输车没多余的空间，他们只得将弗雷迪留下来，铐在门厅的暖气管旁边。

“他们还没找到你哥哥。”乔金说。

弗雷迪有气无力地点点头。

“你们到底想偷什么？”

“什么都要……只要是值钱的东西。”

“你们在找托伦·兰博的画吗？”乔金说，“我们也就一幅了。你们以为都藏在畜棚里吗？”

“房子里没了，”弗雷迪说，“东西在别的地方，‘显灵板’是这么说的。于是我们就出来了，还在楼梯上放了一把火。”

乔金看着他。

“你们为什么这么做？”

“我也不知道。”

“你们还会偷窃吗？”

弗雷迪摇摇头。

蒂尔达走之前将手铐的钥匙留给了乔金，但看在平安夜的分上，他决定发发善心，解开铐在暖气管上的弗雷迪。

电是十一点左右的时候来的。弗雷迪坐在电视机前看圣诞节目，等着警察过来将他带走。他神情落寞地看着跟圣诞老人有关的卡通片，在现场直播的电视节目中，许多人围着圣诞树在那儿跳舞，烹饪节目的场景设置在大雪覆盖的牧人小屋里。

利维亚和加布里埃尔坐在弗雷迪旁边，但他们都没有说话。圣诞节的气氛挺浓厚的，他们似乎也很放松。

乔金走到厨房里，拿出他在埃塞尔口袋里找到的书稿。他花了一小时的时间看完了米拉·兰博的那本书，了解了她以及过去那些人在“鳗鱼角”的“传奇”故事。

最后，他发现后面有几张空白页，其中几页还有人在上面做了笔记，但好像并非出自米拉之手。

乔金仔细地看了看，认出是卡特琳的笔迹。但字迹有点儿潦草，好像是她匆忙写下的。

十二点钟，乔金给每个人都准备了圣诞大米布丁。

不久，电话响了，这是午饭后的第一个电话。是耶尔洛夫·戴维松打来的，他的声音很是平静：

“现在你总算见识到真正的暴风雪了吧？”

“是的，”乔金说，“算是真正见识过了。”

他看着窗外，想起了昨晚那些“不速之客”。

“没有出乎我的意料，”耶尔洛夫说，“不过比我想象中早了点儿……你怎么样？”

“我挺好的，房子也没事，但屋顶损坏了。”

“路呢？”

“都不见了，”乔金说，“都被大雪覆盖了。”

“要是以前，在暴风雪过后至少要一个星期道路才能恢复，”耶尔洛夫说，“但现在不会这么久了。”

“我们没事的，”乔金说，“我照你说的做了，买了很多罐头。”

“很好，现在就你和两个孩子在家吗？”

“不是，家中还有个客人。昨晚的确来了不少客人，但现在他们都走了……今年的圣诞节挺折腾人的。”

“我知道，”耶尔洛夫说，“蒂尔达今早在医院的时候给我打电话了。她在你家里抓到了窃贼。”

“他们是来这里偷画的，”乔金说，“是托伦·兰博的画……他们以为这里还藏着很多画。”

“是吗？”

“我们这里就剩下一幅画了，几乎所有的画都被毁了……不过不是托伦，也不是她女儿米拉毁掉的。而是一个渔夫将它们扔到海里去了。”

“什么时候的事了？”

“1962年冬天。”

“1962年，”耶尔洛夫若有所思地说，“我哥哥拉格纳正是那年在海滩冻死的。”

“拉格纳·戴维松……是你哥哥？”乔金问道。

“是的。”

“我想他不是冻死的，”乔金说，“而是中毒死的。”

接着，他将昨晚他在米拉·兰博那本书中看到的故事讲给了耶尔洛夫听，告诉他拉格纳是怎样走到暴风雪中去的。耶尔洛夫只是静静地听着，没有说话。

“照你这么说，拉格纳喝下的应该是甲醇，”他平静地说道，“味道跟普通的杜松子酒很像，但肯定会中毒，甚至还会要人命。”

“我想米拉觉得这是对他最公平的惩罚。”乔金说。

“但他真的将那些画毁掉了吗？”耶尔洛夫说，“我有点儿怀疑。如果我哥哥将那些画全藏起来了呢……他那么小气，舍不得毁坏那些画的。”

乔金不说话了，他陷入了沉思中。

“对了，差点儿忘了，我有件事跟你说，”耶尔洛夫说，“我录了一些东西给你。”

“什么？”

“这段时间我好好想了想，”耶尔洛夫说，“将我所认为的‘鳗鱼角’发生的事用磁带录了下来……恢复通信的时候你就能收到了。”

耶尔洛夫挂掉电话半小时后，警方从卡尔马打来电话说要来“鳗鱼角”提疑犯，希望乔金能在庄园附近找一个空旷的地方，以便让直升机降落。

“这里全是空旷的地方。”乔金说。

接着，他走到外面，将冰块清理干净，在屋后扫出一块空地，在冰冻的地面上做了一个黑色的十字架。一段时间过后，他听到西南方响起隆隆的声音，便走到屋里，叫弗雷迪不要看电视了。

“那些都是你的车吗？”他们站在田野里等待的时候乔金问道。

他指着碎石道上隆起的雪堆。几个金属角从雪堆里露了出来。

弗雷迪点点头。

“那艘船呢？”

“偷来的。”

“哦。”

直升机在他们头顶盘旋，两人无法再继续交谈，地上扬起一阵白雾，直升机终于在十字架的中心降落。

两名戴着头盔，身穿黑色跳伞装的警察从直升机下来后直接走到他们面前。弗雷迪一声不吭地跟他们走了。

“你在这儿没事吧？”一个警察大声冲他说。

乔金只是点点头。弗雷迪挥了挥手，乔金也向他摆了摆手。

直升机朝大陆飞去，乔金踩着厚厚的雪，往那两辆被大雪覆盖的车走去。

他扫开那辆大车车身的积雪，发现原来是辆货车。然后他往车里看了一眼。

里面一动不动地坐着一个人。

乔金抓住门把，打开车门。

一个男人冻成一团，蜷缩在驾驶位。

乔金不用摸他的脉搏就知道此人已经死了。

点火装置上插着钥匙，车处于发动状态。也不知道引擎是昨晚什么时候停的，车内温度骤降，他就这样被冻死了。

乔金轻轻关上车门，走进屋里拨通了警方的电话，告诉他们最后一个窃贼也找到了。

43

接下来几天，“鳗鱼角”仍然没有起风，继续艳阳高照。

雪还没有融化，但屋檐下的冰块开始不断滴水。厨房窗外的小鸟也飞回来了，26日早晨，一辆从马奈斯开来的卡车打破了“鳗鱼角”的平静，车前安装着一个大型吹雪机，沿着岸边的公路直线往前开。看上去，它就像是正驶过一片白色的海洋。

乔金拿出吹雪机，开始清扫门前的雪。他原计划用一小时清理完庄园到主干道这段路，但最后花了两个多小时才清扫完，现在，他们终于又能方便地出门了。

乔金在手电筒里装了新电池，经阳台走到畜棚那边。

通往阁楼的那条楼梯已经烧坏了，被火熏得乌黑，不过早就不冒烟了。

他望向畜棚的远端，犹豫了一阵儿，但还是走了过去，最后，他从那面空心墙下面爬了进去。

他在密室里打开手电筒，又侧着耳朵听了听，楼上并没有声音，接着，他沿着梯子爬了上去。

苍白的阳光从祈祷室的裂缝里射了进来。

里面异常安静。那些信和纪念物仍摆在旧木凳上，但上面再没有人。

他沿着长凳走到前面，发现他给卡特琳的圣诞礼物和埃塞尔的那件夹克仍在那里。

包装盒上的缎带解开了，卡片折了起来，包裹也被打开。

乔金没有去摸那包裹，他不敢看那件绿色的束腰外衣是不是不见了。

他第一次拿起埃塞尔的那件粗斜纹棉夹克——突然，他摸到衣服里藏有一个扁平状的东西。

圣诞节的两天后，戈特·霍尔姆布拉德警督开车来到“鳗鱼角”，乔金已将那件粗斜纹棉夹克放进一个塑料袋里。

到这个时候，救护车和抢险车都已经到过“鳗鱼角”了，最后一名疑犯的尸体已被他们拉走。法医也来过，还从雪里挖出了子弹。本地收音机报道说，在上次的暴风雪中有两人在庄园丧命，当然，汤米的名字并没有在新闻中提到。而这场在北厄兰岛降临的大雪，被人称为“圣诞雪暴”，也是自二战后最大的暴风雪之一。

霍尔姆布拉德一下车就忙不迭地祝乔金新年快乐。

“谢谢，你也一样，”他说，“感谢你能来。”

“其实，我的假一直要休到新年，”霍尔姆布拉德说，“但我想过来看看你怎样了。”

“现在很平静了。”乔金说。

“是的。暴风雪已经过去了。”

乔金点点头，问道：

“对了，蒂尔达·戴维松……她怎么样了？”

“她现在还好，”霍尔姆布拉德说，“我昨天跟她聊过……她已经出院了，现在正跟她妈妈在家待着。”

“她当时不是一个人在这儿吧？不是还有个同事……”

“不是的，”霍尔姆布拉德说，“那是她在警察学院的教官……他家里还有两个孩子呢，真是太不幸了。他本不应该来这儿的。”这名警督一副若有所思的表情，接着又说，“当然，那天蒂尔达也可能遭遇不测，但她处理得很好。”

“是的。”乔金说着打开了房门，“我有几样东西给你看——你可以进来坐一会儿吗？”

“当然可以。”

乔金领着警督走进厨房，他之前已经将餐桌清理好了。

“在这儿。”他说。

桌上一个包里放着埃塞尔那件粗斜纹棉衣，还有他在棉衣里找到的几件物品：那张字条以及一个藏在衣服夹层的“小金盒”。

“这是什么？”霍尔姆布拉德问。

“我也不太肯定，”乔金说，“应该是证据吧。”

霍尔姆布拉德走后，乔金背着一个双肩包，踏雪往北塔走去。

在去北塔的路上，他朝北边的林子望过去。暴风雪过后，除了临近岸边的几棵老松树被风吹倒了之外，大多数树仍然屹立。

在深蓝色天空的映照下，白色的灯塔不停闪烁。这次他还没走上防浪堤就感觉很难进入塔里。暴风雪降临之时，海浪不停涌向小岛，双子塔被一层苍白色的冰包围着。那两座塔的底部就像被打上了一层厚厚的石膏。

乔金将双肩包放在塔门外的地上。他打开拉链，拿出灯塔的钥匙、一个大锤子、一瓶用来喷锁的润滑油和三个装满开水的热水瓶。

他花了近半小时才将塔底周围的冰块和岩石清除干净。尽管如此，那扇门还是只能打开一点点，但乔金用力挤了进去。

他一进去就打开了手电筒。

鞋底踩在水泥地板上发出的一点点细微的摩擦声，都能在塔里久久回荡。但楼梯上并没有别人的脚步声。如果还有灯塔守护者在上面，乔金并不想去打扰他，因而他并没有爬上去。

耶尔洛夫·戴维松不是说过：*我哥哥拉格纳有灯塔的钥匙，也许那些东西现在仍在那里放着。*

灯塔底层有个储藏室，外面有道木门。乔金打开这扇小门，弯腰走了进去。

里面的石墙上挂着一张1961年的日历。地上放着一些煤气罐、空酒瓶和旧灯笼。看到这堆物品，他不由自主地想起了堆在干草棚里的那些旧东西。但这里收拾得更整齐，弯曲的外墙边上还堆着几个木盒。

上面并没有封盖，乔金拿起离自己最近的一个木盒，用手电筒往里面照了照。

原来是些金属管——是一截截的旧排水管，每截大约三英尺长，堆在盒子的底部，当年这些金属管是要安装在“鳗鱼角”庄园周围的，却被拉格纳·戴维松偷去藏在灯塔里。

乔金一只手伸了进去，小心翼翼地拿出一截管子。

44

“我们去哪儿？”利维亚问道，离元旦还有两天，乔金在车上装满了东西，正开车离开“鳗鱼角”。

乔金发现，直到今天利维亚的心情都不是很好。

“我们去卡尔马看你们的外婆，然后去斯德哥尔摩看奶奶，”他说，“但我们先要去看妈妈。”

利维亚不再说话了。她只是将手放在装着拉斯普廷的猫笼上，看着外面的雪景。

十五分钟后，乔金将车停在马奈斯教堂。他从车里拿出一袋东西，打开那扇木门。

“进来吧。”他对孩子们说。

秋天的时候乔金很少来这儿——但现在，他的心情稍微好些了。

海岸边的这片墓地跟其他地方一样，白雪皑皑，但主要通道上的雪都被打扫过了。

“还要走很远吗？”他们沿着教堂一侧往前面走的时候，利维亚问道。

“没多远了，”乔金说，“快到了。”

他们终于站到卡特琳的坟前。

跟墓地里其他的墓碑一样，卡特琳的墓碑上也盖着厚厚的雪，只露出一个角来。乔金弯下腰，用手将雪扫下，可以看到上面的碑文了。

墓碑上刻着**卡特琳·曼斯特拉·威斯汀**以及她的生卒年。

乔金往后退了一步，站在利维亚和加布里埃尔之间。

“你们的妈妈就待在里面。”他说。

听到他的话，孩子们一动不动地站在他旁边。

“你们觉得……这里还漂亮吗？”乔金打破了沉默。

利维亚没有回答。倒是加布里埃尔先作出反应。

“我觉得妈妈会冷的。”他说。

接着，他踩着爸爸的脚印小心地走到坟前，一句话也没说，开始用他的小手扫起雪来。先是卡特琳的墓碑，接着是墓碑下面的地板，地上有一株干瘪的玫瑰花。这是乔金上次来这儿的时候放的，当时还没有下雪。

加布里埃尔似乎很满意，用戴着手套的小手揉了揉鼻子，看着爸爸。

“做得好。”乔金说。

然后，他从塑料袋里拿出一个墓地灯笼。虽然地上结了冰，但仍然可以稳稳地放在上面。灯笼里有一根很粗的蜡烛，估计能烧五天。

“我们回车上好吗？”乔金看着孩子们问道。

加布里埃尔点点头，但他突然弯腰从卡特琳墓碑旁边的雪里拉出一个东西。

那是一块浅绿色的布，已经僵硬。是毛衣吗？加布里埃尔手里拿着的好像是只袖子。

乔金后背突然一阵发麻。他往前走了一步。

“别动它，加布里埃尔。”他说。

加布里埃尔看着爸爸，将手放开。乔金很快弯下腰，在上面又盖了一层雪。

“我们可以走了吗？”他说。

“我想再待一会儿。”利维亚呆呆地望着墓碑说。

乔金抱着加布里埃尔走到大路上，在那里等着站在坟前的利维亚。几分钟后，她也过来了，一家人一声不吭地回到车上。

几分钟后，加布里埃尔在车里睡着了。

直到车行驶到主干道的时候利维亚才开始跟乔金说话，但她没有提及卡特琳，而是问假期还剩多少天，还说学前班开学的时候她要做什么。父女俩也就随便聊聊，但听到她说话，乔金还是挺开心的。

大约十二点的时候，他们来到米拉·兰博在卡尔马的家。她似乎并没有因为圣诞节而做特别打扫，相反，她的那些书在布满尘埃的镶花地板上堆得更高了。主屋里有棵圣诞树，上面并没有装饰，针叶已经开始掉落。

“圣诞节那天我本打算来看你们的，”在门厅迎接他们的时候米拉说，“可惜我没有直升机。”

米拉那个年轻的男友沃尔夫也在，当他看到威斯汀一家，尤其是两个孩子的时候，显得特别高兴。他带着利维亚和加布里埃尔去厨房看他正在炉子上烤的太妃糖。

乔金从包里拿出那本《暴风雪之书》，将它还给米拉。

“谢谢。”他说。

“还行吗？”

“不错，”乔金说，“我更清楚一些事情了。”

米拉·兰博静静地翻了翻她的手稿。

“我写的都是事实，”她说，“卡特琳告诉我说，你们打算买‘鳗鱼角’庄园的时候，我就开始写了。”

“最后几页是卡特琳写的。”乔金说。

“写了什么？”

“对于一些事情的解释吧。”

米拉将书放在他们之间的桌子上。

“等你走了后我再看吧。”她说。

“我有件事不是很明白，”乔金说，“你怎么那么了解以前住在‘鳗鱼角’庄园的人？”

米拉一脸严峻地看着他。

“我住在那里的时候他们会跟我说话，”她说，“你没跟那些死人说过话吗？”

乔金不敢回答这个问题。

“你意思是说真的有鬼？”他只是问了这么一句。

“鬼这种东西还真难说。”米拉说。

“你经历过的那些事……都是真的吗？”

米拉垂下眼睛。

“差不多吧，”她说，“我的确是在博里霍尔姆的咖啡馆见马库斯最后一面的。我们在那儿聊了聊……然后我去了他的住处。当时他父母不在家。我们去了他的公寓，他将我摁倒在地。其实并没有书中写的那么浪漫，但是我当时也同意了——我是说，我以为这种事情能够证明……我们是在谈恋爱。可是后来，我穿上了那条皱巴巴的裙子，马库斯站起来，却一直不敢看我的眼睛，只是说他在大陆新认识了一个女的。他们就要订婚了。马库斯的意思是说，刚才的事就算道别了。”

房间里一片沉寂。

“你男朋友马库斯的确是卡特琳的亲生父亲吗？”

米拉点点头。

“他当时还很年轻，有自己的生活方式……他自作主张地结束了我们的关系，然后过自己的生活去了。”

“他并没有在渡船事故中丧生，是吗？”

“没有，”米拉说，“不过我希望他那样死掉。”

他们又陷入了沉默。乔金听到利维亚在厨房里哈哈大笑，声音跟她妈妈的倒有几分相似。

“你当初应该将卡特琳亲生父亲的事告诉她，”他说，“她有权知道。”

米拉只是哼了哼鼻子。

“其实也没什么……我也不知道自己的亲生父亲是谁。”

乔金不愿再说什么了，点点头站了起来。

“我们给你带来了几样圣诞礼物，”他说，“不过需要有人帮忙才能抬下来。”

“沃尔夫可以帮你，”米拉说，“礼物是给我的吗？”

乔金看了看她的画室，里面全是色彩明亮的画。

“哦，是的，”他说，“很多。”

离开米拉的公寓五小时后，乔金和孩子们到了斯德哥尔摩。现在这里几乎跟厄兰岛一样冷。英格丽·威斯汀所住的社区非常安静。跟米拉·兰博正好相反，为了迎接新年，她的房子已经打扫得一尘不染了。

“我找了份工作。”他们吃晚饭的时候乔金告诉她。

“在厄兰岛吗？”英格丽说。

他点点头。

“他们昨天给我打电话了……从二月开始，我要去博里霍尔姆当美术老师了，晚上和周末的时候我还能继续装修房子。我想把外屋和二楼装修好，这样那里也可以住人了。”

“你会租给那些夏天去那里度假的人吗？”英格丽问。

“也许吧，”乔金说，“现在‘鳗鱼角’庄园太冷清了。”

之后，他们在英格丽的那间小客厅里交换了圣诞礼物。接着，乔金将一个又大又长的包裹递给她。

“圣诞快乐，妈妈，”乔金说，“这是米拉·兰博给你的。”

包裹差不多有三英尺长，用牛皮纸包着。英格丽打开包裹，怀疑地看着它。原来是一根拉格纳·戴维松藏在灯塔的排水管。

“看看里面。”乔金说。

英格丽对着管子的一头往里面看了看，伸手从里面掏出一卷画布。她小心翼翼地打开了。油画很大，色调灰暗，展现的是大雾缭绕的冬景。

“这是什么？”英格丽问。

“这是一幅以暴风雪为主题的画作，”乔金说，“是托伦·兰博画的。”

“这画……是送给我的吗？”

乔金点点头。

“有很多……差不多有五十幅，”他说，“一个渔夫将画偷了，将它们藏在‘鳗鱼角’其中的一个灯塔。这些画在三十多年后才重见天日。”

英格丽静静地看着那幅大油画。

“不知道现在值多少钱了？”

“这并不重要。”乔金说。

晚上，利维亚和加布里埃尔跟着奶奶到外面做雪灯笼去了。

乔金走到楼上，经过一间紧闭的房门，那是埃塞尔以前的卧室。接着，他又走进自己小时候的卧室。

所有的海报和家具都不见了，那里只剩下一张床、一个床头柜和一个老式的磁带录音机。也不知是在哪次派对的时候被人弄到地上，连黑色的塑料封套都裂开了，但录音机并没摔坏。放磁带的槽口还可以打开。

乔金将前几天耶尔洛夫·戴维松寄到“鳗鱼角”的那盒磁带插了进去。

他坐在自己的那张旧床上，按下“播放”键，录音机里传出耶尔洛夫的声音。

元旦前一天，大约三点，乔金乘地铁来到布罗马，他此行有两个目的，一是祝他死去的姐姐新年快乐，二是想跟杀死她的凶手谈谈。

他在车站附近的花店买了一小束玫瑰花。这里的房子都建在水上，他沿着熟悉的街道，往以前的家走去。那房子看上去就像城堡，他想。太阳刚刚西沉，许多窗户都亮着灯。

走了几百码后，他来到“苹果屋”所在的街道，接着，来到那扇紧锁的大门前。他看着自己以前的家，里面看上去空空荡荡的，但门厅点着灯，或许是为了迷惑那些窃贼吧。

乔金弯腰将那束花放到栅栏旁边的电箱上，站在那里缅怀了一阵儿埃塞尔和卡特琳，然后转身离去。

街道远端那个邻居家里，多数房间都亮着灯。那是赫斯林家的大房子——也是这附近最漂亮的房子。

乔金记得迈克尔·赫斯林曾在电话里说，他们一家会在家里过新年。于是，他沿着花园小径走到大门口，按响了门铃。

是丽萨·赫斯林开的门。看到乔金的时候她显得很开心。

“请进，乔金，”她说，“新年快乐！”

“新年快乐！”

他走进门，踩在门廊厚厚的地毯上。

“喝咖啡还是香槟？”

“不用了，”他说，“迈克尔在家吗？”

“现在不在……不过，他只是带儿子去加油站那边，他们想多买点烟花，”丽萨笑着说，“圣诞节买的那些还没到元旦就放了。如果你愿意等等，我肯定他很快就会回来。”

“没问题。”

乔金走进主屋，看到屋外有几棵光秃秃的树，海湾那边结着厚厚的冰。

“你想看点儿东西吗？”他问丽萨。

“什么东西？”

“一张字条。”

乔金从夹克里面的口袋拿出他在埃塞尔那件粗斜纹棉衣里找到的那张字条。

丽萨接过字条读道：

“让那个吸毒的婊子……”

她突然停了下来，怀疑地看着乔金。

“继续，”他说，“不是你写给卡特琳的吗？”

她摇摇头。

“那一定是迈克尔了。”

“我……我无法想象。”

丽萨将字条交给乔金，他接过字条，然后站了起来。

“我可以将录音机打开吗？”他说，“我想让你听点儿东西。”

“当然可以……是音乐吗？”

乔金走过去将磁带插入录音机中。

“不是，”他说，“只是一段讲话录音。”

磁带开始转动，他退后几步，坐在丽萨对面的沙发上。扬声器“噗噗”地响了几声，接着录音机里传出了耶尔洛夫·戴维松小声但又稍微乖戾的声音。

“没错，我想想看……对了，这是我从蒂尔达那里借来的录音机，现在录音机应该开始转动了。乔金，关于你妻子的死，我想了很久。如果你不想旧事重提的话，你现在就可以将它关了……但正如我说的那样，我经常会忍不住想起这件事。”

丽萨怀疑地看着乔金，但收音机里继续响起耶尔洛夫的声音：

“我认为卡特琳是被人谋杀的：杀人者并没在沙滩上留下任何脚印，那他一定是从海上来的。我不知道杀害卡特琳的凶手是谁，但我相信他是个身材健硕的中年人。他住在哥特兰岛的南部，或者在那里有度假屋，而且他在那里有一艘内置发动机的大船，船的速度很快，能够在一天内往返哥特兰岛和厄兰岛，而且，他驾船从哥特兰岛到‘鳗鱼角’防浪堤的时候，光线一定足够亮，因为那里的水不过三英尺深。他……”

“乔金，这是谁在说话？”丽萨说。

“你听着就行。”乔金说。

“……能够很容易到达厄兰岛的双子塔，”耶尔洛夫继续说，“但是凶手怎么知道你妻子那天是一个人在家呢……我想卡特琳肯定认识此人。她听到海那边传来引擎声便去了海滩。她从防浪堤走出来的时候，那人正拿着凶器站在船头。但你妻子并没怀疑，因为他手里拿着的东西几乎每个人在停船的时候都要用到。”

耶尔洛夫轻轻地咳嗽了几声，继续说：

“他的凶器就是一根木钩头篙……那根篙子又长又重，末端还有一个大铁钩。我曾见有人在船上打架的时候用过。那上面的钩子很容易钩住对方的衣服。只要这么一拉，受害者就会失去平衡，掉到水里。如果想溺死某个人，那就只要按住篙子不放，将对方死死地摁在水底。这种杀人方式不会留下指纹，也不会有明显的伤痕。只会在衣服上留下几个奇怪的洞，你妻子的衣服上留下的正是这样的痕迹。”

耶尔洛夫停顿了一下，最后他说：

“乔金，这就是我的推论。我知道，就算了解这些也无法减轻你的痛苦……但真相大白还是会让我们感觉好过些。欢迎你再来我这儿喝咖啡。好了，我要关掉录音机了……”

收音机里的嘈杂声很快没了，只听到扬声器里发出轻轻的吱吱声。

乔金走过去关掉录音机。

“完了。”他说。

丽萨早就起身了。

“这是谁？”她再次问道，“录音机里说话的人是谁？”

“一个老人，他是我朋友，”乔金说着将录音机放进口袋，“你不认识他……他说的是真的吗？”

丽萨张开嘴，似乎不知道如何开口。

“不是，”她说，“你肯定也不相信吧？”

“卡特琳死的时候迈克尔是否还在哥特兰的度假屋？”

“我怎么知道？那是秋天发生的事了……我不记得了。”

“他什么时候去的那里？”乔金说，“我是说，他去那里的时候肯定会驾船出海，对吗？”

丽萨没有回答，只是看着他。

“卡特琳淹死的那个傍晚，我在斯德哥尔摩，”乔金说，“我记得我按过你家的门铃，但没人在家。”

丽萨仍旧没有回答他。

“迈克尔有日程表吗，能给我看看吗？”乔金问道，“日记本也行？”

丽萨背过身去。

“够了，乔金……我要准备晚餐了。”

她走到前门那儿，打开门，看着乔金。

乔金什么也没说。离开这栋房子之前，他站在墙上挂着的照片前，仔细看着一些照片：迈克尔·赫斯林站在他那艘白色的游艇上，他站在船头闪闪发光的船缘后面，冲镜头挥着手。不过并没有看到什么钩头篙。

“船不错。”乔金轻声说。

说完他就走了，丽萨迅速关上门。接着，乔金又听到锁门的声音。

他叹了口气，走到大街上，这时，他听到轻微的汽车引擎发动的声音。

车拐进这条街道的时候，乔金发现那正是迈克尔的车。

迈克尔将车开到车库，熄掉引擎，胳膊下夹着四根长长的烟花下了车，他的两个儿子从后座蹦跳着下来，手里拿着几包烟花，飞快地跑向自家的房子。

“乔金，你回来了！”走过街道时，迈克尔大声说，“新年快乐！”

他伸出手，但乔金并没有跟他握手，他只是问道：

“那晚你在‘鳗鱼角’庄园梦见了什么，迈克尔？你醒来后大声尖叫……是不是看到鬼了？”

“什么？”

“我妻子是你杀的。”乔金说。

“去年，你引诱埃塞尔到海边，”乔金继续说，“给了她一包海洛因……然后将她推到海里。”

迈克尔不笑了，先前伸出的手慢慢垂了下来。

“没错，她是扰得大家不得安宁，”乔金说，“也许瘾君子在这一带的名声的确不好……但我相信杀人犯的名声更坏。”

迈克尔只是轻轻地摇摇头，仿佛根本不认识乔金似的。

“你这是诬陷。”

“我有证据。”乔金说。

迈克尔看着自己的房子，又开始笑起来。

“算了吧。”

他径直从乔金身边走过，好像他根本不存在。

“这就是证据。”乔金说。

迈克尔继续朝大门走去。

“你的名片，”乔金说，“之前放在什么地方？”

迈克尔停了下来，但并没有转身，只是站在那里听着。乔金走到他跟前，提高嗓音。

“那些吸毒的人手脚也不干净，他们喜欢顺手牵羊。我姐姐跟你往海边走的时候，她趁机从你的夹克口袋里偷走了一件宝贝。”

乔金从口袋里拿出一张拍立得照片。照片中的一个透明塑料袋里装有一个小东西。那是一个镀金的扁平盒子，正面刻着“赫斯林金融服务公司”。

“这是我在埃塞尔的夹克中找到的，”他继续说，“是金的吗？至少我姐姐以为是的。”

迈克尔没有回答。在进大门之前，他快速瞥了一眼乔金和那张照片。

“我已经将这件东西交给警察了，迈克尔，”乔金说，“我相信他们很快就会来找你。”

他感觉自己就像当初站在街上大声喊叫的埃塞尔，但这已经无关紧要。

乔金站在那里，看着迈克尔消失在小道上。

他走得很快。乔金想象得出，迈克尔的新年会怎么过：冷汗淋漓地不停望向窗外，警车可能会突然停在街外，两名荷枪实弹的警察从车上下来，打开大门，不停地按他的门铃。

住在街道远端的几个邻居会谨慎地将窗帘拉到一旁，好奇地张望：出什么事了？

“新年快乐，迈克尔。”迈克尔打开前门进屋的时候乔金喊了一句。

门“砰”的一声关了。

乔金再次独自走在街上。他深深地呼了一口气，垂下眼睛。

接着，他往地铁站走去，但在“苹果屋”的大门前停留了一会儿，想最后看一眼他的房子。

他之前放在电箱上的玫瑰被风吹到地上去了——他将花拾起又放了回去。

乔金站在那里，想起了姐姐。

我本可以多为她做点事，他之前是这样跟耶尔洛夫说的。

乔金叹了口气，最后看了一眼那条街。

“回去吗？”他问。

他等了几秒，又继续往前走去，他要回到两个孩子身边，跟他们一起庆祝新年。

远远的东边，斯德哥尔摩上空第一次燃起了烟花。烟火在夜空划出一道长长的白光，开出绚丽的烟花，然后熄灭，仿佛鬼魅的灯塔。

《暴风雪之书》笔记

卡特琳·威斯汀

我刚看了你的书，妈妈。既然后面还留了几张空白页，我想写点笔记再将书稿还给你。

你在书中讲了好几个故事，你说我父亲当年是一个年轻的士兵，叫马库斯·兰德奎斯特，还说他于1962年冬天乘渡船到大陆的时候遇上了暴风雪——可据我所知，当时并没有发生船难。我问过岛上其他人了，至少他们都说没这回事。

当然，我早已经习惯了。我是说，有关我父亲的版本还有很多——说什么他是你艺术学校的同学；是美国外交官的儿子；是一名挪威探险家，在我没出生之前因抢劫银行坐了牢。你总喜欢编造这些疯狂的故事。

你住在这里的时候真的在一个老渔夫的酒瓶里下毒了吗？你真的打了你那几乎双目失明的母亲托伦，并在那样一个暴风雪的夜晚将她一个人留在家中吗？

这倒有可能——你做事情的时候总喜欢自作主张，然后又想办法弥补。你总是不满足普通人的生活，不愿担责。跟你一起生活很不容易——每次我都得自己弄清楚事情的真相。

我曾发过誓：我的孩子将来一定会在一个更平静、更安全的环境下成长。

乔金的姐姐恨我，因为她的女儿现在由我在照顾，可那是因为她自己没能力啊。你应该了解下那些毒品是怎么害人的，妈妈，别老以为那玩意儿会给你们这样的艺术家带来灵感。

埃塞尔越来越恨我了。但即使她站在外面喊上十年，我也不会再将利维亚交给她照顾。

邻居们也越来越讨厌埃塞尔了。

我之前就预感有事发生。那天我看到一个邻居朝站在大门外的埃塞尔走过去，但我什么也没做。结果那天她被发现死在海里，我也没有感到一丝难过——但我知道乔金不同。他思念他姐姐。如果有人伤害她，他肯定想知道凶手是谁。

其实我也不知道那件事情到底是怎样的，但那天将埃塞尔带到海边的那人，答应今天到厄兰岛来将实情告诉我。我会去海角那儿见他。

我现在暂且将你的书跟埃塞尔的夹克一起放在这条长凳上。

我跟你一样，也喜欢坐在漆黑的畜棚里。这里给人一种非常宁静的感觉。

到目前为止，这个密室还只有我一个人知道。不过，既然乔金已经搬到这里来了，我打算告诉他。这栋庄园的房间真多。

这个房间相当不错，里面全是那些曾住在“鳗鱼角”庄园的人的记忆。现在他们都不在了。他们将照看房子和这片土地的责任交给了我们——留下的只有姓名、日期和明信片上的一些短诗。

终有一天我们亦会如此。

将记忆和灵魂留在这里。

致　谢

厄兰岛沿岸有许多漂亮的灯塔，还有不少过去用来献祭人和动物的场所。但跟小说中的所有角色一样，“鳗鱼角”及其周围环境都是虚构的。

在小说创作期间，库特·伦德格伦的《暴风雪——厄兰岛的恶劣气候》一书让我获益匪浅。

感谢安妮塔·廷格斯库尔，她让我参观了她在佩斯纳斯漂亮的家；感谢哈坎·安德森，他带我参观了他在博里霍尔姆漂亮的皇家庄园；感谢切丝汀·尤林和曾是灯塔守护者之女的克里斯蒂娜·奥斯特贝里。我还要感谢三位“斯德哥尔摩人”：马克·艾瑟（他帮我找到了我外公埃勒特的装货码头）、安内特·C.安德森和安德斯·文纳斯滕。

感谢厄兰岛的格罗夫森一家，尤其感谢我的母亲玛格特和她的表亲格尼拉、汉斯、奥勒、贝迪尔、莱斯及其家人。

《极暗之室》能够得以出版，我要特别感谢罗塔·阿奎洛纽斯、苏珊娜·文登、珍妮·托尔和克里斯蒂安·马库斯。

感谢海伦娜和克拉拉，我的父亲摩根和我妹妹伊丽莎白及其家人。

约翰·希欧林

图书在版编目（CIP）数据

极暗之室 /（瑞典）希欧林（Theorin，J.）著；刘勇军译 .
—长沙：湖南文艺出版社，2012.6
书名原文：The Darkest Room
ISBN 978-7-5404-5530-9

Ⅰ. ①极… Ⅱ. ①希…②刘… Ⅲ. ①长篇小说 – 瑞典 – 现代
Ⅳ. ① I532.45

中国版本图书馆 CIP 数据核字（2012）第 070008 号

著作权合同登记号：图字 18–2012–110

极暗之室

作　　者：[瑞典] 约翰· 希欧林
译　　者：刘勇军
出 版 人：刘清华
责任编辑：丁丽丹　刘诗哲
监　　制：张应娜
策划编辑：马冬冬　朱桂林
版权支持：李彩萍
版式设计：李　洁
封面设计：韩　捷· SARTORI
出版发行：湖南文艺出版社
（长沙市雨花区东二环一段 508 号　邮编：410014）
网　　址：www.hnwy.net
印　　刷：北京鹏润伟业印刷有限公司
经　　销：新华书店
开　　本：880mm × 1230mm　1/32
字　　数：320 千字
印　　张：12
版　　次：2012 年 6 月第 1 版
印　　次：2012 年 6 月第 1 次印刷
书　　号：ISBN 978-7-5404-5530-9
定　　价：29.80 元
（若有质量问题，请致电质量监督电话：010–84409925）